# PÈRE ET FILS

ŒUVRES DE DANIELLE STEEL
AUX PRESSES DE LA CITÉ

Album de famille
La Fin de l'été
Il était une fois l'amour
Au nom du cœur
Secrets
Une autre vie
La Maison des jours heureux
La Ronde des souvenirs
Traversées
Les Promesses de la passion
La Vagabonde
Loving
La Belle Vie
Kaléidoscope
Star
Cher Daddy
Souvenirs du Vietnam
Coups de cœur
Un si grand amour
Joyaux
Naissances
Le Cadeau
Accident
Plein Ciel
L'Anneau de Cassandra
Cinq jours à Paris
Palomino
La Foudre
Malveillance
Souvenirs d'amour
Honneur et Courage
Le Ranch
Renaissance
Le Fantôme
Un rayon de lumière
Un monde de rêve
Le Klone et Moi
Un si long chemin
Une saison de passion
Double Reflet
Douce-Amère
Maintenant et pour toujours
Forces irrésistibles
Le Mariage
Mamie Dan
Voyage
Le Baiser
Rue de l'Espoir
L'Aigle solitaire
Le Cottage
Courage
Vœux secrets
Coucher de soleil à Saint-Tropez
Rendez-vous
À bon port
L'Ange gardien
Rançon
Les Échos du passé
Seconde chance
Impossible
Éternels célibataires
La Clé du bonheur
Miracle
Princesse
Sœurs et amies
Le Bal
Villa numéro 2
Une grâce infinie
Paris retrouvé
Irrésistible
Une femme libre
Au jour le jour
Offrir l'espoir
Affaire de cœur
Les Lueurs du Sud
Une grande fille
Liens familiaux
Colocataires

*(Suite en fin d'ouvrage)*

Danielle Steel

# PÈRE ET FILS

Roman

*Traduit de l'anglais (États-Unis)*
*par Alice Fombois*

PRESSES DE LA CITÉ

L'édition originale de cet ouvrage a paru sous le titre *In His Father's Footsteps* en 2018 chez Delacorte Press, Random House, Penguin Random House LLC, New York.



Presses de la Cité, un département Place des Éditeurs
92, avenue de France 75013 Paris



ISBN : 978-2-258-19172-3
Dépôt légal : novembre 2020

Presses de la Cité | un département **place des éditeurs**

place des éditeurs

*À mes chers et merveilleux enfants,*
*Beatie, Trevor, Todd, Nick,*
*Sam, Victoria, Vanessa,*
*Maxx et Zara,*

*Ce que je souhaite pour vous,*
*C'est que vous honoriez le passé et votre histoire*
*Ainsi que ceux qui vous ont précédés,*

*Chérissez le présent et vivez-le pleinement,*
*Soyez courageux,*

*Ayez foi en l'avenir,*
*Le respect de vous-mêmes,*
*Demeurez fidèles à ce que vous êtes,*
*Et puissiez-vous trouver l'âme sœur.*

*Je vous aime,*

*Maman/D S*

# 1

Le 6 avril 1945, les nazis commencèrent à évacuer Buchenwald, situé sur la colline d'Ettersberg, près de Weimar, en Allemagne. Ce camp de concentration fonctionnait depuis 1937 et, en huit ans, il avait vu passer deux cent trente-huit mille prisonniers, hommes, femmes et enfants, dont cinquante-six mille étaient morts sur place : des Tchèques, des Polonais, des Français, des Allemands...

Cela faisait maintenant deux jours que des troupes américaines stationnaient dans la région, et les nazis voulaient que tous les détenus aient quitté les lieux avant l'arrivée des Alliés. C'était un camp de travail, doté d'un crématoire, d'une infirmerie et d'un centre de recherche médicale où étaient menées d'odieuses expériences, et de baraquements pour les prisonniers – autrefois d'anciennes écuries. Ces constructions, qui avaient abrité jusqu'à quatre-vingts chevaux chacune, étaient à présent habitées par mille deux cents hommes, répartis à cinq par châlit. Un seul baraquement était réservé aux femmes et pouvait accueillir jusqu'à un millier de déportées.

Le 6 avril, la plupart d'entre elles furent envoyées dans le camp de Theresienstadt, alors utilisé comme vitrine du système concentrationnaire pour les visiteurs et la Croix-Rouge. Celles qui avaient encore l'énergie de se mouvoir furent contraintes de partir en train ou à pied. Les impotentes restèrent sur place, abandonnées à leur sort. Tous les hommes que les nazis pouvaient embarquer le furent également. On les emmenait plus loin, au cœur de l'Allemagne, ou bien dans d'autres camps. L'évacuation continua les deux jours suivants, nul ne sachant ce qui les attendait.

Dans la nuit du 8 au 9 avril, Gwidon Damazyn, un ingénieur polonais détenu depuis quatre ans à Buchenwald, utilisa l'émetteur à ondes courtes qu'il avait construit en cachette pour envoyer un message en morse en allemand et en anglais. « Aux Alliés. À l'armée du général Patton. Ici le camp de concentration de Buchenwald. SOS. Demandons aide. Ils veulent nous évacuer. La SS veut nous exterminer. » En accord avec Damazyn, un certain Konstantin Leonov envoya le même message en russe. Une réponse leur parvint trois minutes plus tard : « Kz Bu. Tenez bon. On arrive. État-major de la III$^{e}$ armée. »

Le message incita les détenus encore présents à l'insurrection. Dans les heures et jours qui suivirent, ils prirent d'assaut les miradors avec les armes qu'ils avaient cachées et tuèrent certains des gardes. Les responsables du camp préférèrent fuir plutôt que d'affronter l'armée américaine en approche. À leur départ, ils laissèrent derrière eux vingt et un mille prisonniers, dont seulement quelques centaines de femmes.

Le 11 avril 1945, un groupe de combattants appartenant à la 6$^{e}$ division blindée de la III$^{e}$ armée des États-Unis entra dans Buchenwald. C'était le premier camp de concentration à être libéré par les Américains. D'autres l'avaient déjà été par les Russes lors de leur avancée à travers la Pologne.

Aucun des soldats n'était préparé à ce qu'ils allaient découvrir : des squelettes ambulants au regard hanté, certains trop faibles pour marcher ou même se lever, d'autres poussant des cris de joie mêlés de larmes. Les libérateurs aussi pleuraient. Les prisonniers tentèrent de les porter en triomphe, mais ils n'en avaient plus la force. Beaucoup moururent alors même que les Alliés entraient dans le camp, ou peu de temps après. Avec les nazis, la malnutrition et les maladies qui en découlaient avaient été leurs pires ennemis pendant toutes ces années de captivité.

Les soldats américains qui pénétraient dans les baraquements étaient horrifiés par ce qu'ils y trouvaient : la puanteur et la crasse, la déchéance des corps et l'anéantissement de ces gens, trop faibles pour bouger, que les Allemands en pleine retraite auraient achevés s'ils en avaient eu le temps.

Dans un de ces mouroirs, un grand échalas squelettique tituba vers eux en agitant les bras. Il avait la tête rasée et son uniforme crasseux en loques révélait ses côtes. On aurait dit un cadavre et il était impossible de lui donner un âge. Il semblait désespéré.

— Les femmes…, fit-il. Où sont les femmes ? Elles sont toutes parties ?

— On ne sait pas encore. On vient juste d'arriver. Où les trouve-t-on d'habitude ?

L'homme leur désigna un autre baraquement, vers lequel il commença à se diriger d'un pas chancelant.

— Attendez ! l'arrêta un jeune sergent, qui le soutint avant qu'il tombe. Ça fait combien de temps que vous n'avez pas mangé ni bu ?

— Cinq jours.

Le sous-officier ordonna alors à deux de ses hommes de contacter le maire de Langenstein pour qu'il fournisse sur-le-champ eau et nourriture au camp. Un autre gradé avait déjà demandé par radio du personnel médical : tous les détenus ressemblaient à des morts-vivants.

— Laissez-moi vous conduire au baraquement des

femmes, s'obstina le prisonnier alors qu'il tenait à peine debout.

Deux soldats l'aidèrent à monter dans une Jeep, tentant d'ignorer sa puanteur. L'homme ne pesait presque rien. Ses godillots, récupérés sur un autre détenu tué par les nazis, étaient ouverts à leur extrémité et leurs semelles étaient complètement usées. Une fois à destination, ils découvrirent des prisonnières dans un état plus affreux encore que celui des hommes. Toutes celles qui le pouvaient, parfois soutenues par leurs camarades, étaient sorties regarder les troupes américaines explorer le camp. Elles ne savaient pas à quoi s'attendre, mais cela ne pouvait pas être pire que ce qu'elles avaient connu jusque-là. Certaines étaient passées par d'autres camps avant d'être envoyées à Buchenwald, d'autres avaient fait l'objet d'expériences médicales indicibles, toutes avaient dû travailler comme des forçats. Nombre de leurs camarades n'avaient pas survécu.

Les soldats entendirent alors leur guide improvisé se présenter, dans un anglais fluide mais avec un fort accent :

— Je m'appelle Jacob Stein. Je suis autrichien et je suis ici depuis cinq ans.

Craignant qu'il ne fasse une chute en descendant de la Jeep, l'un des soldats lui prêta main-forte. Jacob Stein clopina aussitôt vers deux détenues à qui il s'adressa en allemand.

— Emmanuelle ? Elle est partie ? demanda-t-il, au bord de la panique, pendant que les soldats, horrifiés, contemplaient ces femmes à peine vivantes, aux traits dévastés.

Le visage de Jacob, déformé par une grimace de terreur, ne valait guère mieux. Les militaires se demandaient s'il cherchait sa femme mais ne posèrent pas la question.

Ils se contentaient de sourire pour ne pas effrayer les détenues qui s'approchaient d'eux.

— Elle est à l'intérieur, croassa une femme aux lèvres violacées, enveloppée dans une vieille couverture en lambeaux.

Cet amas de fils crasseux ne pouvait pas la réchauffer. Ses yeux étaient brillants de fièvre et elle tremblait de tous ses membres, au point qu'elle trébucha et tomba dans les bras d'un soldat, qui la déposa dans la Jeep.

— Les toubibs arrivent, lui dit-il. Docteurs.

À ces mots, la prisonnière parut terrifiée et se recroquevilla. Comment auraient-ils pu savoir ce qu'elle avait enduré et que la plaie gangrenée le long de sa jambe en était le résultat direct ? Le chauffeur de la Jeep demanda par radio une assistance médicale pour plusieurs centaines de femmes. Pendant ce temps, Jacob entra en claudiquant dans le baraquement.

Un long moment s'écoula avant qu'il réapparaisse, une femme au seuil de la mort dans les bras. À peine plus grande qu'une enfant, elle ne semblait pas peser plus de vingt-cinq kilos. Jacob vacillait pourtant sous la charge, mais ne la lâchait pas. L'un des soldats prit le relais et l'installa délicatement dans le véhicule. La détenue esquissa un sourire de remerciement.

— J'ai cru qu'ils t'avaient transférée, dit Jacob en français, les larmes aux yeux.

— Ils ne m'ont pas repérée, j'étais sur le châlit. Mais la moitié d'entre nous ont été emmenées.

Si elle avait fait partie de ce convoi, la marche forcée en direction de la Bohême-Moravie lui aurait à coup sûr été fatale. Ou bien elle serait morte piétinée dans le wagon à bestiaux.

— Les Américains sont là, maintenant, dit-il d'une voix réconfortante. Tout ira bien.

Elle hocha la tête, ferma les yeux une seconde puis les rouvrit pour le regarder de ses immenses yeux verts. Ensuite elle se tourna vers les soldats et leur sourit. Sur sa veste s'étalait un numéro. Jacob aussi en avait un. Ils en avaient tous. Car ici ils étaient des numéros, pas des hommes. Exclus du genre humain, ils faisaient partie, selon les nazis, de nuisibles à éradiquer, au premier rang desquels les Juifs. Jacob et Emmanuelle l'étaient tous les deux. Française, de Paris, elle avait été déportée avec sa mère et sa jeune sœur, laquelle avait été tuée dès leur arrivée au camp ; leur mère avait été emportée par la maladie quelques mois plus tard. Emmanuelle n'était pas la seule à avoir vécu ce drame. Bien d'autres femmes avaient vu leur famille et leurs enfants assassinés. On n'épargnait que les plus valides, assez fortes pour travailler. Les mains d'Emmanuelle, sales, aux ongles cassés et noirs de crasse, attestaient ce sort. Par chance, elle avait été affectée au potager du camp, ce qui lui avait permis de donner, de temps à autre et au péril de sa vie, des bouts de pommes de terre et de navets à Jacob quand ils se croisaient.

— On emmène ces deux femmes voir un toubib, et vous aussi, dit le soldat près de Jacob. Des camions seront là pour les autres dans quelques minutes. Nos infirmiers vont s'occuper d'elles. Vous pouvez le leur dire ? Les nazis sont partis. Plus personne ne leur fera de mal.

Jacob traduisit en français pour Emmanuelle, puis en allemand et en russe, qu'il semblait aussi parler couramment. Les détenues acquiescèrent, et la Jeep prit la direction du bâtiment principal. Jacob serrait fort la main d'Emmanuelle. À côté d'eux, l'autre femme avait sombré dans l'inconscience.

Où qu'ils posent les yeux, les soldats croisaient des regards éteints, ouverts sur un enfer innommable qu'aucune personne étrangère au camp ne pouvait saisir pleinement. Les détenus n'avaient pas la force d'expliquer, mais leur seule allure témoignait de ce qu'ils avaient subi.

Une tente médicale avait déjà été dressée, et un infirmier escorta Jacob et Emmanuelle à l'intérieur, tandis qu'un autre y portait leur camarade inconsciente. Une fois Emmanuelle confiée à un médecin militaire, Jacob ressortit en titubant pour aider les Américains à se repérer dans le camp. Partout, l'horreur attendait les libérateurs qui entraient dans les baraquements, suivis de membres des unités médicales munis de brancards pour transporter les malades et les morts. Il y avait dehors des montagnes de corps nus que les nazis n'avaient pas eu le temps d'enterrer.

Jacob resta longtemps avec les soldats afin de leur servir d'interprète. Après ça, il retourna à l'infirmerie de campagne retrouver Emmanuelle. Pour lui, la jeune femme avait volé de la nourriture, ce qui lui avait sauvé la vie. Elle était son amie. Rien de plus – qui aurait parlé d'amour, ici ? L'amitié était déjà un fait assez rare à Buchenwald, alors avec une femme... Emmanuelle avait eu beaucoup de courage de lui donner ce qu'elle avait pu. Une fois, elle avait failli se faire prendre : la soupçonnant d'avoir volé une pomme de terre, un garde l'avait arrêtée. Heureusement, en voyant l'objet du délit tombé au sol, tout petit et pourri, l'homme n'avait pas insisté. La jeune femme avait juste écopé d'un coup de fouet sur la nuque et avait pu récupérer le tubercule à la fin de sa journée de travail.

L'infirmier qui s'occupait d'elle lui demanda son nom. Jacob répondit à sa place :

— Emmanuelle Berger. Vingt-trois ans. Elle vient de Paris. Elle est ici depuis presque deux ans.

— C'est votre sœur ?

— Non, je suis autrichien. Nous sommes amis.

Le jeune soldat hocha la tête et prit note. Avec l'aide de la Croix-Rouge, les Américains recueilleraient ainsi plus de vingt et un mille témoignages à Buchenwald. Autant de survivants dont ils rechercheraient ensuite les familles. Ils n'étaient pour l'instant qu'au début de cette tâche et, dans le camp, les prisonniers continuaient de mourir. Pour certains, la libération survenait trop tard. Pour d'autres, comme Emmanuelle, juste à temps. Sa codétenue était morte pendant qu'on l'auscultait.

Le 12 avril, la 80e division d'infanterie américaine prit la relève. De nouvelles unités médicales étaient arrivées depuis la veille, en réponse aux appels d'urgence des premiers libérateurs. Tous furent aussi bouleversés que leurs prédécesseurs par ce camp empli de cadavres ambulants s'accrochant désespérément à la vie. Que ces gens aient pu survivre dépassait l'entendement. Tous les interprètes étaient mis à contribution pour communiquer avec les prisonniers, originaires de l'Europe entière. Parlant anglais, allemand, russe et français, Jacob continuait donc à seconder les soldats.

Le lendemain débarquèrent les représentants de la presse, qui photographièrent l'intégralité du complexe concentrationnaire. Une équipe réalisa également un film d'actualités sur les détenus libérés. Le monde aurait ainsi la preuve irréfutable de la barbarie nazie, qui s'exerçait de la sorte non pas sur des prisonniers de guerre – encore que pareil traitement aurait été impardonnable vis-à-vis d'eux aussi – mais sur des civils raflés dans toute l'Europe dans le seul but de les exterminer. Les Américains connaissaient l'existence d'autres camps de ce type, mais Buchenwald était le premier qu'ils voyaient de leurs propres yeux.

Le maire de Langenstein s'était exécuté : eau et nourriture parvenaient au camp pour les prisonniers. Les deux leur étaient dispensées avec un soin méticuleux par la Croix-Rouge et le personnel médical. L'absorption subite de l'un ou de l'autre en grande quantité après une longue période de privations risquait en effet de tuer les survivants affamés aussi sûrement que tous les sévices antérieurs. L'armée avait enterré les cadavres, dont seul le matricule permettait désormais l'identification. Celle-ci serait possible grâce aux registres soigneusement tenus retrouvés à l'administration – les geôliers nazis n'avaient pas eu le temps de les détruire. Les Américains avaient aussi découvert des dossiers exhaustifs sur les expériences menées au centre de recherche médicale. Mais tout cela serait épluché plus tard. L'urgence était d'abord de s'occuper des survivants. Si beaucoup moururent dans les premiers jours, médicaments et nourriture remirent progressivement d'aplomb les plus jeunes et les plus robustes. Le général Patton lui-même vint visiter le camp. Des équipes de tournage se succédèrent pour filmer le travail de la Croix-Rouge et les hôpitaux de campagne.

Au milieu de ce tourbillon, Emmanuelle avait donc confirmé à ceux qui recensaient les détenus qu'elle avait 23 ans et était la seule survivante de sa famille. Jacob, lui, en avait 25, et tous les siens avaient également été exterminés : ses grands-parents et ses deux jeunes sœurs avaient été fusillés à leur arrivée au camp, ses parents étaient morts d'épuisement des mois plus tard.

Après la libération du camp, les plus malades furent transférés dans des hôpitaux militaires ou des cliniques locales. Les autres rejoignirent des centres gérés par la Croix-Rouge. Là, on organisait leur rapatriement quand c'était possible, ou bien on les aidait à localiser leur famille, parfois dans d'autres camps – les Alliés les libéraient au fur et à mesure de leur progression et trouvaient partout des conditions de vie aussi horribles qu'à Buchenwald.

Ceux qui n'avaient nulle part où aller entraient dans la catégorie des « personnes déplacées ». Certains envisageaient de gagner la Palestine, mais là-bas ou ailleurs, encore fallait-il réussir à quitter l'Allemagne. La chose n'était pas facile à cause des quotas d'immigration fixés par certains pays, dont les États-Unis.

Jacob avait demandé à être transféré avec Emmanuelle dans un camp pour survivants établi par l'armée à quelques kilomètres de Buchenwald. Là, on leur donna des vêtements qui rendirent à son amie son allure de jeune fille. À défaut de recouvrer tout de suite la santé, elle n'avait au moins plus l'air d'une enfant mourante. Ni l'un ni l'autre ne firent la queue devant la tente de la Croix-Rouge : ils n'avaient personne à rechercher ni de chez-eux à retrouver. Ils étaient là depuis un mois lorsqu'ils apprirent que des organisations juives américaines proposaient de fournir aux survivants candidats au départ un parrain prêt à payer leur trajet et à les aider à obtenir un nouveau foyer et du travail aux États-Unis. Le Bureau des réfugiés de guerre, créé en 1944 par le président Roosevelt, travaillait en effet de conserve avec ces organisations. La question des quotas devenait de ce fait moins problématique.

Jacob et Emmanuelle en discutèrent un après-midi, alors qu'ils prenaient le soleil assis côte à côte. La guerre en Europe avait pris fin une semaine plus tôt, mais leur avenir demeurait flou. Jacob était seul et avait tout perdu. L'ensemble des biens des Stein avaient été confisqués au moment de la déportation : l'argent, la maison de Vienne et un château près de Salzbourg, qu'ils possédaient depuis deux siècles. L'Anschluss avait par ailleurs obligé le jeune homme à interrompre ses études, l'université étant dès lors interdite aux Juifs, et son père avait été forcé de céder leur banque au III$^{e}$ Reich. Seules les cendres du passé et la tristesse l'attendaient désormais à Vienne. Il n'y retournerait pas.

D'un point de vue matériel, Emmanuelle avait eu moins à perdre. Son père était mort quand elle était très jeune, et la famille avait vécu sur le salaire de sa mère, petite main dans une maison de haute couture parisienne. Cette femme courageuse acceptait aussi des travaux en extra, pour lesquels Emmanuelle l'aidait souvent. Peu avant leur déportation, elle avait cependant été licenciée et ses clients avaient cessé de faire appel à elle les uns après les autres, de peur d'être associés de près ou de loin à une Juive. Puis les voisins, des amis de toujours, les avaient dénoncées et avaient pris possession de leur appartement avec l'accord de la préfecture de police. Emmanuelle refusait de revoir ces gens-là et ne voulait sous aucun prétexte remettre les pieds à Paris. Elle non plus n'avait nulle part où aller. Mais ils ne pouvaient pas rester indéfiniment dans ce camp.

— Tu es sûre de ne pas vouloir rentrer à Paris ? insista Jacob, qui fumait une cigarette offerte par les soldats.

Ces derniers se montraient très généreux et partageaient volontiers nourriture et chocolat avec eux. Drapée dans un châle de la Croix-Rouge qui ne suffisait pas à la réchauffer tant elle était frêle, Emmanuelle secoua la tête.

— À quoi bon ? Nos voisins ont récupéré notre appartement, qui était plus grand que le leur. Je les soupçonne d'ailleurs de nous avoir dénoncées dans ce but.

Il opina du chef. De nombreux Autrichiens avaient fait de même, se retournant contre des Juifs qu'ils connaissaient de longue date, des Juifs qui comptaient souvent parmi les piliers de la société, comme les membres de sa famille. Soudain, on avait assisté à une hystérie collective, nourrie par la cupidité et la jalousie, que personne n'aurait crue possible dans des sociétés et des capitales civilisées. Du jour au lendemain, le seul fait d'être juif vous condamnait à une mort certaine. Sa famille n'avait pourtant jamais été pratiquante, pas plus que celle d'Emmanuelle, mais elles n'en étaient pas moins juives.

— L'Amérique pourrait être une solution, avança-t-il avec prudence.

Son amie secoua à nouveau la tête, terrifiée à cette pensée.

— Pour y faire quoi ? Je ne connais personne là-bas et je ne parle pas anglais. Jamais je ne trouverai de travail.

— Selon la Croix-Rouge, là-bas, les parrains aident les gens à obtenir un logement et un emploi, et ils les prennent en charge jusqu'à ce qu'ils puissent le faire eux-mêmes.

— Je veux rentrer en France, mais pas à Paris. Tu comptes aller en Amérique, toi ?

Cette idée emplissait Emmanuelle de tristesse, car Jacob était son seul ami et il avait bien pris soin d'elle ces dernières semaines. Ils étaient devenus inséparables. Et puis les soldats américains le respectaient depuis qu'il les avait aidés, et aussi parce qu'il parlait anglais.

— Je suis partagé, dit-il. Moi non plus, personne ne m'attend là-bas, mais en même temps, rien ne me retient ici. Et comme toi, je ne sais pas quel genre de travail je pourrais décrocher sur place : normalement, après l'université, j'aurais dû être employé dans notre banque, mais aujourd'hui, à quoi pourrais-je prétendre ? Je n'ai pas terminé mes études.

— Moi, j'ai arrêté après le certificat d'études. Je n'étais pas très bonne à l'école, avoua-t-elle avec timidité. Tout ce que je sais faire, c'est coudre.

— Dans ce cas, tu n'auras aucune difficulté à trouver de l'ouvrage, d'autant qu'il n'y a pas besoin de parler anglais pour ça, la rassura-t-il.

Emmanuelle acquiesça, mais l'Amérique l'effrayait quand même : ça semblait si loin. Jamais elle n'avait rêvé d'y aller, et ce nom sonnait à présent comme un cauchemar, même si les soldats s'étaient tous montrés à la fois gentils et respectueux, et si Jacob les aimait bien.

Au cours du dernier mois, tous deux avaient recouvré quelques forces et ils étaient désormais en meilleure santé. Grâce aux repas équilibrés et réguliers, la jeune femme avait repris un peu de poids en dépit d'un estomac récalcitrant. Ils avaient perdu l'habitude de s'alimenter normalement et elle avait de fréquents maux de ventre, tout comme lui d'ailleurs. Cela n'empêchait pas Jacob de manger avec voracité, la nature reprenant le dessus et le corps réclamant des apports d'énergie. Vu qu'il était naturellement élancé, les kilos repris ne se remarquaient pas encore, mais son visage était moins émacié et ses yeux, moins enfoncés dans leurs orbites. Ses cheveux, d'un noir d'ébène, avaient même commencé à repousser.

De son côté, le crâne d'Emmanuelle se couvrait de boucles blondes semblables à celles d'un bébé. Mais tous deux avaient toujours l'air d'avoir traversé l'enfer. Jacob avait notamment des problèmes aux pieds dus aux engelures dont il avait souffert chaque hiver, à cause de godillots trop grands pour lui et ouverts à tous les vents. Heureusement, la Croix-Rouge et l'armée les avaient pourvus en vêtements. Certains étaient un peu étranges et aucun ne tombait bien, mais au moins ils étaient propres et chauds. Les uniformes qu'ils portaient au camp, puant atrocement et pleins de vermine, avaient été brûlés. Jacob savait qu'il n'oublierait jamais cette pestilence, pas plus que l'odeur des baraquements, de leurs propres corps et celle des montagnes de cadavres entassés à l'extérieur, attendant d'être enterrés.

Emmanuelle faisait toujours des cauchemars, et seul Jacob était en mesure de la comprendre, car, malgré ce qu'ils avaient vu à leur arrivée, les soldats ne pouvaient imaginer la réalité du camp quand il tournait à plein régime. C'était l'enfer sur terre. Combien de fois avait-elle souhaité mourir plutôt que de vivre un jour de plus dans cet endroit ? Pourtant, ils avaient tenu, elle pendant deux ans et Jacob pendant cinq. À l'époque, nul n'aurait pu dire qui s'en sortirait ou pas. Toutes les nuits, dans les châlits, des prisonniers rendaient l'âme, et d'autres se réveillaient le matin contre des cadavres aux yeux grands ouverts.

Jacob et Emmanuelle allèrent à nouveau discuter avec un membre de la Croix-Rouge des possibilités qui s'offraient à eux. Un rapatriement ne les tentait guère, vu les mauvais souvenirs qu'ils avaient tous les deux de leurs derniers jours dans leurs pays d'origine : après leur arrestation, Emmanuelle, sa mère et sa sœur avaient passé trois mois dans un stade avant d'être déportées à Buchenwald ; quant aux Stein, ils avaient été maintenus dans un centre de rétention non loin de Vienne pendant des mois.

— Si ça vous intéresse, dit la femme de la Croix-Rouge avec gentillesse, nous avons une offre de parrainage pour chacun de vous, l'une à Chicago et l'autre à New York, par le biais de l'organisation américaine de secours dont je vous ai déjà parlé. Et le Bureau des réfugiés de guerre fait également tout ce qu'il peut pour les déplacés.

Ce qu'elle ne dit pas, c'est qu'il valait mieux avoir des relations pour espérer passer à travers les mailles de la réglementation et faire partie des quotas.

— Pouvons-nous aller au même endroit ou avoir le même parrain ? s'enquit Jacob, soudain gêné devant Emmanuelle.

Il ne voulait pas paraître présomptueux, mais il la savait trop effrayée pour se rendre en Amérique toute seule. Elle avait beau avoir affronté l'inimaginable avec courage, traverser l'Atlantique la tétanisait.

— Vous êtes mariés ? demanda l'employée.

— Non, juste amis, répondit Jacob.

— Ah... Nos parrains n'acceptent les couples que s'ils sont mariés, c'est un point auquel ils sont très attachés. Sans cela, chacun doit déposer individuellement sa demande et sera placé en fonction des disponibilités d'accueil. Nous soumettons les profils aux gens prêts à servir de caution et ce sont eux qui choisissent qui ils souhaitent prendre en charge, les règles sont très strictes à ce sujet. Il faut savoir que la plupart postulent par le biais de leur synagogue. Sachez qu'il y a aussi des organisations de secours à Los Angeles et à Boston. Avez-vous de la famille là-bas ?

Tous deux secouèrent la tête.

— Non, il n'y a plus que nous.

Ils n'avaient même pas de passeport, et leur citoyenneté leur avait été retirée par leurs pays respectifs à la suite des lois antijuives. Les États-Unis proposaient de leur en fournir un, à condition que des citoyens américains se portent garants d'eux. L'employée leur donna à chacun un document où figuraient toutes les informations, et ils sortirent pour en rediscuter.

— Une chose est sûre : on ne pourra pas rester ici éternellement, conclut Jacob.

Tôt ou tard, ils devraient se décider. Et il n'aurait su dire pourquoi, mais New York l'attirait terriblement. Il en parla avec un soldat qui lui avait offert une cigarette.

— Ça ressemble à quoi, l'Amérique ?

— C'est la terre de tous les possibles. Moi, je suis de Brooklyn. Mon oncle est boucher et je travaillais pour lui avant la guerre, mais à mon retour j'irai dans l'Ouest. Il y a de bons boulots là-bas.

— Brooklyn ? C'est où exactement ? demanda Jacob, qui n'en avait jamais entendu parler.

— C'est un des quartiers de New York, comme le Queens, Manhattan, Staten Island, le Bronx. Ça te plairait, c'est sympa. Bon sang ! Qu'est-ce que je donnerais pas pour un hot dog et une bière à Times Square, suivis d'une virée en ville !

Il adressa un sourire entendu à Jacob, qui éclata de rire. Ils avaient le même âge.

— J'envisage de signer avec l'un des parrains qui proposent de nous trouver un emploi et un logement aux États-Unis par le biais d'organisations juives de secours.

— Ta petite amie peut te suivre ?

— Pour ça il faudrait que nous soyons mariés. Dans l'immédiat, elle ne peut que déposer un dossier de son côté, avec le risque d'être envoyée dans une autre ville : Boston, Chicago ou Los Angeles. Mais je ne crois pas qu'elle tienne à y aller de toute façon. Elle a peur de partir aussi loin, de se jeter dans l'inconnu. Pourtant, ça ne peut pas être pire qu'ici, dit Jacob en regardant autour de lui.

Le soldat fut désolé d'entendre ça, d'autant plus que Jacob était marqué par l'épreuve : vieilli avant l'âge, il avait du mal à marcher et se tenait toujours voûté d'avoir été tant de fois bastonné. Mais au moins était-il en vie. Tant d'autres étaient morts, dans le mois écoulé, de la typhoïde, du typhus, de la tuberculose, de la fièvre jaune, de dysenterie et de malnutrition, et nombre de survivants souffraient de dépression ou de troubles délirants.

— Et si tu l'épousais ? suggéra l'Américain.

Jacob y avait bien songé, mais il ignorait ce qu'en penserait Emmanuelle – il n'avait pas osé lui en parler. L'idée lui plaisait cependant, même si elle paraissait un peu prématurée. En attendant, abandonner son amie en Allemagne lui semblait inconcevable. Il y avait bien la Palestine, mais y aller était compliqué et il n'en avait aucune envie. New York était la meilleure option, s'ils parvenaient à avoir du travail et un toit.

Ce soir-là, comme tous les soirs, il dîna avec Emmanuelle au réfectoire. La jeune femme était fatiguée et inquiète, à l'image de la plupart des rescapés, qui ne savaient quel serait leur sort. Beaucoup tentaient toujours d'obtenir des nouvelles de leurs proches, dispersés dans d'autres camps. Ils ne disposaient pour cela que de rumeurs ou bien de témoignages de personnes qui disaient les avoir vus des années plus tôt. Pour l'heure, le plus grand chaos régnait dans les camps fraîchement libérés.

Jacob attendit quelques jours de plus avant d'oser aborder la question avec son amie :

— Je me disais... Si on était mariés, on serait forcément pris en charge par le même parrain, en tant que couple. Et une fois à New York, je pourrais prendre soin de toi. Comme ça, tu ne serais pas toute seule.

Elle le regarda d'un air surpris.

— Et si on ne se sent pas bien là-bas ? Comment reviendrons-nous en Europe ?

— On économisera. Mais entre nous, vers quoi reviendrions-nous ? Il ne me reste rien à Vienne et nous n'avons aucune certitude de pouvoir à nouveau être accueillis dans nos pays d'origine. Nos concitoyens nous ont dénoncés avec plaisir. Les Français comme les Autrichiens. C'était la guerre, d'accord, mais beaucoup de nos amis semblaient tout prêts à coopérer avec les Allemands. Ce ne sera sans doute pas facile pour nous là-bas à l'avenir.

Elle hocha la tête. Elle aussi avait réfléchi à tout cela.

— Alors tu veux te marier ? reprit-elle d'une voix si douce qu'il l'entendit à peine.

Il hocha la tête à son tour et lui prit la main.

— Emma, tu m'as sauvé la vie, tu as volé de la nourriture pour moi, alors que tu aurais pu mourir pour ça. Ton geste m'a donné de l'espoir quand je n'en avais plus aucun.

— Et c'est suffisant pour se marier ? demanda-t-elle.

Tous deux savaient pourtant que s'ils ne le faisaient pas, ils risquaient de ne jamais se revoir. Pour elle, il était désormais le seul visage familier dans une mer d'inconnus, à l'exception des femmes de son baraquement, qui ne tarderaient pas à partir elles aussi.

— Certains se sont mariés pour moins que ça, avança Jacob, plein de sagesse. Et je te promets de te protéger.

Aujourd'hui, il pouvait l'affirmer, chose impossible un mois plus tôt. Aujourd'hui, il pouvait se montrer galant. L'espace d'un instant, cela lui rappela son ancienne vie, celle où les hommes prenaient soin des femmes et leur servaient de bouclier. Au camp, leur existence s'était limitée à la survie.

— Et si tu ne veux plus de moi une fois à New York ? Tu pourrais rencontrer une belle Américaine et en tomber amoureux.

Son inquiétude le fit sourire et il serra sa main plus fort.

— Je n'ai pas besoin d'une Américaine. Je suis déjà amoureux.

Elle rougit, paraissant tout à coup très jeune malgré les cernes noirs sous ses yeux.

— Moi aussi, je t'aime, dit-elle d'une voix assurée. Mais je croyais que tu me considérais juste comme une amie.

— Notre amour sera plus fort lorsque nous aurons appris à nous connaître. Pour l'instant, nous avons la possibilité de construire une nouvelle vie dans un nouvel endroit où l'on veut nous aider. C'est un bon début.

Elle approuva d'un geste et ils marchèrent en silence pendant un moment. Puis elle s'arrêta et leva les yeux vers lui.

— Oui, dit-elle simplement.

— Oui quoi ? l'interrogea-t-il, l'esprit ailleurs, concentré sur elle et les possibilités qui s'offraient à eux.

— Oui à ce que tu as dit... tout à l'heure...

Elle ne voulait pas prononcer les mots elle-même et il sourit quand il le comprit.

— Emmanuelle Berger, me ferez-vous l'honneur de devenir ma femme ? lui demanda-t-il alors solennellement en mettant un genou à terre, à même la poussière du chemin.

— Oui, répondit-elle dans un souffle, radieuse.

Jacob se releva et l'embrassa avec douceur. Elle était si frêle qu'il craignait de la briser s'il la serrait dans ses bras. Lui-même demeurait fragile, mais elle avait beaucoup de mal à se remettre des violents coups reçus lorsqu'elle n'allait pas assez vite. Avant d'être affectée au potager, elle avait fait partie des détachements chargés d'évacuer les morts.

Il passa un bras autour de ses épaules et la raccompagna lentement à son baraquement, tout proche du sien.

— Demain, on retourne à la Croix-Rouge pour voir ce qu'ils ont à nous proposer. Ensuite, on ira voir l'aumônier et on lui demandera de nous trouver un rabbin.

Plusieurs rabbins visitaient en effet le camp pour soutenir les prisonniers juifs.

— Bonne nuit, Emmanuelle, dit Jacob, qui l'embrassa à nouveau avec douceur.

— Merci, répondit-elle en lui souriant timidement, avant de se glisser dans son dortoir.

Jacob, tout heureux, mit ses mains dans ses poches et rejoignit son propre baraquement d'un pas léger.

# 2

Deux semaines plus tard, une fois leurs papiers fournis par la Croix-Rouge et l'organisation juive de secours, Emmanuelle et Jacob montaient dans un train pour Calais. De là, ils prendraient un ferry pour l'Angleterre, puis un autre train pour Southampton afin d'embarquer sur le *Queen Mary*, destination New York. Avec eux, quatorze mille soldats feraient la traversée, trois hommes se reposant à tour de rôle sur la même couchette. Seuls cinquante-huit civils avaient été autorisés à embarquer, dont Emmanuelle et Jacob, grâce aux relations de leurs soutiens.

Sept semaines s'étaient écoulées depuis leur libération. Emmanuelle arborait de courtes boucles blondes et Jacob une sorte de coupe au bol parsemée, à sa grande surprise, de mèches grises. Cela lui donnait l'air bien plus âgé qu'elle, alors qu'ils n'avaient que deux ans de différence. Au moment de partir, tous deux avaient remercié les volontaires de la Croix-Rouge pour leur aide. Leurs papiers étaient en règle, et l'armée leur avait délivré des sauf-conduits pour circuler en France et en Angleterre. Ils n'avaient pas de vrais passeports, mais des documents les identifiant comme des personnes déplacées, victimes de la guerre, demandant asile aux États-Unis. Ils avaient aussi des déclarations sous serment de la part de leurs parrains, Rachel et Harry Rosen, de New York. Un petit studio avait été loué pour eux et du travail les attendait à la fabrique de M. Rosen. Ce dernier était dans la confection pour femme. Jacob n'avait aucune idée de ce qu'il ferait là-bas, peut-être quelque chose en lien avec la finance puisqu'il avait mentionné dans son curriculum vitae ses études en commerce et finance ainsi que son expérience dans la banque familiale. Dans l'immédiat, il ne s'inquiétait pas de cela.

À partir de Southampton, ils vogueraient donc sur le *Queen Mary*, qui avait servi de transport de troupes pendant la guerre. De cette période, le navire conservait encore un canon de six pouces et sa peinture gris militaire.

Même sans l'argenterie, la porcelaine et les objets d'art qui l'ornaient en temps de paix, le paquebot demeurait très élégant. C'était aussi l'un des plus rapides de son temps. Son aura intacte rappela à Jacob les voyages accomplis avec ses parents quand il était enfant. L'un d'eux s'était effectué sur le *Normandie*, un paquebot incroyable. Jacob en gardait un très bon souvenir. Cette fois, la traversée serait plus rudimentaire. La cabine qu'on leur avait assignée serait probablement minuscule. C'était l'organisation de secours qui avait réservé leurs places dans l'entrepont, payées par les Rosen.

On était le 1er juin. Une semaine plus tôt, un rabbin, aumônier militaire, les avait mariés. Il leur avait souhaité bonne chance et leur avait rappelé qu'ils méritaient une vie douce après ce qu'ils avaient enduré.

« La traversée sera notre lune de miel », avait déclaré Jacob avec grandiloquence, rendu euphorique par le privilège de faire partie des rares civils acceptés pour le voyage.

Quand ils embarquèrent avec leurs petites valises en carton contenant leurs quelques possessions, ils découvrirent qu'ils partageraient la cabine avec un autre couple. Il y avait à peine la place de se mouvoir, si bien qu'ils posèrent leurs valises sur les couchettes puis montèrent sur le pont afin de regarder le bâtiment lever l'ancre. On les avait prévenus qu'il y avait encore des mines sous-marines, et un sous-marin coulé bouchait en partie la sortie du port. La manœuvre requérait toute l'attention de l'équipage. Jacob poussa un soupir de soulagement quand le navire cingla vers le large. Il prit alors la main de sa femme.

— Mon petit doigt me dit que New York va nous plaire, déclara-t-il avec confiance.

Elle sourit. De nature plus inquiète que lui, elle appréciait son côté positif. Et il avait certainement beaucoup d'autres qualités en réserve. Ils se connaissaient encore peu et n'avaient même pas eu l'occasion de consommer leur mariage, ce qui ne serait apparemment guère possible durant le voyage. Jacob s'en désolait. Mais ils avaient survécu à la guerre et ils voguaient vers la liberté. Cela suffisait pour l'instant. Ils auraient tout le temps de se découvrir plus intimement une fois arrivés.

À cette période de l'année, le temps était clément et la traversée se déroulerait sans encombre. Le premier jour, ils s'installèrent dans un coin, sur le pont, face à l'océan. Le deuxième jour, ils aperçurent des dauphins, et le troisième, le capitaine fit une annonce : à partir de là, il n'y avait plus de risques de mines. La guerre était derrière eux. Ils étaient enfin en sécurité, en route pour leur nouveau foyer.

La traversée prit onze jours, bien plus que la normale en raison de la charge du paquebot. La dernière nuit, les deux jeunes gens s'assirent dehors pour contempler les étoiles. Jacob embrassa Emmanuelle et la serra contre lui. Il posa sa veste sur ses épaules, car elle frissonnait dans l'air nocturne. Ils étaient censés accoster à New York le lendemain matin, tirés par des remorqueurs. Seuls dix passagers sur les cinquante-huit civils étaient des immigrants, à cause de la rigueur des quotas. Les autres étaient des citoyens américains bloqués en Europe par la guerre et qui avaient hâte de retrouver leur pays. On avait expliqué à Jacob et Emmanuelle qu'avant la guerre ils auraient transité par Ellis Island, mais qu'à présent l'île était utilisée comme centre de détention pour les Allemands, les Italiens et les Japonais. À la place, ils seraient envoyés sur un ancien site militaire, près d'Oswego, dans l'État de New York, reconverti pour traiter les demandes d'immigration. Ils y resteraient le temps de s'assurer que leurs papiers étaient en règle, ainsi que pour des examens médicaux et des vaccins complémentaires. Les Rosen avaient prévu de les rencontrer à New York une fois que tout serait validé. Ils étaient aussi curieux du jeune couple que ce dernier l'était d'eux. Mais dans le fond, peu importait à Jacob et à Emmanuelle à quoi ressemblaient leurs bienfaiteurs, ils leur étaient avant tout extrêmement reconnaissants. Sans garants, ils auraient végété pendant un bon bout de temps en Europe, où le travail était rare et l'économie en piteux état. Une nouvelle vie en Amérique tombait à pic.

Cette nuit-là, Jacob put à peine fermer l'œil tant il avait hâte d'atteindre le port de New York. Il voulait voir la statue de la Liberté depuis le bateau, afin de se prouver qu'ils étaient bel et bien là. Deux mois plus tôt, jamais il n'aurait pu rêver qu'un nouveau monde les attendrait.

On les avait prévenus qu'à l'arrivée, les fonctionnaires du ministère de la Santé les soumettraient à un rapide examen médical afin de détecter tout signe de trachome, une maladie de l'œil, ou bien d'autres affections contagieuses ainsi que des troubles mentaux. Après environ une heure, ils prendraient en compagnie des autres déplacés un bus qui les conduirait au camp d'Oswego, d'où ils sortiraient un ou deux jours plus tard.

Ils finirent par descendre à leur cabine, dans les entrailles du paquebot, et s'allongèrent sur leurs couchettes. Emmanuelle dormit par intermittence et entendit jeter l'ancre à cinq heures du matin. Jacob attendit aussi longtemps qu'il put avant de se chausser et d'enfiler son manteau sur son pyjama pour monter voir si l'on distinguait déjà la statue de la Liberté et les lumières de New York. Quand il émergea sur l'un des ponts supérieurs, la statue offerte par la France était là, symbole de paix, de liberté et de l'accueil des États-Unis, avant même d'en fouler le sol.

Emmanuelle se réveilla peu après. Devinant où il était, elle alla le rejoindre. Il ne fut pas difficile à trouver : accoudé au bastingage, il contemplait sa nouvelle ville. Il sourit quand il vit sa femme approcher.

— Que fais-tu ici ? lui demanda-t-elle avec douceur.

— Rien, dit-il avant de corriger : Je dis bonjour à notre nouvelle amie.

Il lui désigna la statue. Emmanuelle lui prit la main. Ils étaient dans le même bateau et c'était de loin leur meilleure option, la seule qui vaille.

Il faisait encore nuit lorsqu'ils redescendirent se coucher afin de profiter d'une ou deux heures de sommeil supplémentaires. Une longue journée les attendait. Jacob se faufila sur l'étroite couchette à côté d'Emmanuelle et la serra contre lui. L'autre couple dormait profondément. Eux-mêmes ne tardèrent pas à en faire autant. Ils s'éveillèrent en sentant le bateau bouger à nouveau, lentement guidé par les remorqueurs. Ils s'habillèrent vite et se précipitèrent sur le pont pour observer la manœuvre. Jacob avait les larmes aux yeux tandis que le navire fendait au ralenti les eaux du port de New York avant de s'amarrer à son quai. Leurs bagages étaient prêts mais ils attendirent, comme demandé. Enfin, un officier vint les chercher pour la visite médicale. Un couple plus âgé qu'eux le suivait. Les autres passagers étaient déjà descendus : le contingent avait quitté en masse le navire dès l'accostage, et les quelques civils étaient montés dans les voitures envoyées à leur intention. Après la visite, leurs petites valises à la main, Emmanuelle et Jacob prirent à leur tour la passerelle pour atteindre le quai, où les attendait le bus. Jacob céda le passage à Emmanuelle, et l'autre homme fit de même avec son épouse. Il y avait là trois couples qu'ils n'avaient jamais vus. Tous remercièrent l'officier qui les avait aidés. Ce dernier avait encore une tâche à accomplir : il leur tendit leurs papiers dûment tamponnés. Leur entrée aux États-Unis était officielle ! L'homme leur souhaita bonne chance – il ne savait pas d'où venaient ces gens, mais il devinait qu'ils avaient eu leur lot d'épreuves.

Aucun des couples ne prononça une parole pendant le trajet vers Oswego, se demandant ce qu'ils y trouveraient. Ils découvrirent un camp militaire ordinaire, avec des baraquements. Les immigrants et déplacés semblaient avoir toute liberté de mouvement et ils discutaient avec animation. Des panneaux écrits en plusieurs langues indiquaient où aller. Les voyageurs du bus furent dirigés vers un bureau où l'on examina à nouveau leurs papiers avant de les leur rendre.

Emmanuelle avait les yeux écarquillés d'angoisse.

— Et s'ils nous refoulent ? souffla-t-elle à Jacob.

— Pas à ce stade, répondit-il en lui serrant gentiment la main.

Il avait raison. Le voyage s'était déroulé sans aucune anicroche, contredisant à chaque étape les craintes d'Emmanuelle. Leurs papiers dûment validés à la main, ils passèrent dans une vaste salle où des gens s'affairaient dans toutes les langues : russe, français, allemand… Il y avait beaucoup d'Italiens, quelques groupes où l'on parlait avec un accent irlandais, une poignée de Polonais et quelques Tchèques. On leur tendit des dossiers d'information contenant tout ce qu'ils avaient besoin de savoir. L'après-midi, ils subirent à nouveau une visite médicale afin de s'assurer qu'ils n'avaient pas de signes de tuberculose, de syphilis, de lèpre, et on leur inocula le vaccin contre la variole, obligatoire aux États-Unis.

Le médecin qui examinait Emmanuelle repéra les cicatrices sur le corps de la jeune femme. Pour elle, c'était avant tout le rappel de deux années de souffrance, de douleur et de perte. Jacob, lui, gardait des corrections une épaule visiblement plus haute que l'autre – une fracture mal remise. Il avait aussi eu un bras cassé, que les médecins du camp avaient refusé de traiter, disant que les soins n'étaient pas pour les vermines. Les blessures d'un détenu ne signifiaient rien pour eux, mais Jacob en ressentait encore les effets des années après.

Dans la journée, ils terminèrent toutes les démarches d'entrée au Bureau de l'immigration. Il ne leur restait plus qu'à attendre le membre de l'organisation de secours qui les conduirait à New York le lendemain matin.

Il y avait des centaines de gens dans la vaste salle de l'administration, certains arrivés depuis plus longtemps qu'eux et bloqués là pour raison de santé ou bien pour dossier incomplet. Parmi cette foule se trouvaient des enfants. On en voyait beaucoup par la fenêtre en train de jouer à l'aire de jeux. Des enfants heureux et en bonne santé… Une vision oubliée, porteuse d'espoir.

On avait expliqué à Jacob et Emmanuelle où se situait leur dortoir et on leur avait assigné des couchettes, côte à côte puisqu'ils étaient mariés. Les repas étaient servis dans un gigantesque réfectoire. Ils partirent donc à la recherche de leur baraquement. La porte ouverte révéla une longue rangée de lits de camp ou superposés. Les leurs se tenaient dans un coin éloigné, près d'une fenêtre par laquelle ils pouvaient voir le camp et la campagne environnante.

Les couchettes voisines étaient occupées par des gens de leur âge, mais Jacob et Emmanuelle demeurèrent à l'écart. Cette dernière s'endormit peu après, pendant que Jacob observait leur environnement. Ellis Island étant réquisitionnée, c'était par ce camp que transitait le monde entier. Le soir venu, après un copieux dîner, tous deux se couchèrent épuisés par les émotions de la journée et l'appréhension de ce qui les attendait.

Le lendemain, comme promis, se présenta un membre de l'organisation de secours, avec une lettre de bienvenue des Rosen. Emmanuelle et Jacob étant prêts, la femme les fit monter en voiture pour les emmener directement au studio loué par leurs parrains sur Hester Street dans le Lower East Side, le sud-est de Manhattan. Sur place, ils se rendirent compte que c'était un quartier juif, car toutes les enseignes étaient en hébreu et indiquaient des boutiques casher : boulangeries, boucheries, épiceries… Pour Jacob, ce détail importait peu, sa famille n'avait jamais pratiqué ni mangé casher. Pendant longtemps ses parents avaient même eu un chef français et ils regardaient généralement de haut les juifs orthodoxes. Chez Emmanuelle non plus, la provenance de la nourriture n'avait pas été primordiale. En revanche, sa mère allumait toujours les bougies et chantait les prières pour le shabbat, par amour de la tradition, amour qu'elle avait transmis à ses filles.

L'adresse où se gara la femme était un immeuble étroit, à l'air miteux, auquel on accédait par une grande volée de marches. À l'intérieur, un autre escalier les attendait pour atteindre leur appartement, au cinquième étage sans ascenseur. L'endroit était bruyant, on entendait les enfants jouer et les bébés pleurer. Des sons qu'Emmanuelle et Jacob n'avaient plus entendus depuis des années. Les bruits de familles qui menaient une vie normale. Emmanuelle en était presque choquée tant elle avait oublié à quoi ça ressemblait. Dans les camps, les enfants étaient surtout silencieux, effrayés à l'idée d'attirer l'attention. La plupart d'entre eux avaient été éliminés dès l'arrivée. Seuls les plus de 12 ou 13 ans pouvaient espérer passer cette première sélection, à condition d'être assez grands et solides pour effectuer de menus travaux. Sans rien manifester, Jacob et Emmanuelle écoutaient les bruits de l'immeuble tout en montant l'escalier. Enfin, ils parvinrent au studio.

Il s'agissait d'une pièce minuscule, meublée à l'économie. Le lit s'escamotait dans le mur, ainsi que le leur montra leur guide. Il y avait une paire de draps, quelques serviettes effilochées et deux oreillers tout plats ; dans la cuisine, deux faitouts, une bouilloire bosselée et un mobilier qui avait déjà bien vécu. L'ensemble était rudimentaire, mais fonctionnel. Les deux jeunes gens posèrent leurs bagages et regardèrent autour d'eux.

L'appartement donnait sur une cour intérieure et ne recevait jamais la lumière directe du soleil. Mais au moins ils avaient un toit sur la tête, et Jacob songea que d'ici un an ils auraient mis assez d'argent de côté pour pouvoir payer eux-mêmes le loyer, qui, pour un tel logement, devait être ridiculement bas. En effet, selon l'arrangement convenu avec les Rosen, au bout de douze mois ils étaient censés être autonomes. Leurs bienfaiteurs payaient la traversée, les documents d'entrée, un studio pendant un an et leur fournissaient un emploi à chacun. Au jeune couple incomberaient les frais de nourriture, de santé, d'habillement et de transport. Dans la lettre qu'il leur avait adressée, Harry Rosen avait expliqué qu'il ne pouvait faire plus. C'était déjà beaucoup ! Jacob leur était infiniment reconnaissant de leur permettre d'échapper à une Europe en ruine où ils auraient sans doute vécu de la charité, sans grande possibilité de trouver du travail et un logement décent.

Une fois le tour du studio effectué, la microscopique salle de bains inspectée – c'était tellement mieux que de partager des latrines avec plus d'un millier de personnes ! –, ils redescendirent avec la femme de l'organisation. Elle les conduisit ensuite dans le quartier de la confection, sur la 37e Rue Ouest, où Harry Rosen avait ses ateliers dans un vieux bâtiment en brique. Ils prirent un monte-charge pendant qu'elle leur précisait que les Rosen parrainaient un autre couple, arrivé la veille.

— C'est vraiment gentil de leur part d'en parrainer deux, constata leur guide. Les autres travailleront aussi chez M. Rosen. Mais ils ont eu moins de chance avec leur appartement, le vôtre est plus sympathique.

Parvenus dans une salle d'attente, ils patientèrent pendant vingt minutes avant que leur bienfaiteur apparaisse. C'était un petit homme replet et chauve, aux yeux rieurs, en costume gris clinquant et cravate. Il leur serra à chacun la main, et Jacob le remercia dans un anglais parfaitement fluide, teinté d'accent britannique – qu'il tenait des écoles prestigieuses où l'avaient envoyé ses parents. Harry en parut très impressionné. Jacob lui assura qu'Emmanuelle apprendrait vite et qu'elle s'y efforçait déjà. Il lui donnait lui-même des leçons. La jeune femme ne soufflait mot, terrifiée à l'idée que Harry change d'avis et les renvoie.

— Vous commencerez demain, à huit heures, leur dit ce dernier.

Il mena Emmanuelle à l'atelier de couture, afin qu'elle montre si elle savait broder, perler et utiliser une machine à coudre. Elle rejoindrait une équipe de plusieurs ouvrières.

— Et moi, quelle sera ma tâche ? demanda Jacob. Grâce aux différents stages que j'ai effectués dans la banque de mon père, les chiffres n'ont aucun secret pour moi.

— Nous avons déjà un comptable, le contra Harry, l'air affairé, avant d'ajouter sur un ton légèrement désolé : Je ne savais pas que vous parliez si bien anglais.

— C'était dans mon curriculum vitae, dit le jeune homme, impassible.

S'il dépendait pour l'instant de la charité, il n'en demeurait pas moins homme, et digne de respect.

— Je n'ai pas dû le lire correctement. Quoi qu'il en soit, on vous a mis dans notre équipe de maintenance. C'est le mieux que je puisse faire. Au moins, vous aurez un emploi et un salaire, conclut Harry en le congédiant.

— Nous vous sommes très reconnaissants, redit Jacob en leur nom à tous les deux.

Emmanuelle hocha la tête. Elle avait compris. Son anglais s'était bien amélioré pendant la traversée, grâce aux leçons de Jacob qu'elle suivait avec application, mais elle était trop timide pour le parler. Jacob le pratiquait à la moindre occasion, de manière qu'elle s'habitue très vite à entendre cette langue.

Ils quittèrent la fabrique peu après et leur guide les reconduisit dans leur quartier, dont ils firent le tour. Ils achetèrent quelques victuailles avec la petite somme que l'organisation de secours leur avait donnée, puis ils regagnèrent leur studio qui sentait le renfermé. Aussi petit fût-il, c'était chez eux. Emmanuelle ne put s'empêcher de se demander combien de temps ils devraient rester là. Même le modeste appartement qu'elle avait partagé avec sa mère et sa sœur était plus grand et plus chaleureux que ça. Mais il allait bien falloir qu'ils s'en accommodent, et s'ils travaillaient dur, peut-être pourraient-ils s'offrir un jour un meilleur logement. Au moins, ils étaient à l'abri maintenant. Emmanuelle ne parvenait cependant pas à se défaire de son sentiment d'insécurité. Tous deux avaient connu le pire, et elle craignait que cela ne recommence, même ici, à New York.

Ce soir-là, en s'attelant à la préparation du dîner, elle découvrit que trois des feux ne marchaient pas et qu'une des casseroles fuyait. L'équipement était des plus sommaire, mais elle décida de ne pas se focaliser là-dessus pendant qu'elle mettait les maigres reliefs de leur repas dans la petite glacière. Jacob la regardait faire, tout en s'efforçant de ne pas comparer avec sa vie d'antan. Néanmoins, il arrivait que certaines réminiscences viennent le hanter : la belle maison de ses parents, ses visites à ses grands-parents si élégants et si généreux, le château, que par la suite les nazis avaient occupé, toute la domesticité qui avait pris soin d'eux dans leurs différentes demeures, les œuvres d'art, le grand train de vie de ses parents. Et il en était réduit à ça. Mais comment se plaindre quand lui était en vie ? Aucun de ses proches ni aucune de ses connaissances ne pouvaient en dire autant. Il était le dernier survivant d'un monde disparu. Un monde qu'il aurait tant voulu partager avec Emmanuelle, dont la vie avait été moins aisée à Paris.

Cette nuit dans le studio était la première qu'ils passaient seuls depuis leur mariage. Emmanuelle avait l'air intimidée quand il l'aida à faire le lit. Après avoir chacun fait leur toilette, ils se glissèrent dans les draps ravaudés et se découvrirent enfin intimement. Jacob se montra doux et aimant, et chacun fut attentif aux cicatrices de l'autre. Après l'amour, elle se lova dans les bras de son mari, se sentant en sécurité pour la première fois depuis des années. Cette nuit-là, ses cauchemars furent moins violents. Jacob était devenu son havre et le centre de tout son univers.

Malgré cette nuit d'amour, ils se levèrent tôt afin d'être bien à l'heure pour leur premier jour de travail. Lui s'occupa du café et elle des toasts, puis ils partirent. À la fabrique, Jacob eut un choc lorsque l'homme qu'il devait seconder lui tendit une salopette. Il allait assister le concierge, ce qui ne requérait aucun de ses talents et savoir-faire. On lui donna un seau et un balai à franges, et on lui confia les tâches les plus ingrates, comme le nettoyage des sanitaires. Sa journée consista donc à laver les sols, à récurer et à vider les poubelles. Pas une plainte ne franchit ses lèvres au déjeuner, quand il croisa Emmanuelle. Plutôt que de parler de son propre travail, il s'enquit du sien.

— En toute franchise, nous faisons de la mauvaise qualité, et je couds des perles et des fleurs sur des chemisiers vraiment affreux, mais ce n'est pas bien compliqué.

Elle devinait à l'air dépité de Jacob l'ampleur de l'humiliation qu'il subissait. Mais il avait vu pire, et ni l'un ni l'autre n'avaient le choix.

Ils rencontrèrent l'autre couple parrainé par les Rosen : des Allemands, rescapés d'Auschwitz, qui avaient eux aussi perdu toute leur famille. Ils s'appelaient Hilda et Fritz. Leur mariage était antérieur à leur déportation et ils n'avaient pas d'enfants. Mais contrairement à Emmanuelle et Jacob, leurs malheurs, leur détention dans les camps et leur labeur chez les Rosen les emplissaient de colère et d'amertume. Pour eux, leur parrain les exploitait comme des esclaves. Elle s'acquittait de la plonge à la cantine et lui faisait partie de l'équipe chargée des machines. Ses mains et sa salopette étaient maculées de graisse et d'huile, et il en avait aussi sur la joue. Avant la guerre, il était ingénieur.

Jacob non plus n'avait pas rêvé de balayer, mais on ne lui avait rien proposé d'autre. Il n'en était que plus déterminé à réussir un jour, afin de ne pas être éternellement à la merci des Rosen. Car il était bien d'accord avec Fritz : Harry les exploitait. Mais plutôt que de l'inciter à se lamenter sur son sort, cela nourrissait sa volonté d'obtenir un meilleur emploi.

Il ne dit pas grand-chose quand ils prirent le métro pour rentrer à leur studio, et il aida Emmanuelle à préparer le dîner, même si lui non plus ne savait pas vraiment cuisiner. À Paris, c'était la mère d'Emmanuelle qui s'en occupait, et à Vienne il y avait toujours eu un chef et une flopée de domestiques pour s'en charger. Ils se contentèrent de spaghettis et d'une salade de tomates – leur budget était serré et ils avaient à peine de quoi s'acheter à manger.

Si Emmanuelle s'était faite à l'idée de sa besogne chez les Rosen, elle voyait bien que son mari n'était franchement pas heureux de la sienne. Certes, le concierge en chef était sympathique, mais Jacob détestait les tâches subalternes qu'on lui avait assignées. Lui qui rêvait de meilleures chances en Amérique, de plus grands défis, et qui en avait fait la base de son argumentaire pour convaincre Emmanuelle ! Il se sentait responsable de leur désillusion.

— Tu trouveras autre chose lorsque nous aurons soldé notre dette envers eux, l'encouragea Emmanuelle.

Leur contrat de travail avec Harry était de un an, et le bonhomme comptait bien qu'ils le respectent. Il le leur avait dit lors de leur rencontre. Pour Jacob, Harry avait fait d'une pierre deux coups avec le parrainage : il soignait son image de marque et il gagnait une main-d'œuvre sous-payée, exploitable jusqu'à la trame. Alors oui, ils respecteraient leur part du marché, mais dès que possible, Jacob se mettrait en quête d'un emploi mieux rémunéré, en accord avec ses compétences. D'ici là, il nettoierait les toilettes et ferait tout ce qu'on lui dirait de faire. Pendant un an.

Au mois de juillet, en l'absence de climatisation, il faisait une chaleur de four dans les ateliers et les bureaux. En août, ils finirent par rencontrer Rachel Rosen, l'épouse de Harry, qui les traita avec dédain. C'était une femme prétentieuse, habillée avec ostentation, et qui les regarda comme s'ils étaient des êtres inférieurs. Son attitude épouvanta Emmanuelle, qui craignit qu'elle ne les fasse renvoyer. Ils se retrouveraient alors sans travail ni logement. Jacob avait beau lui assurer que, dans ce cas, l'organisation de secours les aiderait, ça ne suffisait pas à l'apaiser. Elle n'avait confiance en personne hormis Jacob. Deux ans de camp l'avaient vaccinée contre toute croyance en un destin favorable, ou même en un Dieu miséricordieux.

Quoi qu'il arrivât, il leur fallait tenir un an, et ils veillaient scrupuleusement à ne pas compromettre leur parrainage. Ils faisaient leur besogne sans se plaindre et se montraient bons camarades, si bien qu'ils étaient appréciés de tous.

Leur première année en Amérique touchait à sa fin et leurs finances n'étaient guère brillantes. À vrai dire, ils tiraient le diable par la queue et même les petites dépenses du quotidien pesaient sur leur budget. Le choc fut donc immense quand ils découvrirent qu'Emmanuelle était enceinte. Ça n'était pas prévu, loin de là ! Avec les salaires que leur versait Harry, il serait difficile de nourrir une bouche supplémentaire. Et l'idée tétanisait Emmanuelle, qui redoutait une nouvelle horreur mondiale. Comment accueillir un enfant dans un monde aussi inhospitalier ?

Elle avait appris la nouvelle à la suite d'une consultation pour des troubles gastriques qui l'importunaient depuis Buchenwald. Jacob avait insisté pour qu'elle voie un médecin, et c'était ce dernier qui lui avait annoncé sa grossesse, confirmée par un examen et une prise de sang. Elle était paniquée au moment d'en faire part à Jacob car même si, contrairement à elle, il voulait des enfants, il ne l'envisageait pas avant plusieurs années, quand ils pourraient se le permettre. Jacob prit cependant la chose avec beaucoup de pragmatisme et commença aussitôt à réfléchir aux moyens de subvenir aux besoins du bébé. Un travail de nuit peut-être, en plus de son emploi chez les Rosen ? Il tenta en tout cas de la rassurer, mais en vain.

Deux semaines plus tard, Emmanuelle lui parla d'une possibilité mentionnée par l'une de ses camarades – certaines étaient françaises et elle bavardait volontiers avec elles. Apparemment, les bijoutiers et les diamantaires du quartier des West Forties étaient constamment à la recherche de coursiers pour transporter leur marchandise, qui se chiffrait en milliers de dollars. Cet emploi requérait donc des gens de confiance. Ce pourrait être l'occasion d'apprendre le commerce des pierres et la joaillerie, en plus de gagner davantage – surtout en étant payé à la commission.

Les grossistes employaient avant tout de jeunes garçons pour cette tâche, mais Emmanuelle se disait que ça conviendrait certainement mieux à Jacob que de frotter les sols et briquer les toilettes. Leur contrat avec Harry était presque à son terme, ils avaient à peine de quoi payer eux-mêmes leur loyer et il y aurait bientôt un bébé.

L'idée intrigua Jacob, bien qu'il ne connût rien à la joaillerie à l'exception des parures qu'il avait vu porter par sa mère et ses grands-mères avant la guerre. Sur les instances d'Emmanuelle, il n'en alla pas moins, à l'heure du déjeuner, déposer sa candidature chez tous les joailliers et marchands du quartier des diamantaires, qui se trouvait à quelques blocs au nord du quartier de la confection où ils travaillaient. Un soir, deux semaines après avoir commencé ses démarches, il reçut un appel. L'un des marchands lui demandait de passer le lendemain pour discuter pendant sa pause déjeuner.

Jacob emporta son unique costume, qu'il enfila rapidement à l'heure de sa pause. Il parcourut les dix blocs à pied jusqu'à l'adresse du joaillier sur la 47e Rue. Il s'agissait d'une petite échoppe à la devanture discrète. Une femme d'un certain âge l'accueillit, à qui il expliqua le motif de sa visite. Elle alla aussitôt prévenir Israël Horowitz, laissant Jacob seul quelques instants. Il avait le cœur qui battait la chamade. Un bruit de clé se fit entendre et un homme à la soixantaine grisonnante apparut. Il jeta à Jacob un regard scrutateur avant de lui serrer la main et de l'inviter à passer dans l'arrière-boutique. Il s'exprimait en anglais avec un fort accent, tchèque ou polonais. Jacob le suivit sagement. Ils entrèrent dans une sorte de cabinet pourvu d'un bureau derrière lequel Israël Horowitz prit place. Il avait l'air sévère, mais son regard était bienveillant quand il observa Jacob avec attention. Pendant un moment, aucun des deux hommes ne parla.

— Pourquoi voulez-vous être coursier ? finit-il par demander à Jacob, qui attendait avec respect. Vous êtes un peu âgé pour cela. Nous faisons généralement appel à des jeunes de 15 ou 16 ans, parfois 18. C'est le rabbin qui nous les envoie. Ils attirent moins l'attention qu'un adulte avec des diamants dans la poche.

— J'ai besoin d'un travail mieux rémunéré, répondit Jacob avec franchise.

— Et que faites-vous actuellement ? Votre curriculum vitae ne le dit pas.

— Je suis concierge en second d'un atelier de confection, annonça Jacob, sans chercher à enjoliver la réalité. Avec ma femme, nous sommes arrivés d'Allemagne il y a un an. Le propriétaire de l'atelier nous a parrainés par le biais d'une organisation de secours.

L'homme hocha la tête, son regard bleu fixé avec intensité sur Jacob.

— Vous avez été déporté ? demanda-t-il d'une voix douce.

— Oui, d'Autriche.

— Et votre famille ?

— Nous avons tous été pris. Ils nous ont envoyés à Bergen-Belsen, qui servait alors de camp de transit, avant de nous déporter à Buchenwald. C'était un camp de concentration. L'un des pires. Tout le monde était soumis à un labeur harassant, y compris les femmes comme mon épouse. Ceux qui à leurs yeux ne travaillaient pas assez étaient éliminés sur place ou bien transférés dans un camp d'extermination pour y être gazés. Et puis beaucoup sont morts de faim et de maladie.

— Dont les vôtres ?

Un lourd silence tomba sur eux tandis que Jacob tentait de maîtriser ses émotions afin de répondre.

— Oui, il n'y a plus que moi. Mes grands-parents, mes parents, mes deux jeunes sœurs : ils sont tous morts là-bas. Plus rien ne m'attend à Vienne, si ce n'est de mauvais souvenirs.

Le joaillier avait les yeux brillants de larmes. Que de fois il avait entendu cette histoire depuis la fin de la guerre, à propos de proches et d'amis demeurés en Europe ! Ils étaient tellement nombreux à avoir trop tardé à partir, à s'être retrouvés pris au piège quand ils s'étaient enfin décidés. Les conséquences avaient été tragiques.

— Mon épouse et moi-même sommes originaires de Varsovie. Nous sommes venus nous installer ici il y a douze ans, lorsque nous avons compris ce qui se profilait. À l'époque, personne n'a voulu nous suivre : ils ne croyaient pas que les Allemands iraient jusque-là. Nous vivions dans des pays civilisés, c'était inconcevable. Pourtant, la barbarie était déjà à l'œuvre. Ma famille possédait la plus importante joaillerie de la capitale… Nous avons débarqué ici presque sans rien et avons démarré modestement. Aucun membre de ma famille n'a survécu à la guerre. Il ne nous reste plus rien là-bas. Nos proches ont fini à Auschwitz, d'autres à Dachau. Que faisait votre père avant la guerre ?

L'intérêt d'Israël était sincère. Ce jeune homme franc, bien élevé et à l'évidence instruit lui plaisait. À le voir, on avait peine à croire qu'il n'avait que 26 ans. Il affichait une telle maturité, et ses cheveux poivre et sel étaient trompeurs. On lui donnait pour le moins 35 ans. Ils avaient en commun d'avoir chacun perdu des proches, mais Jacob avait connu les camps tandis qu'Israël était parti à temps et avait vécu la guerre depuis New York.

— Ma famille possédait une banque, fondée par mon arrière-grand-père. Elle a bien sûr été aryanisée, tout de suite après l'Anschluss. Selon les nazis, cette annexion ne visait qu'au bien de l'Autriche, mais très vite après, les lois ont interdit aux Juifs d'exercer leur métier et ils ont été expropriés avant d'être déportés. Tous nos biens nous ont été pris. Il ne me reste rien.

— Et votre femme ?

— Elle est française, également sans plus de famille. Nous nous sommes rencontrés à Buchenwald et elle m'a suivi ici. Nos employeurs nous ont parrainés tous les deux, ainsi qu'un autre couple. Ça a été compliqué pour eux, mais ils connaissaient quelqu'un au Bureau des réfugiés de guerre qui leur a facilité les démarches.

— Et ils vous ont payés une misère pendant un an, vous traitant comme des esclaves.

Israël avait entendu parler d'histoires de ce genre. Dans certains cas, le parrainage n'était pas aussi charitable qu'il y paraissait.

— Nous leur sommes reconnaissants, affirma Jacob d'une voix neutre. Cependant, notre contrat se termine dans un mois et nous aurons alors un loyer à payer.

Il hésita une seconde à en dire plus. Il n'était pas question pour lui de susciter la pitié. D'un autre côté, Israël Horowitz s'était montré franc et ouvert, et il avait l'air sympathique. Autant être honnête.

— Nous attendons aussi un enfant. J'ai donc besoin d'une meilleure situation.

Le joaillier hocha la tête sans faire de commentaires avant de demander :

— Que connaissez-vous aux diamants ?

— Rien. Il y avait bien ceux qui ornaient les parures de ma mère et de mes grands-mères, mais je ne les ai jamais regardés de très près. Mon terrain, c'est la finance et l'économie. J'étais destiné à entrer dans la banque familiale à la fin de mes études.

— Vous avez dû les interrompre à la suite de l'Anschluss ?

— Oui, je n'avais plus qu'un semestre à effectuer quand j'ai été expulsé de l'université. Mais j'avais déjà travaillé à la banque pendant mes vacances.

Israël Horowitz demeura un moment pensif avant de reporter son attention sur Jacob.

— J'avais un fils de votre âge, qui est mort à la guerre. Nous étions devenus citoyens américains et David s'est engagé tout de suite après Pearl Harbor, au grand dam de sa mère. Il est tombé à Iwo Jima. C'était notre seul enfant. Mon épouse ne s'en est pas remise. Avant, elle travaillait avec moi à la boutique, mais depuis, elle en est incapable. Nous n'avons plus aucune famille après ce qui s'est passé en Europe. Un jeune homme comme vous me serait utile, à condition que le domaine vous plaise. Est-ce que les pierres vous intéressent ? C'est un commerce fascinant, vous savez. Je pourrais vous former, si vous souhaitez apprendre. Ce pourrait bien être une « mitsva », un bienfait, pour tous les deux. Que fait votre femme ?

Il lui supposait des origines et une instruction semblables à celles de Jacob. De telles considérations importaient peu au jeune couple. De toute sa vie, Jacob n'avait jamais autant aimé ni respecté quelqu'un. En dépit de sa naissance modeste, Emmanuelle était une personne délicate et distinguée.

— Toutes mes condoléances pour votre fils. Pour répondre à votre question, ma femme est couturière à l'atelier des Rosen.

— La rumeur dit en effet que Rosen exploite ses ouvriers. Peut-être y aura-t-il à terme une place ici pour votre épouse. Je fonctionne principalement avec d'autres négociants et nous ne vendons qu'aux joailliers. Deux diamantaires travaillent pour moi, ils sont belges et vivent ici depuis longtemps. Tous les deux excellent dans leur partie et nous nous sommes taillé une solide réputation dans le secteur. Quand seriez-vous disponible ?

— Dans quatre semaines, dit Jacob dont le cœur battait à nouveau à se rompre.

Même sans connaître le salaire prévu par Horowitz, c'était une chance à saisir. Il voulait néanmoins remplir jusqu'au bout son contrat avec les Rosen. Par sens de la justice et aussi pour une question d'honneur. Après tout, ceux-ci les avaient fait venir en Amérique, même si les conditions de vie et de travail n'avaient pas été idéales. Sans eux, ils ne seraient pas à New York.

Israël Horowitz se leva et lui tendit la main.

— Le job est à vous. Vous commencerez comme coursier et apprendrez le reste sur le tas – il y a beaucoup de choses à savoir. Je vous enseignerai tout ce que je sais.

Une bouffée de gratitude envahit Jacob tandis qu'ils se serraient la main. Israël aborda à ce moment-là la question de la rémunération : c'était le double de ce que Jacob gagnait chez les Rosen. Il pourrait sans problème payer le loyer de leur petit studio et acheter des produits de meilleure qualité chez l'épicier. Une nécessité pour Emmanuelle, enceinte et encore beaucoup trop mince. Elle n'avait pris que quelques centaines de grammes en un an alors que lui-même s'était un peu remplumé, et elle souffrait toujours de ces maux d'estomac qui freinaient sa prise de poids. La grossesse n'arrangeait rien, ce dont s'inquiétait Jacob. Il avait hâte de lui annoncer ce nouveau travail et l'éventualité pour elle d'un emploi dans la boutique. Car ils ne pouvaient se passer de son salaire, malgré tout le désir qu'il avait de la voir rester à la maison si elle le souhaitait. Dans l'immédiat, c'était inenvisageable. Un jour, peut-être. Après l'accouchement, il leur faudrait une baby-sitter dans le voisinage, à un prix raisonnable, afin de garder le bébé quand Emmanuelle serait retournée à l'atelier.

Israël raccompagna Jacob sur le pas de la boutique, où ils échangèrent à nouveau une poignée de main. Tous deux avaient l'air enchantés. Jacob était si excité qu'il aurait bien sauté de joie tout en courant jusqu'à la fabrique. Il avait quinze minutes de retard, l'entretien avait pris du temps, mais s'ils le renvoyaient maintenant, il s'en fichait. Il avait un nouvel emploi ! Et tellement plus gratifiant ! Vivement qu'il puisse le dire à Emmanuelle !

Jacob s'excusa de son retard auprès de son responsable, qui grommela pour la forme, puis il fila directement travailler. Il termina dans les temps et quitta les ateliers en compagnie d'Emmanuelle, à qui il raconta son entretien pendant le trajet en métro.

— Et il a dit qu'il y aurait peut-être une place pour toi un jour.

Jacob rayonnait. Pour eux, un rêve devenait réalité : un salaire qui doublait, juste au moment où ils en avaient le plus besoin. Mais à peine avait-il mentionné cette place pour elle qu'Emmanuelle eut l'air inquiète.

— Je ne connais rien aux diamants ni aux bijoux. Tout ce que je sais faire, c'est coudre. Et ce ne serait pas très malin pour moi d'être embauchée comme toi chez cet homme. Imagine qu'il se fâche et nous renvoie tous les deux ? Nous serions dans de beaux draps.

Tout l'angoissait désormais et elle imaginait constamment le pire. Un réflexe acquis pendant la guerre.

— En ce cas, pourquoi ne pas chercher un meilleur poste de couturière ? Tu ne devras bientôt plus rien aux Rosen.

Son savoir-faire dépassait de loin le niveau de la fabrique et elle gagnerait certainement plus ailleurs. Horowitz n'avait pas tort en disant que Harry Rosen était un exploiteur. Ce dernier avait beau les avoir tirés d'Allemagne, ce n'était pas un homme bienveillant, et le contrat lui avait profité plus qu'à eux.

— Personne ne m'engagera maintenant que je suis enceinte. Je dois y rester jusqu'à la naissance.

Celle-ci était prévue pour décembre et ils n'avaient pas prévenu leurs parrains. Sa grossesse ne se devinait pas encore et, maigre comme elle l'était, ça ne se verrait pas avant un moment. Comme elle cousait assise, elle pourrait continuer jusqu'à la dernière minute, même si Jacob n'aimait pas cette idée. Les premiers mois avaient été difficiles et à cela s'ajoutaient les maux d'estomac hérités des camps.

— Peut-être qu'après la naissance M. Horowitz pourra te trouver un travail, dit Jacob avec espoir.

Il avait peine à contenir son impatience de commencer chez le diamantaire. Plus que quatre semaines. Encore un mois à frotter, récurer et à vider les poubelles, après quoi, il aurait un emploi qui nécessitait d'être habillé normalement et où il serait traité comme un être humain. C'était un cadeau du ciel.

Ce soir-là, ils fêtèrent la nouvelle avec un dîner tout

simple qu'il prépara pour elle. Même si elle put à peine en avaler une bouchée, tous deux étaient aux anges, et il la remercia chaleureusement d'avoir eu cette idée lumineuse. À neuf heures, Emmanuelle dormait profondément contre lui. Depuis qu'elle était enceinte, elle était épuisée. Son état mettait son organisme déjà délicat à rude épreuve.

Le médecin avait dit que cela lui prendrait des années pour se remettre de ce qu'elle avait subi dans les camps, si elle s'en remettait un jour. Deux années de privations et de brutalités avaient eu de lourds effets sur elle. Jacob aussi avait beaucoup souffert, mais il était plus fort. Psychologiquement, il avait rebondi plus facilement qu'elle durant l'année écoulée. Il avait une attitude positive envers la vie, que rien n'avait altérée, même s'il se tracassait plus qu'avant. Mais ce n'était rien en comparaison d'Emmanuelle, rongée par l'angoisse que ce qu'ils avaient vécu ne recommence.

Jacob avait beau la rassurer, la peur ne la quittait pas. Et de nouvelles frayeurs avaient éclos : elle s'inquiétait désormais pour le bébé – et si quelque chose se passait mal avec lui ? Et s'il mourait avant terme ou qu'on le leur prenait à la naissance ? Elle avait perdu tous ceux qu'elle aimait. Jacob et leur bébé constituaient dorénavant tout son univers, et ses craintes étaient en conséquence. Elle n'y pouvait rien.

Deux semaines après son entretien avec Israël Horowitz, Jacob donna son préavis à Harry Rosen, qui le prit mal, les traitant d'ingrats et allant même jusqu'à les menacer d'expulsion. Or le loyer plafonné du studio était le seul que Jacob et Emmanuelle pouvaient se permettre pour l'heure. Finalement, l'homme se calma en apprenant que la jeune femme resterait à l'atelier pour le même salaire de misère – il avait bien conscience d'y gagner, vu les compétences d'Emmanuelle, et continuait de jouer sur leur gratitude et leur sens du devoir. Il accepta de les laisser encore un an dans leur logement actuel, tant qu'ils payaient leur loyer rubis sur l'ongle, ce que Jacob avait bien l'intention de faire.

— Je dois vous dire que mon épouse attend un heureux événement pour décembre.

— Fort bien. Ici, les femmes travaillent jusqu'au bout et reviennent à l'atelier deux semaines après l'accouchement.

Jacob ne répondit rien. Il lui fallait ronger son frein en attendant de tirer sa femme des griffes de Harry. Dans l'immédiat, lui au moins s'était échappé, et qui savait où le mènerait le commerce de diamants ? Avec de la chance, loin de Harry Rosen et des individus dans son genre. Le seul bienfait qu'il lui reconnaissait, c'était de leur avoir ouvert les portes de tous les possibles par son parrainage.

À la fin de son dernier jour, Jacob serra poliment la main à son responsable, le remercia et partit. Il rejoignit Emmanuelle dehors, la mine réjouie. Sa nouvelle vie commençait ! Il la voulait meilleure, pour tous les deux et pour leur bébé.

# 3

Son travail avec Israël Horowitz débuta le lundi suivant la fin de son emploi chez Harry Rosen. Jacob se présenta chez le diamantaire dans le seul costume en sa possession, avec une chemise fraîchement lavée et repassée par Emmanuelle, et une cravate en soie bleu marine qu'elle lui avait confectionnée. Elle l'avait cousue avec agilité à partir de chutes de tissu achetées dans une échoppe du Lower East Side. Jacob avait l'air du banquier qu'il aurait pu être, et Israël sourit à sa vue. C'était un beau jeune homme qui avait la grâce et le maintien propres à son éducation.

Israël, ou plutôt Izzie, comme il demanda à Jacob de l'appeler dorénavant, passa la matinée à lui expliquer comment fonctionnait son commerce, avant de lui présenter ses deux collaborateurs, à l'œuvre dans une pièce attenante au bureau. Ils parlaient flamand entre eux, mais maîtrisaient aussi le français et l'allemand, si bien qu'ils discutèrent facilement avec Jacob, ravis de faire sa connaissance. Izzie montra à Jacob ce sur quoi ils travaillaient. L'un taillait un diamant de six carats, de couleur F et de pureté VS1, c'est-à-dire, exposa Izzie, que la pierre était presque incolore et que les inclusions étaient si menues qu'elles ne se voyaient qu'à la loupe de joaillier. Sur l'autre établi trônait un diamant de quatre carats, de qualité légèrement moindre, que le diamantaire montait sur une bague avec un petit pavage. C'était pour un joaillier bien connu de la Cinquième Avenue.

— La coloration la plus parfaite est la D, et un diamant sans inclusion est dit « sans défaut » ou bien « pur à la loupe », poursuivait Izzie. Viens, je vais te faire voir.

Ils retournèrent dans son bureau, où se trouvait le coffre-fort. Il en sortit un petit paquet de papier blanc, plié à maintes reprises afin d'en protéger le contenu. Dès qu'il l'eut ouvert, une pierre de taille ronde d'une pureté aveuglante apparut.

— Voici un diamant aussi proche que possible de la perfection. Il fait exactement huit carats et est certifié D, sans inclusion. Une rareté. C'est moi qui suis chargé de négocier avec le vendeur, et nous venons d'arriver à un accord. Nous sommes maintenant six diamantaires à en être propriétaires, et il faut que tu le portes à l'un des autres investisseurs. Nous le revendons à Cartier en dégageant une très bonne marge. L'adresse où tu dois te rendre est à quatre blocs d'ici. Mets-le dans la poche intérieure de ta veste et vas-y directement. Appelle-moi quand tu es là-bas, puis reviens.

— C'est tout ? Il n'y a rien d'autre à faire ?

Jacob était fasciné par ce commerce et la beauté des diamants qu'il venait de voir. Cela lui rappelait l'une des bagues de sa mère, qu'elle tenait de sa propre grand-mère, un solitaire plus gros que celui dévoilé par Izzie. Il se souvenait à cette minute combien était belle cette pierre désormais perdue à jamais, comme tout ce que les nazis leur avaient volé.

— Si je te dis combien nous venons de payer ainsi que le prix de vente, tu trembleras tout au long du trajet. Va vite, sans coups d'œil à droite ni à gauche. Tu fais la livraison et c'est tout. Pour ta première mission, je te confie une pierre importante. File, maintenant.

Il lui tendit un bout de papier comportant l'adresse et le nom de l'autre diamantaire. Jacob sentit son ventre se nouer devant la responsabilité qui lui était confiée. Il obtempéra, glissa le diamant dans sa poche intérieure et sortit de la boutique peu après. Il fonça droit chez le destinataire et appela Izzie comme convenu. Dix minutes plus tard, il était de retour, sa mission accomplie.

— Bien, dit Izzie avec un sourire. Tu ne l'as pas vendue à un coin de rue pour t'enfuir au Brésil. Très bien. Je suis fier de toi.

Il le taquinait et Jacob éclata de rire. Décidément, le personnage lui plaisait, et travailler pour lui promettait d'être passionnant. Comme dans la banque, de grosses sommes étaient en jeu malgré la modestie des échoppes. Ces gens négociaient des pierres importantes et en tiraient plus d'argent que Jacob n'aurait jamais pu l'imaginer.

Plus tard dans l'après-midi, il eut à livrer un autre diamant, plus petit et de moindre valeur, que deux négociants voulaient vendre à Izzie. Ce dernier le leur retournait par l'intermédiaire de Jacob, vingt minutes après l'avoir examiné sous tous les angles avec sa loupe et avoir braqué dessus une lumière spéciale.

« Poubelle, avait-il dit, en montrant pourquoi à Jacob. Il y a plus de défauts à l'intérieur que dans les cendriers de mes tailleurs. Si je vendais des cailloux comme ça, jamais Cartier ne m'aurait pris parmi ses fournisseurs. »

Il faisait affaire avec plusieurs grands joailliers et un certain nombre de clients particuliers, il avait une réputation à défendre. Les marchands avec qui il traitait lui faisaient confiance et respectaient son « œil », son honnêteté et son jugement.

À la fin de son premier jour, Jacob avait le sentiment d'être entré dans un milieu captivant et il avait beaucoup appris d'Izzie. Pendant le dîner, il n'omit aucun détail pour Emmanuelle.

— Et si jamais quelqu'un te vole pendant la livraison ? s'inquiéta-t-elle, prenant conscience de la grande valeur des pierres transportées par Jacob.

— Alors Izzie me tuera à mon retour à la boutique. Tu deviendras veuve et tu devras trouver le mari riche et séduisant que tu mérites.

Comme cette évocation attristait Emmanuelle jusqu'aux larmes, il la prit dans ses bras.

— Ma chérie, je plaisantais. Rien ne m'arrivera. Ce n'est pas comme si je trimballais une pancarte indiquant le type de produit transporté et sa valeur. Et puis, les diamantaires et les joailliers sont tous à un jet de pierre. Je n'ai pas à aller bien loin.

Il lui raconta le diamant D à la beauté parfaite, puis évoqua celui de sa mère, et ce souvenir le rendit mélancolique l'espace d'un instant. Aujourd'hui, il avait soudain réalisé la valeur et l'importance des bijoux que sa mère avait possédés, certains par voie d'héritage et d'autres offerts par son mari, visiblement très généreux avec elle.

Emmanuelle, qui n'avait jamais vécu dans ce luxe, avait du mal à se le figurer. Ce décalage entre eux l'avait d'ailleurs préoccupée au début : elle avait craint de ne pas être assez bien pour Jacob, mais lui n'avait jamais semblé y prêter attention. Il l'aimait telle qu'elle était, souhaitant juste qu'elle s'inquiétât moins, car parfois son angoisse était tellement puissante qu'elle en devenait contagieuse.

Ce soir en tout cas, aucune contagion n'était possible : il adorait son nouveau travail et avait hâte d'en apprendre davantage. Son patron était vraiment généreux de le former ainsi ! À l'évidence, il appréciait sa compagnie et le fait de transmettre son savoir – Jacob ne demandait que ça ! C'était désolant qu'Izzie ait perdu son fils. Depuis sa mort, avait-il dit, son épouse ne quittait plus que rarement leur domicile. Elle était malade et déprimée, tandis que lui paraissait être la jovialité même et quelqu'un de positif, essayant d'aller de l'avant malgré le deuil.

Pendant les deux mois qui suivirent, Jacob absorba toutes les informations qu'il pouvait collecter sur le secteur du diamant. Izzie l'envoyait constamment en course, pour livrer ou récupérer des pierres. Le soir, Jacob racontait sa journée à Emmanuelle.

Elle en était à son sixième mois de grossesse et ne pouvait plus le cacher, car le bébé était d'une bonne taille. Elle espérait un garçon, pour perpétuer le nom de Jacob, mais ce dernier ne se souciait pas de ce détail. Tout ce qui importait à ses yeux, c'était un bébé en bonne santé et un accouchement sans problème pour elle. Emmanuelle avait meilleur appétit désormais et se sentait bien mieux qu'avant. Ses cauchemars étaient même moins fréquents.

Un jour, Jacob la fit venir à la boutique afin de la présenter à Izzie, tant il était fier d'elle. Le lendemain, Israël loua sa beauté et sa gentillesse. Il s'émerveillait qu'une constitution aussi délicate que la sienne ait pu survivre à toutes ces épreuves, et avait du mal à concevoir qu'on ait pu vouloir la brutaliser. Il se réjouissait sincèrement pour eux de l'arrivée du bébé et se montrait d'une grande générosité envers Jacob.

En septembre, il avait en effet tendu au jeune homme une enveloppe de liquide en lui disant que c'était pour un autre costume et de nouvelles chemises. Sauf que le pli contenait assez d'argent pour leur permettre des achats supplémentaires. Ainsi avaient-ils fait en plus l'emplette d'un pantalon gris et d'un blazer, ainsi que d'une nouvelle robe pour Emmanuelle. Ils s'étaient bien amusés à faire les boutiques de Manhattan pendant un samedi après-midi entier. Ils avaient ensuite déposé leurs achats chez eux et étaient ressortis pour aller au cinéma.

Jacob s'interrogeait sur ce que serait leur vie avec un bébé. Emmanuelle et lui s'étaient tant rapprochés depuis leur mariage qu'il ne pouvait plus envisager l'existence sans elle. Est-ce qu'il en irait de même avec le bébé ? Ils seraient un peu serrés à trois dans le studio, mais ils ne voulaient pas déménager. Ils économisaient le moindre cent.

Au bout de quatorze mois de travail à l'atelier et malgré un bébé à venir, Harry Rosen avait refusé une augmentation à Emmanuelle. Celle-ci avait appris entre-temps qu'il se montrait pingre avec tout le monde et que tous ses employés le haïssaient. Hilda et Fritz, l'autre couple parrainé, étaient d'ailleurs partis sitôt leur contrat terminé. Ils travaillaient dorénavant dans un restaurant allemand du centre-ville et s'en sortaient apparemment bien. Elle cuisinait et lui servait en salle – il se faisait de beaux extras grâce aux pourboires.

Un après-midi d'octobre, Emmanuelle s'évanouit à l'atelier. L'une de ses collègues ayant appelé Jacob à la boutique pour le prévenir, il vint la chercher et l'emmena chez le médecin. Ce dernier leur dit qu'elle devait se ménager et si possible arrêter de travailler jusqu'à la naissance, mais cela signifiait deux mois de salaire en moins et elle insista pour reprendre. À la fabrique, beaucoup de femmes étaient enceintes – on appelait ça le baby-boom, semblait-il –, or Harry Rosen n'avait aucune politique de protection pour les futures mamans, ni même de garantie pour leur emploi. Il les faisait travailler aussi dur que les autres et les voulait de retour deux semaines après l'accouchement. Si elles protestaient, il était facile de les remplacer. Emmanuelle s'accrochait donc désespérément à son poste.

Son anglais s'améliorait, mais elle conservait un fort accent français que la plupart des gens trouvaient charmant. Jacob continuait de lui donner des leçons dès qu'il le pouvait, mais à la maison, elle s'exprimait toujours en français et comptait parler à leur bébé dans cette langue.

— L'allemand ne te manque pas ? lui demanda-t-elle un soir dans leur lit.

Il était en train de lui masser le ventre, à présent d'une belle taille malgré sa silhouette demeurée gracile. Le bébé grandissait et Jacob pouvait le sentir donner des coups de pied quand sa femme était lovée contre lui la nuit.

— En aucune façon. Je serais même heureux de ne plus jamais le parler. C'est associé à de trop mauvais souvenirs. Ça me rappelle les camps.

Elle hocha la tête, elle vivait la même chose quand elle entendait cette langue. Or, depuis la guerre, il y avait eu un afflux d'immigrants allemands et, dans le voisinage, on parlait constamment yiddish et allemand, surtout les personnes âgées qui étaient là depuis longtemps. Elle avait beau le savoir, ces intonations la faisaient toujours frissonner. Elle cauchemardait en tout cas beaucoup moins et attendait le bébé avec sérénité.

Izzie les invita à fêter Thanksgiving chez lui, dans l'Upper West Side, un quartier du nord-ouest de Manhattan. Cela avait beau être leur deuxième automne aux États-Unis, les Stein n'avaient pas encore célébré cette fête si typiquement américaine. Ils eurent un choc quand ils firent la connaissance de Naomi, la femme d'Izzie. On aurait dit un fantôme. L'expression vague et lointaine, elle était assise dans un salon chichement éclairé et leva à peine les yeux vers eux lorsque Izzie les présenta. Tout juste parvint-elle à esquisser un sourire glacial. D'une pâleur diaphane, vêtue de noir des pieds à la tête et entourée de photos de son fils disparu, un beau garçon qui ressemblait à son père, elle avait tout d'un spectre, ses yeux tels deux abîmes de douleur. Il était difficile de se la représenter avant que le chagrin la dévaste. Elle marchait comme une vieille femme, et le contraste avec Izzie, si énergique et vivant, était frappant.

Ce fut lui qui anima le dîner, avec Jacob. Emmanuelle tenta bien d'engager la conversation avec Mme Horowitz, mais celle-ci ne répondit que par monosyllabes et se retira rapidement dans sa chambre sans avoir touché au repas de Thanksgiving, préparé et servi par son mari. Ce dernier, désormais, faisait tout dans la maison, et il s'était efforcé de l'associer à la conversation, mais c'était peine perdue, elle s'y refusait. Naomi s'était enterrée vivante avec son fils. Même l'arrivée prochaine du bébé de Jacob et Emmanuelle ne la dérida pas : tant qu'elle fut là, elle évita de regarder le ventre arrondi, comme si sa seule vue lui était pénible, alors que cela avait exactement l'effet inverse sur Izzie, qui se réjouissait pour eux. De leur côté, Jacob et Emmanuelle appréciaient son intérêt et le fait de pouvoir partager leur joie.

— Ce bébé va avoir besoin d'un grand-père adoptif ! Ça pourrait être moi, si vous le permettez, dit Izzie, avant de se tourner avec autorité vers Emmanuelle. Vous devriez vous reposer quelques semaines avant qu'il arrive, parce que, après, vous allez être très occupée et ce sera épuisant.

— Je suis censée travailler jusqu'à la naissance et retourner au travail deux semaines après l'accouchement, sinon je perds mon emploi, dit Emmanuelle avec une pointe d'inquiétude.

— Votre patron est un monstre ! s'exclama Izzie.

Jacob était bien d'accord.

— La moitié des employées sont enceintes et il ne décolère pas.

— Mais il ne peut pas toutes vous renvoyer. Restez chez vous au moins le mois suivant la naissance. À qui allez-vous le confier lorsque vous retournerez travailler ?

— À notre voisine du dessous. Elle a un bébé de six mois, s'occuper d'un deuxième ne lui fait pas peur. En plus elle demande très peu, donc nous pouvons nous le permettre.

Leur budget était toujours très serré, mais ils s'en sortaient grâce au salaire payé par Izzie. Ils avaient ainsi pu acheter le nécessaire pour le bébé et emprunter le reste à des voisins ou à des collègues d'Emmanuelle dont les enfants avaient grandi.

Emmanuelle prévoyait d'allaiter jusqu'à son retour à l'atelier. D'après le médecin, c'était mieux pour l'enfant, et cela leur épargnerait pendant un temps d'acheter du lait maternisé. Ils devaient penser à tout et calculer au cent près, un exercice auquel était rodée Emmanuelle, mais qui était totalement nouveau pour Jacob. Il s'y était fait, au prix d'un énorme effort au début, car jamais auparavant il n'avait eu besoin de compter. Il avait toujours eu plus que le nécessaire, sans se poser de questions. Son ambition était que leur enfant puisse bénéficier lui aussi de certains des avantages qu'il avait connus, dont une excellente instruction, un toit assuré, et des parents qui ne s'inquiétaient pas d'avoir assez d'argent pour garnir les assiettes. Il voulait que leurs enfants se sentent en sécurité. Car il en voulait plusieurs, ce à quoi Emmanuelle était farouchement opposée, convaincue qu'un nouvel holocauste pouvait survenir, même en Amérique. Malgré tout ce que Jacob lui démontrait, elle n'en démordait pas et continuait de soutenir que dans ce monde plein de dangers pour les Juifs, un seul enfant suffisait. Il espérait qu'elle changerait d'avis avec le temps, mais dans l'immédiat, elle campait sur ses positions.

Leur Thanksgiving avec les Horowitz fut chaleureux et touchant, en dépit de la présence fantomatique de Naomi. Ils restèrent et discutèrent avec Izzie pendant un long moment, puis rentrèrent, ravis de leur soirée et de leur hôte, qu'ils aimaient beaucoup.

Avant qu'ils s'en rendent compte, décembre arriva. Le bébé était prévu pour le 18, un mercredi. Ce jour-là, Emmanuelle travailla toute la journée sans que rien de notable arrivât. Jacob passa la chercher à la sortie de la fabrique, extrêmement fâché que Harry Rosen et le responsable d'atelier aient refusé de donner à sa femme un congé avant le terme.

— À demain ! dit celle-ci à tout le monde, puisqu'il n'y avait aucun signe précurseur et que son médecin n'avait rien remarqué lors de l'examen de la veille.

Ses camarades la taquinaient en lui disant que si le bébé naissait à Noël, seul jour concédé afin de respecter les employés chrétiens, le patron exigerait sa présence dès le 26 ! Dans les faits, si la maison n'accordait que deux semaines pour relever de couches, certaines femmes ayant subi une césarienne en avaient pris trois, sans le consentement de leur employeur.

Lorsqu'elle retrouva Jacob, Emmanuelle se mouvait plus lentement que d'habitude, mais elle mit ça sur le compte de la fatigue : elle avait passé une bonne partie de son temps à monter et descendre les escaliers entre les ateliers et la fabrique, ce qui exaspéra davantage Jacob.

— Vous devriez toutes vous mettre en grève, dit-il en lui donnant le bras pour aller jusqu'au métro.

Il neigeait et il voulait éviter qu'elle tombe – il n'avait malheureusement pas les moyens de lui épargner ce trajet en payant un taxi. La veille, ils avaient célébré la première nuit de Hanoukka. Emmanuelle avait allumé les bougies et chanté les prières tout comme sa mère l'aurait fait. Les chants l'avaient émue aux larmes et Jacob avait joint sa voix à la sienne. Ils s'étaient tenu la main, seuls dans leur petit studio. Izzie leur avait offert une toupie de Hanoukka pour le bébé – ils la garderaient précieusement, avait dit Emmanuelle en le remerciant.

Jacob aussi fêtait Hanoukka à Vienne, mais chez eux il s'agissait plus d'un dîner habillé avec des amis et des proches, au cours duquel on échangeait des cadeaux. Sa famille avait toujours été très ouverte et areligieuse

– chaque année, ils avaient également un sapin à Noël. Quand il avait suggéré d'en avoir un, Emmanuelle avait refusé tout net, même pour un minuscule arbre de table. À ses yeux, ils se devaient d'honorer ceux qui étaient morts pour leur foi, et ne pouvaient mélanger les genres en adoptant des traditions chrétiennes qui n'étaient pas les leurs, même s'ils habitaient en Amérique dorénavant.

Elle était à bout de souffle et eut le plus grand mal à gravir les cinq étages jusqu'à leur studio. Elle avait dû emprunter des escaliers toute la journée et peinait de plus en plus. Jacob s'étonnait que toutes ces marches, ici et au travail, n'aient pas provoqué l'accouchement de manière prématurée. Il lui massa les pieds et les chevilles quand elle s'allongea sur leur lit afin de se reposer un peu. Ensuite, ils allumèrent les bougies pour la deuxième nuit de Hanoukka et chantèrent à nouveau ensemble les prières. Après ça, il lui ordonna de s'asseoir pendant qu'il préparait le dîner. Il voulait qu'elle se relaxe.

Le bébé était toujours haut, ce qui était normal pour un premier, avait dit le médecin. Il ne descendrait pas avant que le travail ait vraiment commencé, et sa position n'indiquait en rien la durée de l'attente. L'accouchement pouvait survenir n'importe quand. Une marge de deux semaines avant ou après le terme prévu était habituelle. Jacob espérait, pour le bien d'Emmanuelle, que le bébé ne naîtrait pas dans quinze jours. Elle avait l'air épuisée et était reconnaissante de pouvoir se reposer pendant qu'il cuisinait. Après le dîner, elle l'aida à faire la vaisselle, mais il insista ensuite pour qu'elle prenne un bain et aille au lit. Dehors, il faisait très froid. Mieux vaudrait rester autant que possible à la maison dans les jours à venir, comme ils l'avaient fait le week-end passé, se disait Jacob. Il ne voulait pas qu'elle coure le risque de déraper et glisser sur le verglas et la neige, ou bien se fatigue à grimper cinq étages quand ce n'était pas nécessaire.

— Si le bébé n'arrive pas entre-temps, nous passerons un bon petit week-end au chaud, lui dit-il. Tu resteras au lit, et moi, je te dorloterai. Tes désirs seront des ordres.

Elle sourit et regonfla l'oreiller auquel elle était adossée.

— Tu veux que je te fasse couler un bain ?

Contrairement aux occupants des autres studios, qui partageaient une salle de bains commune sur le palier, eux avaient la chance d'en avoir une dans leur logement. Un luxe qu'Emmanuelle appréciait chaque jour à sa juste valeur.

Finalement, elle se leva et s'immergea dans un bain chaud, paradisiaque, pendant que Jacob lisait l'un des livres sur les diamants donnés par Izzie. Ces derniers mois, il avait beaucoup appris et avait toujours soif d'en savoir davantage sur ce commerce. Quand Emmanuelle apparut dans une chemise de nuit en flanelle rose au col de dentelle, qu'elle avait elle-même confectionnée, il sourit. On aurait dit un énorme ballon rose doté de jambes et de bras gracieux, surmonté d'un adorable visage. Difficile de croire qu'elle allait avoir un bébé, elle avait l'air si jeune ! Il prit une douche – c'est lui-même qui avait installé la douchette – et enfila un pyjama qu'elle lui avait cousu dans le meilleur coton égyptien, comme ceux qu'il portait avant la guerre.

Il venait de se glisser dans le lit quand il surprit une étrange expression sur le visage de sa femme, comme une grimace de douleur. Puis plus rien.

— Que se passe-t-il ? dit-il, inquiet.

— Je ne sais pas. Le bébé a donné un coup ou bien a posé son pied au mauvais endroit. Peut-être qu'il essaie de se faire un peu de place, mais il n'y en a plus.

Il hocha la tête, l'embrassa et reprit son livre au moment où les traits d'Emmanuelle se crispaient à nouveau, plus fort cette fois. Instinctivement, elle lui saisit le bras.

— Ça fait vraiment mal. Quelque chose ne tourne peut-être pas rond.

— Tu es censée avoir un bébé d'ici peu. Il en a peut-être assez et veut sortir.

— Je ne pense pas. Ça ne ressemble pas à ce qu'on m'a expliqué.

L'infirmière lui avait parlé de sensations régulières et prévisibles, des contractions qui commençaient doucement et s'intensifiaient plus tard, qu'on pouvait chronométrer et dont il était possible de compter les intervalles. En l'occurrence, elle avait juste ressenti une immense douleur à couper le souffle, ainsi qu'une sorte de pression qui accentuait la sensation, comme si tout à l'intérieur était broyé dans un étau.

— On appelle un médecin ? demanda Jacob.

— C'est sans doute quelque chose que j'ai mangé.

— Une pastèque, oui ! dit-il en la regardant.

Ils éclatèrent de rire. Mais comme c'était la date du terme, Jacob décida de garder un œil sur elle entre chaque chapitre de son livre. Après quelques minutes, elle s'endormit. Il remonta les couvertures sur elle avec un regard plein de tendresse et l'embrassa sur le haut du crâne. Les longs cheveux blonds d'Emmanuelle s'étalaient en étoile sur l'oreiller. Jacob s'apprêtait à éteindre quand soudain elle poussa un affreux gémissement, semblable à ceux qu'elle émettait quand elle cauchemardait. Sauf qu'elle était réveillée.

— Ça va ?

Elle secoua la tête tout en luttant pour retrouver son souffle. Il lui fallut presque une minute avant de pouvoir articuler :

— La douleur est terrible. C'est vraiment fort, Jacob. Comme si le bébé se présentait de travers et déchirait tout sur son passage.

Prise de panique, elle tenta de s'asseoir, en vain. Cela faisait trop mal. Repoussant les draps, elle vit du sang. N'ayant plus aucune mère, tante, grand-mère ni sœur pour lui faire part de leur expérience, elle n'avait aucun point de comparaison possible. Or, ce qu'elle ressentait ne ressemblait en rien au processus bien rodé que le corps médical lui avait décrit. C'était violent et tellement douloureux qu'elle ne pouvait même pas se mettre debout ! Elle lança à Jacob un regard épouvanté tandis que ses entrailles étaient à nouveau vrillées.

— J'appelle le médecin, dit-il sur un ton qu'il espérait calme en dépit de la terreur qui l'envahissait face au supplice qu'elle endurait.

Pour elle, tout se passait trop vite pour être normal et il aurait été bien en peine d'infirmer, vu qu'il était aussi inexpérimenté qu'elle. Il fourragea dans les papiers pour mettre la main sur le numéro qu'elle avait noté à son intention des semaines plus tôt, et appela. Le standard le mit en attente. Il était onze heures du soir. Heureusement, le médecin prit rapidement la communication. Jacob se présenta et dit que sa femme avait trop mal pour parler ou même se lever.

— Amenez-la à l'hôpital. J'y suis déjà, avec une autre patiente. Vous devez partir sur-le-champ.

Jacob aurait bien aimé lui demander si quelque chose n'allait pas, mais il ne voulut pas effrayer davantage Emmanuelle.

— Nous devons aller à l'hôpital, annonça-t-il.

Elle secoua frénétiquement la tête.

— Je ne peux pas me lever. Ça fait trop mal, dit-elle entre ses dents.

— Il le faut, répondit-il sur un ton sans appel.

Devait-il faire venir une ambulance ? Peut-être pas. Indépendamment du coût pharaonique de la course, ça ne semblait pas être une question de vie ou de mort. Ça faisait juste un mal de chien.

— Je vais te porter. Ne bouge pas.

Il sauta du lit, s'habilla en un éclair, enfila son manteau, laça ses chaussures et enveloppa sa femme dans une couverture avant de la soulever malgré ses protestations et ses supplications. Passer outre lui donna l'impression d'être un monstre. Il éteignit les lumières et sortit, Emmanuelle en pleurs dans ses bras. Même à neuf mois de grossesse, elle était aussi légère qu'une plume. Il dévala l'escalier en essayant de la rassurer. « Tout va bien se passer », répétait-il.

Il voulait arriver à l'hôpital aussi vite que possible pour qu'ils la soulagent, car elle souffrait le martyre à intervalles réguliers. Toutes les deux minutes. Dans la rue, il la serra plus fort contre lui et héla un taxi qui passait par là. Après l'avoir installée sur la banquette, il contourna le véhicule pour s'asseoir de l'autre côté.

— L'hôpital Beth Israel, dit-il au chauffeur.

Emmanuelle avait fermé les yeux et grimaçait de douleur.

— Elle va bien ? s'enquit le taxi en lui lançant un regard par le rétroviseur.

— Elle est en train d'accoucher.

Jacob pressait la main de sa femme, qui avait les joues baignées de larmes, persuadée que le pire se produisait. Le bébé était certainement en train de mourir, pour qu'elle ait aussi mal ! Elle n'avait même plus assez de souffle pour parler et décrire à Jacob ses sensations.

— J'en ai mis deux au monde dans mon taxi et l'un porte mon nom maintenant, dit le chauffeur avec un sourire, tout en roulant à tombeau ouvert dans les rues enneigées, brûlant deux feux au passage.

À cette vitesse, il ne leur fallut pas un quart d'heure pour parvenir à destination, mais l'état d'Emmanuelle s'était détérioré de manière inquiétante, empirant de minute en minute. Jacob se dépêcha de régler la course puis il enveloppa à nouveau sa femme dans la couverture et se rua aux urgences avec l'énergie du désespoir. Avec ses cheveux en bataille et Emmanuelle en pleurs dans ses bras, on aurait dit un fou. L'infirmière qui les aperçut mobilisa aussitôt deux soignants et saisit un brancard sur lequel ils installèrent la jeune femme pour l'emmener immédiatement en salle d'examen pendant qu'on prévenait son médecin. Jacob suivit le mouvement, pas très sûr d'en avoir le droit, mais il voulait savoir de quoi il retournait. Rien de ce qu'on leur avait dit ne les avait préparés à ça. Mettre un enfant au monde n'était pas censé être aussi violent !

Toujours en manteau, il se fit tout petit dans un coin tandis que le personnel s'activait autour de sa femme, écartait la couverture et retirait la chemise de nuit ensanglantée pour lui passer une chemise d'hôpital. Soudain Emmanuelle poussa un hurlement et fit signe à Jacob d'approcher. Ce dernier s'exécuta en hésitant – il ne voulait pas gêner – pendant que l'infirmière encourageait la jeune femme et lui répétait que tout allait bien. On était allé chercher le médecin. Cependant Emmanuelle perdait du sang. Terrifié à l'idée de la perdre, Jacob ne retenait plus ses larmes. Et si elle mourait ? Comment vivrait-il sans elle ? Elle était tout ce qui lui restait.

L'infirmière qui examinait Emmanuelle releva la tête.

— Vous vous débrouillez admirablement, madame Stein. D'ici quelques minutes, vous pourrez commencer à pousser et le bébé sera là avant que vous ayez eu le temps de dire ouf.

La future maman remuait la tête avec frénésie et salua l'entrée du médecin par un nouveau hurlement de douleur. L'infirmière résuma avec calme au praticien :

— Elle en est presque à dix, ça ne devrait plus tarder maintenant. Ils viennent d'arriver.

— Eh bien, dites-moi ! fit le médecin en se tournant

vers Jacob. Vous avez eu de la chance que ça ne se produise pas chez vous. Il était moins une.

— Mais ça ne fait pas une heure que les douleurs ont commencé ! s'étonna Jacob, avant d'ajouter en baissant la voix pour qu'Emmanuelle n'entende pas : Quelque chose ne va pas ?

— Au contraire, dit le médecin avec un sourire rassurant tout en se lavant les mains au lavabo. Pourquoi n'iriez-vous pas attendre avec les autres pères ? De son côté, votre femme va monter en salle de travail, car elle ne va pas tarder à pousser. Nous viendrons vous chercher dès que le bébé sera né. Tout va bien se passer.

Il venait à peine d'achever sa phrase qu'Emmanuelle fit entendre un cri horrible. On aurait dit qu'elle était déchirée en deux. Jacob ne savait quel parti prendre : rester auprès d'elle ou faire ce qu'on lui avait suggéré ? Le médecin lui montra la porte pendant que les infirmières transféraient Emmanuelle, gémissante, sur un chariot. On lui fit une piqûre contre la douleur. Elle était visiblement entre de bonnes mains, mais Jacob, une fois sorti, n'en eut pas moins l'impression de l'avoir trahie et abandonnée.

La salle d'attente dédiée aux pères se trouvait plus loin dans le couloir, mais il percevait encore les cris d'Emmanuelle qu'on emmenait. Il en était malade. Cela lui rappelait les camps et ces femmes qui avaient subi les pires expérimentations. Ce qui arrivait à sa femme n'était pas normal, même s'il n'avait aucun point de comparaison pour juger. Une chose était sûre : Emmanuelle non plus ne s'attendait pas à ce degré de souffrance, sinon elle l'aurait prévenu. Peut-être le médecin lui avait-il menti, pour le rassurer ? En même temps, l'équipe n'aurait pas eu l'air aussi calme et détendue. Il n'y avait que sa femme qui avait perdu tout contrôle, se tordant de douleur et hurlant son nom. Jamais il ne s'était senti si impuissant. La culpabilité le rongeait de l'avoir mise dans cette situation.

Trois autres hommes patientaient dans la pièce. L'un lisait un journal, l'autre un livre et le troisième somnolait, affalé sur sa chaise. Celui qui avait le livre leva les yeux et sourit à Jacob, percevant instantanément sa panique et son désespoir.

— C'est le premier ? demanda-t-il.

Jacob hocha la tête.

— Nous, c'est le troisième. Les premiers se font toujours désirer. Vous avez le temps d'aller avaler quelque chose à la cafétéria.

L'idée de manger après ce qu'il avait vu lui donna la nausée. Et dire que ça promettait d'être long ! Comment allait-elle surmonter sa souffrance si cela durait ? Jamais elle ne lui pardonnerait, il en aurait mis sa main au feu.

À son tour, l'homme au journal interrompit sa lecture pour se mêler à la conversation :

— Pour nous, c'est le cinquième. Nous avons déjà quatre filles ! Cette fois, on a veillé à arriver tôt parce que la dernière est née à la maison. C'est même moi qui l'ai mise au monde !

Il était seul en présence d'habitués ! Jacob faillit avoir un vertige. Une fois assis tant bien que mal sur une chaise, il tenta de se détendre en espérant recevoir très vite de bonnes nouvelles : « C'est fini, la mère et l'enfant se portent bien. » Mais une demi-heure plus tard, personne n'était encore passé, sauf une infirmière pour apporter du café chaud. Le futur papa qui dormait s'était levé pour assouvir une petite faim. Il manqua une infirmière venue lui dire qu'il y en aurait encore pour un certain temps. Elle n'avait en revanche aucune information pour Jacob.

— Mais ne vous inquiétez pas. Dès que l'enfant sera

né, ils vous le diront et vous pourrez le voir par la fenêtre de la nursery avant de rendre visite à votre femme.

Il n'avait prise sur rien et ses questions – Comment allait Emmanuelle ? La piqûre l'avait-elle soulagée ? – demeuraient sans réponse.

Une heure de plus s'était écoulée lorsque l'infirmière en chef vint avertir le père des quatre filles qu'il avait des jumelles. Surprise ! L'homme gémit puis éclata de rire.

— Six filles, dit-il, sous le choc.

Il sortit en secouant la tête, non sans souhaiter bonne chance à Jacob et à l'autre père.

— Garçon ou fille, ça m'est égal tant que ma femme et le bébé vont bien, dit Jacob avec angoisse.

— Tout se passera bien, le rassura son camarade de salle avec un regard compatissant.

Jacob ne voulut pas lui décrire combien ça n'en prenait pas le chemin. Ni elle ni lui n'avaient été préparés à tout ça. Jamais il n'aurait pu imaginer que ce serait aussi terrible.

Il attendait depuis deux heures lorsque son compagnon apprit qu'il avait un garçon. L'homme sortit, rayonnant, en souhaitant à son tour bonne chance à Jacob. Ce dernier se retrouva seul dans la pièce. Il enfouit son visage dans ses mains et pria. Après tout ce qu'elle avait traversé, Emmanuelle ne méritait pas une telle souffrance. Les yeux fermés, il songeait à elle, quand il entendit des pas. Il releva la tête. Une infirmière lui souriait.

— Monsieur Stein, vous avez un magnifique garçon de quatre kilos. La mère et l'enfant se portent comme des charmes. Ils sont en salle de récupération. D'ici une heure, nous la descendrons dans une chambre. Elle est un peu groggy pour l'instant. Par contre, vous allez pouvoir voir votre fils à la nursery. Félicitations, conclut-elle avant de repartir.

Envahi par une vague de soulagement, Jacob se laissa aller contre le dossier de la chaise. Toutes ses pensées étaient tournées vers Emmanuelle. Si seulement il pouvait être auprès d'elle, même endormie ! Peu après, on vint lui annoncer que son fils était prêt à rencontrer son papa, et il suivit l'infirmière avec des jambes en coton.

Parvenu à la baie vitrée de la nursery, il aperçut dans les bras des infirmières un beau bébé, rose et lisse, vêtu d'un pyjama bleu, soigneusement emmailloté dans une couverture de la même couleur et coiffé d'un petit bonnet assorti. Il dormait profondément et ressemblait trait pour trait à Emmanuelle. Fasciné par cette perfection, Jacob resta là à le contempler, jusqu'à ce qu'une infirmière le dépose dans un couffin orné de nœuds bleus qu'elle poussa plus loin. Le jeune papa retourna alors en salle d'attente, la tête pleine de son fils. Comme il aurait aimé pouvoir l'annoncer à ses parents ! Ils auraient été si fiers. Mais Emmanuelle et lui n'avaient personne avec qui partager cette joie, en dehors d'eux-mêmes.

Une heure passa encore avant qu'on l'informe qu'il pouvait rejoindre Emmanuelle et la voir quelques minutes. Il s'approcha à pas de loup. Elle sommeillait. Elle ouvrit cependant les yeux et sourit lorsqu'il se pencha pour l'embrasser.

— Il est magnifique ! Comment te sens-tu ? Ça n'a pas été trop dur ? s'enquit-il.

Tout ce qu'il éprouvait pour elle et toute l'inquiétude des dernières heures transparaissaient dans son regard. Elle hésita, puis secoua la tête. D'instinct, elle sut que c'était l'un de ces secrets à ne pas divulguer aux hommes.

— Tout s'est déroulé du mieux possible... C'est un gros bébé et il se présentait de travers, c'était ça que je sentais à la maison. Ils l'ont aidé à se positionner et il est descendu normalement.

Elle ne précisa pas qu'ils avaient dû employer les forceps, Jacob n'avait pas besoin de savoir.

— En tout cas, c'est ton portrait tout craché, dit-il avant de l'embrasser à nouveau.

Jamais il ne l'avait plus aimée, car il sentait bien qu'elle minimisait les choses. Lui qui aurait tant voulu que ce soit facile pour elle !

— Comment allons-nous l'appeler ? reprit-il.

— Max.

Comme le père de Jacob. C'était dans la tradition juive de donner aux enfants le nom de membres disparus de la famille, or le père de Jacob était mort plus récemment que le sien.

— Il a bien l'air d'un Max, et toi, tu es la plus belle femme que je connaisse. Merci pour notre fils et pour tout ce que tu as enduré cette nuit, dit-il, plein d'admiration pour son courage.

— Le jeu en valait la chandelle, se contenta-t-elle de répondre, les yeux papillonnants de fatigue.

Voilà sans doute pourquoi personne ne disait la vérité sur les accouchements : parce que au bout du compte la douleur ne comptait pas. Le bébé en valait plus que la peine.

— Je t'aime, ajouta-t-elle avant de sombrer dans le sommeil sous le regard attentif de son mari.

Jacob se retira pour retourner à la nursery admirer leur fils, tout aussi endormi que sa mère. Les visites commençaient à neuf heures. Il quitta donc l'hôpital et se mit à cheminer dans la neige pour rentrer chez lui. Il était quatre heures du matin et il songeait à ceux qu'ils avaient perdus : ses parents et ses grands-parents, la mère d'Emmanuelle, leurs sœurs à tous les deux. Voilà qu'ils avaient désormais leur propre famille ! Il avait un fils, et il sentait combien tous auraient été fiers de lui et heureux pour eux. Emmanuelle, Max et lui formaient une famille. Il marchait avec le sourire. C'était la plus belle nuit de sa vie.

# 4

Emmanuelle et le bébé restèrent cinq jours à l'hôpital, la durée habituelle. Jacob avait espéré que l'arrivée de Max apaiserait sa femme et lui ferait voir la vie du bon côté, or il n'en fut rien, au contraire ses craintes avaient redoublé. Et si Max tombait malade ou était kidnappé ? S'il se blessait ou devenait handicapé ? Et s'il venait à mourir ou bien qu'une guerre éclate ? Un autre holocauste ? Et si les Juifs étaient à nouveau persécutés et déportés ? Elle était toujours intimement persuadée que tout pouvait recommencer, et l'idée de leur fils envoyé dans un camp de concentration, comme eux et pour les mêmes raisons discriminatoires, l'emplissait d'effroi. Ses années dans les camps et tout ce qu'elle y avait perdu l'avaient profondément marquée. Tout comme Jacob.

Car l'idée ne lui était pas étrangère à lui non plus, mais son appréhension n'atteignait pas les mêmes sommets. Il s'inquiétait davantage de leur situation financière, de pourvoir à leurs besoins et d'assurer une vie libre de tout tracas à son épouse et à son fils. Jeune homme, il n'avait jamais eu à se soucier d'argent, et c'était devenu une préoccupation constante.

La nuit suivant la naissance de Max, les cauchemars d'Emmanuelle recommencèrent, car il y avait désormais un petit être qu'elle adorait sur lequel concentrer ses inquiétudes. Elle voulait tout faire pour le protéger. Mais si le pire survenait à nouveau, comment le pourrait-elle ?

Sa mère n'avait pu empêcher que Françoise, sa petite sœur, soit fusillée. Elle-même ne le pourrait pas plus si le monde redevenait fou et qu'ils les raflaient tous les trois, Jacob, Max et elle. Que faire pour son fils face à un monde dangereux et un avenir incertain ? Cette interrogation la tourmentait alors qu'elle le tenait contre elle pour l'allaiter. Il avait l'air tellement innocent et paisible, ainsi accroché à son sein. Elle l'aimait déjà plus que tout au monde.

Lorsqu'il passa à la boutique avertir Izzie de la naissance, Jacob ne cacha pas que, de manière irraisonnée, Emmanuelle croyait un nouvel holocauste possible, même aux États-Unis.

— Il faut l'empêcher de suivre cette pente, dit le diamantaire. Vous êtes en Amérique : ça ne peut pas se produire ici, dans le pays de la liberté et de l'égalité. Jamais les nazis n'auraient pu prendre le pouvoir ici et jamais ça n'arrivera. Ça a eu lieu en Allemagne, où la mentalité grégaire favorisait l'aveuglement des foules à l'égard de Hitler. Ici, la justice est le maître mot, personne ne veut tuer les Juifs. Voilà pourquoi nous sommes venus. Je sais que vous avez vécu tous les deux des choses horribles, et que cela ne fait qu'un an et demi que votre libération a eu lieu, mais vous êtes maintenant en sécurité, et votre bébé aussi. Emmanuelle est jeune, elle ne peut pas ruiner sa vie ainsi, ni la tienne et encore moins celle de votre fils. Elle va rendre cet enfant fou si elle craint en permanence un holocauste ! Il faut espérer qu'elle se calmera d'ici quelques années. Fais ton possible pour l'y aider.

— C'est mon intention, lui assura Jacob, qui avait ses propres craintes quant à leur sécurité, mais d'un autre ordre – du genre qui finit toujours par imprégner les enfants. Cela dit, Izzie, j'aurais une faveur à vous demander. Nous voudrions faire circoncire notre fils, mais ni Emmanuelle ni moi ne fréquentons la synagogue.

Ma famille n'y allait jamais – quoique culturellement juifs, nous n'étions pas pratiquants. Par votre synagogue, connaîtriez-vous un mohel qui accepterait d'exécuter la brit-mila ? Vous pourriez y assister si vous le souhaitez, vous êtes mon ami le plus proche ici.

— Bien sûr, dit Izzie, touché par cette demande. J'appelle tout de suite notre rabbin.

— Merci. Emmanuelle et Max sont encore à l'hôpital pour trois jours. Ensuite, nous découvrirons ce que veut vraiment dire être parents, dit Jacob avec un large sourire.

Normalement, la circoncision se pratiquait le huitième jour, mais comme il n'était pas religieux, il était simplement content qu'un mohel puisse officier, peu importait le jour.

— Ah ça ! n'espérez pas une vraie nuit de sommeil pendant les cinq prochaines années, peut-être même dix, le taquina Izzie. Il y a d'abord les tétées de nuit, ensuite les cauchemars, puis le verre d'eau qu'ils réclament à deux heures du matin. Pendant deux ans, ils veulent dormir avec vous, puis il y a le gorille sous le lit ou bien l'éléphant dans le placard. Et quand enfin ils font leurs nuits, vous-même n'y arrivez plus, car vous en avez perdu l'habitude !

Izzie en riait de bon cœur devant un Jacob amusé, soupçonnant du vécu dans cet inventaire.

Le diamantaire appela sur-le-champ le rabbin, qui lui donna le nom du mohel disponible pour la cérémonie. Elle aurait lieu à domicile. Jacob contacta l'homme dans la foulée et celui-ci promit de passer chez eux le huitième jour. Le jeune papa put ainsi annoncer la nouvelle à Emmanuelle lorsqu'il lui rendit visite ce jour-là.

Jacob dut encore la rassurer, car elle craignait que cela ne provoque une hémorragie sur un bébé d'une semaine – là, il n'avait que deux jours et elle se sentait un instinct de lionne ! La maternité lui allait bien. Elle avait l'air comblée avec leur fils dans les bras, comme si c'était dans sa nature. Jacob osa une allusion au fait d'avoir un autre enfant, et la réponse fusa aussitôt, toujours la même : Max leur suffisait. Il se rendit compte que l'accouchement était encore trop frais pour reparler de ce sujet. Mais personnellement, il se voyait bien avoir une petite fille aussi, ou un autre garçon. Contempler Max lui faisait prendre conscience qu'avoir une famille nombreuse pouvait être merveilleux. Ça permettait en plus de ne pas se focaliser sur un seul enfant et faire peser sur lui toute l'attention. Izzie l'avait bien dit : quand leur fils unique était mort, tout leur univers avait volé en éclats et Naomi ne s'en était pas remise. Elle ne s'en remettrait probablement jamais. Jacob ne voulait pas ça pour eux. Au grand jamais !

Le jour où il reprit le travail, alors qu'il avait fini sa journée et s'apprêtait à partir, Izzie lui tendit à sa grande surprise une enveloppe.

— Mets ça à la banque pour Max, dit son patron d'une voix bourrue. Il pourra l'utiliser quand il sera plus grand.

Et il tapa sur l'épaule de Jacob, très ému – depuis le début, Izzie se montrait si bon envers lui. Il fut encore plus touché lorsqu'il ouvrit le pli, une fois sorti de la boutique : il y avait là un chèque de cinq mille dollars à son nom. Il était ébahi, c'était une somme énorme ! Il n'en avait plus eu entre les mains depuis l'entre-deux-guerres. À peine arrivé à la maternité, il fit part de ce cadeau à Emmanuelle, qui fut tout aussi stupéfaite et reconnaissante que lui. La question ne se posait vraiment pas : Izzie devait absolument venir pour la brit-mila de Max, avec le mohel de sa synagogue. Il devenait comme un père pour eux, et Jacob comme un fils adoptif pour lui. Max allait avoir un grand-père de substitution. Quelle bénédiction pour lui ! Et pour eux tous ! Jacob et

Emmanuelle n'en revenaient pas et discutaient de leur chance d'avoir rencontré quelqu'un comme Izzie.

— J'aimerais bien qu'il t'embauche à la boutique. Ce serait mieux que chez ce vampire de Harry Rosen.

Il n'oubliait pas que, pour ce bonhomme, toute jeune accouchée devait reprendre son poste au bout de deux semaines, puisqu'on ne lui demandait pas de creuser des tranchées. Izzie n'avait plus fait allusion à un éventuel travail pour Emmanuelle, mais Jacob espérait que cela viendrait sans qu'il ait besoin d'aborder le sujet, car il trouvait gênant de le lui rappeler après tout ce qu'Izzie avait déjà fait pour eux.

— L'atelier me convient très bien, dit Emmanuelle, penchée sur le bébé lové contre elle.

Ce dernier voulait tout le temps téter. Heureusement, le lait commençait à monter, et en abondance. Elle s'attristait déjà à l'idée de devoir arrêter de le nourrir lorsqu'elle retournerait travailler. Elle adorait lui donner le sein, le tenir contre elle et le regarder s'endormir. Elle ne le lâchait pas de la journée et détestait quand les infirmières l'emmenaient. En tout cas, il était en pleine forme et la jeune maman rayonnait chaque fois qu'elle posait le regard sur lui. Jacob était tellement fier d'eux ! Il détestait les laisser derrière lui à la fin des visites et se réjouissait de leur prochain retour à la maison : il pourrait alors passer tout son temps libre avec eux.

Le grand jour, Jacob vint les chercher en taxi à l'heure du déjeuner. Monter l'escalier s'avéra une épreuve pour Emmanuelle, gênée par les points de suture de son épisiotomie. C'est donc Jacob qui porta le bébé le temps de cette lente ascension. Plusieurs fois, la jeune maman dut s'asseoir sur les marches. Enfin, ils atteignirent leur studio. Jacob avait placé le couffin près de leur lit, laissé ouvert afin qu'Emmanuelle puisse s'allonger sitôt arrivée. Les courses avaient été faites pour plusieurs jours et la petite glacière débordait de victuailles. Jacob retourna ensuite au travail en métro pendant que la voisine du dessous, celle qui allait s'occuper de Max, montait voir le bébé et aider Emmanuelle. Elle s'appelait Hannah Friedman. Les deux femmes s'étaient entendues sur le tarif de trois dollars par jour. Cela représentait une bonne partie du salaire d'Emmanuelle, mais rester à la maison n'était pas une option.

La jeune femme voulait aider Jacob à mettre le moindre cent de côté. Il n'y aurait plus de cinéma ni de dîner au restaurant, même pour les occasions spéciales. Sans avoir jamais été des paniers percés, ils devraient désormais faire encore plus attention, pour leur fils. Jacob avait d'ailleurs commencé à économiser pour ses études, avant même sa naissance. Il voulait que Max aille dans les meilleures écoles, pour travailler ensuite dans la banque, ou bien devenir avocat ou médecin. Il refusait que son fils puisse être contraint par la nécessité à des postes subalternes tels que concierge. Max ne serait pas pauvre et l'argent ne serait pas un souci comme pour eux. Jacob avait lu qu'il était question de restitutions pour les gens qui avaient perdu des biens de valeur et des œuvres d'art durant la guerre, mais il fallait produire des actes ou des documents attestant leur propriété, or il n'en avait aucun. Tout avait été perdu au moment de leur déportation. Il n'était donc pas éligible. Il ne leur restait plus qu'à épargner tout ce qu'ils pouvaient pour leur fils. C'était devenu son premier objectif.

Trois jours après le retour au foyer de la maman et de l'enfant, le mohel vint pour la circoncision. Izzie et Jacob l'observèrent pendant qu'il œuvrait, contrairement à Emmanuelle, qui pleura pendant toute la cérémonie. Max protesta un peu, mais l'homme lui donna une goutte de vin pour l'apaiser. L'infirmière les avait prévenus que leur fils serait grognon pendant quelques jours après la circoncision, surtout quand il serait mouillé, car la plaie le brûlerait un peu. En tout cas, le mohel avait fait du bon travail, et Jacob se félicitait d'avoir respecté la tradition.

Quand elle reprit son activité, Emmanuelle avait chaque jour le cœur brisé de laisser son fils. Elle adorait les week-ends, où elle pouvait s'en occuper entièrement, toute la journée. Jacob l'aidait et était devenu expert en changement de couches. Comme Max avait dû être sevré du sein, il leur fallait acheter du lait infantile, ce qui représentait une dépense supplémentaire. Jacob fut reconnaissant lorsque, en janvier, Izzie lui accorda une augmentation. Cela mettait un peu de beurre dans les épinards.

En avril, Izzie convoqua un jour Jacob dans son bureau. Il ouvrit le coffre et dévoila avec précaution une pierre extrêmement rare : un diamant de vingt carats, d'une pureté parfaite et d'une couleur jaune intense. Quand il vit la pierre, Jacob fut pour ainsi dire aveuglé. Avec quatre autres marchands, Izzie envisageait de l'acquérir dans l'intention de la revendre immédiatement à un grand joaillier et il prévoyait d'investir une somme considérable. Jacob devait la porter chez les autres marchands puis la lui rapporter.

Il fallut trois semaines pour conclure l'affaire. En mai, les cinq diamantaires l'achetèrent pour la vendre deux semaines plus tard à un joaillier qu'ils savaient intéressé et qui avait déjà un client sur les rangs. En tant qu'investisseur principal, Izzie en retira un gros bénéfice et donna à Jacob une commission, puisqu'il avait négocié avec les autres marchands et avait été d'une aide précieuse. Jacob eut un choc en découvrant le montant du chèque : ça correspondait à la moitié de son salaire annuel !

— Cela peut être un commerce très lucratif, dit Izzie. Il te reste beaucoup à apprendre, mais je crois que tu as un don.

Jacob apprécia le compliment et le prit très au sérieux, car ce commerce le passionnait de plus en plus. Il était impressionné par les pierres et les sommes en jeu, et avait depuis longtemps compris pourquoi la devanture de leur échoppe ne payait pas de mine : c'est que tout se jouait dans l'arrière-boutique, avec les pierres de premier choix achetées par le diamantaire et ses associés. La rapidité avec laquelle elles changeaient de main était presque aussi importante que leur qualité.

— Tu devrais rester dans le business, tu saurais en retirer de l'argent, continua Izzie.

Jacob s'en rendait compte et était reconnaissant de la chance offerte par Izzie. À partir de ce jour, il participa à toutes les négociations d'Izzie et toucha une commission sur toutes les transactions. Cela améliora grandement son revenu, au point qu'en juillet il annonça à Emmanuelle qu'elle pouvait dorénavant rester à la maison avec le bébé. Son augmentation de salaire représentait plus que ce qu'elle gagnait chez Harry Rosen.

— Tu es sûr ? Et si Izzie se lasse de toi, ou que vous vous disputez et qu'il te renvoie ? s'inquiéta-t-elle.

Jacob sourit de sa réaction – toujours à imaginer le pire...

— Si tel était le cas, on ne pourrait de toute façon pas vivre avec ce que tu gagnes. Il nous faudrait tous les deux retrousser nos manches et trouver des boulots qui paient bien. Donc ta démission ne change rien. Ça fait deux ans que tu trimes à orner ces horribles chemisiers et gilets chez cet exploiteur alors que tu gagnerais plus si tu récurais les sols ailleurs. Ce ne sera pas une perte.

Elle ne pouvait lui donner tort, mais abandonner son emploi pour dépendre entièrement des commissions d'Izzie la rendait nerveuse. Jacob réussit toutefois à avoir gain de cause, et elle annonça à Harry Rosen son départ, avec un préavis de deux semaines. L'individu n'eut aucun scrupule à la traiter d'ingrate, quand bien même Emmanuelle avait rempli sa part du contrat et au-delà, en travaillant depuis deux ans sans se plaindre dans ses ateliers.

Le jour de son départ, elle alla le remercier et il lui souhaita bonne chance du bout des lèvres. Emmanuelle était aussi triste de quitter ses collègues que ravie à l'idée de pouvoir rester à la maison avec son fils. Max avait maintenant sept mois et c'était un beau bébé, qu'elle peinait à porter sur les cinq étages quand ils rentraient de promenade avec la poussette. C'était un enfant joyeux, toujours souriant et qui riait beaucoup. Il poussait de petits cris de ravissement dès qu'il voyait l'un de ses parents, et il adorait aussi Izzie, qu'ils croisaient parfois au parc le week-end. Le diamantaire passait volontiers du temps à jouer avec lui. Max faisait la joie de tous ceux qui le connaissaient.

— Un jour, ce sera quelqu'un d'important, assurait Jacob, comme s'il tentait d'insuffler ses propres rêves au garçon. Il travaillera dur, recevra une bonne instruction et occupera un poste de premier plan.

— Et s'il veut être artiste ou musicien ? le taquinait-elle.

— Il faudra qu'il m'en parle d'abord, répondait Jacob avec fermeté. Le sang de générations de banquiers coule dans ses veines. Un jour, il sera riche.

Il le souhaitait ardemment, mais Emmanuelle savait que cela ne garantissait pas le bonheur. Elle voulait que son fils suive ses passions dans la vie. Cela dit, que Jacob soit si sérieux à propos des affaires et de l'argent et qu'il se montre tellement enthousiaste pour ce qu'il faisait avec Izzie donnait le bon exemple à leur fils. Jacob n'avait que 27 ans, il était en Amérique depuis deux ans, mais il constituait, dollar après dollar, un bas de laine pour sa famille grâce aux commissions qu'il touchait. Tout était mis à la banque, sauf ce qu'il leur fallait pour le loyer et les courses. De son côté, elle confectionnait elle-même ses vêtements et ceux du bébé, et ne dépensait rien, sauf obligation.

Ils fêtèrent le premier anniversaire de Max pendant Hanoukka et invitèrent Izzie pour l'occasion. Emmanuelle alluma les bougies et chanta les prières. Pour cela, elle s'était couvert la tête tandis que les deux hommes portaient des kippas. Fasciné, Max ne les quittait pas des yeux. À la fin du dîner, Emmanuelle apporta le gâteau d'anniversaire, fait maison, sur lequel elle avait planté deux bougies – la seconde en guise de clin d'œil, pour anticiper sur l'année à venir. Ils passèrent une soirée très chaleureuse tous ensemble.

Pour le réveillon du nouvel an, les jeunes parents restèrent tranquilles chez eux. Une fois Max endormi dans son berceau – le couffin étant devenu trop petit, ils l'avaient rendu à la voisine –, ils trinquèrent avec du champagne que Jacob avait acheté.

— On devrait sortir plus souvent, dit-il, un bras sur les épaules de sa femme, une coupe dans l'autre main.

Le breuvage lui rappelait des réveillons à Vienne : chez ses parents, où les meilleurs champagnes coulaient à flots et où de belles femmes en tenue de soirée dansaient dans la salle de bal, ou alors dans les clubs les plus huppés de la capitale, qu'il fréquentait avec ses amis. Cette vie ne reviendrait jamais plus.

— C'est trop cher, lui répondit Emmanuelle.

— Ça nous ferait du bien, dit-il avec sagesse.

Elle n'avait que 25 ans, lui à peine plus, et ils n'allaient jamais nulle part, ils ne faisaient qu'épargner. Dernièrement, Izzie l'avait réprimandé pour ça, en lui faisant remarquer qu'ils étaient trop jeunes pour s'encroûter à la maison. Ils avaient besoin de s'amuser. Jacob gagnait maintenant assez pour sortir son épouse de temps à autre, au moins au restaurant du coin, mais ils étaient heureux chez eux et Emmanuelle préférait faire la cuisine plutôt que de dépenser.

Ils finirent la petite bouteille de champagne qui leur avait fait à chacun deux verres, puis se couchèrent et firent l'amour. Il était deux heures du matin quand ils s'endormirent dans les bras l'un de l'autre. Une heure plus tard, Max criait famine. Emmanuelle le coucha entre eux avec son biberon et ils se rendormirent tous les trois. Le téléphone les réveilla à sept heures du matin. C'était Izzie.

— Il s'est passé quelque chose ? s'alarma Jacob en entendant son ami pleurer.

— C'est Naomi. Elle a fait une crise cardiaque hier soir et elle est morte avant que l'ambulance arrive. Ils ont essayé de la ranimer, sans succès. Depuis la mort de David, son cœur était devenu plus fragile. Malgré tous mes efforts, elle ne pouvait pas envisager de vivre sans lui. Il était toute sa vie. L'enterrement est demain.

Soit un jour plus tard que le prévoyait la tradition, mais ils ne pouvaient l'enterrer un 1er janvier.

— Il y a ce soir une veillée funèbre pour la shiva, si vous voulez venir. Vous pouvez amener le bébé, proposa Izzie, sachant pertinemment qu'ils ne laissaient jamais Max – mais il voulait s'en assurer, conscient que ça lui ferait du bien de voir les bonnes joues et le sourire de ce poupon qu'il aimait comme son petit-fils.

— Nous viendrons, dit Jacob. Je suis désolé.

Raccrochant, il annonça la nouvelle à Emmanuelle qui était allée préparer le biberon de Max et revenait au lit pour le lui donner. Tous deux avaient vu tellement d'horreurs dans les camps qu'elle se sentait parfois indifférente à la mort, mais cette fois, son cœur se serra pour Izzie, qui adorait sa femme et à qui désormais il ne restait plus aucune famille.

Ce soir-là, ils se rendirent en métro chez les Horowitz. Emmanuelle portait une élégante robe en soie noire qu'elle avait confectionnée sans patron, à partir d'un des croquis de sa mère qu'elle avait reproduit de mémoire. Elle avait la tête couverte. Jacob portait un costume noir et l'une des cravates qu'elle avait cousues pour lui. Quant au bébé, il arborait un petit costume de velours noir qu'elle avait fait pour son anniversaire, avec un col de satin blanc et un petit nœud papillon de satin noir, ainsi que des petits souliers de cuir noir verni, trouvés d'occasion dans la boutique où elle achetait ses propres chaussures.

Quand ils arrivèrent, l'appartement débordait de gens en deuil : de vieux amis du couple, des relations d'affaires d'Izzie, des membres de sa synagogue. Le rabbin était présent, en train de parler avec Izzie de la cérémonie du lendemain. Pendant la shiva, qui durait une semaine, la boutique serait fermée. Izzie paraissait anéanti. Naomi était la seule famille qui lui restait. Il avait déjà perdu son fils, maintenant sa femme. Les joues baignées de larmes, il serra Emmanuelle et Jacob contre son cœur. On aurait dit qu'il avait pris dix ans en une soirée. La défunte avait seulement 59 ans, mais sa force l'avait quittée avec son fils. Izzie se retrouvait seul au monde, hormis ses amis et le jeune couple à qui il s'était tant attaché – Jacob était presque comme un fils pour lui. Une fois les derniers invités partis, Emmanuelle l'aida à faire la vaisselle. Beaucoup d'amis avaient cuisiné des plats pour lui. Il y avait des paniers partout dans la cuisine, et le réfrigérateur était plein de ragoûts que jamais il ne mangerait. Il avait l'air perdu tandis que Jacob tentait de le consoler.

Emmanuelle et Jacob ne partirent que peu avant minuit, les deux hommes ayant discuté tranquillement pendant que Max dormait dans les bras de sa mère. La cérémonie à la synagogue était prévue à midi le lendemain, de façon que les gens puissent venir sur leur heure de déjeuner. Naomi serait ensuite inhumée dans un cimetière juif de Long Island, où David reposait déjà.

Mère et fils seraient à nouveau réunis. La tristesse de cette situation leur parut encore plus affreuse quand ils mirent Max dans son berceau. Une fois dans leur lit, pressés l'un contre l'autre, Emmanuelle regarda son mari.

— Si tu mourais, ça me tuerait, dit-elle d'une voix étranglée.

— Rien ne va m'arriver, du moins pas de sitôt, répondit-il avec calme, tout en la serrant plus fort pour la rassurer.

Ils s'endormirent dans les bras l'un de l'autre et s'éveillèrent par une matinée d'hiver radieuse.

La cérémonie fut magnifique : il y avait un chantre et toute la communauté était présente, car les Horowitz avaient tous deux été des piliers de la synagogue, surtout avant la mort de leur fils. Beaucoup vinrent ensuite au cimetière pour l'inhumation. Chacun lança une petite pelletée de terre dans la tombe. Izzie était dévasté. Emmanuelle et Jacob l'accompagnèrent chez lui, car il lui fallait maintenant accueillir ses amis pour la réception donnée après l'enterrement. Des heures s'écoulèrent encore avant que Jacob et Emmanuelle partent. Izzie s'était arrangé pour que la limousine qu'il avait retenue pour la journée les ramène chez eux. Ce fut un soulagement de quitter leurs vêtements de deuil et de jouer avec leur bébé avant de le coucher. Emmanuelle lui chantait des comptines et lui parlait toujours en français, Jacob en anglais. Ils voulaient qu'il soit bilingue. La seule langue qu'ils ne prévoyaient pas de lui apprendre était l'allemand. Ni l'un ni l'autre ne supportaient plus de l'entendre. Jacob refusait de la parler, sauf obligation dans les affaires.

Puisque la boutique était fermée, Jacob passa le reste de la semaine à la maison avec sa famille. Ils firent de longues promenades ensemble et vécurent des soirées tranquilles. Un soir, Jacob proposa d'aller au cinéma, mais elle ne voulut pas confier Max à la voisine, dont le bébé avait une mauvaise toux. Elle avait toujours une excuse pour ne pas le laisser. Jacob joua donc avec son fils tandis qu'elle préparait le dîner.

Comme il neigea à nouveau pendant le week-end, ils firent un bonhomme de neige pour Max à Washington Square. L'enfant était aux anges. C'était vraiment un heureux caractère. Mais comment ne pas l'être avec deux parents en adoration devant lui et qui s'aimaient autant qu'ils l'adoraient ? La vie était parfaite. Le dimanche, Izzie vint déjeuner. Être avec eux lui remonta le moral. La semaine avait été dure et il devait s'habituer à la vie sans sa femme. Certes, elle s'était retirée du monde depuis déjà trois ans, mais désormais il était vraiment seul. Il mesurait sa chance d'avoir Jacob et Emmanuelle dans sa vie, et Max aussi. Avant qu'il reparte, Jacob lui conseilla de reprendre le travail au plus tôt : ça ne pourrait que lui faire du bien. Lui-même avait hâte d'y retourner, car il était diamantaire à présent, et il avait attrapé le virus. Il se félicitait vraiment d'avoir choisi les États-Unis ! C'était la meilleure décision qu'il ait jamais prise, avec celle d'épouser Emmanuelle. Il la regarda coucher le bébé pour sa sieste et eut un sourire engageant.

— Je vous aime, madame Stein.

— Moi aussi, dit-elle avant de se couler dans ses bras.

Quelques minutes plus tard, ils profitaient du sommeil de leur fils pour faire l'amour, célébrant le triomphe de la vie sur la mort. Tous deux en avaient besoin. Ils étaient jeunes, vivants, et ils s'aimaient. Ils avaient toutes les raisons du monde d'être reconnaissants. Le passé qui les avait fait se rencontrer s'estompait lentement pendant qu'ils se constituaient de nouveaux souvenirs à deux. Cela faisait des mois qu'Emmanuelle n'avait pas cauchemardé. Dorénavant, elle souriait presque tout le temps, et Jacob ne l'en aimait que davantage.

## 5

Izzie mit un certain temps à se faire à la solitude du veuvage. Sa présence au déjeuner dominical chez Jacob et Emmanuelle devint un rituel, et dès que Max put parler, le vieil homme demanda à être appelé papy. Chacun comblait ainsi des manques. Ensemble, ils avaient recréé une famille sans lien de sang, mais à l'attachement profond et réel.

Sous sa supervision, Jacob se débrouillait admirablement dans le commerce des diamants. Il avait retenu toutes les leçons, et sa connaissance du système bancaire, comme de la finance, lui était d'un grand secours. Il prenait maintenant des décisions délicates et donnait à Izzie des conseils avisés, dont ce dernier tenait compte. Avec les commissions qu'il touchait, son épargne grossissait à vue d'œil.

Quand Max eut 4 ans, ils déménagèrent dans le même immeuble pour un appartement de trois pièces, libéré à la suite du décès de l'un des locataires. Un vrai palais, après leur minuscule studio ! Ils le repeignirent eux-mêmes et achetèrent du mobilier d'occasion qu'Emmanuelle recouvrit à leur goût.

« Vous ne voulez pas emménager dans un meilleur quartier ? avait suggéré Izzie.

— Elle veut rester là où nous sommes », avait expliqué Jacob.

Depuis quelques années, le voisinage s'était un peu amélioré. Et si la qualité du bâti n'avait pas changé, ils en connaissaient tous les habitants et se sentaient chez eux. Par ailleurs, les loyers étaient incroyablement bas, ce qui convenait très bien à Emmanuelle, qui répugnait encore à dépenser trop.

Izzie allait avoir 70 ans et avait eu quelques ennuis de santé, sans gravité toutefois. Il travaillait de longues heures, maintenant que plus personne ne l'attendait à la maison, et Jacob restait souvent tard avec lui. Ils discutaient des pierres que le vieux diamantaire envisageait d'acheter. Un jour, Jacob lui conseilla d'acquérir une pierre particulièrement grosse, mais cette fois tout seul, sans faire partie d'un groupe d'acheteurs. Le profit qu'ils en tirèrent quand ils la vendirent aux enchères fut énorme, car Harry Winston et Van Cleef & Arpels se l'étaient disputée. Le diamant atteignit quatre fois ce qu'ils avaient escompté. Ce fut une aubaine pour Izzie, et la commission de Jacob fut énorme – Izzie continuait à se montrer généreux avec lui. Il avait d'ailleurs songé à faire du jeune homme un associé, puisqu'il n'avait ni fils ni proches à qui laisser son activité. Mais même sans cela, Jacob disposait d'une somme confortable, que son vieil ami lui recommanda de placer dans l'immobilier. Lui-même faisait cela depuis des années et en avait retiré beaucoup d'argent.

— On ne peut pas se tromper avec les immeubles de rapport, lui dit-il.

Lorsque Max eut 5 ans, Jacob commença donc à regarder les immeubles dans leur voisinage. Il en trouva un intéressant, et après s'être renseigné il en parla à Emmanuelle.

— Acheter un immeuble ? Mais tu es fou ? dit-elle, sous le choc.

— Mis à part les intérêts, notre argent dort à la banque, et Izzie dit que l'immobilier est toujours un placement en or, répondit Jacob avec calme.

— Il peut se le permettre, il est riche. Pas nous. Et si tu perdais tout ou qu'il te renvoie ?

L'habituelle rengaine fit sourire Jacob. Si sa femme ne prédisait plus de guerre à New York depuis des années, elle imaginait toujours le pire à chaque virage dès qu'il essayait de la faire sortir de sa zone de confort. Dépenser la terrifiait. Mieux valait savoir leur argent à la banque que de le placer dans des investissements qu'elle jugeait risqués. Car s'ils perdaient ce qu'ils avaient, comment paieraient-ils de quoi se nourrir ou l'école de Max ? Ce dernier allait au jardin d'enfants du quartier, mais Jacob comptait un jour l'envoyer à l'université et économisait depuis sa naissance pour cela.

— Pense à l'argent que nous rapporteraient les loyers si on avait un immeuble.

— Ou à ce que l'on perdrait si tout le monde déménageait. Imagine qu'ils nous détestent et qu'on doive gérer des locataires enragés prêts à partir tous en même temps. Qui ne déteste pas son propriétaire ?

L'habituel scénario catastrophe… Le lendemain, Jacob en parla avec Izzie, qui approuva chaleureusement le projet, à l'exception de sa localisation.

— Pourquoi ne pas acheter un immeuble dans les quartiers résidentiels ? Un jour, il vaudra bien plus que ce que vous aurez investi. Personne ne veut vivre dans le Lower East Side, sauf les vieux Juifs qui y habitent aujourd'hui. Il vous faut des locataires plus jeunes, comme vous, qui peuvent se permettre de payer des loyers plus élevés.

— Un jour, notre quartier s'embourgeoisera. Regardez Greenwich Village, qui est de plus en plus recherché.

— Oui, par la bohème. Allez là où se trouve l'argent. Dans l'Upper East Side par exemple ?

— Trop cher pour moi. Les immeubles de notre quartier ne coûtent rien.

— Alors il faut suivre ton intuition, l'encouragea son ami et mentor.

Il avait une foi immense dans le flair de Jacob. D'instinct, le jeune homme savait repérer les bonnes affaires.

Quelques mois plus tard, Jacob conclut l'achat de l'immeuble qu'il avait repéré, en se réservant l'appartement du dernier étage. L'immeuble disposait d'un ascenseur, ce qui était pratique et donnait plus de valeur au bien. Comme il s'y était attendu, Emmanuelle piqua une crise à la nouvelle. Elle réagissait toujours comme ça au début. Pour finir, elle se calma et vit tous les avantages de cet investissement, parce qu'elle avait aussi foi en lui. Mais apprivoiser la nouveauté lui demandait toujours du temps.

Voilà pourquoi Jacob mit six mois à lui parler d'emménager dans l'appartement de quatre pièces qu'il leur avait réservé. Elle commença par dire que c'était trop grand pour eux, qu'ils n'avaient pas assez de mobilier, qu'ils n'avaient pas besoin d'une troisième chambre puisqu'ils n'allaient pas avoir d'autres enfants, et qu'il n'était pas nécessaire d'avoir un bureau à la maison qu'il n'emploierait pas et elle non plus. C'était du gâchis.

— Cette pièce supplémentaire pourrait te servir d'atelier de couture, suggéra-t-il.

Emmanuelle continuait à confectionner ses propres vêtements et ceux de Max – les pantalons de velours côtelé et les petits costumes qu'il portait pour l'école lui donnaient plus l'air d'un petit Français que d'un Américain. Les seules cravates que Jacob portait étaient celles, magnifiques, qu'elle lui faisait à partir de soies coûteuses qu'elle dénichait dans les boutiques de déstockage. Elle en avait aussi cousu pour Izzie, qui les adorait. Quand Jacob lui avait conseillé de monter une affaire de cravates, elle avait refusé catégoriquement. Elle était une ménagère, une mère et une épouse, pas une femme d'affaires. Cela, c'était sa partie à lui.

Toujours est-il qu'elle finit par emménager en ronchonnant dans le nouvel appartement, après l'avoir repeint avec Jacob – inutile d'engager quelqu'un quand on pouvait le faire soi-même. Jacob lui acheta une magnifique machine à coudre toute neuve, qu'il mit dans la troisième chambre en guise de cadeau de bienvenue. Elle en tomba amoureuse et prit presque aussitôt possession de la pièce. Dans l'ensemble, ses objections passées furent vite oubliées, car c'était vraiment un appartement magnifique, dans un immeuble propre et sain, habité de locataires prêts à payer des loyers plus élevés que dans l'immeuble où ils avaient précédemment vécu. Cerise sur le gâteau : c'était quatre blocs plus près de l'école de Max, qui fréquentait celle du quartier et se révélait un élève brillant.

— Alors, comment ça s'est passé ? demanda Izzie à Jacob le lundi suivant leur emménagement.

— Elle adore, mais il lui faudra sans doute dix ans avant de l'admettre. Max raffole de sa nouvelle chambre. Il l'aimera encore plus en grandissant, quand il voudra inviter des amis à la maison. Au moins, cette fois, Emmanuelle ne prédit pas un holocauste à New York, ni une nouvelle guerre mondiale. Elle s'inquiète juste de ce que l'on ait des rats dans l'immeuble, qui fassent partir tous les locataires, provoquant notre banqueroute. C'est plus facile à gérer que la politique internationale.

Tous deux rirent des réactions d'Emmanuelle, qui avoua six mois plus tard à Jacob être folle de cet appartement. Orienté plein sud, il était lumineux à toute heure de la journée et l'exact opposé de leur sombre studio des débuts, même s'il était bien loin de ce que Jacob avait connu dans sa jeunesse. Pour ce qui la concernait,

Emmanuelle s'en contentait bien volontiers : il faisait le double de celui où elle avait vécu avec sa mère à Paris.

L'immeuble était un bon investissement, et Jacob se félicitait de le posséder. Patiemment, il amassait et construisait leur sécurité, tout en se demandant s'il arrêterait un jour de s'inquiéter pour l'argent. La guerre lui avait légué des craintes à lui aussi, celle d'être pauvre, celle de ne pas pouvoir mettre sa famille à l'abri du besoin ni faire assez pour Max, comme de lui payer un jour une bonne université. Il avait beau, à 32 ans, subvenir aisément aux besoins de sa famille, gagner de substantielles commissions, acheter des obligations et investir dans un immeuble de rapport qui prendrait de la valeur, il ne se sentait pas encore totalement à l'abri. Il voulait acheter plus d'immeubles. Pour l'instant, il n'avait pas encore assez de liquidités pour le faire, mais cela viendrait, il en était certain. Emmanuelle et lui étaient économes et ne faisaient pas de folles dépenses. Par ailleurs, grâce à leurs prises de décisions communes, l'activité d'Izzie prospérait aussi, et ils avaient fait quelques très belles transactions ces deux dernières années.

Pour les 7 ans de Max, Izzie l'emmena en haut de l'Empire State Building pour admirer la vue sur New York. Ils regardèrent Central Park, le sud de Manhattan où vivait Max, le New Jersey, Staten Island et Long Island.

— Tu vois tout ça ? Un jour, quand tu seras grand, tu pourras en posséder une partie si tu le souhaites. Il n'y a pas de limite à ce que tu peux faire. Pour ça, tu dois aller à l'université et ensuite faire des affaires comme ton papa. Tu pourras alors avoir tout ce que tu voudras. Si tu es un homme d'affaires avisé et que tu épargnes, tu n'auras plus qu'à choisir. Tout dépend de toi.

— Je pourrai acheter l'équipe de base-ball des Yankees ? dit Max, l'air interrogateur.

— Pourquoi pas, si c'est ce que tu veux. Au préalable,

il faudra acheter d'autres choses, et les revendre pour beaucoup d'argent. Alors seulement, tu pourras acheter les Yankees, répondit Izzie avec sérieux.

— Bon. Alors, c'est ce que je ferai, conclut Max avec détermination.

Les garçons de son âge voulaient jouer au base-ball, mais lui voulait avoir l'équipe. Izzie sourit et lui ébouriffa les cheveux en espérant que le garçonnet se souviendrait de cette conversation. Le secret de la vie n'était pas de croire en ses limites, mais en soi. Alors, on pouvait accomplir ce qu'on voulait et réaliser ses rêves, peu importait lesquels. Il avait dit la même chose à son fils quand celui-ci avait l'âge de Max. Et David aurait fait un bon businessman lui aussi.

À peine rentré, Max se précipita vers ses parents.

— Je vais acheter les Yankees ! Papy Izzie dit que je pourrai. Il dit que je pourrai faire tout ce que je veux, annonça-t-il, le regard résolu et le menton relevé.

— Si tu vas d'abord à l'université, lui rappela Izzie.

Jacob eut un large sourire. Cette philosophie lui parlait et il approuvait. Lui aussi croyait en l'utilité d'avoir de grands rêves. Quand il était arrivé à New York, qui aurait cru qu'il posséderait un jour un immeuble ? Et il était sur le point d'en acquérir un second, bien qu'il n'en ait pas encore parlé à Emmanuelle. Izzie l'avait taquiné et qualifié de marchand de sommeil quand il en avait discuté avec lui, mais il l'encourageait dans ce projet. L'immobilier était toujours un bon investissement, à condition que l'immeuble soit de qualité et le voisinage décent, avec une marge correcte de progression. Jacob était convaincu que le Lower East Side remplissait toutes ces conditions. D'après lui, le quartier allait un jour séduire les classes sociales plus élevées, tout comme Greenwich Village où les loyers ne cessaient de grimper. Le quartier autour de Washington Square était devenu un bon investissement, tout comme le bas de la Cinquième Avenue. Izzie lui-même avait songé à acheter un appartement là-bas. Il aimait l'idée de se rapprocher des Stein, avec qui il passait toujours du temps le week-end.

Mais quand il partit, Emmanuelle avait l'air contrariée.

— Il ne devrait pas farcir la tête de Max de rêves fous, comme d'acheter les Yankees. Ce n'est pas réaliste, ça coûte des millions !

— Parce que tu ne crois pas qu'il gagnera un jour des millions ? Il pourrait, tu sais.

— Pour quoi faire ? Acheter des immeubles dans le Lower East Side, comme toi ? répondit-elle, mordante.

Elle continuait de penser que son désir d'immobilier était idiot et risqué, même si elle adorait l'immeuble où ils vivaient.

— Peut-être qu'il en achètera et en vendra de plus grands. Ça n'a jamais fait de mal de voir grand. Regarde où cela nous a menés en huit ans. C'est ça, l'Amérique. Tout est possible.

— Et s'il arrive quelque chose à Izzie ? Tu te retrouveras au chômage, et qui sait quel travail tu obtiendras après ça ?

— Peut-être un plus important que celui d'aujourd'hui.

Elle lui lança un regard noir et disparut dans son atelier de couture. Elle y trouvait toujours refuge quand ils n'étaient pas d'accord, ce qui ne se produisait que lorsqu'ils parlaient des investissements de Jacob.

Le lendemain, il partit tôt du travail, pour rencontrer le propriétaire de l'immeuble et négocier. Ils divergeaient encore trop sur le prix, mais Jacob était certain de pouvoir l'amener à baisser. Avant de refermer la porte de la boutique derrière lui, il avertit Izzie qu'il s'en allait. Ils attendaient cet après-midi-là la livraison d'une pierre, mais le vieux diamantaire pourrait la réceptionner sans lui. Ils avaient embauché un nouveau coursier quelques années plus tôt, cependant, dernièrement, la plupart des livraisons leur parvenaient par véhicule blindé. De plus, Izzie comptait ensuite aller montrer le diamant à leurs tailleurs. Ces derniers avaient déménagé dans un atelier séparé l'année passée, et leur équipe avait accueilli trois recrues en raison du développement de leur activité.

Jacob prit le métro pour se rendre dans son quartier, où il passa deux heures avec le propriétaire de l'immeuble, à discuter des points forts et des points faibles du bâtiment. Ils le visitèrent ensemble et Jacob souleva plusieurs problèmes. Il avait fait les vérifications nécessaires avec soin et, à la fin de leur inspection, l'homme accepta son offre. Une poignée de main scella l'accord. Tous deux étaient ravis. Jacob avait une façon intelligente et délicate de faire affaire, tout comme son père et son grand-père avant lui.

Il rentra chez lui tout content de sa transaction, qu'il annoncerait ce soir-là à Emmanuelle. Quand il poussa la porte de l'appartement, il fut étonné de la trouver si pâle et si agitée.

— Où étais-tu ? demanda-t-elle d'une voix tendue.

— À un rendez-vous avec le propriétaire d'un immeuble du quartier. Pourquoi ?

— Il est arrivé quelque chose à Izzie. Florence a appelé une dizaine de fois.

C'était la réceptionniste du bureau. Elle avait remplacé la vieille dame qui officiait quand Jacob avait débuté et qui avait pris sa retraite en Floride.

— Comment ça, « il est arrivé quelque chose à Izzie » ? fit Jacob, les sourcils froncés.

— Je ne sais pas. Je croyais que c'était le cœur, mais apparemment pas. Il est au Lenox Hill Hospital depuis deux heures. Ça a l'air sérieux. Florence pleurait au téléphone.

— Ça ne veut rien dire, elle pleure pour un rien.

Inquiet, Jacob attrapa cependant le téléphone et appela l'hôpital. Tout ce que l'infirmière des urgences put lui dire, c'était qu'Izzie était bien là et qu'ils ne s'étaient pas encore prononcés sur son état. Les médecins étaient avec lui. Sitôt qu'il eut raccroché, Jacob saisit son manteau et se dirigea vers la porte.

— Appelle-moi pour me donner des nouvelles ! lui cria Emmanuelle.

Il avait fermé la porte et dévalait déjà l'escalier – l'ascenseur était trop lent. Dans la rue, il héla un taxi. Le trajet vers les quartiers résidentiels lui sembla interminable. Il régla sa course au chauffeur, augmentée d'un bon pourboire, et il se précipita aux urgences, où il demanda à voir Izzie.

— Qui êtes-vous pour M. Horowitz ?

Jacob n'hésita qu'une seconde.

— Son fils.

Une infirmière le conduisit vers un box où le vieil homme était ausculté. Dès qu'il le vit, Jacob comprit : Izzie avait une moitié du visage comme figée, un bras et une jambe inertes, et il ne pouvait plus parler. Un accident vasculaire sérieux. Jacob s'assit sur le bord du lit et prit la bonne grosse main valide d'Izzie dans la sienne. Le vieil homme serra fort. On l'avait branché à des machines.

— Tout va bien se passer, lui dit Jacob d'une voix douce. Détends-toi.

Après quelques minutes, les médecins demandèrent à parler à Jacob dans le couloir. Avant de les suivre, ce dernier se pencha et sourit à Izzie.

— Je reviens, promis.

Les nouvelles n'étaient pas bonnes. Le diamantaire avait une hémorragie au cerveau, qui pouvait s'étendre. Ils lui avaient donné des médicaments et envisageaient une opération pour soulager la pression. S'ils ne le faisaient pas, un autre accident vasculaire pouvait survenir. Fatal, celui-là.

— Nous allons attendre une heure ou deux pour voir comment ça évolue. Je ne veux pas l'emmener au bloc tout de suite. Il n'a pas encore assez récupéré.

— Quelles sont ses chances, si vous l'opérez ? interrogea Jacob sans prendre de gants.

— Une sur deux, dans le meilleur des cas. Son état n'est pas stable et le cœur est faible. S'il fait une crise cardiaque là-dessus, on aura perdu la bataille avant même d'avoir commencé. Mieux vaut patienter, au risque qu'il fasse un autre AVC.

Quoi qu'il en soit, ça se présentait mal. Avant de retourner dans le box, Jacob appela Emmanuelle pour l'informer de la situation et lui recommander de ne rien dire à Max.

— Bien sûr, acquiesça-t-elle, très inquiète.

Jacob l'était aussi. Il n'en montra rien lorsqu'il rejoignit Izzie et lui prit la main. Le vieil homme avait les yeux fermés, comme s'il dormait, mais il les ouvrit dès qu'il sentit la présence de Jacob près du lit, ainsi que ses doigts sur les siens. Son regard était plein des questions qu'il ne pouvait poser.

— Ils disent que tu es un gagnant, que tu vas t'en tirer et que tu veux juste rester ici histoire de flirter avec les infirmières et d'attirer l'attention sur toi. Ils m'ont dit de t'emmener loin d'ici au plus vite.

Izzie eut une moitié de sourire et serra fort les doigts de Jacob, qui tira une chaise à son chevet pour lui parler d'une voix apaisante. Il ne voulait pas aggraver son état. Après quelques minutes, le vieil homme referma les yeux et somnola. Une infirmière vérifia les écrans, et les médecins passèrent plusieurs fois dans l'heure qui suivit, sans qu'il y ait de changement notable. Izzie semblait s'enfoncer dans un sommeil de plus en plus profond. À un moment donné, l'alarme stridente d'une machine se déclencha, attirant aussitôt en urgence une demi-douzaine de médecins et d'infirmières.

— Il fait un arrêt, déclara la première infirmière arrivée sur place tandis qu'un médecin commençait un massage cardiaque.

Jacob ne quittait pas des yeux l'écran de l'appareil. Le cœur repartait, mais dès qu'ils arrêtaient les stimulations, il ralentissait à nouveau. Jacob n'osait pas poser de questions, pour ne pas les distraire de leur tâche. Il était clair qu'Izzie se trouvait à la dernière extrémité et qu'il se battait pour vivre. Ils lui enfoncèrent une aiguille directement dans la poitrine, ce qui lui fit ouvrir les yeux. Il regarda Jacob, hocha légèrement la tête et rebaissa les paupières, comme pour dire que tout allait bien – ce qui n'était clairement pas le cas. L'alarme se déclencha encore deux fois, puis son corps sembla se figer. D'autres membres de l'équipe médicale arrivèrent et prièrent Jacob de sortir. Il se glissa hors de la salle et fit les cent pas dans le couloir pendant la demi-heure qui suivit. Enfin, deux médecins vinrent à sa rencontre.

— Nous avons fait tout ce que nous avons pu.

Tout était dit. Ils expliquèrent à un Jacob dévasté qu'Izzie avait fait un autre AVC important doublé d'une crise cardiaque. Il avait 72 ans, ce qui n'était pas très vieux, mais tous ses organes vitaux avaient lâché en même temps. Jacob se sentait en état de choc. Izzie se portait comme un charme quand il avait quitté le bureau. Et voilà que quelques heures plus tard il n'était plus. L'espace de quelques minutes, il ne sut quoi faire. Le fait qu'ils l'appellent M. Horowitz et lui présentent leurs condoléances le déboussolait encore plus. Jusqu'à ce qu'il se rappelle qu'il s'était présenté comme le fils d'Izzie afin de pouvoir le voir.

Jacob retourna dans la salle pour le contempler une

dernière fois avant de repartir. Apaisé, son ami reposait sur le lit. Quand Jacob lui toucha la main avec douceur, elle lui parut déjà glacée. Il avait aimé Izzie comme un père, et il savait que c'était réciproque. Du moment où ils s'étaient rencontrés et où il l'avait embauché, Izzie l'avait guidé. Jacob ne pouvait imaginer sa vie sans lui maintenant. Ils s'étaient côtoyés au quotidien pendant sept ans et Izzie faisait partie de leur vie. Max allait en avoir le cœur brisé. Comme eux tous. C'était un pilier de la communauté juive qui était parti.

Jacob informa le personnel présent qu'il appellerait sitôt les détails de l'enterrement réglés et il se pencha pour embrasser Izzie sur le front, puis il s'en alla, les joues baignées de larmes. Dehors, il sauta dans un taxi. Il n'avait pas eu le cœur d'annoncer la nouvelle par téléphone à Emmanuelle. Il n'eut cependant pas besoin de dire un mot lorsqu'il poussa la porte de l'appartement, son visage parla pour lui. Son meilleur ami et mentor était mort. La seule figure paternelle que Jacob avait connue depuis la guerre. Celui qui avait été si généreux envers eux. Emmanuelle prit son mari dans ses bras et le serra fort pendant qu'il pleurait comme un enfant. Heureusement, Max était déjà couché.

Ils s'assirent et discutèrent jusque tard dans la nuit. Il fallait s'occuper des funérailles, mais Jacob ne savait par où commencer et il n'y avait personne d'autre pour s'en charger. Ce soir-là, Jacob appela le rabbin d'Izzie, afin de prévenir la communauté. L'homme accepta d'officier pour la cérémonie. Il y avait soudain tellement de choses auxquelles penser : la cérémonie à la synagogue, le cimetière, la nécrologie afin que les gens connaissent la date de l'enterrement. Tout le monde dans le quartier des diamantaires allait vouloir venir. C'était l'homme le plus respecté du secteur. Et puis il y avait la boutique, que Jacob allait devoir fermer. Or le coffre était plein de diamants qu'Izzie avait récemment achetés et dont Jacob ne savait que faire désormais. S'il les vendait, à qui irait l'argent ? Izzie n'avait pas de proches ni d'ayants droit, personne à qui léguer ses biens immobiliers, son appartement et son commerce, puisque Naomi et David avaient disparu. Il l'avait souvent répété ces dernières années. Tout cela tournait dans la tête de Jacob tandis qu'il se raccrochait à Emmanuelle.

— Tout doux, disait-elle tendrement – elle voyait bien qu'il était en état de choc. On s'occupera de tout ça demain. Max sera à l'école toute la journée. Je t'aiderai. Tout finira par s'organiser.

En dépit de sa nature inquiète, elle était toujours là pour lui, solide comme un roc dans les coups durs. Elle mettait alors ses propres craintes de côté pour le soutenir.

— Et ensuite quoi ? Qu'est-ce que je vais faire sans lui ?

Jacob se sentait perdu. Comme un enfant sans l'homme qui l'avait porté, l'avait pris sous son aile et lui avait tant appris. Cela faisait à peine une heure qu'Izzie était mort. Il ne pouvait imaginer le monde sans lui et, pour une fois, Emmanuelle avait raison : il se retrouvait sans travail alors qu'il venait d'acheter un immeuble. Mais c'était le cadet de ses soucis, comparé à la perte de son plus proche ami.

Repensant à lui et à tout ce qu'il avait à faire dans la journée à venir, il ne parvint presque pas à fermer l'œil cette nuit-là. Il voulait faire les choses à la perfection, comme Izzie aurait aimé que cela se déroule. Mais Jacob n'avait aucune idée de ses desiderata en la matière. Il lui faudrait caler tout ça au matin. Debout dès six heures, il se trouva néanmoins trop bouleversé pour voir son fils ou se calmer. Il se cacha dans leur chambre jusqu'au départ de Max pour l'école. Emmanuelle et lui se mirent alors au travail et passèrent tous les coups de fil nécessaires pour organiser la cérémonie du lendemain. Jacob écrivit la nécrologie, la dicta au téléphone à Florence, qui la transmit au coursier à destination du *New York Times*. Ils fermèrent le bureau pour la journée et il fit en sorte que les pompes funèbres passent prendre le corps d'Izzie à la morgue de l'hôpital. Lorsque, à trois heures, Emmanuelle dut aller chercher Max à l'école, les principaux points avaient été réglés. Le reste n'était que détails. Il avait demandé à Florence d'informer l'avocat d'Izzie. L'homme de loi tenta de le joindre, mais Jacob ne prit pas l'appel. Ils auraient tout le temps de discuter après l'enterrement.

Le rabbin avait tout arrangé pour eux et appelé le cimetière. Jacob était comme assommé. Assis dans son salon, l'air hagard, il prit soudain conscience qu'il s'agissait aussi de l'enterrement que son père n'avait jamais eu. Il pleurait deux hommes à la fois, et même tous ceux qu'il avait perdus. Il pouvait accomplir pour Izzie ce qu'il n'avait pu accomplir pour eux. Quand ils étaient morts à Buchenwald, il n'y avait eu aucun moyen de les honorer, mais au moins, pour Izzie, il pouvait faire les choses comme il fallait.

Il était toujours assis là lorsque Max rentra. Avec Emmanuelle, il annonça la nouvelle à leur fils, qui s'effondra.

— C'était mon papy, dit Max entre deux hoquets, parents et enfant pleurant à l'unisson.

— Je sais. Nous l'aimions tous. Parfois, les gens meurent plus tôt que prévu. Il n'était pas très vieux, mais je crois qu'il était très triste après la perte de son fils et de sa femme, dit Jacob en le serrant contre lui.

— Qui va m'emmener aux matchs de base-ball maintenant ? demanda l'enfant à travers ses larmes, avec un pragmatisme qui fit sourire son père.

— Moi, c'est promis, dit-il, même s'il n'était pas très fan de ce sport.

— Tu n'y connais rien, répondit Max, désespéré.

— Tu m'expliqueras.

— Je pourrai toujours acheter les Yankees quand je serai grand ? s'inquiéta Max, comme si la magie avait déserté sa vie, et celle des autres.

— Tu pourras faire toutes les choses que ton papy t'a prédites, dit Jacob avec conviction.

Il ne voulait pas que Max perde ou oublie jamais le courage et la confiance qu'Izzie avait tenté de lui insuffler.

— Mais c'est pas drôle s'il est pas là quand je les achèterai, souffla Max.

— Bien sûr que si, dit Jacob d'un ton plein d'assurance – il devait être fort pour son fils, tout comme Izzie l'aurait été, si lui-même était mort. Il sera toujours avec toi, et tu te souviendras toujours de lui. Il souhaitait que tu achètes les Yankees. Tu pourras le faire pour lui.

Max hocha la tête, il croyait son père. Ce soir-là, ils s'assirent ensemble pendant un long moment et ce fut Jacob qui le coucha. Le garçon avait arrêté de pleurer, mais il avait l'air très triste. Jacob resta près de lui jusqu'à ce qu'il s'endorme, puis il rejoignit sa femme au salon. La journée avait été rude et tous deux étaient profondément affectés par la mort de leur ami.

Jacob eut cette nuit encore la plus grande peine à dormir. Tôt le matin, il se rendit à la synagogue pour voir le rabbin, qui avait organisé la cérémonie et fait imprimer un livret comportant une photographie que Florence lui avait apportée. Le cliché, pris par Jacob quelques mois plus tôt, était superbe : Izzie riait, plein d'énergie et comme s'il était le maître de son monde. C'était certainement ainsi qu'il aurait souhaité qu'on se souvienne de lui.

Peu après, Emmanuelle arriva avec Max. Le temps que la cérémonie commence, la synagogue affichait complet. Tous avaient vu l'avis dans le *New York Times* : tailleurs, joailliers, négociants, diamantaires, mais aussi une foule de vieux amis que Jacob ne reconnut pas, et tous ceux qu'il avait rencontrés en travaillant auprès d'Izzie ces sept dernières années. Leurs deux tailleurs flamands prirent place sur le banc juste derrière lui, laissant les derniers à avoir rejoint l'équipe plus loin dans le fond. Emmanuelle et Max étaient assis au premier rang avec Jacob. La cérémonie pour cet homme que tous avaient aimé et respecté fut très émouvante. Tout le monde se rendit ensuite au cimetière. Quand il rentra chez lui, Jacob était vidé. Il avait serré toutes les mains à la synagogue et au cimetière, son épouse et son fils à ses côtés. Ils avaient tenu le rôle de la famille, une famille adoptée par Izzie une fois la sienne perdue.

— C'était très beau et exactement tel qu'il l'aurait souhaité, dit gentiment Emmanuelle en lui tendant une tasse de café.

Jacob en but une gorgée et la reposa. Il n'avait rien mangé depuis le petit-déjeuner, mais n'en ressentait ni l'envie ni le besoin. Il avait l'esprit et le ventre trop noués. Avant de s'en aller, il avait prévenu Florence qu'il irait au bureau le lendemain afin d'essayer d'organiser la suite. Fermer l'affaire prendrait un certain temps, et il devait se pencher sur les papiers d'Izzie. Apparemment, son avocat, Marvin Rosenbaum, avait encore téléphoné. Il avait promis de rappeler le lendemain matin, ce qu'il fit alors que Jacob venait d'arriver au bureau. Il avait été l'avocat d'Izzie et son conseiller pendant trente ans. Présent aux funérailles la veille, il avait serré la main à Jacob, mais ils n'avaient pas parlé. Trop de monde.

— Bonjour, Marvin. Désolé de ne pas vous avoir rappelé hier. Nous étions sur tous les fronts.

— C'est bien normal. Dites-moi, je souhaiterais passer discuter avec vous de la suite. Il y a beaucoup de points à étudier et à prévoir.

— Je sais. Nous allons devoir fermer, mais ça va

demander du temps. Le coffre est plein de marchandises à ma disposition, sans que je sache ce qu'il faut en faire à partir de maintenant.

— Pourquoi ne pas en discuter de visu ? Onze heures, ça vous irait ?

— Parfait, répondit Jacob, qui se sentait à nouveau dépassé.

Il regarda l'inventaire du coffre : celui-ci était encore plus rempli que dans son souvenir, et contenait aussi des pierres très chères qu'il avait encouragé Izzie à acquérir tout seul, comme placement à court terme. Quand Marvin se présenta, Jacob avait l'air stressé et inquiet. Il précéda l'homme de loi dans le bureau d'Izzie et s'assit à la place du disparu – il y avait travaillé toute la matinée malgré son impression d'être un imposteur, ainsi installé au bureau de son mentor.

— Vous serez certainement heureux d'apprendre qu'Izzie a laissé ses affaires parfaitement en ordre, dit tout de suite Marvin. Il savait ce qu'il voulait et la façon dont cela devait être traité et réparti. C'était quelqu'un de décidé et d'un grand sens pratique, ce qui va vous faciliter les choses à cette heure.

— Cela n'en prendra pas moins quelques mois pour baisser le rideau. Au moins deux, dit Jacob avec tristesse.

— C'est donc votre choix ? s'étonna l'avocat.

— Quelle autre option y a-t-il ? Nous ne pouvons pas continuer sans lui.

— Vous pourriez. En tout cas, il le pensait et il serait probablement déçu de savoir que vous voulez fermer. Ce n'était pas ce qu'il avait en tête.

— Et qu'avait-il en tête ? Sans héritier, que pouvons-nous faire d'autre ?

— Mais il a des héritiers, dit l'avocat, à la grande surprise de Jacob.

— Je croyais qu'il ne lui restait plus de famille après la mort de Naomi ?

— En effet.

Un ange passa. Jacob ne comprenait pas.

— Alors, à qui a-t-il tout laissé ?

Il ne lui avait jamais connu de petite amie ni de conquête féminine depuis la mort de sa femme.

— À vous. Dont un fonds en prévision des études de votre fils, annonça l'homme de loi, toujours très calme.

Envahi par l'émotion, Jacob en resta sans voix pendant un moment.

— C'est impossible. Comment s'y est-il pris ? Je croyais qu'il léguerait tout à des associations caritatives ou bien à la synagogue, parvint-il à articuler, une fois sa voix recouvrée.

— Telle n'était pas sa volonté. Il savait que vous étiez capable de diriger l'affaire sans lui, et surtout il le souhaitait. Il vous a tout laissé : son appartement, les biens immobiliers, son portefeuille d'actions et ses placements, ainsi que l'affaire. Tout vous appartient désormais. Voilà pourquoi j'ai essayé de vous joindre hier, avant l'enterrement.

— Mon Dieu, souffla Jacob, abasourdi.

— Il y a plus qu'assez pour payer les droits de succession. Tout est à vous, Jacob. C'était ce qu'il voulait. Il était tellement soulagé une fois sa décision prise que je pensais qu'il vous aurait mis au courant.

En état de choc, Jacob donnait l'impression d'être sur le point de défaillir plutôt que de se réjouir. S'il n'était pas certain d'en savoir assez pour diriger correctement l'affaire, apparemment, Izzie, lui, n'avait eu aucun doute. C'était le plus grand compliment qu'on lui ait jamais fait, et de loin le plus beau cadeau. Cela allait changer leurs vies à tout jamais, et l'avenir de Max. Soudain lui revint en mémoire un verset de la Bible sur la splendeur au lieu de la cendre. Lui qui avait tant perdu durant la guerre, voilà qu'Izzie lui transmettait tout ce qu'il avait, et l'affaire qu'il avait mis vingt ans à bâtir avec tant de soin.

— Il disait que vous l'aviez beaucoup aidé lors de décisions difficiles et que vous le conseilliez de manière intelligente. Vos capacités en affaires lui inspiraient beaucoup de respect. Il savait que son commerce serait entre de bonnes mains.

— J'espère qu'il avait raison, dit Jacob, songeant à tout ce dont il venait d'hériter.

Il allait devoir réfléchir à ce qu'il en ferait. En tout cas, il n'avait pas à fermer. Il pouvait diriger l'affaire comme Izzie l'aurait souhaité. Dorénavant, ils étaient associés à jamais.

L'avocat lui tendit une copie des dernières volontés d'Izzie puis il prit congé, non sans lui dire qu'il le recontacterait d'ici quelques jours.

— Prenez le temps de lire et de digérer tout ça. Je suis à votre disposition si vous avez des questions.

Jacob le raccompagna à la porte et revint dans le bureau, où il s'immobilisa devant la chaise vide d'Izzie. Il pouvait presque le voir assis là, souriant, avec l'expression qu'il arborait après une affaire bien conclue, très satisfait de lui-même. Un sourire illumina soudain le visage de Jacob.

— Merci, mon ami, dit-il au siège vide.

Il tourna les talons, alla prendre son manteau dans son bureau et annonça à Florence qu'il s'absentait quelques heures. Il arrêta un taxi à qui il indiqua son adresse. Il devait dire à Emmanuelle ce qu'Izzie avait fait pour eux. L'argent ne serait plus jamais un problème. Izzie y avait veillé. Même l'avenir et les études de Max étaient assurés ! Peu importait ce qu'elle dirait quand il le lui annoncerait, il n'y aurait pas de guerre à New York et ils ne revivraient jamais d'holocauste. Cela, il en était certain.

## 6

Pendant les premières semaines qui suivirent l'annonce de cet héritage, Jacob tout comme Emmanuelle furent en état de choc. Des décisions devaient être prises, dont certaines rapidement, auxquelles s'ajoutaient les démarches pour l'achat de l'immeuble que Jacob avait négocié le jour de la mort d'Izzie. Il n'y avait aucune raison de ne pas aller jusqu'au bout. C'était un bon placement, la structure était saine, les appartements étaient tous loués à des locataires sérieux, le quartier était modeste mais connu puisqu'ils vivaient là, et Jacob était convaincu qu'il allait s'embourgeoiser. Vu leurs moyens actuels, il aurait pu s'offrir quelque chose de beaucoup plus cher, mais il n'avait aucune raison de revenir sur la transaction. Et puis, il pourrait toujours le revendre. Emmanuelle ne s'en formaliserait plus, ou du moins ne s'en effraierait plus. Mais ce n'était vraiment pas l'urgence du moment. D'autres points requéraient leur attention, qui auraient une incidence sur leur proche et leur lointain avenir.

Ils envisagèrent un temps d'emménager dans l'appartement d'Izzie, mais Emmanuelle préférait de loin rester dans le Lower East Side, où ils habitaient depuis leur arrivée. Un mois après la mort d'Izzie, ils mirent donc en vente son appartement au prix du marché, si bien qu'il partit très vite, même s'il fallait le rafraîchir. De ses affaires personnelles, ils ne gardèrent rien hormis quelques souvenirs. Ils conservèrent toutes les photos personnelles et mirent le reste aux enchères. La question de déménager ou de rester fut donc réglée. Elle était récurrente, Jacob suggérant parfois de déménager dans Greenwich Village ou de changer pour un quartier un peu moins populaire, tout en conservant leur immeuble comme placement, mais Emmanuelle ne voulait pas entendre parler de bouger. Et là, elle avait besoin de temps pour s'adapter à leur nouvelle situation.

C'était la première fois qu'elle connaissait la sécurité financière. Le fait de pouvoir réaliser presque tout ce qu'ils désiraient était un concept nouveau et étrange. À ses yeux et dans ses moments d'angoisse, ils avaient à présent encore plus à perdre. Jacob la connaissait par cœur et n'insistait pas pour qu'ils fassent des changements soudains.

Pour lui cependant, ce que leur avait légué Izzie faisait une différence énorme. Il décida de garder tous les biens immobiliers. C'étaient de bons investissements, lucratifs et qui ne pouvaient que prendre de la valeur. Il ne comptait pas non plus révolutionner le commerce de diamants d'Izzie, et il savait qu'avec les placements prudents et avisés qui couraient à la banque sa famille était à l'abri du besoin. Max aurait tout ce dont ils avaient rêvé pour lui. Izzie leur avait épargné à tous une vie entière de tracas. C'était un cadeau d'une incroyable générosité.

— Tu crois que cet argent va nous rendre fous ? lui demandait Emmanuelle dont la panique enflait.

Elle avait 32 ans et Jacob 34. Neuf ans après leur arrivée à New York avec seulement quarante dollars en poche et plus aucune attache, voilà qu'ils bénéficiaient dorénavant de bases solides. Eux qui étaient venus en espérant simplement s'en sortir et se trouver un refuge sûr en Amérique n'avaient jamais rêvé d'un rebondissement comme celui-là.

— Je ne veux pas déménager dans un appartement de

luxe, ni porter des diamants et des fourrures, ni épater la galerie, insistait-elle. Je veux que Max grandisse avec les mêmes valeurs que nous. Il doit savoir que l'argent n'est pas acquis et qu'il devra peut-être recommencer de zéro comme nous s'il n'y fait pas attention et ne le gère pas avec soin.

— Je ne veux pas non plus qu'il vive dans l'angoisse, dit Jacob d'une voix pensive. Parce que c'est le cadeau qu'Izzie nous a fait : ne plus avoir constamment peur.

Tous deux avaient vécu dans la terreur depuis le moment où ils avaient été déportés. Cela les avait marqués à jamais, mais le règne de l'horreur et de la peur avait depuis longtemps pris fin. Ils connaissaient désormais le luxe de pouvoir choisir et décider comment ils voulaient vivre, pendant que l'argent et l'affaire d'Izzie continuaient de prospérer.

Emmanuelle jura de ne faire aucun changement et continua de coudre ses propres vêtements, qui étaient de toute façon bien plus jolis que ce qu'elle voyait dans les boutiques. Elle réalisa aussi ceux de Max jusqu'à ce qu'il proteste en disant que ce qu'elle lui cousait était trop bien ou trop chic : il voulait porter la même chose que les autres. Cela coûta terriblement à Emmanuelle de l'habiller dans des vêtements de confection, même si elle les achetait dans des boutiques du Lower East Side, et d'occasion dès que c'était possible. Elle protesta vigoureusement quand Jacob s'acheta quelques bons costumes, mais il n'en tint pas compte – ils lui rappelaient son père et lui donnaient l'impression, quand il allait travailler, d'être important et de réussir. Comme il lui expliqua que c'était bon pour les affaires, elle céda. Elle faisait toujours le ménage elle-même et renâclait à dîner dehors, disant que c'était gâcher de l'argent. Quant à Jacob, bien qu'il adorât l'idée de les savoir à l'abri du besoin, il continuait de craindre qu'un jour ils ne fassent un mauvais investissement et ne connaissent un sérieux revers de fortune. Il s'en tenait principalement à l'immobilier, suivant en cela les sages conseils d'Izzie, et avait acheté plusieurs autres immeubles. Il en possédait six dans le Lower East Side. À voir leur façon de vivre, personne n'aurait pu soupçonner leur richesse. Jacob demeurait très discret à ce propos.

Le commerce de diamants continua de se développer sans Izzie. Jacob achetait tout seul des pierres de plus en plus importantes, dont il dégageait des profits astronomiques à la revente. Ces montants le surprenaient lui-même. Comme si tout ce qu'il touchait se transformait en or. C'était un don, Izzie ne s'était pas trompé. Jacob était un homme d'affaires avisé, qui savait quand prendre des risques et quand s'arrêter. Un an après la mort d'Izzie, Jacob demanda à Emmanuelle de venir travailler avec lui.

— Pardon ?

La suggestion la prenait de court, mais ne lui déplaisait finalement pas. Max avait 8 ans, passait toute la journée à l'école, et elle avait moins à faire à la maison maintenant.

— Je n'y connais rien en diamants, le contra-t-elle.

— Comme moi quand j'ai commencé. Souviens-toi, c'est toi qui m'as poussé à postuler chez les diamantaires, puis Izzie m'a tout appris. Florence va se marier. Tu pourrais être notre réceptionniste, accueillir les négociants qui viennent me voir, t'occuper des rendez-vous. J'aimerais beaucoup t'avoir à mes côtés. On se verrait davantage et tu pourras partir à temps pour être là à la sortie de l'école.

Jacob avait envisagé de mettre Max dans un établissement privé, mais Emmanuelle ne voulait pas qu'il aille dans les quartiers résidentiels et Max ne voulait pas quitter ses amis de l'école publique.

— Je vais y réfléchir, dit-elle, toujours prudente dans sa prise de décision.

Elle finit par accepter et adora tout de suite son travail. Tous les matins, ils accompagnaient ensemble Max à l'école, puis prenaient le métro pour les quartiers résidentiels. Le soir, ils avaient plus de choses à se raconter et il lui expliquait toujours ce qu'il faisait. Quand quelqu'un lui laissait une gemme exceptionnelle, il la lui montrait pour qu'elle l'examine à la loupe. Il lui expliquait les inclusions, la pureté, la taille, la couleur. Elle possédait un œil plus affûté qu'elle ne l'aurait cru : en quelques mois à peine, elle arrivait déjà à deviner le poids d'une pierre et sa couleur depuis le seuil de la pièce. Elle était douée et il appréciait énormément de travailler avec elle tous les jours. Cela les rapprochait encore plus.

Emmanuelle et Jacob n'avaient jamais eu beaucoup d'amis. Ils travaillaient dur, dépensaient aussi peu que possible, et leur expérience pendant la guerre les isolait de la plupart des gens. Ils ne voulaient pas évoquer avec eux le passé, trop traumatisant, et leur vie quotidienne s'appuyait sur le labeur. Quant aux moindres temps libres, ils tournaient entièrement autour de leur fils.

Max commença à s'en plaindre quand il eut 12 ans alors que, jusque-là, cette attention ne l'avait pas dérangé. C'est que, contrairement à lui, ses amis n'avaient pas de parents poules qui s'inquiétaient de tout ce que faisait leur progéniture. Ils ne se tracassaient pas dès qu'ils dépensaient un cent. Les parents de ses amis avaient tous l'air bien plus amusants que les siens. Cela faisait cinq ans qu'Izzie était parti, et Max chérissait encore son souvenir. Il avait cependant hâte d'aller au lycée, et il commençait aussi à s'intéresser aux filles.

— Qu'est-ce qui lui prend ? Je n'ai jamais critiqué ma mère comme il nous critique, dit Emmanuelle dans le métro après avoir eu une dispute avec Max au petit-déjeuner.

Il voulait intégrer une équipe de base-ball, dont l'équipement coûtait trop cher aux yeux d'Emmanuelle. Leur fils n'avait aucune idée de l'héritage qu'ils avaient reçu d'Izzie. Tout ce qu'il savait, c'était que ses parents avaient toujours l'air de craindre quelque chose.

— Il grandit, dit Max, même s'il n'avait pas non plus apprécié l'échange.

Les disputes avaient tendance à devenir quotidiennes. Max semblait toujours prêt à l'affrontement. Cela ne l'empêchait pas d'avoir un bon fond et il obtenait de bonnes notes. Il avait juste hâte de prendre son envol.

— Il n'a que 12 ans, dit Emmanuelle en fronçant les sourcils. Si j'avais parlé à ma mère de cette façon, elle m'aurait renvoyée de table sur-le-champ.

Les parents de Jacob avaient été moins stricts et ils n'avaient jamais parlé d'argent – ils n'en avaient pas eu besoin. Grâce à Izzie, la question ne se posait plus pour eux non plus, mais faire attention était devenu un réflexe après des années de pauvreté et de crainte. Emmanuelle et lui avaient gardé une mentalité de temps de guerre, ce qui n'était guère surprenant vu leur expérience. Il leur était impossible de se sentir totalement à l'abri, peu importait le montant de leur compte en banque, la solidité de leur commerce ou les biens qu'ils possédaient. Ils avaient vécu dans un monde où tout s'était effondré, ce que personne n'aurait cru possible.

Jacob achetait tout à leurs deux noms, ce qui terrifiait Emmanuelle, persuadée qu'il perdrait tout et qu'elle serait alors solidaire de leurs dettes. Il lui avait fallu du temps pour la persuader que posséder les choses en commun était une bonne chose et qu'il le faisait pour elle.

Ils avaient parlé à Max de la guerre en Europe, parce qu'ils pensaient que c'était important et que c'était aussi une partie de son histoire. Max savait donc qu'ils s'étaient rencontrés dans un camp de concentration, mais ils n'étaient jamais entrés dans les détails – cela aurait été trop terrifiant pour un garçon qui grandissait dans une maison confortable et chaleureuse à New York. Ce qui leur était arrivé aurait été inimaginable pour lui.

Max avait étudié l'Holocauste à l'école, mais édulcoré, et Jacob lui avait assuré que jamais une chose comme ça ne se reproduirait – Emmanuelle pensait bien sûr autrement, mais elle gardait désormais ses peurs pour elle. Jacob savait toutefois que, pour elle, rien n'avait changé. Elle refusait sans appel d'avoir d'autres enfants, au cas où il leur faudrait à nouveau fuir. C'était déjà suffisamment dur avec un enfant, elle ne pouvait prendre le risque avec un deuxième, disait-elle. Rien ne pouvait la faire revenir sur sa décision. Jacob avait compris que, toute sa vie, elle vivrait avec cette peur d'être déportée, de tout perdre, parce qu'ils étaient juifs. Ils élevaient Max sans éducation religieuse particulière, eux-mêmes ne pratiquant pas. Elle continuait d'allumer le chandelier pour le shabbat, en mémoire de sa propre enfance, ils s'offraient des cadeaux pour Hanoukka, mais ça n'allait pas plus loin. Jacob se rendait à la synagogue une fois par an pour le Yom Kippour, en l'honneur de la famille qu'il avait perdue. La plupart des amis de Max allaient faire leur bar-mitsva d'ici un an, mais pas lui – et il se réjouissait de ne pas passer des heures à étudier l'hébreu. Il préférait passer son temps à jouer au base-ball, ce qui faisait baver d'envie ses amis.

En 1960, Max eut 14 ans et son père 40. Un jour, ce dernier l'emmena faire un tour dans le quartier. Il lui montra tous les immeubles qui leur appartenaient, tous les sept dans un périmètre de quatre blocs autour de chez eux. Il tenta de lui expliquer la valeur de l'immobilier et des placements sérieux.

— Quand ta mère et moi avons débarqué dans ce pays après la guerre, nous n'avions rien. Nous avons été parrainés par des gens que nous ne connaissions pas. J'étais concierge et ta mère, ouvrière dans un atelier de confection. Nous habitions dans un studio plus petit que ta chambre et dormions dans un lit escamotable. Un an après notre arrivée, j'ai trouvé ce travail avec Izzie et c'est lui qui m'a tout appris du commerce des diamants. Nous avons travaillé dur pour avoir ce que nous avons aujourd'hui et Izzie nous a légué son affaire, ce qui était incroyablement généreux de sa part. Quand tu seras grand, après l'université, tu devras trouver une bonne situation, travailler dur, mettre de l'argent de côté et le placer dans du solide. Pour faire de l'argent, il faut du temps, pas de folles transactions qui demandent un maximum de risques. La clé de la sécurité est de se montrer futé, de ne pas ménager ses efforts et d'épargner.

Tout cela ne semblait pas très folichon, mais c'était bien à l'image de ses parents : ils ne faisaient jamais rien d'amusant ni qui leur fasse plaisir. Jamais ils ne prenaient de vacances. Max les trouvait très ennuyeux, trop inquiets, et surtout trop focalisés sur lui. Sans cesse sur son dos pour qu'il étudie davantage et ait de bonnes notes ; ils surveillaient de près ses fréquentations et se montraient prompts à désapprouver tout ce qu'ils estimaient dangereux ou risqué.

— Pourquoi n'achètes-tu pas des immeubles dans d'autres quartiers ?

Max était surpris du nombre d'immeubles qu'ils possédaient. Il n'en avait rien su jusque-là, sa mère répétait sans cesse qu'ils étaient pauvres ! En tout cas, le marché immobilier était un sujet intéressant.

— Au lieu de sept immeubles ici, pourquoi n'en

achètes-tu pas deux ou trois dans les quartiers résidentiels ? insista-t-il.

Jacob sourit. Son fils voyait grand. Lui-même avait appris à jouer la sécurité. Quant aux biens d'Izzie, ils représentaient une somme dont un enfant de l'âge de Max n'avait pas besoin d'être informé.

— Mieux vaut investir dans ce que l'on connaît, expliqua-t-il d'un ton ferme. Et nous connaissons bien ce quartier.

— Ici, tout le monde est juif, constata Jacob. Pourquoi vit-on dans un endroit où il n'y a qu'une seule sorte de gens ?

— Parce qu'on n'est pas dépaysés, et que ta mère aime ce coin, dit Jacob, faute de meilleur argument.

— Mais c'est un genre de ghetto, non ? Comme en Europe, il y a des siècles. En Amérique, tout le monde se mélange.

C'était oublier que New York avait elle aussi ses enclaves. Non loin de là, les Italiens avaient leur quartier et les Chinois se concentraient sur Mott Street. Idem pour les Irlandais. Les Allemands semblaient vivre dans un coin particulier des quartiers résidentiels, et les Russes dans un autre quartier encore.

— Ça ressemble peut-être à un ghetto, mais ça n'en est pas un, parce que nous sommes tous libres de vivre ici ou ailleurs. Aucun lieu ne nous est interdit. Mais c'est plus facile d'être avec les siens.

Max avait l'air de trouver ça stupide. Ce qu'il en disait, lui, c'était juste que leurs immeubles n'auraient pas dû être concentrés dans le même quartier ni les gens autour d'eux avoir la même religion ou être de la même ethnie. Tout ça semblait si étriqué. On lui avait appris à l'école que le pays était un gigantesque mélange de peuples venus de partout. John F. Kennedy se présentait à l'élection présidentielle et le rêve américain était l'idéal de tous. Ses parents lui paraissaient encore tellement européens, tellement confits dans leurs peurs et leurs traditions. La guerre en Europe s'était terminée quinze ans plus tôt, mais ça les affectait toujours et avait un impact sur leurs décisions au quotidien, il le voyait bien. Sa mère avait beau lui avoir appris le français, lui se sentait américain. Leurs histoires, en Europe, ça ne le concernait pas. Pour commencer, ils n'avaient plus de famille là-bas et lui-même n'y était jamais allé. Il ne voyait pas pourquoi il aurait dû être touché par leur expérience d'avant l'Amérique, ni même par leurs débuts difficiles dans la pauvreté. À 14 ans, il lui était impossible de percevoir ce qu'ils avaient perdu là-bas. Comme on le fait souvent à son âge, il regardait l'avenir, pendant que ses parents regardaient toujours derrière eux, en fuyant les fantômes du passé.

Pendant la dernière année de lycée de Max, Jacob aida son fils à monter ses dossiers de candidature auprès des universités de son choix – seulement de prestigieuses institutions académiques, principalement de l'Ivy League : Princeton, Harvard, Dartmouth, Yale, Duke, Columbia. Il avait de bonnes notes et de bons commentaires de ses professeurs, mais Max n'était pas sûr d'être pris dans celles qui lui tenaient à cœur : toute sa vie, il avait fréquenté l'école publique de son quartier et il ne bénéficiait pas des avantages liés aux écoles privées. Quand la question s'était posée après la mort d'Izzie, Emmanuelle s'était formellement opposée à ce qu'il aille dans des établissements si éloignés de la maison, et snobs de surcroît, où on se moquerait de lui parce qu'il était juif. Sur ce point, Jacob n'avait pu lui donner totalement tort et il avait finalement renoncé, non sans un pincement au cœur pour son fils, car il manquerait de ce fait certaines occasions. Il avait remis le sujet sur le tapis au moment du lycée, sans résultat : à l'époque, Max ne voulait pas quitter ses amis, et ses protestations avaient rejoint celles de sa mère. Il était donc resté dans le public, qui ne lui assurerait pas une place dans les universités de l'Ivy League, même si ses résultats étaient exceptionnels et les recommandations de ses professeurs, élogieuses. Au moins, l'obstacle ne serait pas financier, vu le fonds légué par Izzie pour ses études et ce que Jacob possédait en propre désormais.

Emmanuelle s'inquiétait du départ prochain de Max. Elle avait suggéré Brandeis University et d'autres universités à dominante juive, mais Max était prêt à casser le moule dans lequel il avait grandi : il voulait explorer un monde plus vaste. Il comptait sur les universités auprès desquelles il avait postulé, et même s'il était pris à Columbia, à New York, il entendait bien habiter sur le campus. Vivre à la maison, c'était fini. Il avait grandi.

Ils envoyèrent tous ses dossiers avant l'échéance de décembre et ses 18 ans. Il leur fallait maintenant attendre mars pour savoir s'il était pris ou non. Pendant trois mois, il fut sur des charbons ardents. Tout au fond de lui, il n'était déjà plus là. Il prévoyait avec trois amis du lycée de partir un mois dans l'Ouest pendant l'été. Ils iraient le nez au vent et par leurs propres moyens jusqu'à San Francisco et Los Angeles, visiteraient Yosemite, Yellowstone et le Grand Canyon, au gré de leurs envies. Il avait bien songé à l'Europe, qu'il ne connaissait pas, mais ses deux parents étaient contre. L'idée qu'il aille là-bas les perturbait. Le souvenir de ce qui s'y était passé était trop vif, même vingt ans plus tard. Ils avaient du coup pleinement approuvé le Grand Ouest. L'un des camarades de Max s'étant vu offrir une voiture pour son diplôme, ils se déplaceraient donc en quatre roues et dormiraient sous la tente dans les parcs nationaux, et dans des auberges de jeunesse pour les villes. Rien de très luxueux, sauf que ce serait sa première expérience en totale indépendance, loin de ses parents. Jusqu'à présent, il ne les avait jamais quittés plus de quelques jours, et il avait hâte. Ce projet lui permit de supporter le trimestre d'attente qui le séparait des résultats de ses candidatures. Jacob et Emmanuelle étaient tout aussi impatients de savoir où il irait étudier.

Les courriers d'admission arrivèrent : il était accepté dans les quatre premières universités de son choix, et sur liste d'attente pour trois autres. Max ne touchait plus terre. Sa décision fut facile : il choisit Harvard sitôt la lettre reçue. Quant à ses parents, ils furent soulagés de le savoir dans l'agglomération de Boston – ce n'était pas trop loin. Quand ils évoquèrent la possibilité de monter à l'occasion lui rendre visite pour un week-end quand il y serait, Max ne sauta pas de joie. Il ne voulait plus les avoir dans les parages. Pas après dix-huit ans de ce régime. Il voulait sa liberté et il leur faudrait bien s'y faire. À chaque fois qu'il disait cela, Emmanuelle était blessée.

— Alors, prête à avoir un fils étudiant ? lui demanda Jacob le soir où Max, enthousiaste, était allé poster lui-même sa confirmation d'inscription.

Cela avait été un jour de grande émotion. Jacob et Emmanuelle étaient fiers de lui, et Izzie l'aurait été lui aussi.

— Comment a-t-il pu grandir si vite ? dit Emmanuelle avec tristesse.

Hier encore, c'était un petit garçon. Pas le temps de dire ouf et voilà qu'il ressemblait à un homme. À ses propres yeux, il en était certainement un, mais pour ses parents, il demeurerait encore longtemps le petit garçon d'autrefois.

— Il n'attend qu'une chose : filer d'ici, dit Jacob avec un sourire doux-amer.

Ils étaient aux États-Unis depuis presque vingt ans et mariés depuis autant de temps. Jacob était doublement désolé désormais de ne pas avoir d'autre enfant. Cela aurait rendu plus aisé le départ de Max. Mais un second enfant serait lui aussi parti trop tôt. Au bout du compte, tous quittaient le nid. Il ne pouvait s'empêcher de penser, sans l'exprimer, qu'il avait seulement deux ans de plus que Max quand sa famille et lui avaient été déportés et envoyés dans les camps. Au même âge que son fils, il avait lui aussi goûté à la liberté, ressenti l'excitation d'aller à l'université et de quitter le cocon familial.

— Il est prêt à voler de ses propres ailes, dit-il avec un soupir. C'est une bonne leçon pour nous : peut-être devrions-nous prendre des vacances pendant qu'il est dans l'Ouest.

Emmanuelle hocha la tête, pas convaincue pour autant. Elle aimait rester dans son périmètre habituel. C'était dans sa culture familiale. L'été, sa mère les emmenait, sa sœur et elle, en Normandie, mais jamais pour très longtemps. Elles n'en avaient pas les moyens et sa mère travaillait. En revanche, sa belle-famille avait sillonné le globe et Jacob les avait souvent accompagnés. Il avait donc passé des vacances un peu partout en Europe. Ces endroits n'étaient plus que des noms creux pour lui.

— On pourrait aller dans le New Hampshire ou le Vermont, si tu veux, suggéra-t-il.

Les quelques vacances qu'ils avaient prises jusque-là, en Floride ou en Nouvelle-Angleterre, avaient toujours inclus Max. Ce ne serait plus le cas. Pendant ses vacances universitaires, il comptait avant tout revenir à New York pour voir ses amis.

Sa remise de diplôme fut pour tous les trois un moment de grande émotion. Qu'il était beau dans sa toge, avec sa coiffe de diplômé ! De grande taille, il avait beaucoup d'allure pour un jeune homme de son âge, et il ressemblait terriblement à son grand-père paternel. Max était excité à l'idée de quitter enfin l'école. Ils l'emmenèrent dîner à Brooklyn, chez Peter Luger Steak House, avec une dizaine de ses camarades. Deux semaines plus tard, les quatre amis partaient pour la Californie avec leurs sacs de couchage, leur équipement de camping, leurs sacs à dos et une glacière. La radio mise à fond, ils firent un signe d'adieu à leurs parents debout sur le trottoir. Malgré la désapprobation d'Emmanuelle, Jacob avait donné à Max des chèques de voyage et du liquide, ainsi qu'une carte de crédit. Il voulait que son fils puisse revenir en avion s'il en avait besoin, si quelque chose tournait mal.

Jacob et Emmanuelle remontèrent chez eux. L'appartement était assourdissant de silence. Tous deux se sentaient aussi inutiles que des sculptures dans une boîte à chaussures. Leur vie était vide sans lui. Les craintes initiales de Jacob se confirmaient : tous leurs espoirs avaient reposé sur Max. Leur seule joie dans la vie était leur fils unique, et dorénavant ils allaient devoir apprendre à vivre sans lui. C'était déjà une chance de l'avoir eu pendant si longtemps. Tout allait changer à présent. Cela avait déjà commencé.

Le lendemain, Jacob rentra à la maison avec une surprise pour Emmanuelle. Il avait réservé dans une petite auberge du New Hampshire tenue par un couple d'Autrichiens, où il n'y avait qu'une demi-douzaine de chambres. Il en avait entendu parler par l'un des joailliers avec qui il était en affaires. D'après son client, l'endroit était charmant – il y allait tous les ans. Les propriétaires avaient quitté Salzbourg avant la guerre. Ils proposaient des spécialités autrichiennes, les serveuses portaient le *Dirndl* et la campagne environnante était superbe. Jacob avait réservé pour une semaine. Alors qu'il venait de lui annoncer la nouvelle, il sortit une petite boîte de sa poche. C'était un diamant pur de taille émeraude, c'est-à-dire rectangulaire. Il avait sélectionné la pierre avec soin et l'avait fait monter sur un simple anneau de platine. Emmanuelle en eut le souffle coupé. Jacob lui passa la bague au doigt : le joyau semblait énorme sur cette main si délicate.

— C'est une folie ! Tu me vois porter une pareille merveille ? Pourquoi as-tu fait ça ?

Elle leva vers lui des yeux embués de larmes. Elle qui ne demandait rien de lui, pour qui les choses matérielles importaient peu, et qui ne souhaitait pas se faire valoir, en restait sans voix. Son mari et son fils suffisaient à son bonheur. Et voilà qu'il la gâtait.

— C'est pour m'avoir supporté pendant vingt ans. La pierre fait vingt carats et tu la mérites. Tu aurais même dû en avoir une plus grande. Pour notre trentième anniversaire de mariage, je t'en offrirai une de trente carats. Et j'espère bien voir celle-ci à ton doigt tous les jours en attendant, lui dit-il en souriant.

— Dans le métro ?

Son air horrifié le fit rire.

— Tu la tourneras côté paume, ou bien tu porteras des gants. Tu l'as gagnée, mon amour. Bon anniversaire de mariage !

Cette surprise reléguait le départ douloureux de Max au second plan, ce qui était bien l'intention de Jacob. Ce soir-là, Emmanuelle ne cessa d'admirer la magnifique bague à son doigt. Elle se voyait mal porter une pierre aussi grosse tous les jours, d'autant que sa pureté lui donnait encore plus d'éclat. Pour faire plaisir à son mari, elle la mit cependant le lendemain pour aller au travail et ne put s'empêcher de sourire à chaque fois qu'elle la regardait. Lui aussi était heureux qu'elle la porte. Dire qu'ils étaient mariés depuis vingt ans !

Le week-end qui suivit, ils partirent en vacances, laissant le bureau aux bons soins de leur coursier. Il était assez compétent pour répondre au téléphone et informer les clients de leur absence. L'auberge du New Hampshire répondit en tout point aux attentes de Jacob. Le couple était charmant et c'était une entreprise familiale, car leur fille les aidait. La cuisine était excellente et les portions généreuses. Les autres clients se montraient discrets. Jacob et Emmanuelle passèrent leurs journées à escalader les rochers, à admirer des cascades, à faire de longues promenades et des randonnées. En hiver, on pouvait skier. L'été, la nature était florissante et les montagnes splendides. Ils eurent l'impression de vivre une lune de miel, de retrouver une nouvelle jeunesse. Il avait 45 ans et Emmanuelle 43. Passer ce temps-là ensemble, faire l'amour le matin et avant de s'endormir le soir les rapprochait encore plus. Ils découvrirent un lac paisible sans personne autour, où ils nagèrent nus, comme deux enfants. À la fin du week-end suivant, repartir leur coûta beaucoup.

Le soir de leur retour, Max appela depuis Yellowstone. Tout se passait bien, ils s'amusaient beaucoup. Au bout du fil, il entendait que ses parents avaient l'air heureux.

— Nous venons de rentrer d'une semaine de vacances fantastiques dans le New Hampshire, lui dit son père.

— Génial ! s'exclama Max, content pour eux.

Tous les trois devaient essayer de voler de leurs propres ailes désormais. C'était un nouveau défi. En tous les cas, passer une semaine seuls tous les deux avait ravivé l'amour dans le couple. Sitôt rentrée, Emmanuelle avait remis sa magnifique bague, qu'elle avait laissée au coffre du bureau durant leur séjour. Elle n'était plus embarrassée quand elle la portait, et mesurait l'amour qui avait inspiré à Jacob l'idée de ce cadeau.

— Jolie bague, madame Stein, remarqua-t-il quand il la vit à son doigt pendant qu'elle préparait le dîner, le lendemain de leur retour.

Elle sourit et la fit miroiter vers lui. Elle avait l'air sexy, heureuse et détendue après leur semaine à deux. Ils éclatèrent de rire et il l'embrassa tout en l'attirant à lui avec un regard coquin.

— Peut-être que le départ de Max n'est pas si mal après tout. On peut faire l'amour quand on veut.

Emmanuelle eut un sourire qui rappela à Jacob la jeune fille dont il était tombé amoureux voilà des années. À ses yeux, elle n'avait pas changé. Elle était plus belle que jamais et il l'aimait encore plus.

# 7

Quand Max arriva à Harvard, à la fin août, ce fut encore mieux que dans ses rêves : le campus était magnifique, les cours semblaient passionnants et son colocataire sympathique. Comme il comptait se spécialiser en économie, il choisit tout de suite ses matières en conséquence. Ses parents l'avaient accompagné pour son installation et pour visiter l'université dont ils avaient tant entendu parler. C'était aussi un moment émouvant pour eux. Mais les valises de Max étaient à peine posées dans sa chambre que le jeune homme les poussa presque dehors. Il voulait explorer le campus tout seul et rencontrer les autres étudiants sans avoir ses parents pendus aux basques. Emmanuelle et Jacob avaient l'air émus en le quittant. Alors qu'ils remontaient dans la voiture qu'ils avaient louée pour pouvoir transporter les bagages et les cartons de Max depuis New York, Emmanuelle jeta un regard inquiet à son mari.

— Tu as vu le nom de son camarade de chambre ?

Les noms des étudiants étaient collés sur les portes.

— Steve MacMillan, je crois. Pourquoi ? Tu connais ?

— Ce n'est pas juif. Ce jeune homme est chrétien. Tu crois qu'il mènera la vie dure à Max parce qu'il est juif ?

Jacob sourit en secouant la tête. Il mit le contact et sortit de sa place. La route était longue jusqu'à New York.

— J'espère que non. Mais pour commencer, je ne vois pas pourquoi il ferait ça. L'université brasse une multitude de races et de religions. Ces gamins se moquent éperdument de ces sujets. Ils sont juste excités d'être à Harvard. Max le premier. Il était extatique.

— J'espère que tu as raison.

Elle doutait encore, mais avait confiance en la perspicacité de Jacob. Sur le chemin du retour, ils discutèrent de leur visite et de la joie de leur fils. L'entente avait l'air d'avoir été immédiate avec son colocataire, qui avait un ami d'école au bout du couloir. Tous deux venaient d'Exeter, un pensionnat de renom. L'ami en question était passé les voir avec son camarade de chambrée, et les quatre garçons avaient prévu d'aller découvrir le campus ensemble une fois les parents partis – jamais assez vite à leur goût.

Jacob et Emmanuelle se disaient qu'ils remonteraient à Cambridge pour le week-end dédié aux parents, en octobre. Ces deux mois sans Max allaient leur paraître interminables.

— Ces garçons ont l'air bien, dit Emmanuelle avec douceur – son fils lui manquait déjà.

— Ils le sont certainement, affirma Jacob avec une pensée pour Izzie.

Celui-ci aurait été tellement fier de Max. Leur fils allait suivre toute sa scolarité à Harvard grâce à leur vieil ami, même si aujourd'hui ils auraient largement pu financer ses études.

Pendant ce temps, les quatre garçons parcouraient déjà le campus à vélo, à la recherche de têtes connues ou de nouvelles connaissances à faire. Leur vie d'adulte commençait.

Steve MacMillan venait de San Francisco, ses parents étaient divorcés. Sa mère s'était remariée et avait eu deux autres enfants ; son père était célibataire, il travaillait comme promoteur immobilier et habitait la

Grosse Pomme. Le jeune homme invita ses camarades à descendre quand ils le voulaient pour un week-end à New York chez son père. Ce dernier avait une garçonnière sympa et il voyageait beaucoup. L'offre était tentante.

L'ami de Steve, Jared Barclay, était de Boston, mais ses parents habitaient à Londres et en Suisse une partie de l'année. Son père était spécialiste en placements financiers pour une clientèle privée, et sa mère avocate antitrust. Elle avait pris deux années sabbatiques pour écrire un livre. Comme Max, il était fils unique.

Andy Peterson, son colocataire, était texan, de la famille des hydrocarbures Peterson, et l'aîné d'une fratrie de quatre.

Avec Max, ils formaient un groupe de jeunes gens aisés et talentueux – tous avaient eu d'excellents résultats à l'école pour se retrouver là.

— Moi, je suis de New York. Je n'ai ni frère ni sœur, et mon père est diamantaire. Je ne compte pas lui succéder, précisa Max, ce qui fit rire les trois autres. Mon père est originaire de Vienne, et ma mère de Paris. Ils sont arrivés aux États-Unis après la guerre.

Il y eut un silence, le temps d'intégrer ce qu'impliquait cette information. Avec un nom comme Stein, Max était à l'évidence juif, et pour que ses parents viennent en Amérique après la guerre, c'est que quelque chose de vraiment sérieux avait dû leur arriver. Personne n'osa cependant poser de questions. Max décida de combler les vides pour eux.

— Ils se sont rencontrés au camp de concentration de Buchenwald.

— Ouah ! Ça n'a pas dû être rose tous les jours, dit Steve, visiblement impressionné. Est-ce qu'ils racontent parfois comment c'était ?

— Jamais. J'en ai plus appris à l'école que par eux. Ils

ont tous les deux perdu leur famille au complet là-bas. Ce sont les seuls survivants. Ils se sont rencontrés et sont tombés amoureux au camp. Puis ils sont venus ici.

Il simplifiait délibérément.

— La famille de mon père était dans la banque en Autriche. Ce n'est qu'ici qu'il est entré dans le secteur du diamant.

— Intéressant, dit Steve. Mon père, lui, achète à travers tout le pays des terres pourries qu'il revend pour des centres commerciaux. C'est le nouveau grand truc, et ce n'est pas le terrain qui manque, en Oklahoma, dans l'Arkansas, le Sud, au Texas… Partout où il y a beaucoup de terres, il peut acheter à bas prix et revendre pour des centres commerciaux. Il dit que c'est l'avenir. Moi non plus, ce n'est pas ce que je veux faire après l'université. Wall Street me tente bien plus.

— Pour ma part, j'hésite entre droit et commerce, mais j'imagine que nous aurons le temps de trancher, ajouta Jared. En attendant le diplôme, où sont les femelles par ici ?

Il eut un sourire carnassier qui fit pouffer les autres.

— Au Radcliffe College ! crièrent-ils de concert avant de l'acclamer.

— C'est ça, au diable les études ! dit Andy. Où est-ce qu'on peut rencontrer des filles ?

Les quatre garçons se sentaient à l'aise ensemble, et aucun ne se souciait des origines juives de Max. C'était hors sujet, et ce qu'il avait révélé de son histoire familiale était intéressant. Il n'avait pas l'air juif – non pas que ça leur importât. Ils étaient tous les quatre beaux et jeunes, impatients d'expérimenter la vie universitaire et toutes les occasions qu'elle offrait.

Quand ils comparèrent leurs emplois du temps, Steve et Max virent qu'ils avaient deux cours en commun. De son côté, Andy déclara que, le moment venu, il se spécialiserait en sciences. La médecine l'attirait – même si c'était encore à confirmer. Ce dont il était sûr en revanche, c'était que l'entreprise familiale d'hydrocarbures ne l'intéressait pas. Finalement, aucun d'eux ne souhaitait marcher sur les pas de son père. Ils voulaient tracer leur propre voie.

Leurs premières semaines à Harvard furent intenses et exigeantes. Aucun d'eux n'avait jamais autant travaillé. Ils croulaient sous les devoirs à rendre et devaient jongler avec énormément de cours. Les deux anciens pensionnaires y étaient un peu mieux préparés, mais même eux peinaient à suivre le rythme. Le soir, ils dînaient ensemble et allaient ensuite travailler en bibliothèque. Les cours étaient mixtes, mais il était impossible de flirter : ils n'avaient pas le temps.

Andy fut le premier à réussir à inviter une jeune fille à sortir. Il l'avait rencontrée à la bibliothèque. Les trois autres le taquinèrent sans scrupules quand il passa la prendre pour leur premier rendez-vous. À son retour, il annonça que ce ne serait qu'une bonne copine. Au moins avait-il essayé. Pour sa part, Steve avait dans l'un de ses cours une camarade qui lui plaisait bien, mais elle lui dit qu'elle avait un petit ami chez elle et qu'elle voulait lui rester fidèle. La vie universitaire ne s'avérait pas aussi fructueuse qu'ils l'avaient cru sur le plan romantique. C'était du sérieux, surtout dans un établissement comme Harvard.

Quand octobre arriva, trois mauvaises notes avaient fait comprendre à Max qu'il lui faudrait travailler encore plus dur. Leurs professeurs ne leur faisaient pas de cadeau et plaçaient la barre très haut. Mais c'était ce qu'il voulait. Quand Jacob et Emmanuelle vinrent pour le week-end dédié aux parents, ils le trouvèrent très content de sa vie, et ses amis leur plurent.

La semaine qui suivit ce week-end-là, où seuls les parents de Max et ceux d'Andy étaient venus, ils descendirent tous à New York, dans l'appartement du père de Steve, parti en déplacement. Max ne prévint pas Jacob et Emmanuelle de sa présence en ville, car ils auraient été blessés qu'il ne vienne pas les embrasser et coucher à la maison.

Le week-end fut excellent. Steve contacta un ami d'Exeter à qui ils rendirent visite sur le campus de Columbia. Ils l'accompagnèrent même à une soirée. Quand ils rentrèrent, ils tombèrent sur le père de Steve, revenu tard le samedi soir. Il tendit à chacun une bière et leur parla du terrain qu'il venait d'acheter dans l'Arkansas. Son récit retint l'attention de Max : il fallait qu'il en touche un mot à son père.

Le dimanche après-midi, ils reprirent le train pour Boston et finirent leurs devoirs du week-end tard dans la soirée. Le lendemain, ils avaient tous le teint cireux en allant en cours.

À l'approche de Thanksgiving, tous les quatre étaient devenus inséparables. Max avait réussi à obtenir des B – le A paraissait encore hors de portée, même si Steve en avait décroché un. De leur petite bande, c'était Jared qui avait les meilleures notes, mais il passait la plupart de ses week-ends à étudier au lieu d'aller draguer les filles, ce qui semblait un prix bien élevé pour briller. Max voulait plus s'amuser que passer tout le week-end à la bibliothèque.

Il fut heureux de retrouver ses parents pour Thanksgiving, et ces derniers se réjouirent de l'avoir à la maison, même pour quelques jours seulement. Max alla directement voir ses amis, eux aussi de retour dans le quartier pour cette fête familiale. Certains étudiaient à l'université de New York, d'autres suivaient des formations supérieures. Quelques-uns étaient inscrits dans de bonnes universités hors de l'État, et deux d'entre eux fréquentaient des facultés juives. Il était le seul inscrit dans une université de l'Ivy League. Ils le taquinèrent, mais c'était bon de les revoir. Le lendemain, il partagea le traditionnel dîner de Thanksgiving avec ses parents. Sa mère avait passé la journée aux fourneaux. Au fil du temps, elle était devenue experte en repas de Thanksgiving. Après le dîner, Max parla à son père de la rencontre avec le père de Steve et des terrains qu'il achetait pour les transformer en centres commerciaux dans le Midwest et dans le Sud.

— Apparemment, il achète la terre à des prix dérisoires et il construit un centre commercial dessus, qu'il revend ensuite. Il dit que ce n'est pas compliqué et que la plus-value est incroyable. Ça pourrait peut-être t'intéresser, avança Max, enthousiaste.

Jacob lui sourit. Max fréquentait un cercle de personnes haut placées, avec beaucoup d'argent à leur disposition et des idées séduisantes. Personnellement, il ne connaissait rien au prix du foncier dans l'Oklahoma ou l'Arkansas et ne voulait pas perdre de l'argent dans de mauvaises transactions.

— Tu devrais te pencher sur la question, papa. Ça rapporterait peut-être bien plus que d'acheter des immeubles ici que, de toute façon, tu ne vends pas. Là, c'est un volume plus important, ça change de main plus vite et ça rapporte un max, à l'entendre.

Sa flamme amusait Jacob. Son fils n'était à l'université que depuis trois mois et voilà qu'il en revenait déjà avec des idées de placements pour lui. Il était clairement sur la bonne voie et avait la passion du business. Il voulait faire de grandes choses.

— J'y jetterai un œil, promit-il.

Au moment du coucher, Emmanuelle le tança.

— Ne commence pas à prendre conseil auprès de ton fils de 18 ans pour tes investissements, ou d'ici un an nous serons sur la paille, le prévint-elle.

C'était exactement le genre de projet qu'elle détestait, hors de sa zone de confort, dans un domaine dont ils ne connaissaient rien, et hautement spéculatif. Investir dans des immeubles près de chez eux, dans le Lower East Side, était bien plus sûr, même si la marge qu'ils en retiraient n'était pas immense. Plus grands étaient le risque et le profit, et plus importants étaient les inconvénients dont ils s'accompagnaient. Il n'était pas étonnant qu'elle désapprouve.

Passé le week-end, Jacob n'en appela pas moins Lenny, un riche promoteur immobilier qu'il connaissait dans le New Jersey, pour lui demander ce qu'il pensait de cet investissement recommandé par son fils. Ce promoteur leur avait acheté plusieurs pierres très chères, à Izzie et lui, et Jacob avait confiance en son expertise. Il s'était très bien débrouillé sur quelques projets spéculatifs, et les centres commerciaux du Midwest étaient tout à fait son rayon.

— Voilà un garçon intelligent, lui dit son ami. Aujourd'hui, c'est là que se trouve l'argent. On croit le risque très élevé, mais il ne l'est pas tant que ça. Acheter de la mauvaise terre à petit prix pour la transformer en un centre commercial qui rapporte gros, comment peut-on vraiment se tromper ? J'ai moi-même réalisé une opération comme ça l'année dernière. Ç'a été une petite mine d'or. Je l'ai vendue six mois plus tard en doublant ma mise, pour une construction simple et facile : tu verses du béton et illico presto, six semaines plus tard, tu as un centre commercial. C'est un peu plus complexe que ça, mais pas trop. On dirait bien qu'un avenir radieux attend ton fils dans l'aménagement foncier.

— Le père de son colocataire travaille dans ce secteur et Max est tout excité par ce qu'il l'a entendu raconter. Penses-tu que je devrais investir là-dedans ?

Jacob avait foi en l'avis de Lenny.

— À ta place, je foncerais. Tu as certainement assez de réserve pour saisir ta chance, et le risque n'est pas si important. Tiens, la prochaine fois que j'entends parler d'un plan comme ça qui me plaît, je t'appelle. Tu aviseras à ce moment-là. Ton fils a du flair. Il est brillant.

Jacob était impressionné que Max ait identifié aussi rapidement quelque chose d'aussi profitable. En ce qui le concernait, il se tâtait encore. Ses petits immeubles de rapport étaient un investissement plus sûr, même s'ils ne généraient pas de profit énorme tant qu'il ne les vendait pas, or il ne s'était encore séparé d'aucun. Il attendait que le quartier prenne davantage de cachet.

Il s'attendait à recevoir un appel de Lenny d'ici à quelques mois et fut tout surpris de l'avoir au téléphone deux semaines plus tard.

— On vient de me rapporter l'une de ces transactions pour centre commercial dont on a parlé. Au Kansas, pas loin d'une banlieue populaire de Wichita. Ça m'a l'air pas mal et je connais le promoteur personnellement. Il recherche des investisseurs. Je compte moi-même y mettre quelques billes. Évidemment, le profit est plus important sans partenaires, mais le risque est alors proportionnel.

Tout comme dans le diamant. Quand Lenny précisa la somme en jeu, Jacob évalua qu'il pouvait se permettre l'investissement sans vendre un seul de ses immeubles. C'était un bon moyen de tester le marché. Grâce aux placements de bon père de famille d'Izzie, qui avaient été fort judicieux, il pouvait oser spéculer un peu ou même beaucoup, bien qu'il ne soit pas parieur de nature.

— Très bien, dit-il, j'en suis.

— Je vais demander au promoteur de t'envoyer le programme et les papiers.

Une semaine plus tard, Jacob avait donné l'argent au promoteur principal, qui lui dit de ne pas attendre de retour sur investissement avant six mois, peut-être un an. Ils espéraient récolter quatre fois la mise, un rapport qui parut raisonnable à Jacob. Il en parla à Max lorsque ce dernier revint pour les vacances de Noël. Celui-ci se réjouit de la nouvelle, comblé que son père ait suivi son conseil.

— Mais surtout, n'en parle pas à ta mère. Ce genre de choses la rend nerveuse. Je n'aime pas lui faire de cachotteries et je finirai par le lui dire, mais pas maintenant.

— Bien sûr, papa.

Avoir fait à son père des suggestions de placement lui donnait l'impression d'être très adulte. Il venait d'avoir 19 ans. Il adorait Harvard et avait récemment rencontré une fille qu'il aimait bien. Rien de sérieux, mais elle était jolie et intelligente, et il l'avait invitée pour une soirée dîner-cinéma. Elle était d'Atlanta, où elle était retournée pour les fêtes. Il côtoyait des gens de tout le pays et même du monde entier. L'été suivant, il avait le projet d'aller en Europe avec Steve MacMillan, dont le père louait une villa dans le sud de la France. Ils prendraient des passes ferroviaires et visiteraient un maximum de pays. Quand il en parla à son père, celui-ci fronça les sourcils.

— Pourquoi maman et toi ne retournez jamais en Europe ?

Il avait déjà posé la question auparavant, sans jamais obtenir de réponse claire. Tous ceux qu'il connaissait à Harvard étaient allés de nombreuses fois sur le Vieux Continent, mais lui jamais, ce qui était bizarre vu l'origine de ses parents.

— Ce n'est pas un lieu de villégiature pour nous. C'est notre passé, et un passé très douloureux, pour tous les deux. Je comprends pourquoi la destination t'attire, il y a tant de belles villes, et tellement d'histoire. Mais je pense que ça briserait le cœur de ta mère d'y retourner. Et je n'y suis pas prêt moi non plus.

Jacob n'avait jamais été aussi honnête avec Max, mais ce dernier était désormais un adulte, ou presque.

— Même après toutes ces années ? demanda son fils avec douceur.

— Ce genre de souvenirs ne s'efface pas, pas entièrement, dit-il en hochant la tête. Se trouver dans les villes où tout a commencé ferait tout remonter. Ta mère a eu des cauchemars pendant des années après la guerre.

Max avait vu leurs cicatrices et y était habitué, mais il ne s'agissait que des cicatrices physiques, les autres ne pouvaient être vues ni mesurées, surtout par quelqu'un d'aussi jeune.

Il n'insista pas et ils purent partager quelques repas de famille avec lui pendant ses vacances à New York. Le reste du temps, il était de sortie avec des amis. Ce n'est qu'après son départ que Jacob mentionna à Emmanuelle la transaction immobilière au Kansas. Tout à la joie d'avoir leur fils à la maison, il avait oublié d'en parler. Une fois le calme revenu, il aborda un soir le sujet à table. Elle fut horrifiée.

— Pourquoi faire une chose pareille ? Tu ne sais même pas de quoi a l'air ce terrain ni où il se trouve. Que connais-tu du Kansas ? Moi, j'appelle cela jeter l'argent par les fenêtres et foncer tête baissée. Pourquoi souris-tu ?

— Au moins, tu ne dis pas que les Russes vont larguer une bombe sur New York ni que nous allons terminer internés dans un camp du New Jersey et perdre notre affaire.

— Je n'en ai pas eu le temps, dit-elle d'une voix ronchonne.

Elle sortit de table et lui battit froid pendant deux jours. Il lui avait expliqué que cet investissement pouvait rapporter quatre fois la mise de départ et qu'il n'y avait pas mis trop d'argent. C'était histoire de tester le marché. Elle finissait toujours par lui pardonner et il comptait là-dessus. Elle détestait quand il faisait tanguer la barque, il le savait bien. Mais ça ne l'inquiétait ni ne le freinait plus. Il était un homme d'affaires avisé et il avait toujours bien manœuvré pour eux, ce qu'elle n'ignorait pas.

Max les appelait souvent de l'université et ils se parlaient ainsi plusieurs fois par semaine. Pour les vacances de printemps, le jeune homme se rendit en Floride avec ses amis, si bien qu'ils ne le virent pas. Ils avaient finalement accepté de le laisser aller en Europe avec Steve pendant l'été. Ils ne pouvaient l'en empêcher et Max avait insisté. L'idée déplaisait à sa mère, mais Jacob l'avait fait céder, son raisonnement étant que Max ne pouvait pas éviter l'Europe sa vie durant à cause de leur expérience à eux. Ce n'était pas juste et elle s'était rendue à ses arguments. La conversation lui avait rappelé Paris, et pendant plusieurs jours elle fut nostalgique. Elle mettait des disques français achetés dans des magasins caritatifs qu'elle n'écoutait jamais d'habitude. Certaines choses de Paris lui manquaient toujours, tout comme Vienne à Jacob. Cela avait été une si jolie ville jusqu'à ce que les nazis l'occupent et que le monde s'effondre.

Max était censé revenir trois semaines avant de partir pour l'Europe. Ils avaient hâte de le revoir. Ses notes du semestre étaient bonnes et il était sorti avec plusieurs jeunes filles, même si aucune ne l'avait séduit en particulier. Il espérait quelques « résultats » plus satisfaisants auprès des jeunes Européennes, peut-être dans le sud de la France. Ce voyage galvanisait les garçons. Max était reconnaissant à ses parents de le laisser y aller, sachant ce que cela représentait pour eux. Il se disait qu'il les comprendrait peut-être mieux s'il voyait les villes où ils avaient grandi. Ils prévoyaient de se rendre aussi en Espagne, en Italie et à Londres, s'ils avaient le temps. Steve connaissait déjà tous ces endroits, mais il ne les avait jamais visités seul avec un ami. Il s'était toujours déplacé avec l'un de ses parents. Ce voyage était donc pour tous les deux le symbole de leur indépendance.

Deux jours avant que Max revienne à la maison pour l'été, à l'issue de sa première année d'université, Lenny appela Jacob à son bureau afin de lui faire part du résultat de leur investissement au Kansas.

— Je me suis dit que tu aimerais savoir ce que ça a donné, dit-il d'une voix sibylline que Jacob ne put interpréter. Je crois pouvoir dire que notre petit projet n'a pas si mal évolué. Apparemment, c'était le site idéal dans cette banlieue-là. Nous remportons dix fois notre mise, Jacob. Qu'est-ce que tu dis de ça ?

Le choc rendit Jacob muet pendant quelques secondes. Il lui fallait digérer la nouvelle.

— Ils ont tout vendu, l'intégralité, terrain et bâtiment, à une entreprise japonaise qui cherche des propriétés aux États-Unis.

— Dieu du ciel, dit Jacob avec un grand sourire. La chance du débutant !

Il avait hâte d'annoncer ça à Max et à Emmanuelle. Et dire qu'il ne s'était même pas mis en danger financièrement pour ça ! S'il avait mis plus, le profit aurait été encore plus grand.

— Le promoteur avec qui nous avons investi est réglo. Il prévoit de faire une nouvelle opération dans le New Jersey d'ici quelques mois, et une autre en Louisiane. Je compte investir dans les deux. Fais-moi savoir si tu es intéressé. Le ticket d'entrée est un peu plus élevé, mais le rapport sera encore meilleur – moins d'investisseurs, et les localisations sont excellentes.

— Je pense que j'aimerais bien en être à nouveau, dit Jacob, qui titubait presque de plaisir lorsqu'il raccrocha.

Ce soir-là, il apprit la nouvelle à Emmanuelle, qui eut l'élégance de reconnaître qu'elle avait eu tort.

— Voilà pourquoi tu es l'homme d'affaires de la famille, et pas moi. Je n'ai pas la détermination pour ça, ni l'intelligence du secteur.

— Merci de m'avoir fait confiance, dit-il avec gentillesse.

— Mais je n'avais pas confiance, lui rappela-t-elle, ce qui le fit rire.

— Je crois que Max ne va pas tarder à devenir le prochain homme d'affaires de la famille. L'idée vient de lui, du moins le concept. J'ai ensuite appelé un client, un promoteur foncier, qui m'a confirmé que c'était l'avenir et là où se trouvait l'argent en ce moment, si bien que j'ai tenté ma chance, avec les résultats que l'on connaît.

Elle lui sourit et il l'embrassa.

Quand Max rentra, son père le mit au courant et le remercia pour son conseil éclairé.

— C'est le travail qu'exerce le père de Steve, et il a fait fortune. Simplement, ne deviens pas fou avec ça, papa, ou bien tu vas construire des centres commerciaux à travers tout le pays. Cela dit, je mettrais ma main au feu que si tu te débarrassais finalement de tes immeubles du voisinage, tu ferais des profits très intéressants en plaçant l'argent sur des opérations de ce genre, avec des retours sur investissement plus élevés.

Voir son fils aussi concerné par les affaires et soudain si adulte arracha un sourire à Jacob. Il en aurait peut-être été autrement s'il avait su que Max avait ajouté à son voyage une étape très importante à ses yeux. Un pèlerinage qu'il avait décidé de faire et où Steve avait accepté de l'accompagner. Il le leur dirait à son retour.

Deux semaines plus tard, Jacob recevait l'argent de son investissement, et il signa pour le projet dans le New Jersey, écartant celui de la Louisiane. Cette fois, il y avait moins d'investisseurs, ainsi que Lenny l'avait annoncé. Les profits devaient tomber normalement d'ici à la fin de l'année. C'étaient des investissements à court terme avec des profits énormes et un risque certain, que Jacob pouvait se permettre. Ce type d'opération le fascinait et il était content de ce que cela avait donné jusqu'ici.

Après le départ de Max, la maison se trouva une fois encore trop silencieuse. Mais ils s'y étaient faits maintenant. Quand leur fils était là, sa présence insufflait de la vie à l'appartement et à leur existence, puis tout redevenait mort. Jacob croisait beaucoup de monde dans son travail, uniquement des hommes, et ses journées étaient bien remplies. Mais Emmanuelle était demeurée timide, et tout son univers tournait autour de son mari et de son fils. Elle s'était fait quelques amies parmi les mères des camarades d'école de Max, mais elle ne les voyait plus depuis qu'il était à l'université. Son meilleur ami avait toujours été Jacob, et Max et lui représentaient toute sa vie.

Max avait promis de passer quelques semaines à la maison à son retour, avant de regagner Harvard pour sa deuxième année. Il avait aussi promis de rester en contact pendant son voyage, afin qu'ils ne s'inquiètent pas trop. Son tour d'Europe commençait à Paris, ce dont Emmanuelle se réjouissait malgré l'idée douce-amère que son fils découvrirait sans elle la ville de son enfance. Mais y retourner aurait été trop lui demander. Elle avait en revanche donné à Max une liste des lieux et monuments qui avaient une signification pour elle, et il avait juré de tous les voir. Jacob avait fait la même chose pour Vienne, notamment pour la maison où il avait vécu jusqu'à l'âge de Max. Emmanuelle et Jacob n'en parlaient pas entre eux, mais cela voulait dire beaucoup pour chacun. D'une certaine façon, Max remontait leurs traces dans le sable du passé tout en imprimant ses propres pas à côté des leurs. C'était un rite de passage pour lui et cela touchait ses parents, qu'ils l'admettent ou non. Lié à tant de souvenirs douloureux, c'était trop difficile à verbaliser.

# 8

Le voyage à Paris dépassa de loin tout ce que Max avait pu imaginer ou rêver. Ils descendirent dans un petit hôtel pour étudiants de la rive gauche. Il avait avec lui la liste de sa mère, mais d'abord, ils cochèrent les incontournables classiques en flânant sur le boulevard Saint-Germain, en prenant un café aux Deux Magots ; en entrant dans Notre-Dame et le Sacré-Cœur, d'où ils contemplèrent le panorama sur la ville. Ils traversèrent le Louvre, aperçurent le Grand Palais et se promenèrent au Palais-Royal. Ils passèrent devant le Ritz et le Plaza Athénée sans oser entrer, ne se jugeant pas assez habillés pour cela. Ils visitèrent des églises, de petits musées, musardèrent aux Tuileries, à Bagatelle et au bois de Boulogne. Depuis l'esplanade du Trocadéro, ils admirèrent la tour Eiffel dressée devant eux avant d'y monter pour profiter d'une vue encore plus dégagée. Ils passèrent trois jours à tout visiter. Ils prirent un Bateau-Mouche pour admirer les ponts et les monuments depuis la Seine. Ils assistèrent à la cérémonie quotidienne en hommage au Soldat inconnu sous l'Arc de triomphe, au son de la musique militaire, et ils mangèrent des macarons chez Ladurée.

Enfin, ils s'attelèrent à la liste d'Emmanuelle. Max se tint devant l'école qu'elle avait fréquentée et d'où sortaient des écoliers en blouse bleu marine. Il visualisait très bien sa mère enfant dans cet endroit. Il alla chez Berthillon prendre une glace, puis dans le square où elle jouait petite, il vit le manège qu'elle adorait, le bistrot où sa mère les emmenait dîner, sa sœur et elle, pour les occasions spéciales. Il visita son musée préféré, le Jeu de paume, et enfin, en bout de liste, il se rendit devant l'immeuble où elle avait habité, se demandant si ceux qui avaient pris leur appartement vivaient toujours là. Elle lui avait raconté l'histoire, les larmes aux yeux. Jamais jusqu'alors elle n'en avait autant révélé, et cela avait jeté une lumière nouvelle sur elle et sur les raisons pour lesquelles elle redoutait constamment des désastres. Tout son monde avait été bouleversé alors qu'elle avait son âge. Il était difficile de s'en remettre, et Max était désormais assez vieux pour commencer à le comprendre.

La beauté et l'histoire de Paris le fascinaient littéralement. Il avait par sa mère un lien avec cette ville – après tout, il était à moitié français –, mais c'était la première fois qu'il se sentait un rapport personnel et viscéral avec la France, comme si une part de lui-même appartenait au lieu, d'autant plus qu'il parlait la langue couramment. Bien qu'il fût profondément américain, une partie de lui était désormais française aussi.

Il avait traversé la place de la Concorde et des dizaines d'autres places plus petites, admiré les sculptures des jardins, contemplé depuis les Champs-Élysées le drapeau français qui battait au vent entre les pieds de l'Arc de triomphe, descendu l'avenue Foch bordée de magnifiques immeubles haussmanniens au pied desquels les habitants promenaient leur chien. Lui qui avait grandi dans le Lower East Side de Manhattan, délabré, laid, surpeuplé, bruyant et sale, sans aucun charme, comprenait tout à coup combien cette beauté à l'état pur, tout comme la langue, les coutumes et les traditions, devaient terriblement manquer à sa mère. Jamais il n'avait vu de ciel aussi beau : on aurait dit une toile peinte tendue au-dessus des monuments et des immeubles à l'élégante architecture. C'était presque trop parfait pour être vrai. Le séjour était riche en émotions pour lui, mais assez long également pour qu'ils s'amusent, sortent le soir et engagent la conversation avec les jeunes Françaises – Max jouait les interprètes pour Steve. Ce qu'il avait cependant préféré, c'étaient les lieux liés à l'enfance de sa mère. Steve l'avait accompagné la plupart du temps et avait respecté son silence quand il était trop ému pour parler, notamment devant l'immeuble où sa mère, sa grand-mère et sa tante avaient habité. À tout point de vue, cette première étape avait été parfaite et bien meilleure qu'il ne l'avait espéré.

Ils prirent le train pour rejoindre Barcelone puis Madrid, dont ils visitèrent tous les musées et toutes les églises. Ils dînèrent à minuit et regardèrent les gitans danser le flamenco. Ils essayèrent aussi de baragouiner quelques mots d'espagnol, au risque de se ridiculiser auprès des jeunes filles, mais ils étaient jeunes et leurs efforts étaient parfois récompensés.

L'étape suivante fut compliquée à rallier, mais elle était importante pour Max. Ils commencèrent par Berlin-Ouest, dont certains quartiers rappelèrent Paris à Max, puis descendirent à Munich, où ils fréquentèrent les *Biergarten* et là encore les musées, avant de remonter vers Weimar et les collines avoisinantes. Max ne dit pas un mot pendant tout le trajet en train. Il se demandait s'il ne faisait pas une terrible erreur et si ce n'était pas une intrusion dans la vie de ses parents – après tout, comme ils ne lui en avaient jamais parlé, ou très peu, peut-être qu'ils tenaient à garder cela secret. D'instinct, il ne leur avait pas dit qu'il viendrait là. Plus le but de leur voyage approchait, plus ses poumons étaient pris dans un étau. Steve remarqua son expression.

— Ça va ?

— Oui, oui.

Max ne lui avait pas dit pourquoi ils faisaient ce crochet, mais son ami avait compris tout seul. Il avait accepté de venir autant par curiosité pour ce site que pour soutenir Max moralement.

Ils demandèrent au taxi qui les avait amenés depuis la gare de les attendre. Max franchit le portail de l'entrée, Steve sur ses talons, silencieux. Des panneaux intitulés « Buchenwald » et rédigés en anglais, français, russe et allemand expliquaient qu'une grande partie du camp avait été détruite en 1950, mais que le crématoire, l'infirmerie et les miradors avaient été conservés. Il y avait des photos légendées des baraquements, disant que les écuries destinées à abriter à l'origine quatre-vingts chevaux avaient été habitées chacune par mille deux cents détenus, à cinq par châlit, avec une seule latrine pour mille personnes. Les panneaux disaient simplement que ce camp avait accueilli deux cent trente-huit mille personnes sur la totalité de son temps d'activité. Cinquante-six mille y étaient mortes. Hommes, femmes et enfants, la plupart juifs, déportés de tous les pays d'Europe. Un monument se dressait à l'emplacement des fosses où avaient été enterrés une partie des corps. Cinquante-six mille personnes. Cette pensée, les chiffres mêmes étaient hallucinants. Les deux amis se trouvaient sans voix.

Après avoir lu, ils marchèrent en silence vers le monument, devant lequel ils se recueillirent longuement tandis que la conscience de la tragédie frappait Max de plein fouet. Trois de ses grands-parents, quatre de ses arrière-grands-parents et trois tantes, qui étaient encore des enfants, étaient morts ici. Il se tenait devant leur tombe. Ce n'était pas seulement l'endroit où ses parents s'étaient rencontrés. C'était là que leur vie avait changé à jamais, là que leurs familles avaient été détruites, que la civilisation et l'humanité avaient disparu dans les ténèbres.

Ils se dirigèrent ensuite vers le crématoire où avaient brûlé des femmes, des enfants, des personnes âgées et parfois des hommes. Max ne cacha pas ses larmes, et Steve posa une main sur son épaule. Tous deux sentaient de manière diffuse qu'être là allait modifier leur vie à jamais. Une intuition gagnait Max, qui lui révélait tout sur ses parents, tout ce qu'ils n'avaient jamais dit. Ce n'était pas un lieu ni une simple tragédie, c'était une horreur absolue dont les proportions étaient telles que l'esprit ordinaire ne pouvait l'appréhender : une race qui choisissait d'en éradiquer une autre avec la pire cruauté et par un génocide à grande échelle. Mais même cette explication était dénuée de sens quand on songeait à tous ces petits enfants tués, à ces gens innocents dont les vies avaient été prises et délibérément détruites.

Ils rebroussèrent finalement chemin. Max se demanda combien de fois ses parents avaient marché sur ce même sentier, sous la menace de la mort à chacun de leurs mouvements, et des passages à tabac dont il avait vu sur eux les cicatrices sans jamais vraiment y prêter attention. Ce qui leur était arrivé n'était maintenant que trop clair.

Désormais, c'était un lieu de mémoire et de respect. Cette honte avait été transformée en mémorial pour ceux qui étaient morts là. Que ses parents aient pu survivre à tout ça et se rencontrer tenait du miracle. Pour qui s'en était sorti, la survie tenait à la fois du mystère et de la force de l'esprit. Avant de partir, Max regarda attentivement les photographies de la libération du camp dans l'espoir de repérer ses parents, mais les silhouettes cadavériques debout derrière les barbelés n'avaient plus figure humaine. Il comprit qu'il lui serait impossible de reconnaître ses parents si d'aventure ils figuraient sur les clichés. Il jeta un dernier regard par-dessus son épaule et remonta dans le taxi avec Steve. Sur le chemin du retour, le chauffeur ne chercha pas à engager la conversation, il savait combien la visite affectait les gens. C'était chaque fois la même chose : beaucoup de visiteurs avaient perdu de la famille là-bas. Une fois à la gare, ils attrapèrent le premier train en partance. Il fallut un bon moment à Max pour retrouver l'usage de la parole. Il se tourna vers son ami et dit en essuyant ses larmes :

— Merci de m'avoir accompagné. Je n'avais rien compris à mes parents jusqu'à aujourd'hui. Je ne comprends pas comment on peut faire des choses pareilles, ni comment ils s'en sont sortis. Moi qui ai toujours trouvé ma mère un peu bizarre et surprotectrice, à toujours trop s'inquiéter, à présent je réalise que c'est une sainte, et mon père aussi. Comment sont-ils parvenus à ne pas haïr tout le monde après ça ? Ils sont tous les deux si aimants.

Ils n'entretenaient effectivement aucune amertume et Max ne les en admirait que plus. Steve non plus ne pouvait donner un sens à ce qu'ils venaient de voir. Ils n'avaient à cette heure qu'une seule envie, quitter l'Allemagne au plus vite. Max saisissait enfin pourquoi ses parents ne voulaient pas revenir. Les moments heureux ne compensaient pas les mauvais. Les terribles souvenirs étaient trop puissants, même pour lui, plus de vingt ans après les faits.

Ils sautèrent le soir même dans un train pour Vienne. Cette ville était d'une beauté majestueuse, un vrai petit bijou. L'architecture et les monuments étaient à la fois grandioses et délicats. Pour Max, c'était le dernier pèlerinage. Il alla voir tous les lieux indiqués par son père : la banque, leur maison, l'opéra, ses restaurants préférés, les jardins, les endroits qu'il avait adorés quand il était petit puis jeune homme. Devant leur énorme et élégante demeure de famille, il comprit d'où venait son père et combien sa vie avait dramatiquement changé, combien il avait perdu. Jacob ne s'était jamais plaint, il n'en parlait pas, ne montrait aucune aigreur, toujours bienveillant. Sa vie dans le Lower East Side était à mille lieues de l'univers dans lequel il avait grandi et vécu avant la guerre. Seuls le destin et un homme bon comme Izzie avaient changé les choses pour lui, mais il ne vivrait jamais plus comme il avait vécu. Tout un monde d'élégance, d'opulence, de grâce et de beauté avait été anéanti.

Le lendemain, ils quittèrent Vienne pour l'Italie. L'atmosphère était trop lourde pour Max en Autriche, les prises de conscience étaient trop fortes. Le jeune homme avait le cœur brisé pour son père. Ce fut un soulagement d'arriver dans la péninsule transalpine, à laquelle rien encore ne le liait. Ils profitèrent du charme et des belles églises de Venise, des incroyables collections d'art de Florence et de la joyeuse folie romaine. Ils passèrent un séjour fantastique, mais tous deux savaient qu'ils n'oublieraient jamais ce qu'ils avaient vu au camp de Buchenwald. Ce jour-là, Max avait grandi et appris qui étaient ses parents. Il les voyait définitivement d'un autre œil.

Ils parvinrent enfin, épuisés mais sur un petit nuage, à la villa louée par le père de Steve à Saint-Paul-de-Vence. Pour Max en particulier, le voyage avait été extraordinaire, mais Steve avait lui aussi apprécié. Leur amitié en sortait renforcée et Max se félicitait de n'avoir pas été seul.

Ils passèrent deux semaines idylliques avec le père de Steve. Le soir, ils allaient dans les boîtes de nuit à Monaco et à Cannes, ils dînaient à Saint-Paul-de-Vence ou à Antibes, nageaient dans la Méditerranée et dans la piscine du Cap-Eden-Roc. Ils allèrent même pendant une journée entière sur le yacht d'un ami. Ce fut le voyage le plus étonnant de la vie de Max.

Il fut bientôt temps pour lui de reprendre l'avion pour New York, pendant que Steve restait encore quelques semaines en France avec son père. Au moment de son départ, les deux amis se donnèrent l'accolade, partageant dans ce contact silencieux tout ce qu'ils avaient ressenti et expérimenté. Max remercia chaleureusement le père de Steve pour son séjour fantastique, auquel il repensa pendant tout son vol de retour. Il atterrit un samedi, ses parents étaient donc à la maison quand il poussa la porte de l'appartement, à six heures du soir. Ils savaient qu'il rentrait ce jour-là, mais sans connaître l'horaire précis. Max alla droit à sa mère et la serra si fort qu'elle put à peine respirer. Il pleurait, d'amour pour elle comme de tout ce qu'il n'avait jamais compris avant.

— C'est bon de te voir si heureux d'être de retour, lui dit-elle, rayonnante. Est-ce que c'était bien ?

Il hocha la tête et s'assit, une main dans la sienne.

— Maman, nous sommes allés là-bas.

Debout, Jacob les regardait, un peu perdu et étonné de voir Max à ce point ému, alors que le voyage s'était bien passé.

— Où ça ? À Paris ? cherchait à comprendre Emmanuelle.

— À Paris, à Vienne et dans bien d'autres endroits, dit-il, son regard passant de sa mère à son père. Je suis allé dans tous les lieux qui étaient sur vos listes. Et en Allemagne aussi.

Emmanuelle fronça les sourcils.

— Nous sommes allés à Buchenwald, dit-il d'une voix douce.

Il eut l'impression que la pièce se vidait soudain de tout son oxygène tandis que ses deux parents le fixaient d'un air horrifié.

— Il est toujours… entier ?

Elle pouvait à peine parler. Un simple mot l'avait catapultée dans le passé.

— Non, à part le monument aux morts qui a été ajouté, il n'y a plus que le crématoire, l'infirmerie et les miradors. Le reste a été démoli il y a quinze ans. Mais ils en montrent des photos, avec celles de la libération. Je n'aurais jamais compris si je n'étais pas allé là-bas, ajouta-t-il, les larmes coulant toujours.

Sa mère l'attira à elle et le serra très fort dans ses bras. Elle aussi pleurait. Elle n'avait jamais voulu qu'il voie les preuves de ce qu'ils avaient traversé. Elle croyait que ce n'était pas nécessaire, mais en fait, il en avait besoin. Pour lui-même, et pour eux, car c'était une part importante de leur identité.

— Tu n'avais pas besoin de voir ça, ni même d'en connaître l'existence, dit-elle d'une voix rauque pendant que Jacob s'asseyait à côté de son fils et posait un bras sur ses épaules.

— Si, il le fallait. Comment avez-vous fait pour survivre à cette horreur ? Comment pareille chose a-t-elle pu se produire ? Maintenant, je comprends pourquoi tu crains toujours qu'une autre guerre éclate et qu'on déporte à nouveau les Juifs.

Tout cela avait un sens à présent. C'était une réalité pour eux et le serait à jamais. Comment pourrait-il en être autrement ?

— Ça n'arrivera pas, dit son père d'une voix ferme.

— J'espère bien. Mais je saisis pourquoi maman peut penser ça. Quand on voit des villes comme Paris et Vienne, tellement belles, tellement civilisées, et qu'on voit ensuite cet endroit, où ils ont parqué des gens normaux comme des animaux pour les tuer, comment peut-on faire à nouveau confiance ?

— Il nous arrive parfois de douter, avoua son père en leur nom à tous les deux. Mais ce qui est arrivé était une aberration, une foule de gens très malades qui ont pris le pouvoir. Le monde ne laissera pas cela se reproduire. J'en suis persuadé, et ta mère aussi.

— Aujourd'hui, oui, dit-elle avec douceur. Mais cela m'a pris des années. On n'oublie jamais quelque chose comme ça. Et il ne le faut pas. Le monde doit se souvenir de ce qui s'est passé, là-bas et dans tous les autres camps. C'est juste que je ne voulais pas que tu le voies. Je t'aime tellement.

Elle le serra encore contre elle, en souriant à travers ses larmes.

— Je suis heureux d'y être allé et d'avoir vu, dit-il simplement.

Pour la première fois de sa vie, il avait voulu se revendiquer comme juif et se dresser pour ces gens qui avaient été torturés et tués là-bas. Mais lui aussi, ils l'auraient massacré s'il s'était trouvé sur place à l'époque.

Ce soir-là, ils dînèrent tous ensemble et revinrent sur sa visite. Max leur raconta aussi le reste de son voyage.

— J'ai adoré Venise et Barcelone, les Offices à Florence, Rome, Paris dans son entier, mais surtout les filles du sud de la France, dit-il dans un rire.

Il les embrassa et alla se coucher tôt. Quand il les eut quittés, Jacob regarda sa femme avec toute la force de leurs souvenirs. Leur fils avait grandi et avait appris une rude leçon sur le monde, ainsi que sur ses parents. C'était un homme désormais, plus un enfant.

# 9

Le deuxième investissement de Jacob dans la promotion immobilière fut encore plus rentable que le premier. Lenny et lui en retirèrent une petite fortune. Ils continuèrent par conséquent à investir dans la construction de centres commerciaux à travers tout le pays. Les meilleures affaires se trouvèrent être au Texas. Pendant ce temps, Max obtenait son diplôme avec les félicitations du jury. Jacob, qui avait doublé la fortune laissée par Izzie, se sentait prêt à se séparer de ses immeubles dans le Lower East Side. Il pouvait faire bien plus d'argent avec d'autres placements, et les immeubles étaient un casse-tête à gérer. En plus, les promoteurs s'apprêtaient enfin à transformer le sud de Manhattan en quartiers aisés, ainsi qu'il l'avait toujours prédit. C'était le bon moment. Il vendit tous ses immeubles en l'espace d'un an, sauf celui dans lequel ils vivaient, et en retira un immense profit. Dans l'année qui suivit le diplôme de Max, il associa ce dernier à certaines de ses transactions. On était alors en 1970 et Jacob avait 50 ans. Père et fils étaient des hommes très riches, au-delà de ce qu'Emmanuelle pouvait saisir ou simplement même imaginer. Elle aimait leur petite vie, son travail à leur bureau, et le fait de s'y rendre tous les jours en métro avec Jacob. Tout ce qui dépassait de ce cadre l'angoissait et elle ne voulait rien en savoir.

Max, à seulement 24 ans, possédait déjà un appartement dans un immeuble très en vogue de l'Upper East

Side, habité par de nombreux jeunes de son âge et des personnes plus âgées. Il avait monté un bureau avec une assistante et plaçait les bénéfices retirés des transactions auxquelles son père l'avait associé. Jacob était époustouflé par l'instinct de son fils en affaires, ainsi que par sa volonté de gagner de l'argent et de l'investir pour le faire fructifier. Jacob n'était pas très sûr de ce qui motivait son fils, mais Max, lui, savait. Il ne voulait pas être pauvre comme ses parents l'avaient été à leur arrivée à New York ou quand il était petit. Sans l'argent d'Izzie, ils vivraient à peine confortablement, voire seraient encore pauvres à cette heure. Par ailleurs, depuis son passage en Europe, il partageait certaines de leurs craintes. Et s'ils perdaient tout à nouveau ? Il voulait atteindre un niveau financier qui empêche cela. Il aimait les femmes et avait des amis, mais ce qui le faisait avancer, c'était de travailler dur pour faire des affaires, amasser une fortune que rien ni personne ne pourrait lui prendre. Il se souvenait de la manière dont ses parents avaient rogné sur tout et épargné pendant toute sa jeunesse, combien ils s'inquiétaient toujours de l'argent et avaient peur, sa mère qui lui cousait ses vêtements au lieu de lui en acheter, les chaussures d'occasion quand il était enfant, les choses qu'ils ne pouvaient se permettre de faire, les vacances qu'ils ne prenaient pas, les uniformes et les équipements de base-ball qu'ils ne pouvaient lui offrir. Il ne voulait plus jamais manquer. Tout comme sa mère détestait le risque, il avait détesté être pauvre et ne voulait plus jamais l'être.

Pourtant, son père était passé d'une extrême opulence dans sa jeunesse au plus grand dénuement après la guerre, et s'il se félicitait aujourd'hui d'avoir un bon matelas à la banque, sa femme et lui continuaient de mener une vie simple. Leur richesse était à peine visible, excepté les quelques articles que Jacob s'achetait occasionnellement, comme les beaux costumes. Sa mère, quant à elle, continuait de confectionner ses propres habits à la machine à coudre et préférait que cela reste ainsi. Elle ne voulait pas dépenser pour des choses qu'elle pouvait faire elle-même. Leur couple reposait sur une drôle de dichotomie, un conglomérat de contradictions. Pour faire plaisir à Jacob, Emmanuelle portait tous les jours son solitaire de vingt carats. Ils avaient ainsi construit leur vie commune comme on assemble un dessus-de-lit en patchwork et selon une manière qui fonctionnait pour eux. Mais ce n'était pas ce que Max désirait. Lui voulait le meilleur en tout. Il aimait le gagner par ses propres moyens et en était fier. Chaque placement fructueux ressemblait à une victoire. Gagner de l'argent était presque comme une drogue. Il n'en avait jamais assez.

Ses amis d'université n'avaient pas la même flamme en eux. Steve travaillait avec son père, mais paressait beaucoup. Pour son diplôme, son père lui avait acheté une Ferrari et il draguait tout le temps, ce qui le détournait de ce que Max considérait comme le sel de la vie : il manquait les occasions de gagner autant que son père. Mais Steve s'en fichait. Pour lui-même, il n'avait pas placé la barre très haut. De son côté, Andy avait opté pour l'école de médecine, et sa famille tirait tellement d'argent du pétrole que ça n'était pas grave s'il ne gagnait pas un sou. Enfin, Jared faisait du droit, sans enthousiasme ni réelle passion pour le sujet. Il envisageait un travail en lien avec l'environnement. Max était le seul à vivre dans le monde réel et à gagner de l'argent par ses seules ressources. Parfois, son obsession inquiétait ses parents, mais personne ne pouvait l'arrêter : c'était ce qu'il voulait faire, et il y excellait. Jacob se disait qu'il y avait d'autres choses plus importantes dans la vie – lui-même se moquait d'être l'homme le plus riche du monde. Il possédait assez, même s'il continuait d'investir dans des opérations qui s'avéraient rentables, mais jamais sur une échelle monumentale. Il avait le sentiment d'avoir simplement beaucoup de chance, et le temps qu'il passait avec Emmanuelle lui était précieux. Elle n'avait jamais été une femme avide et elle s'accommodait très bien d'être pauvre, ou du moins d'en donner l'image. Le seul signe extérieur de richesse qu'elle s'autorisait était la bague à son doigt. Être riche l'embarrassait, si bien qu'elle ne l'admettait jamais et prétendait toujours ne pas avoir les moyens.

Plusieurs fois, Max avait suggéré à son père de vendre le commerce de diamants. Il remit un jour le sujet sur le tapis :

— Tu as plus qu'assez d'investissements rentables sans la boutique. Pourquoi ne prends-tu pas ta retraite anticipée pour te concentrer sur ton portefeuille plutôt que d'aller au travail tous les jours ?

— Parce que j'aime ma boutique, répondit Jacob avec simplicité. Cela me donne, ainsi qu'à ta mère, quelque chose à faire tous les jours et un endroit où aller. Et puis je trouve que ce serait manquer de respect à Izzie que de la fermer. Il m'a tout légué pour que je poursuive ce qu'il avait commencé, comme son fils l'aurait fait.

Cela n'avait pas de sens pour Max, qui n'avait alors que 27 ans.

— Papa, ça fait vingt ans qu'il est mort, bon sang ! Il ne s'attendait certainement pas à ce que tu diriges son affaire pour toujours.

— Et pourquoi pas ? Ça rapporte de l'argent chaque année. Nous avons bonne réputation. Nous nous sommes développés et nous vendons au détail à certains des plus grands joailliers internationaux. Cela ne rapporte pas autant que l'immobilier, mais tout ce que j'entreprends n'a pas besoin de se transformer en fortune. Ta mère et moi avons plus qu'il ne nous en faut, et le reste te reviendra. Mais toi ? Tu gagnes davantage que ce dont j'ai jamais rêvé. Où est la limite ? Quand est-ce que ce sera assez ?

— Je n'ai pas encore décidé, dit Max. Je te le ferai savoir quand je saurai.

— Ta mère espère que tu te fixeras un jour. Tu es encore jeune, il n'y a pas d'urgence. Mais à un moment, tu rencontreras une fille dont tu seras fou, et tu voudras l'épouser et avoir une famille. Tu devras alors passer du temps avec eux aussi.

— Voilà pourquoi je ne veux pas encore me marier. Je n'ai pas le temps pour autre chose que ce que je fais. C'est le moment ou jamais. Plus tard, je songerai à prendre femme et à avoir des enfants. Mais pas maintenant.

Jacob comprenait, tout en se demandant si son fils serait jamais capable de lever le pied vu la vitesse à laquelle il allait, ou s'il le voudrait jamais. Il se conduisait comme s'il voulait être un jour l'homme le plus riche du monde. Était-ce leur faute s'il était comme ça, parce qu'ils s'étaient inquiétés sans cesse de leurs finances quand il était petit ? Max était déterminé : plus il gagnait, plus il en voulait. Il n'était ni dépensier ni pingre. Juste une machine à produire de l'argent, et une sacrément bonne. Son nom apparaissait souvent dans la presse spécialisée en raison de ses succès. Jacob se disait que son propre père banquier aurait été impressionné par son petit-fils, mais aussi un peu étonné. Max poussait ses succès à l'extrême.

Trois ans plus tard, peu après les 30 ans de Max, Emmanuelle recommença à avoir des maux d'estomac, semblables à ceux qu'elle avait eus pendant des années après la guerre. Elle perdit rapidement du poids et tout appétit. Son médecin ne tarda pas à l'envoyer à l'hôpital pour un bilan complet. Elle avait alors 54 ans, ce qui n'était pas vieux. Étant donné ce que taisaient les médecins, Jacob en déduisit qu'un cancer des intestins était possible, alors qu'Emmanuelle continuait de dire qu'il s'agissait juste d'une résurgence de ses anciens problèmes digestifs, hérités du camp. Il n'y avait aucune raison pour que cela la reprenne, et aucune explication autre que la plus effrayante des options.

À chaque examen qu'elle passait, Jacob restait avec elle – quand c'était autorisé. Ils la gardèrent trois semaines, durant lesquelles elle subit des tests épuisants. Tous étaient revenus négatifs, ce qui n'empêchait pas son état de se dégrader. Ils avaient écarté toutes les infections bactériennes possibles – à l'exception des souches africaines et tropicales... Un soir, Jacob rentra chez eux en larmes, suppliant Dieu de la sauver. Ils n'avaient pas traversé toutes ces épreuves pour qu'elle meure maintenant, si jeune. Il songea que la femme d'Izzie était morte à même pas 60 ans et qu'Izzie en avait été dévasté. Sans Emmanuelle, sa vie n'aurait plus aucun sens. Max avait peur lui aussi. Il avait écourté ses réunions à Taïwan pour venir la voir. L'état d'Emmanuelle n'était guère brillant. Elle avait le teint gris et sa silhouette déjà gracile était devenue squelettique en quelques semaines. Cela rappelait Buchenwald à Jacob.

Comme elle insistait, ils la laissèrent finalement rentrer chez elle, parce qu'il n'y avait rien d'autre à faire : aucun médicament ne marchait, aucun test n'avait été concluant. Elle avait confié à Jacob qu'elle les soupçonnait de la laisser partir pour mourir.

« Mais je n'en ai aucunement l'intention. Ça va aller mieux », avait-elle ajouté avec un regard d'acier.

Jacob avait envie de la croire, mais n'y parvenait pas. Cette fois, c'était son tour de penser que la fin était proche et qu'ils allaient perdre la guerre.

Les trois premiers jours après son retour, elle resta au lit, se nourrissant de milk-shakes jusqu'à ce qu'ils la rendent malade. Elle mangeait des pommes de terre écrasées à chaque repas. Avec une détermination inébranlable, le quatrième jour, elle se leva et fit le ménage avant de s'asseoir à sa machine à coudre. Elle avait décidé de fabriquer de nouveaux rideaux avec des tissus qu'elle avait mis de côté.

— Mais qu'est-ce que tu fais ? Tu devrais être au lit en train de te reposer ! s'exclama Jacob quand il rentra du travail.

Elle était trop faible pour l'accompagner à la boutique et paraissait très frêle.

— Je suis fatiguée de me reposer et nos rideaux ne me plaisent plus. En fait, je ne les ai jamais aimés. J'en fais de nouveaux en damas beige et, une fois ceux-ci terminés, j'en prévois d'autres en satin rose pour notre chambre.

Par la suite, elle se leva et s'habilla tous les jours. Elle se maquillait, se brossait les cheveux, faisait le ménage, travaillait à ses rideaux, sortait prendre l'air tous les après-midi et préparait le dîner. Au début, Jacob y vit le signe d'une fin prochaine, mais elle avait décidé de choisir la vie, pas la mort.

Peu à peu, elle reprit des forces et du poids. Après quelques semaines, elle put faire de plus longues promenades et son état s'améliora visiblement. Six semaines après son retour à la maison, elle annonça qu'elle retournait au bureau avec lui. Comme il refusait, elle y alla sans lui demander son avis, en taxi, un luxe qu'elle ne s'octroyait jamais d'habitude. Il tenta bien de la renvoyer à la maison, mais elle tint bon, dressée dans son bureau avec une expression de rage, contre lui, contre la mystérieuse maladie qui l'avait presque emportée et devant laquelle elle refusait de plier.

— J'ai survécu à Buchenwald, bon sang ! Je ne vais pas laisser mon estomac me tuer, ni n'importe quelle maladie dont ils ne connaissent même pas le nom. La maladie, c'est terminé ! Je ne me laisserai pas faire, conclut-elle avec force avant d'aller à sa table répondre aux appels et prendre les rendez-vous.

En fin de journée, elle paraissait épuisée, mais pas plus que ces derniers mois. En fait, elle avait même meilleure mine. Peu à peu, sa santé s'améliorait, et trois mois après sa sortie de l'hôpital, elle avait presque l'air à nouveau normale. La force lui était revenue, et elle avait repris quatre kilos et demi. Ils ne savaient toujours pas de quoi elle avait souffert, mais quoi que ç'ait pu être, elle avait refusé de lui céder et elle avait gagné le combat. Un soir, alors qu'il la regardait, Jacob lui sourit.

— Tu es la femme la plus forte que j'aie jamais rencontrée.

Il comprenait désormais comment elle avait pu survivre au camp : elle avait simplement refusé de les laisser la tuer. Elle ne voulait pas mourir. Pendant sa maladie, il était cependant parvenu à une décision.

— Je veux vendre la boutique.

— Ne sois pas ridicule, tu es trop jeune pour prendre ta retraite, dit-elle en écartant immédiatement l'idée.

— Non, j'ai 56 ans. J'ai travaillé dur pendant trente ans, après des années de travaux forcés au camp. C'est suffisant. Je me suis promis que si tu survivais, je me retirerais du commerce. Nous allons voyager et prendre un peu de bon temps. Faire tout ce que nous n'avons jamais fait quand nous étions assez jeunes pour en profiter.

Elle prit un instant de réflexion avant, cette fois, de hocher la tête. Il parlait d'or.

— Et si jamais l'ennui survient après quelques mois ? Que fera-t-on ? Ou imagine que nous perdions tout notre argent ?

Elle le disait plus par habitude que par conviction, et il le savait.

— D'abord, ça n'arrivera pas, et si c'est le cas, nous lancerons une nouvelle entreprise ou bien je trouverai du travail. Mais une fois encore, ça n'arrivera pas. Et il n'y aura pas de guerre non plus, nous ne serons pas déportés. Amusons-nous un peu pour changer. Max a peut-être raison, nous devrions aller en Europe. Pas en Allemagne, mais personnellement, j'aimerais bien revoir Vienne et aller à Paris avec toi, si tu es d'accord. On pourrait aussi visiter l'Italie. Nous n'avons jamais pris le temps de profiter des choses. Ç'a toujours été le travail avant tout, et tu n'as jamais voulu dépenser.

Au regard qu'il lui lança, elle répondit par un sourire triste.

— Aujourd'hui, nous avons plus qu'il ne nous en faut, reprit-il. Profitons-en. Et à notre retour, nous déménagerons. Cela fait vingt-cinq ans que nous sommes ici et je veux vendre l'immeuble. On pourra rester dans le sud de Manhattan si tu préfères, sur la Cinquième Avenue par exemple, ou alors nous rapprocher de Max dans les quartiers résidentiels. Toujours est-il que nous devrions savourer la vie et faire de nouvelles choses.

Pendant la maladie de sa femme, il y avait beaucoup pensé et avait tout anticipé. Emmanuelle ne l'admettrait pas ouvertement, mais ses suggestions lui plaisaient bien. Deux jours plus tard, elle donna son accord. Elle était parvenue aux mêmes conclusions durant sa maladie : si elle mourait, ce serait sans avoir fait beaucoup de choses. Et elle voulait profiter de Jacob tant qu'ils étaient encore assez jeunes et forts pour cela.

Jacob mit donc en vente le commerce d'Izzie, avec juste un léger pincement au cœur de culpabilité. Pendant ce temps, Emmanuelle préparait leur voyage en Europe. Un samedi après-midi, ils allèrent aux portes ouvertes d'un appartement à vendre dans le bas de la Cinquième Avenue, près de Washington Square, dans un magnifique immeuble d'avant-guerre. Ils en tombèrent amoureux et firent immédiatement une offre. Elle qui avait passé sa vie entière à craindre ne voulait plus avoir peur, ni de la maladie, ni de la mort, ni des guerres, ni des persécutions, ni d'un autre holocauste. Elle voulait que le reste de son existence soit consacré à la vie, et non à la peur, qui était une sorte de mort en elle-même. Elle avait craint de dépenser, d'être pauvre ou de perdre tout ce qu'ils avaient, que quelque chose de terrible n'arrive à Max ou à Jacob. Des choses terribles leur étaient arrivées, et ils avaient survécu. Il était temps d'aller de l'avant en laissant le passé derrière eux, de savourer ce qu'ils avaient.

Ils annoncèrent à Max qu'ils se rendraient en Europe en juin, et Jacob ajouta qu'il vendait le commerce de diamants. Max se réjouit pour eux. Cela faisait des années qu'il le lui recommandait.

— Et nous allons aussi emménager dans un nouvel appartement en septembre, une fois que ta mère l'aura décoré à son goût. Ensuite, je vendrai notre immeuble.

C'était le seul qu'il possédait encore dans le Lower East Side. Les jours de pauvreté étaient finis, depuis longtemps, et ils étaient enfin prêts à le reconnaître.

— C'est super, papa, dit Max en le serrant contre lui. Je suis fier de vous.

— Et toi ? Quand vas-tu commencer à vivre au lieu de juste gagner de l'argent ? Aucun signe de romance à l'horizon ? Je lis des articles qui parlent de toi au Studio 54 et au El Morocco, en galante compagnie. As-tu rencontré quelqu'un à qui tu tiens ?

Le Studio 54 venait tout juste d'ouvrir et c'était le lieu de prédilection secret des New-Yorkais branchés.

— Je m'efforce de ne m'attacher à personne, dit Max avec un sourire. C'est trop tôt. Peut-être quand j'aurai 35 ans. Il y a une foule de choses que je veux faire avant.

— Ma vie n'aurait eu aucun sens sans ta mère, dit Jacob avec flamme. J'en ai repris conscience quand elle a été si malade et que j'ai failli la perdre. Elle et toi êtes tout ce qui compte vraiment pour moi. Ne passe pas à côté de ça, Max. Peut-être pas maintenant, mais au bout du compte, tu auras besoin de quelqu'un qui donne du sens à ta vie et fasse qu'elle vaille la peine d'être vécue. En attendant ce moment, elle sera vide de sens.

— Je sais, papa.

Jacob n'insista pas, conscient que son fils ne saurait vraiment que lorsque cela lui arriverait.

— C'est juste que je n'ai encore rencontré personne à qui je tienne, en tout cas pas suffisamment pour me poser et me marier avec elle, et avoir des enfants, continuait Max.

— Ça viendra. On ne peut pas dire quand, mais un jour, on rencontre la bonne. Celle qui fait battre le cœur plus vite chaque fois qu'on la regarde.

C'était ce qu'il ressentait pour Emmanuelle depuis le jour de leur rencontre et jusqu'à aujourd'hui. Max se contenta de hocher la tête. Sa mère lui faisait sans cesse des réflexions au sujet du mariage, si bien qu'il l'accusait de se conduire en mère juive dès qu'elle abordait la question. Dans l'immédiat, il se réjouissait que ses parents prennent du temps pour eux, ils l'avaient bien mérité. Ils avaient travaillé dur toute leur vie, en traversant tant d'épreuves ensemble. Il n'avait jamais oublié son pèlerinage à Buchenwald.

Jacob vendit le commerce aux deux tailleurs flamands, avec des traites étalées dans le temps de manière à leur faciliter le paiement – Izzie aurait apprécié ce choix et ça allégeait son sentiment de culpabilité. Ils conclurent aussi l'achat de l'appartement sur la Cinquième Avenue et Jacob reçut une offre pour l'immeuble du Lower East Side une semaine avant leur départ pour l'Europe. Offre qu'il accepta : cela représentait déjà six fois l'investissement de départ. Il aurait sans doute pu en obtenir plus s'il avait négocié, mais il ne voulut pas. L'acheteur était enthousiaste.

La veille de leur départ, ils dînèrent avec Max. Pour tous les deux, cela allait être un voyage dans le temps, mais ils se sentaient prêts à affronter les spectres du passé, tout comme Max l'avait fait lorsqu'il s'était rendu pour la première fois en Europe pendant ses vacances universitaires. Ils commenceraient par Paris, où ils avaient réservé au Ritz. Jacob avait insisté pour qu'ils voyagent en première classe, et tant pis pour Emmanuelle. Il n'avait aucunement l'intention de descendre dans des hôtels de seconde zone juste pour qu'elle puisse se vanter à leur retour des économies faites pendant le voyage. Même si dépenser lui pesait toujours, Emmanuelle avait accepté le principe. Quand ils arrivèrent au Ritz, elle fut époustouflée par le luxe de l'établissement, l'élégance de leur suite toute de brocarts magnifiques et d'antiquités, sans compter les fleurs fraîches dans toutes les pièces, les chocolats de bienvenue et les macarons Ladurée.

— N'oublie pas que c'est ce pour quoi nous avons travaillé pendant trente ans, lui rappela-t-il en l'enlaçant pour l'embrasser. Considère ceci comme une lune de miel différée.

Ensemble, ils arpentèrent Paris dans tous les sens, visitèrent les sites que Jacob souhaitait découvrir et se rendirent dans tous les lieux importants pour Emmanuelle, notamment là où elle avait vécu. Sur place, elle pleura en repensant à sa mère et à sa sœur, mais il lui était doux de revenir à cet endroit, comme si elle faisait la paix avec d'anciens fantômes qui ne la tourmenteraient plus. Elle ne regrettait pas d'être là. Ce voyage lui révélait le besoin qu'elle avait de revoir la ville. Son départ avait été tellement violent – et l'absence si longue – qu'elle n'avait pas eu le temps de dire au revoir aux gens ni aux lieux qu'elle aimait. Elle entra dans la boucherie en face de son immeuble et aperçut Flore, la fille du propriétaire, tout à fait reconnaissable malgré les années et les kilos en plus. Enfants, elles avaient joué ensemble. La Française identifia Emmanuelle sur-le-champ et toutes deux tombèrent dans les bras l'une de l'autre avec des larmes d'émotion. C'était Flore qui dirigeait la boutique à présent, ayant succédé à ses parents.

— J'ai quatre enfants et trois petits-enfants, ajouta-t-elle.

— Dis-moi, nos anciens voisins habitent-ils toujours dans notre appartement ? demanda Emmanuelle, dont la voix vibrait de tristesse.

— Non, ils ont déménagé tout de suite après la guerre. Tu sais, ils ont été dénoncés comme collaborateurs et baladés dans les rues, le crâne tondu. Après ça, on ne les a plus revus. Ils se sont évaporés dans la nature. Aujourd'hui, c'est une famille adorable qui y habite. Ils ont deux petites filles. Elles me rappellent toujours Françoise et toi quand je les vois.

Flore avait entendu dire que la mère et la sœur d'Emmanuelle étaient mortes dans les camps. On disait qu'Emmanuelle avait survécu, mais comme elle n'avait pas réapparu, personne n'avait su si c'était vrai.

— Je me suis toujours demandé où tu étais, mais je n'avais aucun moyen de te retrouver.

— Je n'avais personne à rejoindre ni nulle part où aller,

dit Emmanuelle. J'ai rencontré mon mari au camp et nous nous sommes mariés dès notre libération. Ensuite, nous sommes partis ensemble en Amérique. J'ai un fils, mais pas encore de petits-enfants.

Elle sourit et lui présenta Jacob, qui serra la main de la bouchère avec chaleur. Flore était heureuse de savoir Emmanuelle vivante, en bonne santé, avec une certaine aisance et une famille. Cette période avait été si terrible pour eux tous, mais encore plus pour leurs amis juifs.

Elles bavardèrent encore un peu, puis Jacob et Emmanuelle partirent. Ils firent le tour du quartier pendant un moment avant de retourner à l'hôtel. Emmanuelle était frappée de revoir de nombreux commerces et bistrots tels que dans son souvenir. Par beaucoup d'aspects, Paris n'avait pas changé. C'était ce qu'elle adorait dans cette ville : le fait qu'il y ait des établissements situés au même endroit, souvent dirigés par la même famille, depuis un siècle.

Elle adorait retrouver ses repères, les monuments, la place de la Concorde, les Champs-Élysées, l'Arc de triomphe, les Invalides, la colonne Vendôme. C'étaient les panoramas de son enfance et de son adolescence, les lieux où elle s'était rendue avec ses parents, et plus tard avec sa mère et sa sœur. Même les odeurs lui étaient familières. Elle se souvenait que sa grand-mère l'emmenait prendre un chocolat chaud et des macarons chez Ladurée pour la gâter. C'était l'un des rares souvenirs qu'elle en avait, car elle était très jeune quand son aïeule était morte. Une foule de souvenirs avec sa mère et sa sœur lui revenaient aussi en mémoire, auxquels elle n'avait pas repensé depuis une éternité.

Elle emmena Jacob dans tous les endroits de la liste rédigée pour Max à l'occasion de son voyage en Europe. Voilà qu'elle les revoyait par elle-même ! Et c'était loin de provoquer la douleur qu'elle avait toujours redoutée.

Au contraire, cela l'apaisait et la consolait. Après toutes ces années, elle avait l'impression de rentrer à la maison. Les circonstances de son départ n'importaient plus autant que le fait d'avoir grandi là. Quand ils quittèrent Paris, elle se sentait calme et en paix.

Jacob ressentit la même chose à Vienne. Il lui montra tous les endroits préférés de son enfance, les parcs, les monuments, les lieux où il jouait, leur énorme et élégante demeure, désormais transformée en club. Il resta longtemps devant et lui désigna les fenêtres de sa chambre. Emmanuelle avait toujours su qu'il avait grandi dans l'opulence et le luxe, mais elle n'en avait pas vraiment mesuré l'ampleur ni saisi tout ce qu'il avait perdu. Elle en prit conscience en voyant la maison et la banque familiale. Cette dernière avait conservé sa fonction financière, mais Jacob n'avait pas voulu entrer quand elle le lui avait suggéré. Il souhaitait laisser le passé au passé. Il avait néanmoins l'air triste en s'éloignant de son ancienne adresse. Elle lui prit le bras et il lui lança un regard embué, chargé d'émotion.

— Ce n'est pas tant la maison que tous ceux qui la peuplaient et que j'aimais.

Comment croire que toute une famille ait pu disparaître, entièrement décimée, sauf lui ? Dans son cas, les nazis avaient manqué leur but, car Jacob et Max étaient là, les derniers, à perpétuer le nom des Stein. Du côté d'Emmanuelle, son patronyme de jeune fille s'arrêtait avec elle.

Ils ne restèrent à Vienne que deux jours. Ils avaient accompli ce pour quoi ils étaient venus en Europe, c'est-à-dire faire leurs adieux à leurs villes natales, à leurs maisons d'enfance et à ceux qu'ils avaient perdus. Ils n'en avaient jamais eu l'occasion. Enfin, ils étaient prêts à enterrer leurs morts et à continuer leur route.

De Vienne, ils prirent l'avion pour Rome, dont

Emmanuelle se rappelait vaguement pour y être allée une fois avec sa mère et sa sœur. De son côté, Jacob s'en souvenait plutôt bien. Comme toujours, il y régnait un joyeux chaos, et comme un air de vacances. De là, ils se rendirent en voiture à Florence puis à Venise, que Jacob fit découvrir à Emmanuelle. Leur dernière étape fut le lac de Côme, qu'elle plaça parmi les lieux les plus romantiques qu'elle ait jamais vus. Ils y passèrent quatre jours, à se détendre et à se promener, à contempler les Alpes ou le lac, et à parler des lieux qu'ils avaient visités. Retrouver leurs racines leur avait fait du bien. Quand sonna l'heure du départ, ils furent tous les deux tristes d'achever ce séjour idyllique.

Ils reprenaient l'avion pour New York depuis Milan. Beaucoup de choses les attendaient à leur retour : Emmanuelle devait aménager leur nouvel appartement et Jacob devait finaliser la vente de leur immeuble du Lower East Side. Il y avait aussi des détails à régler pour la cession de la boutique, et il s'interrogeait encore sur la suite pour lui, bien qu'il soit toujours intéressé par la promotion immobilière. Le lendemain de leur arrivée, ils dînèrent avec Max, qui semblait plus occupé que jamais et très stressé. Il fit part à son père d'une nouvelle opportunité foncière dans l'Illinois. Jacob se montra intéressé. Lui qui avait craint de ne pas avoir assez à faire une fois le commerce vendu ! Emmanuelle et lui envisageaient par ailleurs de faire une croisière l'hiver prochain. Soudain, voilà qu'ils se transformaient en globe-trotteurs, et de leur plein gré. En Europe, ils avaient doucement refermé la porte sur leur passé. Ils étaient prêts pour l'avenir et tout ce qu'il leur réservait.

# 10

Jacob et Emmanuelle emménagèrent dans leur nouvel appartement en septembre. Passer la main pour le commerce de diamants prit jusqu'à la fin de l'année. En janvier, ils partirent en croisière dans les Caraïbes, prévoyant déjà un voyage à Hawaï et au Mexique pour le printemps.

Les croisières qu'ils faisaient leur permettaient de faire de nouvelles connaissances et de découvrir des endroits inédits pour eux. Ils étaient en plus traités comme des princes. Jacob se sentait toujours un peu coupable de ne pas aller au travail tous les jours, mais une fois parti, il appréciait chaque seconde du voyage. Le commerce vendu, ils passèrent ainsi presque une année entière à voyager. Ils étaient cependant rentrés pour le trente-deuxième anniversaire de Max. Au dîner, sa mère remarqua qu'il avait comme une lueur inhabituelle dans le regard. Il leur cachait quelque chose, elle en était sûre, sans parvenir à en déterminer la nature. Sur le chemin du retour, elle en toucha un mot à Jacob, qui lui dit qu'elle avait trop d'imagination. Deux jours plus tard, c'était dans le journal, à la page people. Il y avait une photo de Max avec, à son bras, une créature renversante dans une élégante robe du soir blanche. La légende disait qu'ils se rendaient au bal de Noël donné par les parents de la jeune femme, qui s'appelait Julie Morgan. C'était l'une des trois filles Morgan qui prenaient en ce moment New York d'assaut.

Emmanuelle avait l'habitude de voir son fils apparaître dans les rubriques mondaines, si bien qu'il n'y avait là rien d'anormal, sauf qu'il avait ce large sourire et l'air incroyablement heureux sur la photo. Son petit doigt lui soufflait qu'il y avait anguille sous roche. Max se penchait vers sa cavalière d'une façon très intime tandis que celle-ci s'accrochait littéralement à lui. Avec sa cascade de boucles blondes relevée, elle paraissait presque aussi grande que lui et elle portait un collier de diamants. Ce n'était pas n'importe quelle fille. Quand Max l'appela cet après-midi-là pour les remercier de son dîner d'anniversaire, Emmanuelle essaya de garder une voix neutre en l'interrogeant sur l'article.

— Je t'ai vu dans le journal aujourd'hui.

— Oui, je suis allé à un bal de Noël avec une fille que j'ai rencontrée récemment.

— Elle est très jolie. C'est quelqu'un de spécial ?

Il la voyait venir et se mit à rire.

— Arrête de faire ta mère juive, ça ne te va pas du tout. Et la réponse est : je ne sais pas encore. Je viens de faire sa connaissance. Elle a l'air très sympathique. Ses sœurs et elle sont très populaires en ce moment et ses parents donnent des fêtes fantastiques.

Emmanuelle trouva intéressant ce « pas encore » au lieu du traditionnel « non » bien appuyé qu'il lui servait depuis des lustres à chaque fois qu'elle posait la question. Elle en parla à Jacob le soir même en lui montrant la photo. Il la contempla pendant un instant puis hocha la tête.

— Ils sont fiancés ? Je vais appeler son père de ce pas, dit-il pour la taquiner.

Tous deux connaissaient leur fils. Ses relations ne duraient jamais plus de quelques semaines ou mois. Il serait bientôt happé par un autre projet et une autre conquête.

— Je serais plus heureuse s'ils parlaient d'un bal de Hanoukka, dit-elle avec une certaine sécheresse qui amusa Jacob.

— Avec un nom comme Morgan, ce serait surprenant. Mais nous ne pouvons nous en prendre qu'à nous-mêmes. On aurait dû l'envoyer aux cours d'hébreu pour qu'il fasse sa bar-mitsva, si tel avait été ton souhait. En même temps, nous n'allons pas à la synagogue, pourquoi irait-il ?

— Il s'en moque, mais peut-être pas elle.

Jacob jeta à nouveau un regard à la photo et secoua la tête.

— Ça m'étonnerait. Encore un peu et elle lui couperait la circulation sanguine si elle se pendait davantage à son bras.

Elle portait de longs gants blancs et arborait un sourire radieux.

— Les amis de Max sont tous catholiques ou épiscopaliens. Il a le chic pour les dégoter où qu'il aille. Mais de fait, nous n'avons jamais insisté sur le fait d'être juif, alors pourquoi en ferait-il un critère ? C'est vraiment important pour toi ? ajouta-t-il, soudain sérieux.

— Peut-être. C'est son héritage, même si nous ne sommes pas religieux. Et je n'aimerais pas qu'il se convertisse pour une chrétienne, si c'est bien d'une chrétienne qu'il est en train de tomber amoureux.

— Et si c'était elle qui se convertissait ? Attendons donc de voir si c'est sérieux avant de nous inquiéter de savoir qui se convertit pour l'autre.

— S'il épouse une chrétienne, leurs enfants ne seront pas juifs, observa Emmanuelle d'un air inquiet.

Dans la religion juive, c'est en effet la mère qui transmet la judéité.

— N'oublie pas de le lui rappeler la prochaine fois qu'il téléphonera, se moqua Jacob.

— Je lui ai demandé aujourd'hui si c'était sérieux et il a dit qu'il ne savait pas encore. D'habitude, il me répond juste par un « non ».

— Je trouve que tu mets un peu la charrue avant les bœufs.

Emmanuelle avait plus d'intuition que ce que Jacob voulait bien lui reconnaître, et tous les indices convergeaient. Elle en aurait mis sa main à couper.

Quelques jours plus tard sortirent de nouveaux clichés dans la presse. Max avait emmené la même cavalière au El Morocco pour le réveillon du nouvel an. Elle portait pour l'occasion une petite robe noire décolletée et sexy. Les photos les montraient en train de trinquer à minuit et de s'embrasser. Emmanuelle glissa le magazine sous le nez de Jacob au petit-déjeuner.

— Je ne pense pas que ce soit la première fille qu'il embrasse, ma chérie.

— Au réveillon du nouvel an, c'est différent.

Pour toute réponse, il se replongea dans la lecture de son journal. Il n'allait pas se mettre la rate au court-bouillon à cause d'une conquête de Max. Avec lui, ça ne durait de toute façon jamais longtemps, peu importait le nombre de fois où il apparaissait accompagné dans la presse.

Mais cette fois, lorsqu'ils lui proposèrent de dîner dehors un de ces soirs, il demanda s'il pouvait amener Julie. Emmanuelle en fit aussitôt part à Jacob.

— Il veut nous la présenter. Si ce n'est pas un signe, ça ! D'habitude, il s'assure que ses petites amies ne nous approchent pas à moins d'un mètre.

— En ce cas, mieux vaut bien nous conduire et faire bonne impression, plaisanta Jacob, désormais lui aussi intrigué.

Il réserva à la Côte basque, où ils allaient généralement pour les grandes occasions. Ils y arrivèrent les premiers et prirent place à leur table. Max et Julie apparurent quinze minutes plus tard. Elle portait une robe de soie rouge, à l'évidence de prix et qu'Emmanuelle jugea bien trop courte pour être décente, mais sa beauté lui permettait cet écart. Elle avait les traits fins, un teint de lait, de grands yeux bleus et une masse de cheveux blonds relevés haut sur la tête. On aurait dit un mannequin et Max semblait follement épris. Il lui tint la main pendant presque tout le repas. La jeune femme se montra très bien élevée et répondit aux questions, mais semblait n'avoir aucun centre d'intérêt particulier. Elle passa le dîner à dévorer amoureusement Max des yeux et à glousser lorsqu'il lui parlait – ce qu'Emmanuelle trouva irritant et plutôt immature. Mais elle était indéniablement belle et avait apparemment ensorcelé Max.

Julie expliqua que sa famille habitait dans le Connecticut et qu'elle n'était pas allée à l'université, mais elle faisait partie de nombreux comités d'associations caritatives aux côtés de sa mère et de sa grande sœur. Leur cadette avait abandonné l'université à la fin de sa deuxième année. Tout cela n'avait pas l'air d'atteindre Max. Julie aimait l'équitation, elle allait en Europe chaque année avec ses parents et avait fait son entrée dans le monde à New York cinq ans plus tôt. Emmanuelle fit le calcul : puisque l'on était débutante à 18 ans, Julie en avait 23, cela faisait donc neuf ans d'écart avec Max. Emmanuelle n'avait rien de concret à lui reprocher, sauf sa grande jeunesse, son côté un peu niais et le fait qu'elle n'était pas juive. Elle aurait préféré voir son fils avec une personne légèrement plus âgée, plus posée et avec un diplôme universitaire en poche. Juive aurait été la cerise sur le gâteau. Mais il y avait peu de chances qu'une débutante du Connecticut le soit. En plus, Max avait l'air suspendu à ses lèvres. La famille de Julie l'avait invité pour un week-end de ski dans leur maison du Vermont, dans deux semaines. Non sans les avoir remerciés pour le dîner, le jeune couple fila juste après le dessert retrouver des amis au Studio 54.

— C'est sérieux, dit Emmanuelle dès qu'ils furent hors de portée de voix.

Jacob ne put qu'en convenir. Il persistait cependant à penser que cela resterait sans lendemain, comme toujours.

— Si seulement elle était juive, regrettait Emmanuelle avec une pointe de nostalgie. Si seulement elle était allée à l'université. De quoi vont-ils bien pouvoir parler pendant les cinquante prochaines années ? Mais c'est une question que les hommes ne se posent pas quand une fille est aussi jolie que celle-ci.

Or il était clair que Max était conquis, pour l'instant du moins. Rien que le fait de l'avoir amenée pour le dîner était révélateur. À moins que cela n'ait été une manière de rééquilibrer les choses par rapport aux parents de Julie, qu'il avait rencontrés à leur fête de Noël donnée pour quatre cents personnes et qui l'avaient invité à venir skier dans le Vermont.

— Trêve de cogitations. Il est trop tôt pour se laisser aller à l'émotion, dit Jacob avec calme tout en prenant son chéquier.

Quelques minutes plus tard, ils quittaient le restaurant.

Le lendemain, la presse publiait les photos des trois sœurs Morgan et de leurs petits amis. Pamela, la plus âgée, sortait avec le rejeton d'une importante famille de banquiers de Boston. Belinda, la plus jeune, fréquentait un célèbre acteur. Quant à Julie, on la montrait à nouveau avec Max, défini d'après la légende comme « le plus jeune magnat de New York ». L'article soulignait qu'il était le célibataire le plus convoité de la ville. Rien de tout cela ne correspondait au style de ses parents. Tous deux trouvaient qu'il aurait dû se faire plus discret, à la fois sur son succès et sur sa vie amoureuse, mais il était jeune, beau et il sortait beaucoup. C'était tout le portrait de son père et de son grand-père viennois, dont il avait hérité les cheveux noirs, les yeux bleus et la distinction. Emmanuelle, elle, avait les cheveux blond cendré et les yeux verts.

La couverture médiatique continua pendant plusieurs mois. Max et Julie apparaissaient dans les journaux presque tous les jours. Ils étaient devenus les chouchous des médias. C'était loin de plaire à Emmanuelle, pour qui la vie privée devait le rester, mais ils s'étaient trop souvent exhibés ensemble pour pouvoir désormais éviter les photographes.

Ce ne fut donc guère une surprise lorsqu'en mai, à l'occasion d'un déjeuner dominical chez ses parents, Max leur annonça qu'il était profondément amoureux de Julie. Cela faisait cinq mois qu'ils sortaient ensemble et il comptait la demander en mariage.

— Déjà ? Tu ne crois pas que c'est un peu rapide ? lui dit sa mère, un rien nerveuse. Elle est terriblement jeune, Max.

— Elle aura 24 ans en juin. C'est bien suffisant. On ne veut pas attendre.

— Qu'en disent ses parents ? demanda Jacob d'une voix calme.

— Je crois qu'ils m'apprécient, répondit Max sur un ton faussement innocent.

Tous les trois savaient parfaitement qu'il était un bon parti et qu'il pourrait subvenir aux besoins de Julie, mais ni Jacob ni Emmanuelle ne savaient ce qu'elle apportait de concret dans cette union, hormis son patronyme et un joli minois.

— Et le fait que tu sois juif ? reprit Jacob.

— Ils n'ont rien dit. Je ne suis pas sûr qu'ils y fassent très attention.

— T'ont-ils demandé de te convertir ? voulut savoir Emmanuelle.

— Non. Et je ne lui ai pas demandé de le faire : nous ne sommes pas pratiquants, donc ce serait hypocrite de ma part de l'exiger d'elle. Elle est épiscopalienne, ils vont à l'église, mais je ne crois pas que Julie soit très religieuse non plus. Elle n'y va jamais quand on est ensemble.

— Je ne l'ai vue qu'une fois, mais elle ne m'a pas l'air d'être quelqu'un de très sérieux, dit Emmanuelle. La vie peut bousculer parfois, et il te faut quelqu'un capable de traverser avec toi ces tempêtes. Lorsque nous nous sommes rencontrés, elle n'a parlé que de ses chevaux, du Studio 54 et d'organiser des défilés de mode au profit de l'association caritative de la Junior League. Est-ce vraiment ça que tu veux, Max ? Il te faut quelqu'un qui soit capable de te seconder dans ta carrière, de s'occuper de tes enfants, et de te soutenir dans les moments difficiles.

Emmanuelle parlait d'or, mais son fils la regarda d'un air amusé.

— Tu veux dire en cas de guerre, maman ? Ou s'il y avait un autre holocauste ?

Même si aujourd'hui il comprenait pourquoi et était empli de compassion, elle avait tant et tant de fois joué les Cassandre depuis qu'il était petit...

— Ta mère n'a pas tort, mon garçon. Certaines choses dans la vie surviennent sans crier gare. Et parfois des choses très difficiles. Pas besoin d'une guerre pour cela. Dans ces cas-là, mieux vaut avoir quelqu'un de solide à ses côtés pour affronter l'adversité. Les jeunes gens n'en ont pas toujours conscience et je ne suis pas certain qu'elle soit assez mature pour t'apporter le genre de soutien dont tu pourrais avoir besoin.

— C'est à moi de prendre soin d'elle, dit Max avec noblesse.

Après tout, ils ne l'avaient pas éduqué autrement, mais ils auraient souhaité qu'il reçoive quelque chose en échange, or ils avaient du mal à imaginer Julie autrement que belle, frivole et très gâtée. Cela ne constituait pas des bases très solides pour un mariage. Malheureusement, Max ne voulait pas l'entendre.

— Je compte lui faire ma demande d'ici deux semaines. Je voulais juste vous le dire. Ma décision est prise. Ai-je votre bénédiction ?

Il les mettait au pied du mur. Tous deux hésitèrent un instant avant de la lui donner d'un simple signe de la tête. Max leur avait bien fait comprendre qu'ils n'avaient pas leur mot à dire. Et du reste, pourquoi l'auraient-ils fait ? Leur fils épousait une chrétienne, qui leur paraissait surtout gâtée à l'extrême. Ce n'était pas ce qu'ils avaient espéré pour lui, mais le lui dire clairement aurait coupé le lien qui les unissait, peut-être à jamais.

— Tu n'envisagerais pas d'attendre encore quelques mois pour être sûr ? demanda Jacob.

Max secoua la tête.

— Je le suis déjà. C'est la raison pour laquelle je suis ici aujourd'hui. Je sais que vous voulez ce qu'il y a de mieux pour moi. Mais je sais aussi ce que je fais. Nous nous aimons, et c'est quelqu'un de bien. Ensemble, nous nous amusons beaucoup, et nous voulons tous les deux des enfants.

Il aurait les moyens de les faire vivre, mais pas de temps pour eux s'il poursuivait sa carrière au même rythme, songèrent ses parents. Et ils doutaient que Julie soit capable d'élever des enfants sans l'aide de Max.

— Tu vas devoir lever un peu le pied si tu veux une famille, lui dit sa mère d'un ton grave. Ils vont avoir besoin de toi, sinon, tôt ou tard, elle en aura assez et toi, tu ne connaîtras même pas tes propres enfants.

— Arrête de voir une catastrophe à chaque virage, maman. Nous aurons des nounous, ce n'est pas un problème. Ce que je veux, c'est que Julie puisse passer du temps avec moi quand je ne suis pas pris par le boulot, et c'est ce qu'elle veut aussi. Je refuse qu'elle soit l'esclave de nos enfants et passe son temps à changer les couches.

S'il y avait bien une chose qu'Emmanuelle était certaine de ne jamais voir, c'était Julie en train de changer les couches. Aucun risque là-dessus.

— Nous allons bien nous amuser, tu verras, maman.

C'était la seconde fois qu'il utilisait ce verbe. Emmanuelle lança un regard à son mari, puis à son fils.

— Le mariage n'est pas toujours amusant, Max. J'adore ton père, mais il peut arriver des choses. Ce n'est pas rose tous les jours.

— Tous les deux, vous avez vécu une expérience hors norme. L'effondrement de votre monde. Mais ça ne nous arrivera pas, ni à personne dans ce pays aujourd'hui.

Buchenwald l'avait ému jusqu'au tréfonds, toutefois cela n'avait rien à voir avec la vie que Julie et lui mèneraient une fois mariés. Il ne saisissait pas que ses parents s'inquiétaient d'autre chose. À leurs yeux, Julie ne semblait pas assez sérieuse et solide. Elle ne voulait que jouer.

— Max, nous t'aimons et ne voulons que ton bonheur, lui dit sa mère quand il se leva de table à la fin du déjeuner.

— Nous serons heureux, maman. Je te le promets.

Il leur sourit à tous les deux. Ça ne s'était pas passé aussi bien qu'il l'avait espéré, mais ils ne s'y opposaient pas. Il avait 32 ans et ses parents n'étaient pas du genre à lui interdire d'épouser la fille de ses rêves. Ce qu'était

Julie. Jamais il n'avait été aussi amoureux, et elle l'était aussi.

Une fois qu'il les eut embrassés et fut parti, le silence régna pendant un long moment. Emmanuelle finit par regarder son mari.

— Alors, qu'en penses-tu ?

— La même chose que toi : il fait une bêtise, mais nous ne pouvons rien y changer, dit-il sombrement. Qu'elle ne soit pas juive m'est complètement égal, c'est son manque d'envergure qui me gêne. Je ne lui confierais pas un chien, alors encore moins des enfants, peu importe le nombre de nounous que Max engagera. Et d'ailleurs, pourquoi des nounous si elle ne travaille pas ? Pourquoi ne peut-elle pas s'occuper des enfants elle-même ?

— Ce n'est pas son genre, dit Emmanuelle. Elle a l'air très gâtée. Je suis sûre que ses parents lui passaient tout et qu'elle-même a été élevée par des nounous.

Un détail lui revint alors.

— Et pourquoi sont-ils si obsédés par le fait de s'amuser ? Ça n'a jamais été central pour nous. Le mariage, ce n'est pas s'amuser, c'est se soutenir mutuellement.

— Ça n'a jamais été central pour nous parce qu'il fallait avant tout faire bouillir la marmite pour notre fils. Or, ils n'ont pas ce souci-là.

Jacob contempla longuement sa femme et son regard s'assombrit.

— Je crains que ce mariage ne fonctionne pas.

— Moi aussi. Mais si on le lui dit, il ne nous adressera plus jamais la parole.

Emmanuelle ne voulait pas perdre son fils unique au profit d'une fille superficielle, sans doute pas très intelligente et qui risquait de dresser Max contre eux.

— Tu crois qu'on devrait s'en ouvrir à Max ? demanda Jacob.

— Surtout pas, sauf si tu ne veux plus le voir pendant

les dix prochaines années, ou jusqu'à ce qu'elle divorce et prouve que nous avions vu juste.

— J'espère que ça n'arrivera jamais.

— Moi aussi. C'est juste que je ne la sens pas. Elle ne pense qu'à faire la fête. C'est la cavalière idéale quand on veut aller danser au Studio 54, mais plus quand il s'agit de se marier. Apparemment, nous n'avons pas appris cette nuance à notre fils.

Max était toujours sorti avec des filles sympathiques, mais celle qu'il épouserait devait être plus que ça, or, pour eux, celle-ci n'avait pas le petit plus qu'il fallait. Jacob hocha la tête. Tous deux en furent affectés pour le reste de l'après-midi. Ils sortirent faire une longue promenade.

Max était leur fils unique et ils ne voulaient pas le laisser tomber ; ils s'inquiétaient pour lui, sans être capables de se faire entendre.

Ce même jour, Julie avait eu une conversation similaire avec ses parents autour d'un brunch. La nouvelle de ses prochaines fiançailles avec Max ne fut pas une surprise – son père avait déjà pris toutes les informations nécessaires, notamment sur la solvabilité de Max.

— Je ne me serais jamais attendu à ce qu'une de mes filles épouse un Stein, dit-il avec franchise, mais mes renseignements montrent qu'il est parfaitement réglo. Ce type vaut des millions, qu'il a amassés tout seul, avec seulement un petit coup de pouce de son père au départ. C'est quelqu'un de brillant, d'ambitieux, à l'excellente réputation, qui ira loin. En plus, il est diplômé de Harvard. Tu vas vivre sur un pied très confortable, ma fille.

Mike Morgan avait l'air satisfait. Une pensée parut soudain lui traverser l'esprit.

— Tu l'aimes ?

— Oui, dit-elle avec retenue.

Max était aussi beau qu'intelligent, et dernièrement ils avaient fait pas mal de folies, si bien qu'elle prenait la pilule, ce que ses parents ignoraient. Pour se la procurer, elle avait prétendu être mariée.

— Tu crois qu'il serait prêt à se convertir ? s'enquit son père.

— Non, et je ne veux pas le lui demander. Il n'est pas pratiquant, il ne va pas à la synagogue, mais il est fier d'être juif. C'est culturel pour lui. Ses parents ont été en camp de concentration. Il ne voudrait pas les offenser non plus.

Mike hocha la tête et sembla penser à autre chose.

— Il ne t'a pas demandé de te convertir ?

— Bien sûr que non.

— Parfait. Assure-toi simplement que ça ne se produise pas. Et si tu as des enfants, il devra accepter de les élever dans la foi épiscopalienne.

— Je suis sûre que ça ne posera pas de problème.

— Il faudra le préciser dans le contrat prénuptial, dit Mike avec assurance. Il t'a déjà fait sa demande ?

— Non, mais je crois qu'il ne va pas tarder.

Il l'avait laissé entendre, en tout cas. Sinon, elle n'aurait pas couché avec lui. Et elle l'avait fait attendre quatre mois avant de se donner ! Ça l'avait rendu fou.

— Il ferait mieux de bien te traiter, sinon il aura affaire à moi, dit son père d'un ton menaçant.

— Ne t'inquiète pas, papa. Il me traite déjà comme une reine.

Durant l'échange entre le père et la fille, la mère n'avait pas émis une parole, se contentant de hocher la tête à tout. Elle aimait bien Max. Il était brillant et charmant, avait des manières impeccables, et Julie aurait la belle vie à ses côtés. C'était important pour eux et ce qu'elle souhaitait de mieux pour ses filles. Julie serait la première à se marier. Elle s'était débrouillée comme un chef, si on faisait abstraction du fait qu'il était juif. Mais après tout, il était bel homme et pesait des millions. Ils n'en demandaient pas plus.

— Bébé, nous allons t'offrir le mariage de tes rêves, il suffit de demander, dit Mike.

Julie savait qu'il le ferait. Son père leur avait toujours donné tout ce qu'elles voulaient. Il avait fait fortune voilà des années dans les matières premières et, depuis, il brassait l'argent à tour de bras, et le distribuait sans compter à sa femme et à ses filles. C'était un homme très généreux, qui respectait Max pour sa capacité à transformer comme lui l'eau en vin.

Cet après-midi-là, Julie annonça à Max que ses parents étaient emballés.

— Et les tiens ?

— Comme d'habitude. Ils ont accueilli la nouvelle avec gravité et un peu de crainte. Mais c'est compréhensible venant d'eux. En tout cas, ils t'adorent et ils sont très heureux pour moi, mentit-il.

Inutile d'en dire plus. Il n'allait pas lui révéler leurs réserves la concernant, d'autant qu'ils allaient leur prouver qu'ils se trompaient. Ses parents s'inquiétaient toujours pour des choses qui n'arrivaient et n'arriveraient jamais. Il connaissait bien leur façon de fonctionner, il l'avait supportée toute sa vie.

— On se retrouve ce soir chez moi ? dit-il.

Elle gloussa.

— Comment donc, monsieur Stein ? Je ne vois pas de quoi vous voulez parler. Je suis une fille sérieuse.

— À d'autres. Il se trouve que je sais que vous êtes la meilleure. Et vous serez très bientôt madame Max Stein.

Il avait bien l'intention de faire d'elle une honnête femme, très heureuse de surcroît. Il avait déjà choisi la bague et devait la récupérer cette semaine-là chez Harry Winston. Il n'avait pas voulu passer par son père. Les Morgan auraient jugé de mauvais goût d'avoir un diamant de négociant. Cela devait venir d'un joaillier comme Cartier, Tiffany ou Harry Winston. Il avait sélectionné un diamant rond de six carats, qui valait une fortune. Mais il savait que Julie n'en attendait pas moins de lui, et il voulait qu'elle ait tout ce qu'elle désirait pour le restant de ses jours. Il voulait que tous les rêves de sa femme deviennent réalité.

Ce soir-là, lorsque le portier du gratte-ciel où il avait sa garçonnière, sur la Cinquième Avenue, lui annonça que Julie était à l'accueil, il lui répondit de la faire monter. Son appartement-terrasse avait vue sur Central Park. À l'époque, ses parents avaient estimé insensé d'acheter un appartement aussi cher, mais il en avait les moyens et les femmes adoraient. Quand elle se présenta à sa porte, Julie était déjà nue. Deux minutes plus tard, ils étaient au lit. Le meilleur dans tout ça, pour tous les deux, c'était qu'elle était presque sa femme, mais ne se comportait pas comme telle dans l'intervalle. C'était la fille la plus sexy qu'il lui avait été donné de côtoyer et elle savait le rendre fou. Comment était-il possible de se tromper en choisissant pareille épouse ?

## 11

Max demanda Julie en mariage le jour où il récupéra la bague chez Harry Winston, soit cinq jours après avoir parlé d'elle à ses parents. Il l'emmena dîner à la Grenouille, puis ils se rendirent chez lui, où du champagne et des fraises attendaient la jeune femme. Il l'embrassa et glissa la bague à son doigt tandis qu'ils admiraient la vue depuis la terrasse. Elle parvint à avoir l'air étonnée, même si elle s'était doutée que ce serait pour ce soir-là, vu le choix du restaurant. Elle avait à peine pu avaler ses plats tant elle était impatiente de voir à quoi ressemblait la bague. Celle-ci correspondait exactement à ses désirs et scintillait de tous ses feux à son doigt – il ne serait même pas utile de retoucher la taille de l'anneau. Max n'avait pas prévenu ses parents de son achat, car il savait que son père aurait insisté pour lui trouver une pierre deux fois plus grosse pour moitié moins cher, avec moins d'inclusions et d'une plus belle eau. Mais la bague n'aurait pas été signée par un grand nom de la joaillerie, or il savait que ce détail comptait pour Julie et il ne voulait pas la décevoir, ni que son futur beau-père l'imagine radin.

Julie passa la nuit avec lui, comme elle le faisait désormais tous les soirs. Elle avait son propre studio en ville, sur la 69e Rue, un cadeau de son père, où sa petite sœur couchait pour la couvrir vis-à-vis de leurs parents. Au matin, Julie et Max appelèrent chacun leur famille pour leur annoncer la nouvelle. Les Morgan étaient ravis et les Stein dirent ce qu'il fallait, mais Emmanuelle et Jacob, chacun avec un combiné en main dans leur appartement, étaient tristes.

— Mazel tov ! dit Emmanuelle avant que son fils lui passe Julie, laquelle ne tarit pas d'éloges sur la beauté de la bague, babillant ensuite sur son présent bonheur et tout l'amour qu'elle éprouvait pour Max.

On aurait dit une gamine de 16 ans. L'expression d'Emmanuelle quand elle retrouva Jacob à la cuisine était éloquente.

— Eh bien, voilà, il l'a fait, dit-elle d'un air sombre. Il n'y a plus qu'à espérer que tout ira bien. Mais comment va-t-elle pouvoir élever des enfants quand elle donne l'impression d'être elle-même à peine sortie de l'enfance ?

— Elle va grandir. Je te rappelle que tu avais un an de moins qu'elle quand tu m'as épousé.

Le constat désarçonna Emmanuelle, mais pas plus d'une seconde.

— Tu ne peux pas comparer : regarde ce par quoi nous étions passés. Et j'avais son âge quand j'ai eu Max.

Pour eux, c'était hier. Le silence s'installa, plein de souvenirs.

Les fiançailles furent annoncées la semaine suivante dans l'édition dominicale du *New York Times*, et ils arrêtèrent une date pour le mariage. Ce dernier, prévu pour six cents invités, aurait lieu en décembre, le lendemain de l'anniversaire de Max, juste avant Noël, et il se tiendrait dans la propriété familiale des Morgan à Greenwich, selon le vœu de Julie, qui prévoyait d'avoir seize demoiselles d'honneur, sans compter ses deux sœurs. Max devant s'aligner sur ce chiffre pour les garçons d'honneur, il demanda à Steve MacMillan d'être son témoin et invita également Andy et Jared. Le marié et les deux pères seraient en jaquette. Le reste de l'assistance masculine, en costume. Tout serait fait dans les règles de l'art. Ensuite, ils partiraient en lune de miel à Tahiti. Julie lui avait dit qu'elle avait toujours voulu y aller, si bien qu'il le lui avait promis.

La jeune fiancée ne cessait de répéter qu'ils auraient à peine le temps de tout préparer d'ici décembre. Cela allait l'occuper à plein temps ! Quelques jours après la demande de Max, elle se rendit directement chez Bergdorf, le grand magasin de luxe, pour y choisir sa robe avec sa mère et ses sœurs. Sans oublier les tenues pour les dix ou vingt fêtes de fiançailles qui seraient sans doute organisées en leur honneur dans les mois à venir. Max stressait déjà en tentant de caler ses voyages d'affaires autour de ces festivités. Sans savoir comment, il y parvint. Julie s'attendait aussi à ce que toutes ses amies lui organisent des *bridal showers*, ces petites réceptions informelles où l'on couvre la fiancée de cadeaux.

La seule chose qui incombait aux Stein était le dîner de répétition, pour lequel, leur avait-on dit, on attendait une centaine de convives, en grande partie des gens de la belle-famille et des amis qui venaient de très loin. Emmanuelle se demandait bien où recevoir tout ce monde. Jacob promit de l'aider et ils arrêtèrent leur choix sur une salle au Plaza. Le palace fournissait le menu et les fleurs, et même de la musique s'ils le souhaitaient, bien qu'il n'y ait pas de danse prévue la veille du mariage.

— Pouvons-nous nous permettre tout ceci ? demanda Emmanuelle quand ils reçurent le devis.

Elle était horrifiée par le montant, mais ne voulait pas embarrasser Max en se tournant vers un endroit moins luxueux.

— Sans problème, la rassura Jacob avec un sourire. Et interdiction de faire toi-même les canapés ou les bouquets afin d'économiser quelques dollars. Tout doit être de premier ordre, du début jusqu'à la fin. C'est notre seul enfant et, espérons-le, son seul mariage.

Mais aucun des deux n'y croyait vraiment tandis que Jacob signait le devis du Plaza.

Emmanuelle refusa obstinément d'aller s'acheter une robe. Elle tint à se la faire elle-même. Dans une boutique près de chez elle, elle trouva de la dentelle bleu marine et se confectionna une robe à manches longues ainsi qu'une veste assortie. De son côté, Jacob commanda auprès de son tailleur une jaquette, qu'il essaya devant elle à leur retour en septembre. Il avait l'air incroyablement élégant et Emmanuelle l'imagina sans peine évoluer gracieusement dans une salle de bal viennoise. Pour le mariage, il ouvrirait la soirée avec Mme Morgan et elle-même avec Mike Morgan.

Ils avaient rencontré les parents de Julie en août afin de discuter des détails du mariage. Ce dernier promettait d'être grandiose, avec des tentes chauffées ornées de lustres et des allées bordées de neige et de bougies. Ils avaient embauché un organisateur de mariage réputé. Pour Jacob et Emmanuelle, tout cela prenait l'allure d'un bal de couronnement à Buckingham Palace, mais les futurs mariés rayonnaient et c'était là le plus important. Ils fêteraient l'anniversaire de Max au dîner de répétition. Pour le lendemain, les Morgan faisaient venir de Las Vegas un groupe célèbre afin d'animer la soirée des jeunes, qui aurait lieu après minuit dans une tente indépendante. Pour la réception, ils avaient fait appel à un ensemble de douze musiciens. Les parents de Julie avaient pensé à tout, sans regarder à la dépense, y compris pour les bus qui transporteraient tous les invités depuis New York jusque dans le Connecticut. Ils ne voulaient pas que quiconque prenne le volant après avoir bu, notamment les amis de Julie, qui étaient tous encore dans les excès de la vingtaine. Ceux de Max, plus âgés, étaient aussi plus sobres.

Mike Morgan tenait sa promesse : il offrait à sa fille le mariage de ses rêves. Et Max était sur la même longueur d'onde. Il ne voulait qu'une chose : le bonheur de Julie.

Le grand jour arriva, après quatre mois de réceptions de fiançailles. Un soir, Max confia à Steve qu'il avait l'impression de passer toutes ses soirées en costume depuis des mois. Il avait du mal à tenir le rythme pour le travail. Entre deux fêtes, il sautait dans des avions, pour arriver à ses rendez-vous en retard, à moitié habillé, mal préparé et avec la gueule de bois. Il avait hâte que toutes ces fêtes se terminent, que le mariage ait lieu, de manière à retrouver son rythme normal, c'est-à-dire travailler sans interruptions – mais il n'en dit rien à Julie. Quand elle le voyait, Emmanuelle le trouvait fatigué. Jacob et elle avaient été invités à la plupart de ces événements, et elle-même à toutes les *showers*, mais elle s'était contentée de deux : une pour les cadeaux lingerie et une autre pour les cadeaux cuisine. C'était la première fois de sa vie qu'elle assistait à ce genre de réceptions, et elle fut ébahie par la sophistication et le prix des cadeaux offerts à la mariée, ainsi que par la concurrence régnant entre ses amies : c'était à qui lui organiserait la plus belle *shower*.

Comme cadeau de mariage, Jacob et Emmanuelle avaient opté pour le service de table que Max et Julie avaient choisi chez Tiffany, tout comme le reste de leur liste. Le prix de ce service de tous les jours les stupéfia. Emmanuelle ne voulait même pas songer à ce que les Morgan étaient en train de dépenser pour le mariage, certaine que cela avoisinait le million de dollars.

Au grand soulagement d'Emmanuelle, le dîner de répétition se déroula très bien. Elle avait rempli elle-même les cartons de table d'une écriture soignée, car elle ne voulait pas payer quelqu'un pour le faire. Pour l'occasion, elle s'était confectionné une robe en taffetas noir qui épousait parfaitement sa silhouette gracile. Ses longs cheveux blonds ramenés en chignon lâche dévoilaient les boucles d'oreilles en diamant que Jacob lui avait offertes pour leur vingt-cinquième anniversaire de mariage. Le solitaire reçu pour leur vingtième anniversaire achevait de rehausser son élégance. Comme ils n'avaient pas de bijoux de famille à donner à Julie pour le mariage, Jacob lui avait acheté auprès de ses successeurs un très joli bracelet de diamants, tout simple. À Max, les Morgan offraient des boutons de manchette en diamant comme cadeau de mariage et une montre en platine de chez Cartier pour son anniversaire.

Emmanuelle ne respira que quand le dîner s'acheva. Pour le lendemain, les Morgan avaient prévu qu'une limousine passerait les chercher afin de les amener à Greenwich assez tôt : ils pourraient ainsi se changer tranquillement. Ils leur avaient réservé une suite magnifique. Une armée de coiffeuses, de maquilleuses et de manucures était mobilisée pour les demoiselles d'honneur et les invitées. Quand une coiffeuse frappa à la porte des Stein, Emmanuelle déclina son aide. Elle s'était fait un chignon banane et se maquillait elle-même. À ses yeux, le mariage ressemblait à une sorte de cirque géant avec ses trois immenses tentes dressées pour la cérémonie et la réception, sur la pelouse arrière des Morgan. Plus tard, quand elle aperçut la mariée, elle sut que son fils ne pourrait qu'être subjugué. Julie portait une robe de satin blanc au col et aux poignets de vison immaculé. Son voile de dentelle s'étirait sur quatre mètres dans son sillage.

Avec Jacob, Emmanuelle prit place au premier rang, du côté du marié. Quand la musique débuta, Mike conduisit sa fille jusqu'à Max qui attendait à l'autel, entièrement fait de muguet pour rappeler le bouquet de la mariée. Ceux des demoiselles d'honneur, vêtues de velours violet cardinal, se composaient de violettes. Toutes ces fleurs provenaient d'Amérique du Sud. La mère de la mariée portait une robe vert émeraude signée Oscar de la Renta. Mais Emmanuelle n'avait rien à lui envier dans sa jolie robe de dentelle, tout à fait de circonstance. Jacob était très fier de son épouse. Lui-même avait l'air d'un prince de conte de fées dans sa jaquette, et Max d'un jeune chevalier en armure étincelante attendant sa dulcinée.

Tout ceci avait une atmosphère d'irréalité, qui ne manquerait pas d'apparaître sur les clichés réalisés par le magazine *Vogue*, mandaté pour photographier l'événement du début à la fin. De nombreux invités comptaient parmi les gens les plus en vue des cercles mondains ou du pouvoir. Emmanuelle ne reconnut que le gouverneur de New York et son épouse, ainsi que deux sénateurs arrivés de Washington, dont l'hélicoptère s'était posé sur la pelouse à l'avant de la propriété.

Les yeux embués par l'émotion, les Stein entendirent leur fils donner son consentement à Julie, puis l'inverse, et le pasteur les déclara mari et femme. Le jeune couple rayonnant descendit d'un pas heureux l'allée, non sans s'être embrassé auparavant sous les applaudissements de l'assemblée. L'ensemble musical entama sa partition et la réception commença. Elle était censée durer jusqu'au petit-déjeuner.

Pendant le dîner, il y eut des discours et des toasts, dont ceux des deux pères. Celui de Jacob arracha des larmes à Emmanuelle : son mari était si digne et si élégant. De son côté, Max se rappelait combien, petit, il était embarrassé par l'accent de ses parents. Il aurait tant voulu qu'ils soient pareils aux autres, gommer ces différences. Et puis, ils l'adoraient, mais leur amour et leur attention le suffoquaient parfois. S'en souvenir à cette minute l'emplissait de honte. Jacob parlait avec éloquence et toujours une trace d'accent autrichien mâtiné d'anglais britannique. Il souhaitait aux jeunes mariés une vie de bonheur et de nombreux enfants. Le témoin de Max prit sa suite pour un toast très humoristique, puis ce fut le tour des deux sœurs de Julie. La soirée semblait ne devoir jamais finir. Jacob stupéfia la mère de la mariée lorsqu'il l'entraîna dans une valse déliée qui lui rappelait les bals de sa jeunesse à Vienne. Il invita ensuite Emmanuelle, et leur couple éclipsa par son élégance tous les autres. Max s'en tirait lui aussi très bien, car son père lui avait appris à danser quand il était petit, certain que cela pourrait servir un jour. C'était le cas. Avec Julie, il ne quitta pas la piste de danse de toute la nuit.

Ce fut un magnifique mariage et une réception parfaite. Après avoir remercié les Morgan avec profusion, les Stein reprirent la limousine pour retourner à New York. Seuls les jeunes restaient pour danser jusqu'au petit matin. Comme Max et Julie s'envolaient pour Tahiti dès le lendemain après-midi, ils les avaient embrassés avant de partir.

— Mon Dieu, souffla Emmanuelle quand elle put se déchausser et se laisser aller contre la banquette arrière. C'était le mariage du siècle. Heureusement que nous n'avons pas de filles !

Mais même dans le cas contraire, ils n'auraient jamais imaginé organiser pareil mariage ni y mettre autant d'argent. Jacob convenait que ça devait largement dépasser le million, à voir les fleurs et le traiteur. Il y avait eu plusieurs présentoirs à caviar en glace sculptée, et un déluge d'orchidées blanches sur toutes les tables. Aucun détail n'avait été négligé. Y compris le cadeau destiné à chacun des invités et posé à leur place attitrée : un cadre d'argent de chez Tiffany avec la date du mariage gravée dessus et une photo du jeune couple.

— J'espère juste qu'ils seront heureux après tout ça.

Jacob hocha la tête en bâillant avant qu'un sourire heureux illumine son visage.

— J'ai adoré danser avec toi. On devrait faire ça plus souvent.

— On pourrait devenir « invités de mariage » professionnels.

Sa suggestion le fit rire.

— Tu crois que les Morgan organiseront des réceptions sur le même modèle pour leurs deux autres filles ? continuait Emmanuelle.

Imaginer toute l'énergie et tout l'argent que cela exigeait l'horrifiait. Ces jeunes filles étaient extrêmement gâtées, sans aucune notion de l'argent. Pour preuve, les cadeaux pour les invités, qui avaient coûté à eux seuls une fortune, sans compter tout le reste.

À trois heures et demie du matin, ils étaient chez eux. Emmanuelle avait hâte de retirer sa robe, de défaire son chignon et d'enfiler sa chemise de nuit. Un moment plus tard, Jacob apparut en pyjama pendant qu'elle se brossait les cheveux.

— J'espère qu'ils seront aussi heureux que nous, dit-elle d'un ton grave en se tournant vers lui.

Mais cela semblait peu probable. Julie était sans consistance ni profondeur : en un an, ils n'avaient jamais eu une conversation sérieuse avec elle, et Emmanuelle imaginait que Max non plus. Elle se demandait comment son fils pouvait ne pas s'y arrêter. Seules la beauté et la jeunesse de Julie semblaient lui importer et, de fait, elle n'avait rien d'autre à offrir.

— Viens par ici et montre-moi combien nous sommes heureux, dit Jacob tandis qu'elle reposait la brosse.

Elle vint s'asseoir sur le lit à côté de lui et il l'embrassa. Puis elle se glissa entre les draps et il éteignit la lumière. Il la prit dans ses bras : là, elle se sentait en sécurité, contre l'homme qu'elle aimait. Rien d'autre ne comptait.

— Je suis l'homme le plus chanceux du monde, lui souffla-t-il à l'oreille.

Elle sourit.

— Je t'aime, Jacob.

— Si seulement notre fils avait épousé quelqu'un comme toi, dit-il avec tristesse.

— Un jour, peut-être, mais pas aujourd'hui, dit Emmanuelle dans un soupir en repensant à l'échange des consentements.

Elle se lova plus étroitement contre lui et s'endormit dans ses bras.

## 12

Max appela sa mère sitôt rentré de Tahiti, trois semaines plus tard. Ils avaient passé un séjour extraordinaire en Polynésie, mais s'il appelait, c'était surtout pour que ses parents viennent voir la maison qu'il avait achetée près de chez ses beaux-parents, dans le Connecticut. Au début, il avait prévu de la leur faire visiter une fois les travaux terminés, mais comme il devenait évident que cela prendrait des mois, Julie s'apprêtant à en faire un projet énorme, il ne voulait pas attendre pour la leur montrer. Ils avaient cherché ailleurs qu'à Greenwich, mais sa femme préférait vraiment cette zone et il voulait qu'elle soit heureuse. Lui-même s'arrangerait avec les trajets. D'après les estimations, ils pourraient y emménager en juin. À ce moment-là, les travaux seraient suffisamment avancés. Julie avait engagé un décorateur renommé pour choisir les meubles et les tissus. Elle allait être occupée avec lui sur le chantier pendant au moins les six prochains mois. En attendant, ils habiteraient en ville dans la garçonnière de Max, trop étroite pour deux. Max avait prévu de conserver ce pied-à-terre après leur déménagement, pour qu'ils aient un endroit où dormir quand ils s'attarderaient le soir en ville, car la sœur de Julie avait récupéré le studio de son aînée.

Emmanuelle était touchée qu'il leur demande de venir voir leur nouvelle maison, même inachevée. Max et Julie y seraient le vendredi après-midi, avec l'entrepreneur et le décorateur.

— Pourquoi ne viendriez-vous pas à ce moment-là ? En fin de journée ?

Emmanuelle trouvait exceptionnellement gentil de la part de son fils d'avoir acheté une maison là où Julie voulait vivre, c'est-à-dire près de sa famille. Mais c'était typique de Max, ça : toujours prêt à en faire plus pour le bonheur de ceux qu'il aimait. La preuve, occupé comme il l'était et constamment en voyage, il se souciait malgré tout d'eux et les appelait aussi souvent que possible, même si parfois ce n'était que pour quelques minutes entre deux réunions. Julie avait de la chance de l'avoir épousé. Rien cependant n'aurait pu les préparer, Jacob et elle, à la demeure qu'ils virent ce vendredi-là.

Le portail de la propriété était impressionnant et l'allée interminable. Il fallait dépasser un petit lac avant d'atteindre le logis. Quand ils arrivèrent, des camions et des ouvriers se trouvaient devant la maison. Le chantier avait commencé la semaine précédente, et Max avait prévenu ses parents qu'il y avait un paquet de choses à refaire à l'intérieur, mais aussi dans les jardins, dont Julie détestait l'aménagement. Ils allaient aussi ajouter une piscine. Ils se considéreraient comme chanceux si tout cela ne prenait que six mois, mais Max espérait qu'au moins ils pourraient emménager pour l'été, quitte à terminer les jardins dans les derniers mois de l'année.

Jacob et Emmanuelle se garèrent derrière la Mercedes de l'entrepreneur et trois camionnettes appartenant à l'électricien. Quand elle claqua la portière de la voiture, Emmanuelle resta là, à contempler d'un œil interloqué la demeure, qui avait appartenu à un célèbre architecte. Ce dernier l'avait dessinée pour lui-même, mais d'après Julie elle était trop datée, sombre et déprimante. Ils faisaient donc poser des baies vitrées dans presque toutes les pièces et retoucher quasiment tout. Mais c'était surtout l'immensité de la maison qui stupéfiait Emmanuelle. Comment Max avait-il pu acheter pareil bien ? Comme il avait conclu l'achat quelques semaines avant le mariage, ils n'avaient pas eu le temps d'en parler plus avant. Il avait dû se décider très vite : à la suite du décès récent de l'architecte-concepteur à l'âge de 97 ans, la famille était pressée de vendre.

— Ça a dû coûter une fortune, chuchota-t-elle à Jacob alors qu'ils se dirigeaient vers le perron.

— Il a de quoi, lui rappela-t-il avec un sourire.

— Mais tu imagines ce que cela demande en entretien ! Il faut au moins une armée de domestiques !

— Ils sont jeunes, ils se débrouilleront, et puis, ils veulent des enfants.

Jacob était toujours prêt à voir le bon côté des choses et à trouver des excuses à ceux qu'il aimait, mais lui aussi jugeait la demeure beaucoup trop grande.

Max et Julie se tenaient sur la plus haute marche avec l'entrepreneur et un architecte qui avait des plans en main. Julie avait l'air inquiète. Max serra la main aux deux hommes. La réunion de chantier était terminée. C'est alors qu'il aperçut ses parents en train de monter les marches et alla à leur rencontre.

— Bienvenue aux Vergers !

Il souriait d'une oreille à l'autre. Julie, qui avait disparu une seconde, ressortit, la mine grognonne.

— Quel endroit ! complimenta Jacob.

Car après tout, c'était une réussite de pouvoir acheter pareille propriété. Quand il avait l'âge de son fils, il n'aurait pu en faire autant et c'était la mort d'Izzie qui avait tout changé pour eux. Alors que Max, lui, s'était fait tout seul, et ce n'était pas rien. Ils entrèrent.

— Cette maison est gigantesque, dit Emmanuelle devant les six mètres de hauteur sous plafond.

— Julie est contrariée parce qu'ils ne veulent pas poser de Velux là où elle le demande, dit Max en posant un bras sur les épaules de sa femme. Nous avons passé la journée à argumenter avec l'entrepreneur. Pour finir, nous lui avons dit de trouver une solution.

Julie se lança dans la description de ce qu'ils allaient mettre et où, quels meubles, quels tapis, quels éclairages. Ils faisaient poser un ascenseur et comptaient faire le salon dans des couleurs pastel, à la façon d'un jardin d'été. Ils allaient planter des rosiers tout autour de la maison, afin d'avoir un rappel intérieur-extérieur. Pendant qu'ils visitaient, Emmanuelle jeta un coup d'œil à son fils, en se demandant ce qu'il pensait de tout ça. Mais il avait l'air heureux : il avait donné carte blanche à Julie pour faire ce que bon lui semblait. On aurait dit une petite fille en train de décorer sa maison de poupée, et non une femme à qui son mari venait d'acheter une demeure à dix millions de dollars, sur un vaste domaine. Emmanuelle était sans voix. Ils montèrent à l'étage, où Julie leur dévoila une succession de chambres. Emmanuelle en dénombra huit.

— Qu'allez-vous faire de toutes ces pièces ? s'étonna-t-elle.

— Nous y mettrons nos enfants. On veut plein de bébés, dit Max avec un sourire confiant pendant que Julie leur montrait la suite parentale.

Elle indiqua à sa belle-mère l'emplacement des placards, qui faisait presque la taille de l'appartement des Stein à New York. Emmanuelle releva que Julie n'avait pas fait écho à la remarque de Max sur leurs futurs enfants. Les placards étaient plus excitants.

— Ça fait beaucoup de têtes blondes, fit-elle remarquer à son fils.

En ce qui la concernait, un seul lui avait suffi, mais Max avait foi en la bonté de la vie du fait d'avoir grandi dans un pays sûr et un monde en paix, avec des parents aimants.

— Nous en voulons cinq ou six.

Jacob hocha la tête. S'ils en avaient les moyens, pourquoi s'en priver ? Lui-même en aurait bien eu plus, même avec moins d'aisance financière que son fils. On se débrouillait toujours. Mais Emmanuelle avait été impossible à convaincre. Il n'était même pas certain qu'elle aurait voulu le moindre enfant si Max n'était pas arrivé par surprise.

— Vous en voulez autant, vous aussi ? s'enquit Emmanuelle auprès de Julie.

Celle-ci opina du chef avant d'indiquer le marbre rose de la salle de bains, qu'ils garderaient dans son état d'origine. On aurait dit celle d'un palais, digne d'une reine. Mais pour Max, Julie en était une et il la traitait comme telle. En jean et baskets, elle parcourait l'étage en tous sens pour leur désigner les futures chambres et les salles de bains, les dressings, un bureau pour Max, la vue sur le jardin tiré au cordeau et les vergers de pommiers qui avaient donné son nom à la propriété.

— Il faut cinq jardiniers pour entretenir l'ensemble, dit Max avec fierté.

Au deuxième étage se situaient les chambres, plus modestes, du personnel ainsi que deux suites immenses pour les invités.

— Vous pourrez venir quand vous voudrez, dit-il à ses parents, qui ne doutaient pas de sa sincérité.

— Et nous ne sommes qu'à sept kilomètres de chez mes parents, dit Julie sur un ton ravi.

Une fois encore, on aurait dit une petite fille. Mais ce côté enfantin semblait plaire à Max. C'est que ce dernier savait quelle femme fatale se cachait derrière cette apparence. Dans l'intimité de leur chambre, Julie était la femme la plus sexy qu'il ait jamais connue, doublée d'une jeune ingénue qu'il pouvait diriger à sa guise. Elle adhérait en effet à toutes ses suggestions, y compris celle d'avoir six enfants. Emmanuelle ne pouvait s'empêcher de penser qu'ils ne savaient pas dans quoi ils s'engageaient, mais ils auraient le temps de s'en rendre compte chemin faisant.

Max était entré dans un monde bien moins étriqué que celui de ses parents, et ça lui convenait comme ça. Il connaissait une réussite insolente et leur maison en témoignait. Tout comme sa femme. Celle-ci admira la bague au doigt de sa belle-mère et lança une perche :

— J'espère que Max m'en offrira une comme celle-ci un jour, mais pas pour notre vingtième anniversaire de mariage !

Julie ne craignait pas d'afficher la richesse de son mari, elle en avait pris l'habitude avec celle de son père. La taille et le nombre de penderies qu'elle désirait le prouvaient suffisamment. Il était prévu un mur entier de placards en bois de cèdre pour ses fourrures et un énorme coffre encastré pour ses bijoux.

La visite de la maison et du domaine leur prit une heure. À l'issue de ce tour, Emmanuelle et Jacob serrèrent Max sur leur cœur et le félicitèrent avant de remonter en voiture et de repartir pour New York. Ce soir-là, Max et Julie retrouvaient des amis dans un restaurant de Greenwich et passaient la nuit chez les parents de Julie, d'autant qu'ils avaient rendez-vous avec un autre entrepreneur aux Vergers le lendemain matin. C'était vraiment un énorme chantier.

La portière claquée, Emmanuelle garda le silence. Ce ne fut que lorsque la voiture franchit le portail qu'elle se tourna vers son mari.

— Notre fils est fou. Que va-t-il faire de cette maison et de toutes ces chambres ? Je ne veux même pas savoir combien ça lui coûte, de tout défaire ainsi pour tout refaire. Je ne vois pas ce qui clochait telle qu'elle était. C'était une demeure magnifique. Et il la laisse faire ce qu'elle veut.

À l'évidence, elle désapprouvait et estimait que sa belle-fille devait se maîtriser. Celle-ci faisait penser à un enfant incontrôlable qui aurait la possibilité de se jeter sur le moindre bonbon en vue, bien décidé à ne pas s'en priver.

— Il l'adore et veut qu'elle soit heureuse, dit Jacob.

— Ce n'est pas du bonheur, c'est de l'avidité. Et ce n'est pas bien pour elle qu'on lui passe tout. Elle finira par se transformer en monstre.

— En monstre, non, mais en femme très gâtée, oui. Son père a déjà bien amorcé le processus, dit Jacob, se souvenant du mariage.

— C'est ce que tu as fait avec moi ? Me laisser faire tout ce que je voulais pour que je sois heureuse ? demanda-t-elle avec curiosité alors qu'ils s'engageaient sur l'autoroute.

— Toi, ce qui te rendait heureuse, c'était de ne pas dépenser d'argent, répondit-il pour la taquiner.

Mais il y avait un fond de vérité, et ils en rirent tous les deux.

— Qu'on puisse désirer une maison comme ça et en avoir la charge, à leur âge ou à n'importe lequel, ça me dépasse. Cela va être un tel fardeau pour eux. Et il leur faudra une armada de domestiques pour la faire tourner.

— Ça, ce n'est pas un problème pour elle. À Max les responsabilités, à elle l'amusement.

Cet arrangement ne lui plaisait pas à lui non plus, mais la situation ne lui paraissait pas aussi désastreuse qu'à Emmanuelle. Il se disait que Julie gagnerait en maturité, avec de la chance assez vite, surtout s'ils voulaient vraiment beaucoup d'enfants. Dans l'immédiat, elle voulait jouer et s'amuser tout le temps, et ne s'en cachait pas.

— Peut-être qu'il a acheté cette demeure pour qu'elle ne se plaigne pas du fait qu'il est si souvent absent, dit Emmanuelle d'un ton pensif. La maison et les enfants aideront à la garder occupée.

— À condition de passer du temps avec eux, commenta avec sagesse Jacob.

Il ressentait le même malaise que sa femme devant le projet de Julie et le genre de partenaire qu'elle promettait d'être pour leur fils. Mais ils ne pouvaient rien y faire. Les dés étaient jetés. Personne ne leur demandait leur avis, surtout pas Max. Ce n'était pas dans son tempérament. Il voulait leur complète approbation, pas leurs suggestions quant à sa vie, ce qui était bien normal. C'était un adulte, qui avait jusqu'alors avancé brillamment dans l'existence. Ils n'avaient pas le droit de se plaindre de ce qu'il avait accompli jusque-là, et il avait toujours été un bon fils. Il ne leur restait plus qu'à souhaiter que Julie grandisse vite.

Trois semaines plus tard, ils étaient en train d'organiser leur prochain voyage, une croisière en Amérique du Sud, quand Max les appela avec une nouvelle : Julie était enceinte de six semaines. Cela datait de leur lune de miel, peut-être même bien de la première nuit. La naissance était prévue pour fin septembre. Il voulait que ses parents aient la primeur de l'information. Emmanuelle le félicita comme il se devait, en espérant que ses paroles auraient l'accent de la plus grande sincérité. Elle était heureuse pour lui, mais aussi inquiète. Julie ne semblait pas prête pour la maternité, mais peut-être ne l'était-on jamais avant que le bébé arrive. Elle y réfléchissait encore tout en essayant de digérer la nouvelle lorsque Jacob entra dans la pièce.

— Un problème ? s'inquiéta-t-il aussitôt devant le visage pensif de son épouse.

— Elle est enceinte.

— Ah !... La vraie vie commence. Max le prend comment ?

— Il ne touche plus terre.

— Tout comme moi quand tu l'attendais, dit-il en souriant à ce souvenir. J'étais terrifié et excité en même temps. J'avais tellement peur que quelque chose vous arrive, à toi et au bébé. Nous étions bien innocents alors.

Il l'embrassa.

— La violence de l'accouchement a été un choc, dit Emmanuelle, pour qui le souvenir était encore vif. J'espère que le bébé ira bien et que Julie se révélera meilleure mère que je ne le pense.

— Nous n'en savions pas plus qu'elle sur le sujet avant Max. Personne ne sait comment faire avec un premier, lui rappela Jacob.

— Non, mais les jeunes parents ont généralement de la famille pour leur expliquer les choses. Nous, nous étions livrés à nous-mêmes.

Il approuva en silence avant de lui sourire.

— Pour moi, tu n'as rien d'une grand-mère. Tu es bien trop jeune et sexy pour en être une, dit-il avant de l'embrasser derechef, ses mains baladeuses arrachant un rire de jeune fille à son épouse.

— Quel comportement, pour un grand-père ! N'es-tu pas censé mieux te tenir maintenant ?

— Pourvu que non. Mais ce ne sera peut-être pas si mal d'être grands-parents, répondit-il tout en la conduisant lentement vers leur chambre.

Là, ils oublièrent Max et sa famille pour ne penser, le temps d'un moment, qu'à l'autre et à l'amour qu'ils se donnaient.

Julie eut de la chance : elle se porta comme un charme tout le temps de sa grossesse. Chaque jour, elle voyait le décorateur, faisait des plans et choisissait mobilier et revêtements. Max lui avait ouvert un compte spécial dédié à l'aménagement de la maison, dans lequel elle piochait ce qu'il fallait pour concrétiser ses désirs. Quand il était en déplacement, elle restait chez ses parents, à Greenwich. Max voyageait à travers tout le pays pour acquérir des terrains. Pendant cette période, il acheta deux puits de pétrole à Houston, avec les bénéfices tirés de l'une de ses plus belles ventes dans l'Oklahoma. Jamais il ne parlait de ses dossiers avec Julie, seulement de la maison. Son travail n'intéressait pas sa femme. Elle n'avait d'ailleurs jamais prétendu le contraire. Ce qui l'intéressait, c'était lui.

Pendant l'été, toutes les amies de Julie lui organisèrent des fêtes prénatales où elles lui offrirent d'adorables petites tenues et des jouets. Ils avaient décidé de ne pas demander le sexe de l'enfant. Max espérait un garçon, tout en disant que ça n'était pas important puisqu'ils pourraient toujours se rattraper avec les cinq autres. Julie, elle, répondait qu'elle voulait ce qui le rendrait heureux. Il était aux anges chaque fois qu'il revenait auprès d'elle après un voyage, il adorait voir son ventre s'arrondir au rythme de la croissance du bébé. Il la trouvait encore plus belle qu'avant. Elle était incroyable et débordait d'énergie : en juillet, elle jouait encore au tennis.

Ils emménagèrent dans leur nouvelle demeure après le week-end du 4-Juillet. Il restait encore des choses à faire, mais principalement dehors. La maison elle-même était presque terminée. En tout cas, la suite parentale et la nursery l'étaient. L'incroyable dressing, aux portants tournant sur commande afin de pouvoir faire défiler les tenues, était fini lui aussi. Julie adorait faire visiter la maison à ses amies. Ils prévoyaient d'organiser une gigantesque pendaison de crémaillère après la naissance, en septembre. Cela ne pouvait se faire avant : elle voulait porter quelque chose de fabuleux pour l'occasion. Ils attendraient donc qu'elle ait accouché.

La nounou qu'ils avaient engagée arriva le 1er septembre, soit trois semaines avant le terme, afin de tout arranger comme elle le souhaitait. Sa collègue qui prendrait le relais pendant les week-ends arriva une semaine après. Toutes les deux passaient des heures dans la nursery à discuter, dans leurs uniformes blancs amidonnés. Elles étaient anglaises. Une autre nounou arriverait en décembre pour succéder à la première. Julie disait vouloir en avoir une sous la main à n'importe quelle heure, afin d'être totalement libre et à la disposition de son mari quand il serait à la maison. Elle ne voulait pas qu'il rentre de déplacement et doive attendre qu'elle ait fini de prendre soin d'un bébé en pleurs. Elle était femme avant d'être mère. L'idée n'était pas pour déplaire à Max. Il ne voulait pas devenir le second couteau d'un bébé.

— Tu voyais les choses comme ça, toi aussi ? demanda Emmanuelle à Jacob après que Julie leur eut expliqué cela.

— Bien sûr que non. Nous avons pris soin de Max ensemble. Je le changeais même mieux que toi, plaisanta-t-il.

Un seul bébé n'avait pas vraiment posé de problème et Max avait en plus été très facile.

— Cela dit, ils mènent une vie bien plus trépidante et mondaine que la nôtre au même âge, reconnut-il. Je ne voyageais pas pour mes affaires comme Max le fait. Nous étions deux adultes et un bébé dans un minuscule appartement. Nous n'avions rien sauf nos boulots et nulle part où aller. Nous ne pouvions même pas nous offrir un restaurant et un cinéma. Peut-être Max la veut-il libre et entièrement à lui quand il rentre.

— Je pense que c'est une excuse pour ne pas avoir à s'occuper du bébé. Elle veut aller en ville et voir ses sœurs et ses amies.

— Elle tombera probablement amoureuse du bébé au moment où elle le verra. C'est ce qui s'est passé pour nous, dit Jacob avec optimisme et un sourire joyeux à cette évocation de la période la plus heureuse de leur vie.

— Je veux pouvoir aller passer du temps avec ma descendance sans que ces femmes interfèrent, dit Emmanuelle.

Un jour où elle avait rendu visite à Julie pour voir comment elle allait, elle avait croisé les nounous, qui lui avaient semblé froides et rigides. Elles venaient d'une agence spécialisée et paraissaient terriblement professionnelles. L'une d'elles portait même des collants blancs avec son uniforme blanc, ainsi qu'une coiffe amidonnée d'infirmière.

— C'est simplement un monde différent du nôtre, répondit Jacob avec calme, lui qui avait eu des nounous et une gouvernante allemande très stricte.

Julie leur avait aussi dit qu'elle ne souhaitait pas allaiter. C'était incompatible avec la totale disponibilité qu'elle entendait conserver pour son mari. Elle ne voulait pas que quoi que ce soit s'immisce entre eux. Début septembre, Julie n'en pouvait plus d'attendre la naissance. Il faisait très chaud, et elle en avait assez de traîner son gros ventre partout. Elle ne pouvait rien faire d'autre que de s'asseoir au bord de la piscine chez ses parents. Max était encore en déplacement, mais il avait promis de lever le pied quelques jours avant le terme. Il avait casé le plus de réunions possible, au cas où le bébé arriverait en retard. Cette possibilité semblait cependant peu probable au médecin, tant Julie s'était montrée active jusque-là. Elle était jeune et en bonne santé, on prévoyait un accouchement facile. Max avait juré d'être là. Il avait aussi dit qu'il l'accompagnerait aux cours Lamaze de préparation à l'accouchement sans douleur, mais comme il n'était jamais là aux bonnes dates, c'était l'une de ses sœurs qui avait accompagné Julie. Celle-ci disait que, de toute façon, cette méthode antidouleur ne marcherait pas et qu'elle demanderait une péridurale à la place. Elle avait retenu un coach personnel qui commencerait deux semaines après l'accouchement, pour retrouver au plus vite sa ligne – elle était bien décidée à ne pas la sacrifier au bébé et avait fait très attention à ne pas prendre trop de poids.

Deux semaines avant le terme, ils s'installèrent dans l'appartement de Max afin de se rapprocher de la maternité. Elle ne voulait en effet pas accoucher à Greenwich et avait continué à venir à New York pour consulter son obstétricien, même après leur emménagement aux Vergers. Une semaine plus tard, elle alla déjeuner avec des amies, faire des courses avec ses sœurs, dîner avec ses parents au 21 avant de se rendre à une fête au Studio 54, où elle dansa pendant une heure avant de finalement s'asseoir. Après ça, elle ressentit quelques contractions, mais rien n'arriva. Le lendemain, elle en fit part à Max, qui rentrait de déplacement.

— Peut-être que nous devrions aller danser pour déclencher l'accouchement, la taquina-t-il. Je dois être à Houston dans deux semaines pour des rendez-vous que je ne peux pas manquer. Notre fils ferait bien de se présenter à l'heure. Ce serait gentil.

Et il lui tapota doucement le ventre. C'était la seule partie du corps de Julie qui révélât son état. Et encore pouvait-on croire à un ballon de plage glissé sous les robes courtes qu'elle portait et qui mettaient en valeur ses jambes. Elle avait conservé une silhouette mince et déliée. Avec son visage sculptural, elle était l'image même de la jeunesse et de la santé. Même Emmanuelle devait convenir qu'elle était époustouflante. Elle avait l'allure d'une star de cinéma et on comprenait aisément que Max soit ébloui.

Les derniers jours, elle continua à acheter des vêtements et des jouets pour bébé : elle n'avait rien d'autre à faire. Les deux nounous attendaient de leur côté à Greenwich. Une fois le bébé arrivé, il était prévu que Max conduise la mère et l'enfant directement de l'hôpital aux Vergers. D'après le médecin, si tout se passait bien, et rien n'indiquait le contraire, Julie ne resterait qu'un jour ou deux à la maternité.

Fidèle à sa promesse, deux jours avant le terme, Max rentra de Detroit en annonçant qu'il ne bougeait plus jusqu'à la naissance. Ils en profitèrent pour se promener dans Central Park pendant le week-end et pour sortir dîner tous les soirs. Il essaya de lui faire l'amour, mais c'était trop inconfortable pour tous les deux et il avait peur de faire mal au bébé, si bien qu'ils se rabattirent sur d'autres façons plus créatives de se donner mutuellement du plaisir. Au grand mécontentement de Julie, le terme passa sans que rien n'arrive. Le matin, Max avait des rendez-vous téléphoniques et il allait au bureau, où une équipe de six personnes le secondait désormais dans ses affaires. Il était si occupé que Julie s'inquiétait d'un possible voyage de son mari avant la naissance. Il l'appelait presque toutes les heures depuis son bureau pour prendre de ses nouvelles et savoir si le bébé s'annonçait, mais rien. En ayant plus qu'assez d'attendre, qui plus est par une chaleur accablante, Julie décida de prendre le volant pour aller piquer une tête chez ses parents, à Greenwich. Sa mère n'en crut pas ses yeux et la gronda pour avoir pris le volant toute seule. Julie ne se démonta pas : elle avait des choses à prendre aux Vergers et reviendrait ensuite faire trempette et déjeuner avec elle avant de retourner en ville. Mais alors qu'elle s'apprêtait à partir pour les Vergers, elle perdit soudain les eaux au bord de la piscine de ses parents.

— Oh mon Dieu ! s'écria-t-elle, paniquée. Je fais quoi, maman ? Max va me tuer, il ne sait pas que je suis ici.

Deux semaines avant le terme, le médecin lui avait dit de ne plus s'éloigner.

— Tu appelles ton obstétricien et je te conduis à New York sur-le-champ, dit sa mère d'un ton sans appel. Le travail ne commencera sans doute pas avant quelques heures. Ça ne va généralement pas aussi vite, surtout pour un premier.

Sa mère lui tendit une paire de serviettes-éponges dans lesquelles se draper et alla s'habiller, prenant au retour son sac et ses clés de voiture. Pendant ce temps, Julie appela son médecin – elle ne voulait en revanche pas prévenir Max avant d'être arrivée, afin qu'il ne s'inquiète pas ni ne se mette en colère en apprenant son escapade. Le médecin lui dit de venir directement à l'hôpital pour qu'on l'examine au plus tôt. Il lui assura que tout se passerait bien, mais il ne fallait pas tarder.

Julie sentait déjà des contractions lorsqu'elle monta dans la Jaguar de sa mère, où elle s'assit sur une montagne de serviettes pour éviter de tacher le cuir. Pendant le trajet, bien que nerveuse, elle garda son calme. Rien d'effrayant ne survint et les contractions en étaient au même point quand elles atteignirent New York, deux heures plus tard.

— J'ai peur, maman, souffla-t-elle alors qu'elles franchissaient le Triborough Bridge.

Elle était soulagée de ne pas avoir accouché dans la voiture. Elle voulait que Max soit là et que tout se déroule sans problèmes.

— Tout ira bien, ma chérie, affirma sa mère en lui souriant. À ton âge, c'est du gâteau. Et tu as sûrement hérité de moi : j'ai toujours eu des accouchements faciles.

— Mais le bébé a l'air énorme, maman. Et ensuite, je fais quoi ? Je n'ai aucune idée de ce que c'est, être mère. Comment on fait ?

— Tu apprendras sur le tas. Comme nous toutes. Je n'en savais pas plus que toi quand ta sœur est née. Mais à un moment donné, l'instinct maternel prend le dessus. Et puis, tu as ces deux gentilles nounous pour t'aider.

— Je ne veux pas que Max pense que je suis idiote et que je ne sais pas m'occuper de son enfant. On est censée savoir ce genre de choses.

Être mère la terrifiait plus que l'accouchement, qui ne ressemblait pourtant pas à une partie de plaisir d'après les films visionnés pendant les cours Lamaze. Sa sœur en avait presque vomi et avait déclaré qu'elle ne voudrait jamais d'enfants. Julie n'était pas loin de ressentir la même chose. Ça avait l'air si romantique quand Max lui avait dit qu'il voulait des enfants avec elle, mais depuis qu'elle était enceinte, l'idée qu'elle ne savait pas ce qu'elle faisait ne l'avait pas quittée une seconde, voire la paralysait. Elle adorait être sa femme, mais la maternité semblait bien plus difficile.

— Fais-moi confiance, tout vient naturellement. J'étais plus jeune que toi quand j'ai eu ta sœur, et ton âge quand je t'ai eue, toi. Je te le promets, tout ira bien. Et Max sera un père génial.

Julie approuva de la tête. Les contractions commençaient à s'intensifier. L'hôpital n'était plus qu'à quelques minutes. Elle voulait appeler Max pour le prévenir, mais pas qu'il sache d'où elle venait ni qu'elle avait laissé la voiture à Greenwich. Cela dit, les nounous pourraient toujours la leur ramener plus tard. Et de toute façon, elle serait de retour aux Vergers d'ici quelques jours.

Cinq minutes après, elles atteignaient l'hôpital. Sa mère l'accompagna aux urgences et Julie appela Max pendant qu'elles attendaient le médecin.

— J'ai perdu les eaux, dit-elle avec un peu de nervosité. Je suis à l'hôpital et j'attends qu'ils m'examinent. Mais il ne se passe rien d'extraordinaire pour l'instant. Les contractions ne sont pas encore fortes. Je te rappellerai après le passage du médecin.

— Très bien. J'ai un rendez-vous téléphonique dans dix minutes. J'abrégerai si quelque chose d'important arrive. Tiens-moi au courant.

— En fait, quelque chose d'important est en train de se passer : je vais avoir un bébé, rétorqua-t-elle du tac au tac.

Il ne proposait pas de venir tout de suite, il était occupé… Elle était au bord des larmes, soudain terrifiée. Dans quoi s'était-elle fourrée ?

— Attendons juste de voir si c'est pour maintenant, que je ne me déplace pas pour rien, dit-il.

Il raccrocha une minute plus tard. Dans la foulée, l'obstétricien passa. Décourageant.

— Le col est dilaté de deux centimètres : c'est encore trop tôt. Vous pouvez largement rentrer chez vous. Revenez quand les contractions seront plus fortes, c'est-à-dire sans doute pas avant ce soir. D'après moi, les choses sérieuses ne commenceront pas avant minuit.

Il n'était que trois heures de l'après-midi.

— Cela ne sert à rien de vous garder ici pendant tout ce temps. Rentrez chez vous, détendez-vous, faites une sieste, évitez de trop manger et appelez-moi dès que ça évolue.

Julie rappela Max pour le mettre au courant. Il était pris tout l'après-midi, mais elle pouvait l'appeler n'importe quand et, en l'absence de toute alerte, il serait de retour vers six ou sept heures, son travail bouclé. Julie retourna donc à leur appartement. Sa mère ne s'attarda pas : elle recevait des amis ce soir-là et devait rentrer à Greenwich. Elle déposa Julie avec un grand sourire.

— Relax, mon cœur. Repose-toi, tu en auras besoin pour la suite. Je repasserai demain, faire connaissance avec mon petit-fils ou ma petite-fille.

Elle l'embrassa et sa Jaguar s'éloigna. Julie monta à l'appartement et éclata en sanglots dès qu'elle eut refermé la porte derrière elle. Ce qui l'attendait la pétrifiait de peur, aussi bien l'accouchement que l'enfant qui serait ensuite là ad vitam æternam. Mais comment avait-elle pu penser que c'était une bonne idée ? Elle l'avait fait pour faire plaisir à Max, et voilà qu'il n'était même pas là pour la réconforter. Il était au bureau, comme toujours.

Elle s'allongea sur leur lit et somnola pendant un moment après avoir séché ses larmes. Une fois réveillée, elle se leva et se lava les cheveux. La veille, elle s'était fait faire une manucure. Elle se maquilla avant que Max ne rentre. Il arriva à sept heures et demie avec des plats chinois pour tous les deux, mais l'odeur même l'incommodait et elle ne put rien avaler. Les contractions avaient beau avoir cessé, elle savait qu'elles reprendraient à un moment ou à un autre, puisque la poche s'était rompue, et cette fois pour de bon.

Ils s'allongèrent ensemble sur le lit pour regarder la télé. Elle s'endormit à nouveau jusqu'à onze heures. Quand elle émergea, Max regardait les nouvelles. La contraction était forte et son ventre, aussi dur que de la pierre. Elle avait l'impression qu'on l'étranglait. Comme elle était en petite tenue, Max remarqua que tout son ventre s'était tendu. Il posa une main dessus.

— Ouah ! Celle-ci était impressionnante, dit-il, l'air excité.

Elle essaya de s'asseoir. Sans succès. Avec le poids du bébé, la gravité jouait contre elle. Une nouvelle contraction survint. En l'espace de quelques secondes, elles atteignaient une intensité énorme. Heureusement, ils n'étaient pas loin de l'hôpital et ses affaires étaient prêtes. Max l'aida à se lever. Elle alla aux toilettes, où elle vomit tandis qu'une autre contraction la broyait. Pendant ce temps, Max appelait le médecin.

— Il dit de venir immédiatement, dit-il à Julie avec un sourire radieux.

— Je ne me sens vraiment pas bien.

Et ça en avait tout l'air. Sa mère lui avait dit que ce serait du gâteau, mais on était loin du compte. Jamais elle n'avait eu aussi mal de sa vie. Max lui tendit la robe posée sur le lit et l'aida à l'enfiler. La douleur augmentait. Elle avait doublé lorsqu'ils quittèrent l'appartement. Soutenue par Max, Julie était en larmes quand le portier appela un taxi. Au moment où ils grimpaient dedans, il leur souhaita bonne chance. Désormais, la jeune femme sentait le bébé pousser avec une force irrépressible. À l'hôpital, Max bondit hors du véhicule pour récupérer une chaise roulante et pousser sa femme jusqu'aux urgences. Là, elle regarda son mari et les infirmières avec des yeux écarquillés.

— Faites quelque chose ! hurla-t-elle soudain. Une péridurale !

Max était pétrifié. Deux infirmières prirent la jeune femme en charge.

— Calmez-vous, dit l'une d'elles. Votre médecin vous attend et vous aurez une péridurale dès qu'on aura le feu vert.

— Ça fait tellement mal… Où est-il ?

Julie avait l'air désespérée pendant que Max trottinait à côté de la chaise tout en lui tenant la main. Ils allaient en salle de travail. Le fait d'être bougée jusqu'au lit la fit vomir et elle commença à pleurer de manière hystérique pendant qu'ils la nettoyaient.

— C'est insupportable. Fais quelque chose, s'il te plaît, dit-elle à son mari, dont elle broyait la main et qui était lui aussi au bord des larmes, impuissant à la soulager.

Quelques secondes plus tard, le médecin entrait dans la pièce. D'une voix tranquille, il expliqua à Max que la phase d'expulsion était proche. Tout s'était déclenché très vite. Et devenait incontrôlable, y compris sa femme, songea Max.

Le médecin examina Julie, qui criait entre deux sanglots et contractions. D'un signe de tête, il donna son aval à l'infirmière avant de s'adresser à sa patiente avec le calme des vieilles troupes, pour qui tout ceci n'était que routine. Un calme que Max était loin de ressentir, malade de voir sa femme souffrir le martyre sans que personne puisse rien faire.

— Julie, vous en êtes à neuf centimètres de dilatation, dit le médecin sur un ton posé. D'ici quelques minutes, vous pourrez commencer à pousser. Si vous voulez, nous pouvons rester ici, en salle de travail. Tout se passe à merveille. Votre bébé est en train de descendre, on le sent. C'est du bon travail.

— Je veux une péridurale ! hurla-t-elle. Donnez-moi quelque chose… Je n'y arriverai pas !

Son regard passait du médecin à son mari, tétanisé.

— Vous vous débrouillez comme un chef. Et il est trop tard pour une péridurale : le travail est allé trop vite. Ça se produit parfois. Vous pourrez expulser le bébé d'ici quelques minutes.

Elle eut une monstrueuse contraction qui lui arracha un cri de bête. Max se tenait à son chevet pour la réconforter, mais elle ne supportait plus son contact, elle avait trop mal.

— Le col est à dix maintenant, vous pouvez commencer à pousser, annonça l'obstétricien.

Les joues mouillées de larmes qu'il ne sentait même pas, Max la contempla pendant qu'elle s'exécutait en y mettant toute son énergie. Elle hurla à nouveau avant de se laisser retomber sur les oreillers. Avec entre ses jambes une infirmière et le médecin attentifs à la progression du bébé, sur le côté l'autre infirmière qui l'accompagnait, et les mains de Max sur ses épaules, Julie se concentrait exclusivement sur le fait de pousser, pendant que les quatre personnes autour d'elle l'encourageaient. Après deux poussées énergiques, elle expulsa le bébé, qui glissa avec facilité hors d'elle et poussa aussitôt son premier cri. C'était une magnifique petite fille. Max sanglotait tout en la contemplant. Il embrassa sa femme, qui le fixait d'un œil vitreux. Le médecin coupa le cordon ombilical et passa l'enfant à l'infirmière.

— Vous avez une magnifique petite fille, dit-il à Julie.

Ils l'emmaillotèrent dans une couverture rose et proposèrent à Julie de la prendre. Comme elle déclinait d'un signe de la tête, ils tendirent l'enfant à Max. Ce dernier était ébahi de tenir cette petite chose dans le creux de son bras. Sa fille avait cessé de pleurer dès qu'elle avait entendu sa voix. Julie les regardait comme s'ils étaient des étrangers.

— Vous m'aviez dit que je pourrais avoir une péridurale, reprocha-t-elle au médecin.

— Il était trop tard pour ça. Parfois, c'est très rapide, surtout quand on perd les eaux très en amont. Votre col s'est dilaté à dix en l'espace de quelques minutes.

De fait, entre la première contraction vraiment douloureuse et l'expulsion, il ne s'était écoulé que cinquante-cinq minutes. S'ils n'étaient pas venus aussi vite, dès les premières douleurs, elle aurait accouché chez elle.

— C'est rare qu'un premier arrive aussi vite.

— C'est la pire chose que j'aie jamais vécue, dit Julie en regardant Max droit dans les yeux.

Ce dernier eut peur qu'elle ne lui pardonne jamais. Il voulait beaucoup, beaucoup d'enfants, et un fils. Mais il adorait déjà sa fille. Il rendit le bébé à l'infirmière et s'assit à côté de Julie pour lui parler d'une voix apaisante et lui dire tout son amour. Elle pleurait. La naissance l'avait traumatisée, au point qu'elle ne voulait pas tenir le bébé.

Max alla à la nursery bercer sa fille, pendant que l'équipe s'occupait de la jeune accouchée.

— Parfois les femmes ne s'attendent pas à ce que ce soit si dur et elles résistent au bébé, lui dit l'infirmière de la salle d'accouchement. Ça dure une journée ou deux, et puis elles oublient et se font à la maternité. C'est rude quand ça va aussi vite et que tout semble partir en vrille.

Max hocha la tête, soulagé d'entendre ça. Il retourna auprès de Julie et resta avec elle encore une heure, jusqu'à ce qu'elle somnole à la suite d'une injection administrée pour la calmer. Lui-même quitta l'hôpital pour rentrer se coucher, non sans être allé revoir sa fille. Il n'avait jamais rien vu de plus beau. Quelques semaines plus tôt, ils avaient choisi des prénoms. Si c'était une fille, ce serait Hélène Françoise, du nom de la mère et de la sœur d'Emmanuelle. C'était une tradition juive. Julie n'avait émis aucune objection. Les prénoms lui plaisaient.

Une fois chez lui, Max ne put trouver le sommeil tout de suite. Il repensait à tout ce qui s'était passé. Cela avait été si dur pour Julie. Pendant quelques minutes, ç'avait été d'une violence incroyable. Mais leur bébé était à croquer. Il l'adorait déjà. Alors qu'il glissait progressivement dans le sommeil, il dit une prière, pour que leur fille ait une vie longue et heureuse, et que Julie leur pardonne à tous les deux très vite.

# 13

Le lendemain matin, Max appela ses parents dès son réveil. Il leur annonça que leur petite-fille était née, un beau bébé de trois kilos huit. Malgré ses réserves, Emmanuelle pleura à cette nouvelle, tout comme Jacob. Ils demandèrent s'ils pouvaient aller voir le bébé dans l'après-midi. Emmanuelle était infiniment touchée que cette petite fille porte le nom de son arrière-grand-mère et de sa grand-tante.

— Et comment va Julie ? s'enquit-elle, par solidarité féminine.

— Tout s'est passé très vite : de la première contraction au premier cri d'Hélène, moins d'une heure. Mais ç'a été dur et, vu la taille du bébé, Julie l'a senti passer. Elle ne s'attendait pas à ce que ce soit aussi douloureux, d'autant qu'ils n'ont pas pu faire de péridurale. Tout allait trop vite.

Elle voyait bien de quoi il parlait, mais du moment où elle avait posé les yeux sur son fils, elle avait su que tout cela en valait la peine.

— Hier soir, Julie était vraiment en vrac et ils lui ont donné quelque chose pour dormir.

Ce détail ne parut pas très positif à Emmanuelle, mais elle ne voulut pas se montrer indiscrète.

— Je vais y aller dès qu'on aura raccroché, reprit-il. Passez donc cet après-midi. Julie devrait avoir récupéré d'ici là. Nous sommes censés repartir à Greenwich demain.

Julie se trouvait au Lenox Hill Hospital, non loin de l'appartement de Max. Emmanuelle promit de s'y rendre, d'autant qu'ils avaient un cadeau de naissance pour le bébé : un nécessaire de coiffure, brosse et peigne, en argent, comme celui qu'elle avait quand elle était petite. Ils avaient hâte de la voir.

Lorsque Max parvint à la chambre de Julie, à l'hôpital, il poussa la porte avec précaution, incertain de ce qu'il allait découvrir. Dans quelle forme était-elle ce matin ? Tiendrait-elle leur bébé dans ses bras telle une madone ? Il la trouva au téléphone avec sa mère, à qui elle racontait toute l'horreur de l'accouchement. En souriant, elle lui envoya un baiser. Elle était coiffée, maquillée et apprêtée. Il n'y avait aucun bébé en vue.

— Où est Hélène ? demanda-t-il quand elle raccrocha.

Pour lui, le nourrisson était déjà une personne à part entière, avec un nom.

— À la nursery. J'avais un tas de coups de téléphone à donner pour prévenir tout le monde et je ne voulais pas la réveiller. Puisque je n'allaite pas, elle n'a pas besoin d'être là constamment.

— Je voudrais la prendre dans mes bras, dit-il, visiblement déçu – depuis qu'il s'était réveillé, il n'avait pensé qu'à ça. Mes parents passeront plus tard. Ils ont hâte de faire sa connaissance. Ma mère était très touchée pour le prénom.

— Je suis désolée pour hier soir, dit-elle avec un sourire. Je me suis comportée comme une vraie mégère, mais c'est la pire chose qu'il m'ait été donné de vivre.

Elle avait toujours du mal avec le souvenir de ces moments.

— Quand je pense qu'ils ne m'ont pas fait de péridurale. C'était barbare !

On aurait pu lui rappeler que les femmes avaient fait sans pendant des siècles et avaient survécu.

— Dire que ma mère nous a eues toutes les trois sans rien : c'est une sainte ! Pour ma part, ça ne se passera plus jamais comme ça. Si nous avons un autre enfant, je veux une anesthésie générale et une césarienne, dit-elle d'un ton sans réplique.

Il avait peur de lui demander si elle avait déjà tenu le bébé contre elle.

— Que veux-tu dire par « Si nous avons un autre enfant » ? Moi, j'espère bien qu'Hélène ne sera que la première d'une grande fratrie de petits Stein. Je sais qu'hier soir a été particulièrement difficile mais, s'il te plaît, ne laisse pas tomber tout de suite.

Il se pencha et l'embrassa. Il la retrouvait égale à elle-même, jeune et fraîche. Et quasi remise. C'était comme si les souffrances atroces de la veille n'avaient jamais eu lieu.

— Je sais qu'on en aura d'autres, dit-elle, mais ne nous précipitons pas. Tu l'auras, ton garçon.

Elle sourit.

— Pour l'instant, dit-il, je suis emballé par ma fille. Je vais la chercher à la nursery.

Mais avant d'y aller, il sortit de sa poche un petit paquet qu'il tendit à sa femme.

— J'espère que cela rattrapera un peu hier soir, dit-il avec humilité.

Elle découvrit un splendide bracelet de diamants de chez Van Cleef & Arpels. Il le passa à son poignet, où le soleil matinal le fit scintiller de mille feux.

— Ouah ! Ça en valait la peine !

Elle avait l'air ravie et garda le bracelet à son poignet pour que tout le monde puisse l'admirer. Il fut déçu par sa réaction, mais ne dit rien. Ce n'était pas le bracelet mais le bébé qui aurait dû « en valoir la peine ». Les douleurs de l'enfantement auraient dû passer au second plan à la vue du bébé. C'est du moins ce que disaient toutes les femmes, mais peut-être mentaient-elles. En ce qui concernait Julie, les diamants aidaient toujours. Il l'embrassa à nouveau et partit pour la nursery, d'où il revint quelques minutes plus tard avec sa fille profondément endormie dans son berceau de plastique, sur lequel on pouvait lire, inscrit sur une carte rose : Hélène Françoise Stein. Vêtue d'un pyjama rose et blanc, elle était emmaillotée dans une couverture rose et portait, pour avoir la tête au chaud, un petit bonnet de la même couleur. On aurait dit un bouton de rose. Max aurait bien voulu qu'elle se réveille pour pouvoir la prendre dans ses bras.

— Elle est tellement belle ! dit-il avec adoration. Elle te ressemble.

Il lança un regard à Julie, qui avait l'air contente. Elle contemplait le bracelet, visiblement à son goût. S'il avait su combien ce serait douloureux, il en aurait acheté un plus gros. Mais il était soulagé qu'elle n'ait pas décidé de s'arrêter à un enfant.

Le bébé finit par bouger et par pleurer. Max se pencha et prit dans ses bras ce minuscule paquet tout chaud, qu'il voulut changer. Une infirmière arriva pour lui montrer comment faire. Julie se contenta de les regarder. Elle avait passé sa matinée au téléphone. À midi, sa mère et ses sœurs firent une apparition avant d'aller déjeuner. De l'avis unanime, le bébé était adorable. Elles écoutèrent religieusement le film d'horreur vécu par Julie, pendant que Max sortait prendre un café. Ce faisant, il tomba dans le couloir sur leurs deux nounous. Elles étaient venues voir l'objet de leur mission, splendide, décrétèrent-elles après l'avoir contemplé. Julie leur avait dit de venir au cas où elle aurait besoin d'aide cet après-midi-là, ce qui étonna Max. Ils étaient dans un hôpital, il y avait les infirmières. Cela lui fit prendre conscience qu'elle ne se sentait pas rassurée. Elle lui avait avoué qu'elle ne connaissait rien aux bébés et craignait de faire quelque chose de travers.

Une fois sa belle-famille repartie, il revint dans la chambre de sa femme, suivi des deux nounous. La petite Hélène passa de bras en bras. Max voulait la reprendre, or il avait l'impression de devoir faire la queue pour ça. Soudain, la chambre lui parut déborder de monde. Il voulait être seul avec sa femme et sa fille. Il finit par leur demander d'attendre dehors.

— Je m'étais dit que nous pourrions avoir besoin d'aide, dit Julie, embarrassée.

— Je crois qu'on peut se débrouiller tout seuls. Elle est plutôt facile. Pour l'instant, tout ce qu'elle fait, c'est dodo, pipi et popo, dit-il avec un sourire.

— J'ai peur de lui faire mal ou de la laisser tomber, elle est si petite.

— Ne t'y fie pas, c'est une robuste, dit-il tout en s'asseyant sur le lit à côté de Julie. Je suis vraiment désolé pour hier soir. Désolé que ç'ait été si douloureux.

— C'est passé, répondit-elle avec un regard pour le bracelet, sa récompense – et non Hélène, le vrai trophée. Je n'aurais jamais pensé que ça puisse être aussi dur. Il paraît qu'on oublie avec le temps.

— J'espère, dit-il avant de l'embrasser.

Il mourait d'envie de recommencer. Il rêvait d'une famille entière de bébés comme Hélène. Ce n'était que le début.

— Commençons déjà par apprécier ce que nous avons. Tout ça est arrivé tellement vite.

Elle avait arrêté de prendre la pilule juste avant leur mariage, et deux semaines après elle tombait enceinte. Cette rapidité la terrifiait a posteriori. Elle ne voulait pas retomber enceinte trop vite et songeait à reprendre la pilule pour un temps. Elle n'en dit rien à Max, de peur que ça ne le contrarie.

L'infirmière passa prendre Hélène pour vérifier ses constantes, et les deux nounous la suivirent. Max resta auprès de sa femme, se réjouissant de leur chance. Tous deux somnolèrent un peu. Ils venaient de se réveiller quand Jacob et Emmanuelle se présentèrent avec des fleurs et des ballons roses, ainsi que leur cadeau pour Hélène. Emmanuelle avait aussi confectionné une petite robe rose, au cas où ce serait une fille, avec le manteau et le chapeau assortis. C'était adorable et tellement français dans le style. Julie fut enchantée. Max commençait à se dire qu'elle préférait les vêtements, les cadeaux et tout le reste à sa fille. Ses parents aperçurent le bracelet au poignet de Julie et furent ébahis par la générosité de Max.

Ce dernier alla chercher Hélène à la nursery pendant que Julie décrivait le cauchemar de l'accouchement. Une minute plus tard, il était de retour avec le bébé. Ses deux parents s'émerveillèrent de la beauté de leur petite-fille. Ils la prirent chacun dans leurs bras et Emmanuelle enfouit son nez dans le cou de l'enfant pour la respirer. Elle admira aussi ses boucles blondes si douces.

— Elle ressemble un peu à ma petite sœur, dit-elle d'une voix feutrée.

Depuis qu'ils étaient là, le téléphone ne cessait de sonner. Les deux nounous étaient venues plusieurs fois s'assurer que tout allait bien, ainsi que l'infirmière de la nursery. Il y avait beaucoup d'animation. Après une demi-heure, Jacob et Emmanuelle les laissèrent tranquilles. Julie s'était levée et marchait dans la pièce. Elle se remettait vite de son supplice. Plusieurs fois, elle s'arrêta devant le berceau et toucha d'un doigt la joue de sa fille, contempla ses petites mains et ses orteils. Elle ne l'avait pas encore prise dans ses bras, mais elle s'ouvrait lentement à elle, tout comme l'infirmière l'avait prédit à Max la veille.

Emmanuelle ne dit rien jusqu'à ce qu'ils soient dans la rue, en route pour prendre le métro.

— Il dépense beaucoup trop pour elle. Tu as vu ce bracelet ? Il va la pourrir, et elle n'attendra plus que ça. Oui, l'accouchement a été difficile, mais on ne lui a quand même pas amputé les deux jambes sans anesthésie.

Son indignation amusa Jacob.

— Accoucher est une épreuve, poursuivait-elle, mais c'est le bébé, la récompense. Elle culpabilise Max.

Elle n'était pas contente, et Jacob ne pouvait lui donner tort.

— Et ces deux nounous qui rôdaient comme des vautours. Ils ont besoin d'être seuls pour mieux faire connaissance tous les trois. C'était mieux que nous partions.

— Elle est jeune et pourrie gâtée. Ça n'est pas nouveau et la maternité ne la changera pas en une nuit. Ça finira par arriver, mais il faudra du temps. Elle n'est presque qu'une enfant elle-même.

— Une enfant avec un bracelet de luxe en diamant !

Le pragmatisme de sa femme le fit rire à nouveau. Ils parlèrent de la beauté de leur petite-fille tout le reste du trajet.

Le lendemain, Max conduisit sa petite famille à Greenwich, chez eux. Les nounous les attendaient et emmenèrent immédiatement le bébé dans la nursery, pendant que Julie faisait le tour du propriétaire, au septième ciel d'avoir enfin accouché et d'être de retour dans leur palais. Ses sœurs passèrent, ainsi que ses parents, puisque son père n'avait pas encore vu sa petite-fille, et puis une des amies de Julie. Les allées et venues étaient incessantes, ce qui donnait à Max l'impression de n'avoir pas eu une minute seul avec Julie ou le bébé depuis qu'ils étaient rentrés. Certes, il s'asseyait dans la nursery, prenait Hélène dans ses bras et lui donnait son biberon ou bien la changeait, mais il y avait dans la maison tant de monde qui interférait que ce fut un soulagement pour lui de reprendre le travail trois jours plus tard et de partir pour Houston. Il fut absent une semaine, pendant laquelle il eut le temps d'aller aussi à Los Angeles et à Des Moines, dans l'Iowa. Quand il rentra, il jura qu'Hélène avait grandi dans l'intervalle. Il fut aussi ravi de retrouver l'ancienne Julie. À la voir, on aurait dit que rien ne s'était passé. Elle avait la même silhouette qu'avant : sa ligne lui était revenue naturellement, aidée par le travail journalier avec le coach et de fréquentes longueurs dans la piscine de ses parents. À la seconde où Max était entré dans la maison, elle avait sauté dans ses bras. La nounou prenait soin d'Hélène, elle était libre de satisfaire ses moindres désirs, et elle ne s'en priva pas.

— Ça me plaît, dit-il, lui qui s'était imaginé la trouver accaparée par le bébé, sans aucune minute libre pour lui.

— Voilà pourquoi nous avons des nounous. Je suis toute à toi, Max, dit-elle d'une voix séductrice.

Il l'embrassa. Il adorait son nouveau bébé, mais il adorait encore plus sa belle et jeune épouse. Et rien ne s'interposerait entre eux. Elle y veillerait. Max était la priorité dans sa vie et le resterait toujours, dit-elle. Hélène devrait attendre.

Max avait espéré que Julie tomberait enceinte aussi vite la deuxième fois que la première. Dans ses rêves, elle avait un bébé par an. Mais la réalité était différente. Elle mettait cela sur le compte de ses nombreux déplacements, qui faisaient qu'il n'était jamais là au moment propice pour concevoir. Puis elle lui dit que son médecin l'avait mise sous pilule afin de réguler son cycle avant une nouvelle grossesse. Si bien que Max se demanda si elle ne redoutait pas en fait de subir un autre accouchement. Mais il insista tant qu'elle finit par céder. Hélène avait 3 ans quand sa mère retomba enceinte. Cette fois, Max était déterminé à avoir un garçon. Pour Julie, tout ce qui importait, c'était d'avoir une césarienne. Dès son deuxième mois de grossesse, elle entama les négociations avec son médecin, car elle ne voulait pas repasser par les mêmes affres, surtout sans péridurale. Comme son obstétricien lui répondait qu'ils verraient en fonction de l'évolution de sa grossesse et du travail, elle partit en quête d'un praticien qui lui donnerait à coup sûr ce qu'elle demandait, et elle trouva.

À cette époque, Hélène était une adorable fillette aux cheveux blonds bouclés, avec d'immenses yeux bleus, qui adorait contempler sa mère en train de s'habiller et qui appréciait de porter elle-même de jolies robes. Sa « mamy Emm », comme elle l'appelait – Jacob était « Opa », c'est-à-dire « grand-père » en allemand –, lui cousait de magnifiques petites robes avec les manteaux assortis. Les gens disaient que c'était l'enfant la mieux habillée qu'ils avaient jamais vue. Mamy Emm venait souvent la voir à Greenwich et prenait le train pour ça. Quand elle rentrait chez elle, elle disait à Jacob que Julie était aux abonnés absents. Toujours à un déjeuner, ou à un rendez-vous, ou à un défilé de mode, ou à un événement caritatif, ou en train de faire des courses à New York avec ses sœurs.

— Elle n'est tout simplement jamais là. Je ne sais pas quand Hélène la voit.

Quant à Max, il voyageait plus que jamais. Son empire s'étendait. Il avait acheté un nouveau puits de pétrole à Houston, et un autre dans l'Oklahoma. Il continuait à acquérir des terrains et à les développer. Le magazine *Fortune* avait même écrit sur son ascension. Il était l'un des plus jeunes et des plus riches self-made-men du pays, mais cela ne rachetait en rien le fait qu'il n'était jamais à la maison. Julie s'était habituée à se rendre à des événements sans lui, mais elle s'en plaignait et il essayait de revenir pour ceux qui importaient le plus pour sa femme. En précisant qu'il ne pouvait pas tout assurer.

Hélène faisait sa joie quand il rentrait à Greenwich et il était reconnaissant à ses parents de venir la voir aussi souvent. Les deux sœurs de Julie s'étaient mariées entre-temps et avaient déménagé en Californie. Leur père n'allait pas bien, de sorte qu'ils étaient tous très occupés et qu'ils ne voyaient pas Hélène aussi souvent que les Stein. Ces derniers continuaient à voyager et à faire des croisières, mais la lumière de leur vie était leur petite-fille, qui les adorait.

Ils venaient de célébrer son quatrième anniversaire par une belle réception, avec clown et poney pour promener les enfants, quand sa petite sœur naquit, deux semaines après la fête. Sa naissance fut bien moins traumatisante pour la mère, qui avait pu l'orchestrer selon ses désirs. La césarienne se serait de toute façon imposée, vu que la petite avait bougé pendant le dernier mois et qu'elle se présentait par le siège. Cette fois-ci, tout se déroula donc de manière civilisée et programmée pour un jour convenant à Julie. Elle n'entra pas en travail et, comme elle avait opté pour une anesthésie générale au lieu d'une péridurale, il fallut qu'elle se réveille de l'opération pour apprendre qu'elle avait eu une magnifique petite fille. Ils l'appelèrent Kendra. Max en était aussi fou que d'Hélène. À l'époque, il allait sur ses 38 ans et était l'une des plus grandes fortunes d'Amérique. Julie, à 29 ans, était plus belle que jamais.

Puisqu'il y avait eu césarienne, elle mit plus longtemps à se remettre et ne se sentait pas de prendre soin de l'enfant pendant qu'elle relevait de couches. Heureusement, il y avait les deux mêmes nounous que la dernière fois pour s'occuper des filles. Dès qu'elle fut sur ses deux pieds, Julie alla à nouveau par monts et par vaux. En guise de surprise, quand le bébé eut un mois, Max emmena sa femme en voyage à Hong Kong et au Japon pour trois semaines. Certes, c'était pour affaires, mais pendant qu'il travaillait, Julie pouvait faire les boutiques et elle s'amusa comme une petite folle. Elle adorait être avec lui plutôt que seule à la maison. Il compensait plus qu'il ne fallait tout le temps qu'il ne passait pas avec elle, par des cadeaux somptueux, une générosité constante et une gentillesse sans faille envers elle. Elle était la première à reconnaître qu'il était un mari en or.

Après leur retour de voyage, Julie fut très occupée à organiser un gros événement caritatif et à voir ses amis. Elle passait dorénavant plusieurs nuits par semaine à New York pour être avec Max. Et quand il n'était pas là aussi. Ainsi, elle pouvait se rendre à des événements mondains sans lui et éviter de rentrer tard dans la nuit à Greenwich.

Cela faisait quatre ans que sa définition de la maternité inquiétait Emmanuelle.

— Elle n'est *jamais* avec ses enfants, et Max pas plus. Je vois plus les filles qu'eux deux réunis.

— Ils ont une vie bien plus remplie que nous à leur âge, lui rappelait Jacob. Max réussit aux quatre coins du monde. Tu ne peux pas t'attendre à ce qu'il soit tout le temps à la maison avec ses enfants.

— Ça, je le comprends, mais *elle* ? Elle ne travaille pas et ne dirige pas une entreprise, que je sache. Je suis là-bas tout le temps, et elle jamais. Ils ont de la chance d'avoir des enfants aussi gentils.

Hélène était adorable et Kendra ressemblait à un bébé Cadum, impeccable sous toutes les coutures.

— Nous aussi, nous avons de la chance, dit-il, ce qui eut pour effet de la calmer.

Elle n'en demeurait pas moins troublée de voir ses petites-filles délaissées et négligées de tous, sauf de leurs nounous. Celles-ci étaient d'une importance capitale pour les enfants, et très aimantes envers elles. Ces petites ne manquaient pas d'attention. Ce qui leur manquait, c'étaient des parents qui leur consacrent du temps. Julie les traitait comme des accessoires, comme les sacs à main qu'elle sortait de ses placards, qu'elle oubliait puis décidait de réutiliser de temps à autre. Elle adorait les exhiber quand ils recevaient des amis à la maison, mais Emmanuelle ne l'avait jamais vue jouer avec elles ni leur lire une histoire. Julie était exactement ce que depuis le début ils avaient craint qu'elle ne soit : une jeune femme très belle, très gâtée, à qui leur fils passait tout et qui ne pensait qu'à elle-même. C'était un joyau, pas une mère. Après cinq ans de mariage, Max en était toujours fou. Mais il n'était pas assez souvent à la maison pour voir le peu de temps qu'elle passait avec leurs enfants. Les nounous savaient et essayaient de compenser au maximum, tout comme Emmanuelle, mais personne ne pouvait remplacer une mère et un père. Or ces petites filles ne recevaient d'attention ni de l'un ni de l'autre.

Hélène avait 7 ans et Kendra 3 quand leur mère eut une désagréable surprise. Cette fois, c'était un accident, même si cela faisait deux ans qu'elle promettait à Max un autre enfant. Elle ne parvenait pas à sauter le pas. Elle aimait sa vie telle qu'elle était. Elle avait 32 ans, Max 41, et il était au sommet de sa carrière. Il continuait à grimper et elle était toujours seule, mais elle avait appris à se débrouiller seule socialement. Elle ne souhaitait pas un enfant supplémentaire avec un mari constamment absent, et le lui avait dit. Mais apparemment, c'était arrivé, voilà qu'elle était enceinte. Elle attendit qu'il rentre de voyage pour lui en faire part. Elle avait besoin de temps elle-même pour se faire à l'idée. Évidemment, il fut enchanté. Il n'attendait que ça. Il espérait toujours un garçon, et rêvait d'une maison pleine d'enfants, ce qui devenait de moins en moins probable étant donné son rythme de folie. Julie adorait son mari, mais leur vie était différente de celle qu'il lui avait promise. Elle en avait assez d'agir en solo, et trois enfants, ça lui paraissait beaucoup. Elle lui dit tout cela quand elle lui annonça la nouvelle.

Il promit de ralentir, de passer plus de temps avec elle et les filles. Elle ne doutait pas de sa sincérité, mais savait qu'il ne tiendrait pas sa promesse. Il y avait toujours une crise quelque part dans le monde qui nécessitait qu'il saute dans un avion, une affaire en péril, une société ou une branche à sauver. Il était ainsi fait. Et bien qu'elle détestât ses absences récurrentes, elle adorait presque autant les avantages que sa réussite lui procurait. Elle avait tout ce qu'elle voulait, sauf son mari à ses côtés.

Cette troisième grossesse lui parut interminable. Elle fut plus pénible que pour Kendra, et sans commune mesure avec celle d'Hélène, pour laquelle elle n'avait pas été malade du tout. Cette fois-ci était différente, et Max était convaincu que c'était parce qu'elle attendait un garçon. Puisqu'elle avait déjà eu une césarienne, elle avait le choix d'en redemander une ou bien d'accoucher par voie naturelle. Mais son avis en la matière n'avait pas changé d'un iota : elle n'en repasserait pas par là. Elle programma donc une césarienne une semaine avant le terme prévu. Ainsi, elle était sûre que Max serait présent. Et puis, peut-être que ce serait différent cette fois, s'ils avaient un garçon. Peut-être que Max souhaiterait passer plus de temps à la maison. Depuis la naissance de Kendra, elle avait réalisé que materner n'était pas son point fort. Elle ne savait jamais quoi faire avec ses enfants ni quoi leur dire. Elle était meilleure épouse que mère, et ce depuis le début. Or, elle n'avait même plus l'occasion d'être une épouse avec Max. Il n'était jamais là.

Juste avant l'arrivée du bébé, elle engagea deux nounous de plus, l'une à plein temps et une autre pour l'aider, de façon qu'il y en ait en permanence deux avec les trois enfants.

Tout se déroula selon le programme prévu. Sauf du côté de Max, et du bébé. Max avait promis d'être rentré la veille de la césarienne, une fois terminés ses déplacements à Houston pour un contrat pétrolier, puis au Nouveau-Mexique et en Arizona pour une série d'investissements fonciers et immobiliers. Or, une semaine avant la date arrêtée, après un cours d'aérobic avec une amie, Julie perdit les eaux à minuit. Elle était à Greenwich et se trouva désemparée. L'une des nounous la conduisit à l'hôpital, à New York. Julie ne voulait pas entrer en travail. Juste avant de quitter la maison, elle avait appelé Max et lui avait demandé de rentrer sur-le-champ.

« Bébé, il est dix heures du soir ici. Je suis au milieu de nulle part au Texas et à des kilomètres du premier aéroport. Je vais faire aussi vite que je peux. Essaie de tenir. Ne les laisse pas faire quoi que ce soit avant que je sois là. »

À l'hôpital, le médecin fut de toute façon d'avis de patienter. Le travail n'avait pas encore commencé et ils pouvaient attendre vingt-quatre heures avant d'entreprendre une césarienne. Une heure plus tard, le travail avait commencé et les contractions la vrillaient.

Le moment venu, ils pratiquèrent une péridurale qui ralentit les choses pendant un temps, mais à sept heures du matin, ils lui annoncèrent qu'ils ne pouvaient repousser davantage la césarienne. Le bébé était en détresse et elle aussi. Elle était sur le point d'être transférée en salle d'opération quand la porte de sa chambre s'ouvrit sur Max, stressé, épuisé, mais terriblement soulagé de la voir encore dans son lit, son ventre proéminent relié à des moniteurs qui enregistraient les contractions. À sa vue, elle sourit de soulagement.

— Tu as réussi ! Comment as-tu fait pour arriver à temps depuis le fin fond du Texas ?

— Je crois bien que j'ai acheté un avion. Un biplan pulvérisateur ou un engin du genre. Nous avons atterri à Teterboro, dans le New Jersey. Je t'aime, bébé. J'ai fait aussi vite que possible.

Les larmes aux yeux, elle hocha la tête. L'équipe vint la chercher à ce moment-là. Le médecin expliqua la situation à Max et lui dit qu'ils reviendraient dès que l'enfant serait né. Cette fois, à cause de la péridurale, Julie serait consciente.

— Vous voulez venir ? demanda le médecin à Max, qui n'hésita pas une seconde.

On lui fournit une tenue chirurgicale, un masque, un bonnet, des protège-chaussures. Il s'habilla dans la salle de bains de la chambre puis accompagna le chariot qui emmenait Julie au bloc. Il lui tenait la main, qu'elle lui serrait très fort en retour. Elle ne pouvait pas sentir les contractions mais d'après les moniteurs, elles étaient énormes.

Une fois fixé le drap qui les empêcherait de voir l'opération, on dit à Max de rester à hauteur de la tête de Julie. Après cela, tout alla très vite. Deux pédiatres rejoignirent l'infirmière de bloc et celle de pédiatrie, déjà prêtes. Ils se mirent au travail sans l'annoncer, mais Emmanuelle pouvait les sentir œuvrer sans ressentir pour autant de douleur. Alors que Max détournait son attention en lui parlant, ils entendirent un cri. Leur bébé était né.

— C'est un garçon ? demanda Max derrière le drap.

— Non, une adorable petite fille, répondit le médecin d'une voix amusée. Félicitations aux heureux parents.

Max s'efforça de ne pas avoir l'air déçu tandis que les joues de Julie se mouillaient de larmes, sans qu'elle sache au juste pourquoi. Tristesse ? Joie ? Elle ne pouvait pas définir ce qu'elle éprouvait. Voilà qu'elle avait désormais trois filles, tout comme sa mère avant elle. Mais celle-ci avait été une bonne mère, quand elle-même n'avait aucune idée de la façon dont il fallait s'y prendre. Elle se sentait accablée alors que Max se penchait pour l'embrasser.

— Je me fiche que ce soit encore une fille. Le principal, c'est un bébé en bonne santé.

Ils donnèrent à Julie de quoi la faire somnoler pendant qu'ils la recousaient, et elle se réveilla dans sa chambre. Max était assis à son chevet et lui tenait la main. Il la contemplait avec intensité, et la tristesse de sa femme ne lui échappa pas. Mais il ne mesurait pas la profondeur de son accablement.

— Je sais, il était moins une cette fois, et j'ai été un mari de merde. Mais j'essaie de construire quelque chose, Julie, pour nous tous, pour nos enfants et pour les leurs, pour que nous n'ayons jamais besoin de nous inquiéter, tenta-t-il de lui faire comprendre.

— Mais tu as déjà réussi. Est-ce que nous n'avons pas assez ? demanda-t-elle dans un murmure.

Dans l'esprit de Max, ils n'en auraient jamais assez. Pour eux, il voulait la sécurité à jamais, or elle n'était pas encore assurée. Il s'était donné jusqu'à ses 50 ans pour accumuler autant d'argent que possible. Alors seulement, il lèverait le pied. Il en avait 42, il lui restait sept ou huit ans de travail intensif. Il ne pouvait pas arrêter maintenant.

— Je te promets de m'amender et d'être plus souvent à la maison. Je te le jure, Julie.

Il était sincère, mais elle n'était pas dupe : il ne savait pas comment tenir cette promesse, pas plus qu'elle ne savait comment être mère.

— Je veux passer plus de temps avec toi et les enfants.

Elle hocha la tête et replongea dans le sommeil.

Ils appelèrent le bébé Daisy. Celle-ci découvrit Greenwich cinq jours plus tard. Les nounous, Hélène et Kendra avaient fait des pancartes et accroché ballons et banderoles de bienvenue pour accueillir la maman et le bébé. Tout ce petit monde se réjouissait de les voir. Julie confia la petite aux nounous pour qu'elles l'emmènent à la nursery, et elle-même alla se coucher. Elle se sentait abattue et déprimée. Max avait prévu de revenir avec elles à la maison, mais il était reparti la veille pour Houston. Une tour de forage avait pris feu. Il y avait également une crise à Wichita, dans le Kansas. Rien n'avait changé et ne changerait jamais. La seule différence, c'était que maintenant elle avait une fille en plus. Elle prit un cachet et alla dormir. Alors qu'elle sombrait dans le sommeil, elle pouvait entendre des rires d'enfants dans le couloir. Elle se demanda à qui ils appartenaient.

## 14

L'arrivée de Daisy ne ressembla pas à celle de ses deux sœurs. Julie mit un long moment à récupérer de la césarienne et elle souffrit d'une sorte de dépression postnatale pendant les trois premiers mois. À chaque fois qu'Emmanuelle venait voir les enfants, elle était enfermée dans sa chambre, soit avec un « mal de crâne », soit parce qu'elle dormait. Cela inquiéta sa belle-mère. Cependant, une fois qu'elle fut remise, Julie reprit son rythme fou. Cela faisait des mois qu'Emmanuelle n'avait pas posé les yeux sur sa belle-fille, et Max était constamment en déplacement. Plusieurs fois, les rubriques mondaines avaient parlé de Julie seule à de grands événements caritatifs. Emmanuelle ne savait pas s'il y avait ou non de l'eau dans le gaz entre eux. Mais quoi qu'il se passât, son fils ne se montrait pas attentif à sa famille, et sa femme ne passait pas une seconde avec ses enfants, encore moins depuis la naissance de Daisy. Celle-ci était un bébé heureux, solaire, qui poussait des cris de joie aigus à chaque fois qu'elle apercevait sa grand-mère.

Après en avoir parlé en long et en large à Jacob, Emmanuelle le convainquit de déjeuner avec Max pour lui donner quelques conseils paternels. Daisy avait alors six mois, et Emmanuelle voyait toujours les quatre nounous et pas Julie quand elle allait à Greenwich. Sans la présence des parents auprès de leurs enfants, leur immense maison ressemblait à un vaisseau à la dérive.

Comme Jacob ne lui donnait pas tort, il appela Max quand il apprit son retour à New York. Il l'invita à déjeuner au Four Seasons, pensant qu'il se détendrait et s'ouvrirait plus dans un bon restaurant.

Max avait l'air fatigué et stressé, amaigri. La première chose qu'il fit une fois assis fut de commander un martini. Jacob avait déjà noté, les dernières fois où ils s'étaient vus, que son fils buvait davantage, et cela aussi l'inquiétait. Max n'avait jamais été un gros buveur. Mais beaucoup de ses affaires se traitaient autour d'un déjeuner, et ses interlocuteurs n'étaient, eux, certainement pas contre un verre ou deux. Toutefois, ce n'était pas bon signe qu'il en commande lors d'un déjeuner avec son père. Max subissait à l'évidence une grosse pression pour maintenir son empire à flot.

Alors qu'ils attendaient qu'on prenne leur commande, Max lui confia qu'un gros contrat pétrolier avait tourné au vinaigre au Texas, et qu'il avait perdu de l'argent avec un mauvais emplacement dans l'Oklahoma. Quelqu'un les avait coiffés au poteau en ouvrant un centre commercial plus grand, plus attractif et trop proche de celui qu'ils construisaient. Leur étude de marché n'avait pas été pertinente. Ils jetaient l'éponge et il tentait maintenant de vendre le terrain.

— Tu peux sans doute absorber cette perte, dit Jacob avec philosophie. Est-ce que tout cela en vaut vraiment la peine, Max ? Personne n'a besoin d'autant d'argent.

— Peut-être que moi, si, répondit Max après avoir commandé un autre martini au serveur qui repartait avec leur commande. N'est-ce pas ce que tu m'as appris, papa ?

Pour la première fois, il s'exprimait sur un ton légèrement tranchant.

— N'est-ce pas ce que maman et toi m'avez appris : on n'a jamais assez d'argent, il faut le mettre de côté pour les mauvais jours, en cas de guerre, d'holocauste ou Dieu sait quel malheur ?

— Si j'en crois *Fortune*, il ne pleuvra jamais assez pour mettre l'arche de Noé en péril. Tu dois avoir assez d'argent aujourd'hui pour te sentir en sécurité : ta famille est à l'abri du besoin.

— Et toi ? Quand t'es-tu jamais senti en sécurité ?

Jacob hésita un instant avant de répondre.

— Tu ne peux pas comparer. Nous avons connu une guerre où nous avons tout perdu. Cela ne t'arrivera jamais. Il n'y a aucune guerre à l'horizon, Max. Ta famille a besoin de toi. Tu as une jeune épouse magnifique qui doit se sentir seule sans toi. Et tes enfants vont grandir plus vite que tu ne le crois. Ne rate pas ça. Tu le regretteras.

Max eut l'air pensif, et son père ne fit aucun commentaire quand il finit son second martini. Son fils avait 43 ans et le droit de vivre comme il l'entendait. Mais il ne voulait pas que quoi que ce soit de mal lui arrive.

— Ces affaires avortées au Texas et en Oklahoma vont me faire perdre une sacrée somme.

Les rares fois où cela se produisait, il avait toujours peur. Et si tout commençait à se déliter ? Il se rappelait les mises en garde de sa mère quand il était petit. Ses parents s'étaient toujours inquiétés pour l'argent.

— Que tu peux absorber, lui répéta son père. Il faut que tu lèves un peu le pied, fiston, avant de perdre quelque chose de plus important.

— Je veux juste limiter les dégâts de ces deux contrats ou bien les compenser.

On aurait dit un joueur incapable de s'extraire de la table de jeu.

— Je me suis donné jusqu'à mes 50 ans, papa. Après, je ralentirai.

Il avait dit la même chose à Julie à la naissance de Daisy.

— Entre-temps, tu auras manqué beaucoup de choses avec Julie et les enfants, répondit Jacob d'un ton grave. Cela fait sept ans de perdus.

— Julie s'occupe de la maison, dit Max avec confiance.

Jacob prit alors conscience que son fils n'avait aucune connaissance de la réalité. Julie ne s'occupait de rien, sauf de ses déjeuners avec ses amies et des événements caritatifs qu'elle organisait. Elle passait aussi peu de temps que lui avec leurs enfants. Max l'ignorait, tout simplement. Comment pouvait-on vivre sous le même toit qu'une femme et la connaître aussi peu ? Ces dernières années, Emmanuelle et lui avaient remarqué que Julie commençait à avoir l'air malheureuse. Mais Max était tellement occupé à voyager qu'il ne l'avait pas vu.

Ils discutèrent d'autres sujets : certains investissements entrepris par Jacob, un voyage qu'Emmanuelle et lui prévoyaient de faire. Jacob allait avoir 70 ans, et ils envisageaient de faire une croisière autour du monde. Difficile de croire qu'il était à la retraite depuis quinze ans. Le temps filait trop vite. Un critère à prendre en compte pour leur projet : Emmanuelle ne voulait pas s'éloigner trop longtemps de ses petites-filles, qu'elle adorait.

Max trouvait son père fatigué. Ces voyages qu'ils faisaient régulièrement les amusaient, mais la dernière fois, Jacob était tombé malade. La croisière l'avait plus vidé que ressourcé. Son passage dans les camps pesait lourd sur sa santé et, dernièrement, Max se disait que son père faisait plus vieux que son âge. Cinq années de sous-nutrition et de mauvais traitements avaient indéniablement des répercussions sur le long terme. Il s'inquiétait pour ses deux parents, même si sa mère semblait plus robuste désormais. Ils prenaient bien soin l'un de l'autre, depuis toujours. Max avait bien conscience que ses parents étaient des gens extraordinaires. Il aurait bien voulu avoir une relation semblable à la leur avec Julie, mais il pressentait que ce genre de lien ne se créait que dans l'adversité. Il avait du mal à imaginer Julie, ou à s'imaginer lui-même, survivant à ce qu'ils avaient traversé. Il n'avait pas leur résilience. S'il se montrait ingénieux, créatif et courageux en affaires, c'était bien différent de ce qu'ils avaient connu. Il ressentait un immense respect pour eux à cause de ça, et peu importaient les peurs et les bizarreries que ces années-là leur avaient laissées en héritage. Malgré leur histoire, ils étaient équilibrés, forts, rationnels, honorables et bons. Ils avaient toujours été un exemple pour lui.

À la fin du déjeuner, Max avait l'air plus détendu. Il sourit à son père.

— Merci pour les conseils, papa. C'est maman qui t'a mandaté ?

— Pas vraiment. Elle se fait du souci pour toi, mais moi aussi je voulais te parler. La vie passe si vite. Je ne veux pas que tu en manques le meilleur, c'est-à-dire pour une grande part Julie et tes enfants. Parce que, au final, c'est ça qui compte. Le reste, c'est très bien, mais moins important.

Max opina de la tête, reconnaissant le bien-fondé de ces paroles, mais il n'en continuerait pas moins à bâtir sa fortune jusqu'à ses 50 ans. Son ascension avait été fulgurante jusqu'à présent et il pouvait en effet passer plus de temps avec sa famille, mais pas encore.

— J'essaierai de réduire aussi la boisson, dit-il.

Son père n'avait rien dit, mais Max avait surpris son regard lorsqu'il avait commandé le second martini.

— Ne vis pas avec les craintes de tes parents, Max. Elles avaient leurs raisons, qui ne sont pas les tiennes. Tu dois mener ta propre vie. Ne perds pas de vue ce qui importe vraiment. La vie peut basculer en un instant. Il ne faut pas avoir le regret de ce qu'on n'a pas fait.

— Tu as des regrets ?

Max ne lui avait jamais posé la question avant, et Jacob prit le temps d'y réfléchir.

— Pas vraiment. J'aurais dû forcer ta mère à s'amuser un peu plus. Mais elle avait peur. Nous nous sommes rattrapés ces dernières années, elle adore nos croisières. Et nous aurions sans doute dû avoir un autre enfant afin de ne pas tout focaliser sur toi. Ça n'a pas dû être facile pour toi.

— Pas toujours, reconnut Max avec franchise. Mais vous, vous vous en êtes remarquablement sortis, après tout ce que vous aviez subi. Je ne sais pas comment vous avez fait.

— Moi non plus… Nous avons eu de la chance : nous nous sommes rencontrés. Honnêtement, je ne pense pas que j'aurais survécu sans elle.

Tous deux restèrent silencieux pendant un moment. Max jeta un œil à sa montre : il avait une réunion vingt minutes plus tard.

— On devrait faire ça plus souvent, dit-il avec un sourire. Il avait beaucoup apprécié ce moment entre hommes.

Son père paya leur repas et ils se séparèrent dehors. Dans le taxi qui l'amenait à son bureau, Max repensa à leur conversation. Il avait envie de rentrer chez lui et de passer du temps avec Julie cette nuit, de mettre ses bras autour d'elle. Mais à cinq heures, il y eut un appel : un contrat sur lequel il travaillait depuis un certain temps à Chicago, ils voulaient le voir le soir même. Max hésita un bon moment avant d'accepter de se déplacer. Il appela Julie pour la prévenir, puis fila directement à l'aéroport afin d'attraper le vol de sept heures pour O'Hare. Son père n'aurait sans doute pas approuvé, mais il devait le faire. Une fois encore. Il passerait du temps avec sa famille pendant le week-end.

De Chicago, Max s'envola ensuite pour Los Angeles et revint à New York trois jours plus tard, à temps pour le week-end. Il n'avait pas franchi le seuil que Julie se tournait vers lui avec une expression étrange. Il n'avait même pas eu le temps de l'embrasser.

— Ta mère vient d'appeler, dit-elle avec gravité, ton père est à l'hôpital. Il a fait une crise cardiaque cet après-midi. Ils l'ont emmené au NYU Hospital.

Il se précipita sur le téléphone et appela les urgences : Jacob était en soins intensifs en cardiologie, son épouse à ses côtés. Sa mère n'était donc pas joignable. Max lança un regard paniqué à Julie.

— Je ne sais pas à quelle heure je reviendrai, dit-il en se hâtant vers la porte.

— Tu veux que je t'accompagne ?

Il hésita un instant puis secoua la tête. Non. Il voulait être seul avec ses parents. Julie n'avait jamais été proche d'eux, même après presque dix ans de mariage.

— Reste ici avec les filles. Je te tiendrai au courant.

Et il disparut.

Il fila à tombeau ouvert sur New York. Le dernier déjeuner avec son père lui revenait en mémoire, ainsi que tout ce qu'il lui avait dit. À l'hôpital, il se rua en cardiologie pour trouver son père relié à des moniteurs, les yeux fermés et le teint cireux. Debout à côté de lui, Emmanuelle lui tenait la main. Alors qu'on l'aurait dit inconscient, Jacob ouvrit néanmoins les yeux quand Max entra. Il ébaucha un signe de tête, et un sourire imperceptible flotta sur ses lèvres avant qu'il referme les paupières.

Emmanuelle et Max se glissèrent dans le couloir sur la pointe des pieds afin de pouvoir parler librement. Une infirmière veillait sur Jacob.

— Que s'est-il passé ?

— Je ne sais pas. Nous faisions les courses et nous étions en pleine discussion, quand soudain il s'est arrêté et est tombé comme une masse, inconscient. Les secours ont tout de suite dit que c'était le cœur. Pendant le trajet vers l'hôpital, il a fait deux arrêts cardiaques.

Sa mère avait le souffle court et était pâle comme la mort. Malgré son âge, elle était solide comme un roc, Max l'avait toujours admirée pour ça.

— Le cœur s'est encore arrêté quand on est arrivés ici.

Jacob avait déjà eu des problèmes cardiaques, mais rien de grave et pas récemment. Sa santé pâtissait des années de sous-nutrition et d'épreuves subies dans sa jeunesse. Mais ils avaient tout surmonté et Max pensait que ce serait toujours le cas. Jamais il ne lui était venu à l'esprit qu'ils pourraient mourir ou même tomber malades. Pour lui, ses parents seraient toujours là. Il comptait sur eux.

Il suivit sa mère dans la chambre et tous deux se tinrent au chevet de Jacob. Ce dernier ouvrit les yeux et regarda sa femme. Elle se pencha et l'embrassa. Il lui sourit avant de reporter son attention sur Max. Fermant les yeux, il poussa un grand soupir. Il avait l'air étrangement serein. Alors qu'ils le contemplaient, Max comprit tout à coup que Jacob ne respirait plus. Une alarme retentit, et une armée de médecins et d'infirmiers surgit pour le réanimer. Défibrillation, massage cardiaque, injection, gestes de réanimation : rien n'y fit. Son heure était venue. C'était fini. Il était quelque part écrit combien durerait sa vie et il en avait atteint le bout. Il était trop jeune pour mourir, mais apparemment pas après tout ce qu'il avait traversé.

Debout en silence à côté du lit, Emmanuelle serrait la main de son fils, mais elle savait. Elle le voyait bien. Elle avait déjà rencontré tant de fois la mort, même si c'était longtemps auparavant. Il s'en était allé. Quand l'équipe cessa ses efforts, elle semblait anéantie. Doucement, elle se pencha et embrassa tendrement son mari, puis elle se retira avec Max. Ce dernier mit un bras autour des épaules de sa mère pour la soutenir, mais ce fut lui qui se retrouva à sangloter contre elle, comme l'enfant qu'il avait été. À présent, c'était lui qu'elle soutenait, tout comme elle avait soutenu son père. Ils avaient été mariés quarante-cinq ans et ne s'étaient jamais quittés. Ils avaient partagé toutes les expériences imaginables, même les pires, se donnant force et espoir ainsi que la volonté de vivre, jusque dans un camp de concentration. Ils avaient connu un amour que peu de personnes expérimentent.

— C'était son heure, dit-elle avec douceur.

Elle ne contestait rien, ne se révoltait pas. Elle comprenait. Il était parti paisiblement. Mère et fils retournèrent dans la chambre, que le corps médical avait désormais désertée. Ils se placèrent de part et d'autre du lit où Jacob reposait. On aurait dit qu'il dormait. Elle se pencha à nouveau pour l'embrasser une dernière fois, puis elle tourna les talons et sortit, le dos bien droit, le menton haut. Max lui emboîta le pas. Elle savait que c'était dans l'ordre des choses. Celui qui ne pouvait l'accepter, c'était Max. Il ne pouvait pas perdre le père qu'il avait tant aimé.

Ils regagnèrent l'appartement de ses parents. Cette nuit-là, ni l'un ni l'autre ne trouvèrent le sommeil. Au matin, Max appela les pompes funèbres pour organiser les funérailles. Ce n'est qu'après qu'il pensa à appeler Julie. Il lui annonça la nouvelle.

— Je suis désolée, Max.

Elle-même avait perdu son père peu de temps auparavant d'un cancer foudroyant, et elle savait ce que son mari traversait. Max avait été là pour elle dans ces moments difficiles et elle voulait faire de même aujourd'hui, mais il était insaisissable.

— Je le dirai aux filles quand elles seront réveillées, ajouta Julie.

Max raccrocha et rejoignit sa mère. Elle était assise derrière le bureau de Jacob et contemplait une photo du jour de leur mariage, avant qu'ils embarquent pour les États-Unis. Tous deux ressemblaient à des squelettes tondus, mais ils avaient l'air si heureux. Ils souriaient, et leur regard débordait de joie et d'excitation. Elle serrait contre elle un minuscule bouquet de fleurs blanches et ils se tenaient la main, aux côtés de l'aumônier militaire qui venait de les marier.

— Ç'a été le plus beau jour de ma vie, dit-elle en souriant à son fils, à qui elle tendit le cliché.

Ils n'avaient pas un centime en poche et venaient juste de survivre à une guerre et à une horreur indicible qui avait englouti tous les êtres aimés, ils étaient fagotés comme des as de pique et s'apprêtaient à partir pour une destination inconnue dans un pays étranger, et elle pouvait toujours dire que c'était le plus beau jour de sa vie ! Alors qu'il jetait un coup d'œil à sa mère, Max aperçut sur le bureau de son père une photo de son propre mariage. Il se demanda si Julie ou lui-même en dirait autant du leur. Ce n'était pas sûr.

# 15

Max resta à l'appartement familial pendant les deux jours qui suivirent pour préparer l'enterrement. Il annula tous ses rendez-vous afin de pouvoir être avec sa mère. Julie vint à New York les aider. Elle était posée et respectueuse de leur deuil, s'occupant surtout de détails pratiques, comme d'aller leur chercher à déjeuner.

Emmanuelle dit qu'elle ne souhaitait pas un enterrement à la synagogue pour Jacob. Elle ne voulait pas d'hypocrisie. Ils n'étaient pas pratiquants ni membres de la congrégation, et il ne l'aurait pas souhaité. Max se renseigna donc afin de pouvoir utiliser la chapelle laïque du funérarium, pour une cérémonie que présiderait un rabbin libéral. Il rédigea la nécrologie de son père à partir des informations fournies par sa mère et fut surpris de découvrir combien il en connaissait peu sur sa famille paternelle, leur importance à Vienne, leur banque, et pas plus sur ce que son père avait accompli, ses études universitaires, ses activités, les gens qu'il fréquentait, les langues qu'il parlait. Tout ce qu'il connaissait de lui se limitait à l'affaire qu'il avait héritée d'Izzie, ainsi que son passage à Buchenwald et ses origines. Il y avait tellement plus ! Julie se chargea d'apporter la nécrologie au *New York Times*.

Le jour de la cérémonie au funérarium, les bouquets de fleurs furent parfaits, le livret imprimé comprenait une magnifique photo de Jacob, la musique avait été bien choisie et tout était organisé comme il fallait, sauf que la chapelle était trop petite pour accueillir toutes les personnes venues lui rendre un dernier hommage. Julie avait pensé à apporter deux cahiers de condoléances en cuir noir afin que les gens puissent signer et laisser leur nom. Elle se montrait très gentille envers Emmanuelle.

La cérémonie fut très digne et classique. Elle respectait la tradition et les coutumes juives sans être trop religieuse, ce qui convenait à l'homme qu'avait été Jacob. Des dizaines de personnes avec qui il avait été en affaires et qui le respectaient profondément étaient présentes, ainsi qu'un couple d'Allemands, des personnes âgées, que Max ne connaissait pas. Emmanuelle lui expliqua qu'ils avaient été parrainés par le même couple qu'eux et qu'ils avaient voyagé sur le même paquebot. Dans la foule, il y avait des relations qui illustraient chaque période de leur vie depuis qu'ils étaient aux États-Unis. Quarante-cinq années de leur histoire étaient représentées, et rien d'avant. La photo choisie par Emmanuelle pour le livret montrait un Jacob jeune et fort, sa santé retrouvée après la guerre. Il arborait un large sourire. Pour la circonstance, Emmanuelle portait un élégant tailleur noir inspiré de Chanel, ainsi qu'un chapeau noir très chic que Julie lui avait trouvé chez Saks. À son doigt brillait le diamant offert par Jacob vingt-cinq ans plus tôt, et qui ne l'avait presque pas quittée depuis. Lui qui plaisantait toujours en lui disant qu'il lui offrirait une pierre de cinquante carats pour leur cinquantième anniversaire de mariage… Il aurait presque pu, à quelques années près. Lui-même aurait eu 70 ans dans quelques mois.

Après le funérarium, ce fut le cimetière. Seuls Max, sa mère, Julie et le rabbin s'y rendirent. Ce dernier dit quelques mots, il lut un passage de la Torah et ils jetèrent chacun une pelletée de terre sur le cercueil, ainsi qu'ils l'avaient fait pour Izzie. Max raccompagna ensuite sa mère pendant que Julie rentrait dans le Connecticut. Emmanuelle avait pris le temps de remercier sa belle-fille pour son aide. Max resta encore avec elle cette nuit-là et retourna travailler dès le lendemain. Le soir, il retrouva sa famille à Greenwich.

Les semaines passant, Max prenait conscience que sa vie avait changé de manière incommensurable. Il était stupéfait de constater combien son père lui manquait. Même s'il était débordé et qu'ils ne se voyaient pas souvent, ils se parlaient beaucoup et ses conseils lui étaient précieux. Son absence laissait un grand vide, celui de sa présence aimante, et il savait que sa mère le ressentait encore plus cruellement. Il essayait de l'appeler tous les jours pour voir comment elle allait. Elle répondait toujours qu'elle allait bien, mais elle avait une petite voix. Emmanuelle avait l'impression qu'une moitié d'elle-même était morte avec son mari. Max l'entendait dans son intonation et il ne savait pas quoi dire. Il n'y avait aucun moyen de réparer une perte pareille. Ils avaient traversé ensemble tellement d'épreuves. Emmanuelle recommença à rendre visite à ses petites-filles, ce qui d'habitude lui remontait le moral. Elle put donc se rendre compte que Julie était contrariée. Une semaine après la mort de son père, Max était à nouveau dans les avions. Sa femme avait beau y être habituée, cela l'agaçait de plus en plus ces derniers temps. Max savait pourtant qu'il devait passer plus de temps chez lui, ainsi que son père le lui avait dit, et il en avait l'intention, mais il y avait toujours une urgence qui surgissait. Dans ces conditions, il lui était difficile de ménager des plages pour sa famille, et désormais il s'inquiétait pour sa mère également. Il ne la voyait pas assez.

Deux mois après le départ de son père, alors qu'il se trouvait dans un club de golf très sélect de Greenwich pour jouer avec l'un de ses partenaires en affaires, quelqu'un fit une remarque narquoise sous-entendant que Julie avait une aventure.

Ce soir-là, tremblant, il attendit le moment où ils seraient seuls pour lui poser la question. Il avait beau voyager à longueur d'année, jamais il ne l'avait trompée. Soudain, il se rappela les mots de son père et comprit qu'il avait raison. Il demanda sans détour à Julie si elle avait un amant, et elle démentit avec véhémence. Était-ce vrai ? Cela eut au moins pour effet de provoquer une conversation à cœur ouvert, depuis trop longtemps différée.

— Je ne te ferais jamais ça, Max, dit-elle en le regardant droit dans les yeux, mais tu n'es jamais là. La moitié du temps, tu n'es même pas dans la ville où je pense que tu es. Il t'arrive parfois d'en faire trois en une journée. Je ne peux jamais compter sur toi pour m'accompagner quelque part. Nous ne faisons jamais rien ensemble. Nous ne sortons même pas dîner. Soit tu es absent, soit trop fatigué, soit je suis à une réception à laquelle tu étais censé venir avec moi. On dirait un mari fantôme. Tes affaires t'importent plus que moi.

— C'est faux !

Mais il savait que ça en avait tout l'air, non seulement pour le monde mais, plus important, aux yeux de Julie.

— Je ne peux juste pas tout abandonner et prendre ma retraite. Je suis trop jeune pour ça. Et je veux mettre plus de côté pour nous avant de m'arrêter.

— Ne peux-tu pas ralentir un peu ? plaida-t-elle, avec un regard qui le toucha au cœur. Tes filles ne te connaissent même pas. Hélène va avoir 9 ans et tu n'assistes jamais à aucun de ses spectacles à l'école. Les autres pères sont là, eux.

Ses mots lui donnaient l'impression d'être un rustre. Il réalisa subitement qu'on le voyait ainsi, et peut-être l'était-il.

— Je vais m'améliorer, promit-il avec une totale sincérité.

Ce soir-là, ils firent l'amour pour la première fois depuis des mois. Communiquer faisait une grande différence, mais il avait aussi bien compris que, cette fois, il devrait dépasser le stade des promesses. Le mois qui suivit, il essaya de s'y tenir et alla même à une fête de la science à l'école de son aînée, qui en fut transportée de joie. Il se rendait aussi à New York pour voir sa mère et parfois l'emmener déjeuner. Cela faisait longtemps que Max ne l'avait plus connue aussi nerveuse. Jacob l'équilibrait et calmait ses angoisses. Désormais, elle n'avait plus personne pour les modérer. Or, elles avaient resurgi. Emmanuelle ne s'inquiétait plus d'une guerre prochaine ni d'un holocauste imminent, elle s'inquiétait pour son fils, pour son mariage et sa santé, et du peu de temps qu'il passait avec ses filles.

— C'est à moi de me faire du souci pour ça, maman. C'est entre Julie et moi.

— Elle ne te dit rien, elle se contente de sortir de son côté. Elle n'est jamais là quand je rends visite aux filles.

— Sa mère est malade.

Il lui trouvait des excuses, mais il se demanda s'il était vrai qu'elle sortait tout le temps, surtout quand il n'était pas là. Elle n'avait jamais été une mère au foyer comme sa mère l'avait été. Ils avaient toute l'aide voulue pour cela, plus qu'il n'en fallait. Mais il était soudain curieux de savoir s'il lui arrivait d'aller chercher Hélène ou Kendra à l'école, ou bien de les emmener chez le dentiste ou au cours de danse. Il n'en avait aucune idée.

Une semaine plus tard, une série de crises l'appela à nouveau au loin. Dorénavant, il partait en se sentant coupable. Trois semaines plus tard, il réalisa avec horreur qu'il n'avait pas vu sa mère depuis un mois. Il s'arrêta chez elle pour l'embrasser et fut choqué par sa pâleur. On aurait dit un spectre.

— Tout va bien, maman ?

— Oui, oui. C'est juste mon estomac qui recommence à faire des siennes, et j'ai perdu un peu de poids. Mais ce n'est pas nouveau, j'ai ça depuis les camps.

Il n'avait pas remarqué qu'elle avait également maigri. Ça l'avait presque tuée une fois, jusqu'à ce qu'elle le jugule par une volonté de fer, mais à présent elle était plus frêle et, en l'absence de Jacob, Max la soupçonnait de ne pas manger suffisamment. Il se promit de l'emmener dîner une fois par semaine, mais la plupart du temps elle refusait et ne voulait pas sortir, si bien qu'il privilégia à la place le petit café chez elle après le travail. Il avait l'effrayante sensation qu'elle se diluait. Sans Jacob, elle n'avait aucun ancrage, aucun but dans la vie. Elle allait juste voir ses petites-filles à Greenwich. Mais quelques semaines plus tard, Julie avertit Max qu'elle n'était pas venue ces derniers temps. Le lendemain, il passa la voir.

— Quelque chose ne tourne pas rond, maman. Tu dois voir un médecin.

Ses vêtements pendaient sur elle, elle avait le visage émacié et le teint grisâtre. Elle promit et lorsqu'elle y alla, ils l'envoyèrent faire des tests. Puisque Max était dorénavant le parent proche à appeler en cas d'urgence, ce fut lui qu'ils contactèrent quand tombèrent les résultats. Emmanuelle avait un cancer avancé de l'estomac, avec des métastases et une leucémie. En entendant le diagnostic, Max sentit la pièce tournoyer. Il ferma les yeux.

— C'est opérable ?

— Impossible. Le cancer a essaimé un peu partout. On ne peut pas lui retirer l'estomac, et la leucémie l'a affaiblie. Tout ce qu'on peut faire, c'est la transfuser, ce qui lui redonnera peut-être un peu d'énergie. Mais son état est grave, monsieur Stein. Je ne voulais pas le lui annoncer moi-même. Je pense que c'est mieux que cela passe par vous.

— On ne peut vraiment *rien* faire ? demanda Max, au bord du désespoir.

— Rien, sauf lui assurer le maximum de bien-être possible. Elle dit vivre seule depuis la mort de son mari. Il faudra prévoir des infirmières en permanence.

Max avait du mal à en croire ses oreilles. Tout ça ne pouvait pas arriver à sa mère, que rien ne pouvait abattre. Sauf que, toute seule, sa vie n'avait plus de sens. Elle avait vécu pour Jacob et pour son fils.

— S'il vous plaît, ne lui dites rien, fit-il d'une voix rauque tout en se demandant comment la persuader d'emménager chez eux afin qu'ils puissent prendre soin d'elle – chose qu'elle refuserait sans doute.

Quelques jours plus tard, elle lui annonça avoir discuté de ses résultats avec son médecin.

— Les docteurs ont rappelé. Ce serait une anémie. J'imagine que je vais devoir avaler des épinards et du foie de veau, ajouta-t-elle d'une voix sombre, car elle n'aimait ni l'un ni l'autre.

— Pourquoi ne viendrais-tu pas passer quelque temps avec nous, maman ? Notre cuisinière s'occupera de tes menus, donc tu n'auras pas à t'en soucier, et les filles seraient folles de joie. Et nous aussi.

Elle y réfléchit un instant mais elle était bien chez elle, dans ses affaires.

— Peut-être pour un week-end. Je ne veux pas embêter Julie ni m'imposer. Vous avez besoin de temps à vous.

— Ça nous ferait très plaisir, maman.

Deux semaines plus tard, elle était hospitalisée à cause d'une hémorragie interne au niveau de l'estomac. Ils lui firent trois transfusions et la gardèrent en observation pendant plusieurs jours. Après cet épisode, elle accepta de venir à Greenwich pour une semaine. Elle était trop faible pour rester chez elle toute seule et refusait les infirmières à demeure.

Au final, elle resta deux semaines. Ils ne le savaient pas, mais ce furent ses deux dernières. Le cancer avait progressé tellement vite qu'elle déclinait très rapidement, surtout avec la leucémie qui s'y ajoutait. Elle passa des moments merveilleux avec les filles et prit ses repas avec elles jusqu'aux derniers jours, quand elle ne put plus se lever. Un soir où Max rentrait de voyage, ils eurent une longue discussion. Elle lui dit combien elle l'aimait et adorait ses petites-filles. Elle s'endormit avec un sourire aux lèvres, Max assis à côté d'elle, la main dans la sienne. Elle mourut dans son sommeil. La fin était survenue rapidement et en douceur. Une bénédiction pour elle : elle n'aurait pas à retourner à l'hôpital. Elle était morte entourée par sa famille. Julie avait été très gentille avec elle. Même si elles n'avaient jamais été de grandes amies, la jeune femme avait beaucoup de respect pour sa belle-mère et elle aida Max à tout organiser.

Ce dernier ne pouvait croire à ce qui s'était produit. En quelques mois, il avait perdu ses deux parents. Ceux qui avaient été les piliers de sa vie, tout comme il avait été le centre de la leur. Jamais il n'aurait imaginé qu'ils partiraient si jeunes. Sa mère n'avait que 67 ans et son père allait sur ses 70. Les camps avaient raccourci leur espérance de vie de manière dramatique. Ils avaient vaillamment tenu tête à la punition de Buchenwald, mais elle avait fini par les rattraper. Max avait le sentiment que sa mère ne voulait plus continuer sans son père et n'avait pas voulu l'inquiéter en le lui disant. Elle avait soudain ouvert les barrières de son mental et autorisé les forces auxquelles, sans Jacob, elle était incapable de résister. Ils ne pouvaient survivre l'un sans l'autre. D'une certaine façon, ils avaient vécu un amour parfait, qu'il aurait bien aimé connaître lui aussi. Celui qu'il partageait avec Julie était bien plus terrestre et superficiel, il n'avait jamais été aussi profond. Ce que ses parents avaient partagé était d'une autre dimension. Il avait la certitude qu'ils s'étaient désormais retrouvés. C'est ce qu'il dit à ses filles ; il leur expliqua que mamy Emm et Opa étaient au paradis, ensemble. Et il y croyait.

À cause de l'insistance de ses beaux-parents, ses filles étaient épiscopaliennes. Elles n'avaient pas eu de baptêmes officiels avec parrains, marraines et amis, mais le pasteur avait officié en présence de Julie et de ses parents. Max n'y avait pas assisté. Les petites ne recevaient aucune éducation religieuse. Elles savaient que leur père était juif et pas leur mère. Leur parler du paradis où se trouvait mamy Emm fut la seule référence religieuse qu'il ait jamais évoquée devant elles. Hélène était fascinée depuis toujours par le fait que ses grands-parents paternels soient juifs, et elle demandait régulièrement à entrer dans une synagogue. Elle serait la seule à se souvenir de sa grand-mère, Daisy et Kendra étaient trop petites pour cela. Cela attristait beaucoup Max. Il aurait tant voulu que sa mère vive encore de nombreuses années pour voir grandir ses petites-filles et que celles-ci puissent la connaître.

Emmanuelle fut enterrée à côté de Jacob. La cérémonie eut lieu en toute intimité et fut modeste. Connaissant sa mère, Max était certain qu'elle aurait préféré cela.

Après ces événements, il sombra dans la mélancolie. La perte de ses deux parents le frappait plus durement qu'il n'aurait lui-même pu le prédire. Il s'interrogeait tout à coup sur le genre de fils qu'il avait été et comptabilisait toutes les fois où il les avait trahis, comme quand, petit, il avait honte parce que ses parents étaient différents et parlaient anglais soit avec la tonalité élégante d'un Autrichien éduqué, dans le cas de son père, soit avec un accent français resté fort jusqu'au bout, dans le cas de sa mère. Jacob et elle s'étaient toujours parlé français, mais lui-même, bien que très à l'aise dans la langue de Molière, s'adressait à elle en anglais. Il avait tellement rêvé d'une mère américaine et tenté de prétendre qu'elle l'était. Aujourd'hui, il avait le sentiment de n'avoir pas été assez présent pour eux. Il se consolait en se disant que ses parents avaient toujours pu s'appuyer l'un sur l'autre, dans une relation si fusionnelle que, parfois, il se sentait exclu.

Il passa plusieurs jours à ranger l'appartement familial. Il mit de côté des cartons entiers de choses qui leur avaient tenu à cœur d'un point de vue sentimental, qu'il rapporta à Greenwich. Des albums, des photos, des lettres, leurs livres préférés. Il mit le mobilier en garde-meubles, il s'en occuperait plus tard. Ses parents lui avaient tout laissé. Il aurait préféré avoir ses parents plutôt que leur argent. Jacob avait aussi laissé de grosses sommes à chacune de ses petites-filles.

Max entretenait tellement de regrets désormais que cela occultait tout le reste. Il recommença à voyager plus que de raison, simplement pour être dans le mouvement et échapper aux voix qui le hantaient, lui reprochant tout ce qu'il avait mal fait. Il buvait plus qu'il n'aurait dû et le savait. Il parlait à peine à Julie et pleurait ses parents. Il avait la sensation de vivre une chute perpétuelle depuis la mort de sa mère, sans parvenir à retomber sur terre. Il oublia l'anniversaire de Kendra et celui d'Hélène, dont il manqua la fête alors qu'il avait promis d'y être : il avait une réunion à Houston et ne revint pas pour l'événement. Il oublia son propre anniversaire et le dîner que Julie avait organisé pour l'occasion. Il vivait dans un flou dont il semblait ne pas pouvoir se réveiller. Pas au point cependant d'oublier d'allumer les bougies de Hanoukka pour ses enfants, tout comme sa mère l'aurait fait. Il les avait rapportées à Greenwich après la mort d'Emmanuelle, dont il avait mis l'appartement en vente. Un mois plus tard, une offre lui avait été faite, qu'il avait acceptée. Il se sentait enraciné dans le passé et perdu dans le présent.

Lorsqu'il oublia leur anniversaire de mariage – leur dixième, en plus –, cela créa entre Julie et lui un abîme que ni l'un ni l'autre ne purent combler. Toute communication entre eux était rompue. Elle le savait anéanti par la disparition de ses parents, mais sa douleur l'isolait : il était trop loin pour qu'elle puisse le réconforter ou même lui parler. Tout ce qui restait à Julie, c'était trois enfants qu'elle pouvait à peine gérer sans l'aide de nounous, que de toute façon ses filles préféraient, et un mari qui n'était jamais là. Ses deux sœurs s'étaient mariées et vivaient ailleurs, sa propre mère était en train de mourir, et elle ne s'était jamais sentie aussi seule de toute sa vie. Elle attendit le lendemain de l'anniversaire de mariage oublié pour lui annoncer la nouvelle qui allait faire basculer leur vie.

Rentré de Houston l'après-midi même, il lisait une pile de comptes rendus et de messages que ses collaborateurs avaient apportés pour lui quand Julie entra dans son bureau et se planta devant sa table de travail, la mine grave. Elle était désolée pour lui, pour la perte de sa mère, mais elle aussi avait des soucis.

— Max, je suis enceinte et je veux avorter, dit-elle d'une voix monocorde.

Sur le moment, il crut avoir mal entendu. Surpris, il leva les yeux et la fixa, perdu.

— Qu'est-ce que tu as dit ?

Les enfants étaient allés se coucher, mais la porte était ouverte et la chambre d'Hélène était juste en face. Julie ne voulut pas répéter.

— Tu m'as très bien entendue.

Elle se souvenait à peine de la dernière fois où ils avaient fait l'amour, juste que c'était après une discussion où il lui avait promis que les choses seraient différentes. Il avait d'ailleurs essayé de rester plus souvent à la maison. Elle l'avait cru. Mais rien n'avait changé.

Les médecins venaient de lui annoncer qu'elle était enceinte de trois mois. Si elle voulait avorter, il ne restait donc pas beaucoup de temps. Elle voulait le faire juste après Noël.

— C'est le mien ? demanda-t-il d'une voix glacée.

La question fusa comme un ultime coup bas et la chose la plus méchante qu'il lui ait jamais dite.

— Évidemment, répondit-elle avec une froideur identique. Je ne sais pas ce que tu fais pendant que tu voles de ville en ville, mais je n'organise pas de parties de jambes en l'air à la maison. Je suis enceinte de trois mois et de toi.

Elle avait prévu de le lui dire pour leur anniversaire de mariage, mais l'oubli de Max lui avait facilité les choses par rapport à l'avortement. Elle prenait la bonne décision, et son regard exprimait une détermination inébranlable.

— Nous avons déjà trois enfants avec lesquels tu ne prends jamais la peine de passer un moment et pour être honnête, je ne les vois pas assez moi-même. Ta mère m'en avait fait la remarque une ou deux fois et elle avait raison. La dernière chose dont nous avons besoin, c'est un quatrième. C'est à peine si l'on peut encore parler de mariage. Nous n'avons pas besoin d'un autre enfant que nous ignorerons tous les deux. Daisy était une erreur. Celui-ci serait une farce.

Max comprit qu'elle était sérieuse et se leva aussitôt.

— Julie, s'il te plaît. Tu ne peux pas faire ça. Si tu es enceinte, c'est que c'était écrit. Je viens de perdre mes parents, et ça m'a rendu à moitié fou de regret, de culpabilité. Ta mère est très malade, nous ne pouvons pas tuer notre bébé. Nous avons de merveilleux enfants et je sais que j'ai été un mari merdique, mais je t'aime.

Il voulut la prendre dans ses bras. Elle le repoussa.

— Je ne supporterai pas un autre enfant, dit-elle avec une franchise inédite. Je crois que la dernière fois ce n'était pas une dépression postnatale : je ne voulais pas d'autre enfant. Nous aurions dû nous contenter d'Hélène ou bien nous arrêter à Kendra, quand tu as décidé que tu voulais être l'homme le plus riche de la planète et que tu nous as oubliées.

— Je vais lever le pied. Je cesserai de voyager autant. Promis. Engage une autre nounou, engages-en dix si tu veux. C'est égal. Mais tu ne peux pas avorter. Ne tue pas notre bébé. Cette vie en toi est une partie de nous.

— Il n'y a pas de « nous », Max. Je ne sais même plus qui tu es. Et ce qui est pire, c'est que je ne sais pas qui je suis. Par contre, je sais qui je ne suis pas. Je ne suis pas la jeune fille que tu as épousée et qui était prête à faire tout ce que tu voulais juste pour que tu sois heureux, comme d'avoir six enfants. Je deviendrai folle si nous en avons un autre. Je ne suis pas taillée pour le rôle. Comme mère, je suis nulle. Je déteste ma vie et j'en ai assez d'être mariée à un courant d'air.

— Tu es en train de me dire que tu veux divorcer ? demanda-t-il, sous le choc, depuis l'autre bout de la pièce où il se tenait pour ne pas l'approcher de nouveau de trop près.

Elle était au bord de l'hystérie, quelque chose en elle s'était cassé, et elle le sentait elle aussi. Quand elle avait appris qu'elle était à nouveau enceinte, cela avait retenti comme une condamnation à mort à ses oreilles.

— Je ne sais pas ce que je te dis, si ce n'est que je n'aurai pas d'autre bébé et que j'avorterai cette semaine.

Je n'ai pas le temps d'attendre. J'aurais pu le faire sans t'en parler, mais j'ai pensé que tu avais le droit de savoir.

Elle voulait aussi le punir pour toutes ses absences, et elle savait que cette nouvelle le ferait souffrir. C'était le rejet ultime, pire qu'un divorce. Elle ne voulait pas avoir son enfant.

— Je ne revivrai pas tout ça pour un bébé qu'aucun de nous deux ne veut.

— Mais je le veux ! Je te veux ! J'adore nos filles et je suis désolé de n'être pas là assez souvent. Un jour, nous nous féliciterons que j'aie fait tout ça. Nos enfants et leurs enfants seront en sécurité pour toujours.

— Je m'en fiche, et peut-être que toi aussi en fait. Peut-être qu'elles préféreraient avoir un père qui se montre une fois de temps à autre et se souvient de leur anniversaire. Hélène a pleuré pendant des heures quand tu n'es pas venu alors que tu avais promis.

— J'ai oublié, dit-il d'un air contrit.

— Je sais, tout comme tu as oublié celui de Kendra, le tien et notre anniversaire de mariage. Tu ne t'intéresses à aucune de nous. J'ai eu l'air d'une sacrée idiote quand tu ne t'es pas présenté à ton dîner d'anniversaire, qui n'était même pas une surprise. Plusieurs personnes m'ont d'ailleurs demandé si tu m'avais quittée. Ce bébé est un problème supplémentaire dont nous n'avons pas besoin.

— C'est un bébé, un être humain. Il en a déjà l'apparence. Il suce son pouce à l'heure qu'il est. Tu as vu les échographies. Comment peux-tu tuer un enfant ?

— Parce que tu nous tues tous, et tu ne t'en rends même pas compte. Tout ce dont tu te soucies, c'est de faire plus d'argent et de tes foutus contrats. Tu es accro. C'est comme la drogue ou le jeu. Toi, tu as choisi le travail.

Alors qu'elle parlait, il se souvint qu'il allait à Londres la nuit de Noël, et qu'il ne le lui avait pas encore dit. Mais comment pouvait-il la quitter maintenant ? Si, il se souciait d'elle et de leurs enfants. Il avait juste trop à faire pour réussir à équilibrer les choses et que tout le monde soit content, lui y compris. Cela lui rappela ce que son père lui avait dit à leur dernier déjeuner, et comme d'habitude, Jacob avait raison. Voilà qu'il se trouvait sur le point de perdre ce qui lui tenait bien plus à cœur qu'un contrat : son bébé, et peut-être sa femme. Elle semblait à deux doigts de partir, et peut-être le ferait-elle après l'avortement. Elle en avait l'air capable à cette minute.

— Tu aurais dû rester célibataire, Max. Tu aurais eu une fille dans chaque ville à travers tout le pays et tu n'aurais pas eu à revenir à la maison auprès de nous.

— Mais je veux revenir à la maison, auprès de toi, de vous toutes, et même de notre enfant à venir.

Il le dit avec fougue, mais elle ne le croyait plus. Cela faisait des années qu'il ne respectait pas ses promesses.

— Non, c'est faux. Et ce bébé est juste un autre enfant que tu négligeras, sauf si c'est un garçon.

— C'est un garçon ? répéta-t-il avec une lueur dans le regard.

— Aucune idée, dit-elle en haussant les épaules. Je n'ai pas cherché à savoir quel sexe ils allaient avorter.

Elle dit ces derniers mots avec dureté, sans faire de sentiment : elle se battait pour ne pas sombrer dans la folie et pour sa vie. Elle ne pouvait pas revivre une maternité.

— Je t'en supplie, dit-il, la voix empreinte d'émotion, ne fais pas ça. Au moins, prends le temps d'y réfléchir.

— C'est tout réfléchi. Nous en aurions parlé à notre anniversaire de mariage. Mais comme d'habitude, tu ne t'es pas pointé. La décision a été plus facile à prendre.

Mais même si tu étais venu, avoir cet enfant serait une grosse erreur pour tous les deux, et à coup sûr pour moi.

— Je ferai tout ce que tu veux, si tu le gardes. Si c'était moi, je ne pourrais pas tuer une part de toi. Je t'aime, Julie. Je suis désolé que les choses n'aient pas évolué comme on le souhaitait. Mon travail est devenu bien plus exigeant et plus compliqué que je ne l'avais anticipé. Mais je te veux toujours ainsi que notre famille. Vous êtes tout pour moi.

Elle ne répondit pas, se contentant de le regarder avec désespoir depuis l'autre bout de la pièce.

— Moi non plus, je ne suis pas l'épouse que je pensais devenir, dit-elle avec tristesse. Je ne le savais pas quand on s'est mariés, mais je ne suis pas faite pour avoir tous ces enfants. Ils aiment davantage leurs nounous que moi, et à raison. Je ne suis pas une bonne mère pour eux. Je suis meilleure en épouse, ou je le serais si tu étais plus souvent présent.

— S'il te plaît, penses-y, plaida-t-il encore. Dans deux jours, je dois être à Londres, je n'ai pas le choix, c'est un contrat trop important et il y a trop de personnes impliquées. Pendant ce temps-là, penses-y encore. Donne-moi une autre chance. Je ferai tout ce que je peux pour ne pas te décevoir. Je déraperai peut-être par-ci, par-là, mais je passerai le plus de temps possible chez nous. Tu as ma parole.

— Elle ne vaut rien, dit-elle avec calme.

Et elle quitta le bureau. Max resta seul pendant une heure, une boisson forte à portée de main, à repenser à tout ce qu'elle avait dit. Il allait faire tout ce qui était en son pouvoir pour la convaincre de ne pas avorter. Il finit par éteindre et voulut aller se coucher. La porte de leur chambre était fermée à clé. C'était la première fois qu'elle faisait ça. Il monta à l'étage, dans l'une des suites pour invités, où il attendit le sommeil en songeant au bébé qui grandissait dans le ventre de sa femme et en priant pour parvenir à la stopper malgré sa détermination.

Sans qu'aucun d'eux le sache, Hélène avait tout entendu. Elle aussi voulait que sa mère garde le bébé. Ce n'était pas bien de le tuer. Elle voulait dire à sa mère qu'elle aiderait à s'en occuper. Elle aidait tout le temps les nounous avec Daisy. Mais elle n'était pas censée avoir entendu et elle n'avait que 9 ans, ils ne l'écouteraient pas. Elle ne savait pas pourquoi ils étaient tellement en colère. Peut-être que cela expliquait pourquoi son père était toujours parti et sa mère, toujours sortie : parce qu'ils trouvaient qu'ils avaient trop d'enfants. Mais au moins, son père aimait sa mère, puisqu'il voulait qu'elle ait le bébé. Ce qu'il fallait, c'était penser à l'étape suivante. En tout cas, sa mère ne pouvait pas tuer un bébé : ce serait terrible, la police risquait de l'arrêter et de la mettre en prison !

Hélène referma très doucement sa porte et se glissa dans son lit, d'où elle adressa une prière pour que Dieu, ou son père, ou quelqu'un fasse en sorte que sa maman ne soit plus en colère comme ça et agisse pour le mieux.

# 16

Max tenta de parler avec Julie avant de partir pour Londres, mais elle refusa de revenir sur le sujet. Ils passèrent Noël avec les enfants et firent bonne figure devant eux, mais elle l'évitait dès que les filles n'étaient plus là. Jusqu'à son départ, il dormit dans la chambre d'amis. Elle avait clairement fait comprendre qu'elle ne voulait pas être importunée et il ne voulut pas la presser. Elle était toujours furieuse à propos de leur anniversaire de mariage oublié et du dîner d'anniversaire qu'il avait manqué. Dans l'immédiat, rien de ce qu'il pourrait dire ou faire n'arrangerait les choses.

Sur le trajet vers l'aéroport de Greenwich, il eut la sensation que toute sa vie volait en éclats. Ses parents étaient morts, sa femme rejetait son sang, et leur mariage ne tenait plus qu'à un fil. Il admettait la justesse de tout ce qu'elle avait dit : il avait négligé ses enfants et sa femme, et sa mère lui avait déjà signalé que Julie n'était jamais là. À l'évidence, elle était dépassée par la famille que lui avait désirée, et elle n'avait jamais signé pour un mari constamment absent, qui ne partageait pas la charge constituée par trois enfants. C'était trop pour elle seule. D'autant que les soutiens habituels de son côté avaient disparu : le père qui l'avait gâtée et protégée n'était plus, sa mère se mourait et ses sœurs étaient à des milliers de kilomètres de là. Ne lui restaient qu'un mari aux abonnés absents et des enfants dont elle ignorait comment prendre soin.

Puisqu'il serait dans la capitale anglaise, Max se dit qu'il en toucherait bien un mot à son vieil ami Steve. Ce dernier avait, voilà des années, déménagé à Londres, où il travaillait pour une banque d'investissement. Il avait lui-même connu quelques déboires, ayant divorcé d'une Anglaise quelques années plus tôt. Il lui avait écrit qu'il était sur le point de se remarier. Peut-être aurait-il quelques suggestions sur la façon d'arranger les choses. Max reconnaissait tous ses torts en tant que mari et père. Il n'était même pas sûr d'avoir réussi en tant que fils. Tout partait à vau-l'eau dans sa vie. Il ne savait même pas si Julie avorterait ou non avant son retour. Même s'il était viscéralement contre, il n'avait pas le droit de l'en empêcher : comme elle le lui avait rappelé lors de leur tête-à-tête de cinq minutes le matin même dans la cuisine, son corps lui appartenait, même si l'enfant qu'elle portait était celui de Max.

La veille de son retour aux États-Unis, il dîna avec Steve, qui n'avait aucune recette magique à proposer. Sa première femme était mannequin et l'avait trompé avec son meilleur ami. Le divorce lui avait coûté cher, mais avait été simple et plus facile du fait qu'ils n'avaient pas d'enfants et n'étaient mariés que depuis trois ans. Celle qu'il s'apprêtait à épouser, une avocate de 40 ans, avait déjà deux enfants. Il espérait qu'ils en auraient un ensemble. Ce mariage avait un sens. Il vivait avec elle depuis déjà trois ans, si bien qu'il n'y aurait pas de surprises. Steve était désolé d'apprendre que Max et Julie traversaient une mauvaise passe, mais il n'en était pas surpris vu le rythme de travail de son ami.

— Tu vas devoir passer plus de temps chez toi si tu veux que ça marche, résuma-t-il.

Il lui dit que Jared aussi avait divorcé et qu'Andy avait épousé une médecin. Ils s'étaient connus en fac de médecine et avaient quatre enfants. Ils vivaient au Texas. Max avait perdu tout contact avec ses anciens camarades, sauf avec Steve. Ils s'appelaient de temps en temps et Max était content de passer une soirée avec lui. C'était toujours son ami le plus proche, même s'ils ne se voyaient pas souvent.

À Heathrow, son vol fut retardé, si bien qu'il atterrit plus tard que prévu. Quand il arriva à Greenwich, la maison était plongée dans le silence. La porte de leur chambre n'était pas fermée à clé et il voulut y voir un signe encourageant. Il était deux heures du matin et Julie était profondément endormie. Il prit une douche, enfila un pyjama et se glissa tout doucement à côté d'elle. Elle était déjà levée lorsqu'il émergea le lendemain matin, et il ne put la trouver nulle part. Les nounous, qui donnaient leur repas aux enfants dans la cuisine, dirent qu'elle était allée voir sa mère, dont l'état était préoccupant. Elle ne revint pas avant la fin de la journée.

Max joua tout l'après-midi avec les filles. Il aida Hélène à monter la maison de poupée reçue à Noël. Son aînée était inhabituellement silencieuse, et acquiesçait à tout ce qu'il voulait faire. Il se demanda si elle avait senti ce qui se passait. Kendra était en revanche égale à elle-même : exubérante, comme toujours. Pleine d'idées brillantes, elle avait annoncé au petit-déjeuner qu'elle allait écrire un livre. Pendant ce temps, Daisy tapait avec une cuillère en bois sur une casserole. Quand Julie entra dans la pièce, elle avait l'air grave. Max laissa la maison de poupée pour aller à sa rencontre.

— Comment va ta mère ? demanda-t-il d'une voix assourdie.

— Pas bien, se contenta-t-elle de dire avant de quitter la salle de jeu.

Parvenue au stade terminal de son cancer, sa mère mourait à petit feu. Max se félicita intérieurement que cette fin douloureuse ait été épargnée à sa propre mère. Puisque ses sœurs ne vivaient plus à proximité, et malgré les heures passées au téléphone avec elles, c'était à Julie qu'incombaient toutes les décisions pénibles et les tâches ardues. Elle traversait une passe difficile.

Le lendemain matin, Julie partit tôt pour New York. Max se demanda si c'était pour avorter. Elle ne lui avait pas adressé la parole la veille au soir et s'était couchée en lui tournant le dos. Au matin, elle était partie. Attendre de connaître sa décision le mettait à la torture, et elle n'avait rien dit non plus pendant qu'il était à Londres. Ce qui n'était pas bon signe.

Il passa la matinée au téléphone, puis déjeuna avec les filles à la cuisine. La voiture de Julie ronronna et stoppa devant la maison à deux heures. Il entendit sa femme rentrer et aller droit à leur chambre. Malgré son inquiétude, il laissa s'écouler quelques minutes avant de la rejoindre.

— Ça va ? demanda-t-il en poussant la porte.

Elle était dans son dressing.

— Je garde le bébé, dit-elle d'une voix atone en le regardant. Ils ont fait une écho ce matin. Il va bien.

À cette nouvelle, Max sentit une vague de soulagement l'envahir. Mais quand il voulut la prendre dans ses bras, elle se détourna.

— Je l'ai vu à l'écran et, après ça, je n'ai plus été capable de faire quoi que ce soit, poursuivit-elle. Tu avais raison. La prochaine écho est dans un mois, on pourra demander le sexe du bébé si tu le souhaites.

Elle en parlait comme d'une commande de rideaux ou de meuble, sans excitation aucune, se contentant de faire ce qu'il fallait, ni plus ni moins. Il y aurait toujours assez de nounous à plein temps pour s'occuper d'un bébé supplémentaire. Elle-même s'était transformée en machine à bébés pour lui. Son travail se limitait à les porter et à les mettre au monde, ensuite, ça ne la concernait plus. Son mécontentement le rendit triste. Il espérait qu'elle s'adoucirait si les choses s'arrangeaient entre eux.

— Merci, dit-il.

Elle hocha la tête et passa devant lui. Elle avait mis un sweat et un jean, qu'elle ne pouvait déjà plus fermer à cause du bébé, remarqua-t-il. Cela rendait la grossesse encore plus tangible.

Pendant le reste de la semaine, elle lui battit froid, mais il tint bon. Pour le nouvel an, ils restèrent à la maison. Il se souvenait vaguement qu'elle avait parlé de recevoir des amis pour l'occasion, mais l'idée ne s'était apparemment pas concrétisée, ou alors elle l'avait annulée à la suite du fiasco du dîner d'anniversaire. Il n'osa pas demander. Ils dînèrent tout seuls dans la cuisine, après que les enfants et les nounous eurent regagné leurs quartiers.

— J'ai vu Steve à Londres, dit-il pour lancer la conversation.

— Comment va-t-il ?

C'était la première fois qu'elle acceptait un échange avec lui depuis une semaine.

— Bien. Il épouse une femme avec qui il vit depuis des années. Je ne l'ai pas rencontrée, mais elle a l'air bien et il en est raide dingue. Ils vont essayer d'avoir un bébé, ce qui ne coule pas de source vu qu'elle a 40 ans. Il a l'air heureux.

Il lui épargna le divorce de Jared et les quatre enfants d'Andy, deux sujets plutôt minés dans leur contexte actuel. Il remarqua qu'elle n'avait pas fait d'effort vestimentaire pour ce dîner, alors que c'était le nouvel an. La cuisinière leur avait tout laissé au réfrigérateur, mais Julie picorait. À cause de sa grossesse ?

— Comment te sens-tu ? demanda-t-il le plus diplomatiquement possible, lui étant toujours reconnaissant de garder son enfant.

— Bien, dit-elle d'une voix lasse. Cette fois, je n'ai pas du tout été malade, d'où le fait que je ne me sois rendu compte de rien. Le médecin dit que ce n'est pas forcément rassurant, mais à l'échographie, tout semblait OK. Au moins, ce ne sont pas des jumeaux.

Max sourit. Il aurait adoré en avoir, mais n'osa pas le formuler à voix haute. Et ce n'était pas son corps qui serait occupé pendant les six prochains mois par un autre être humain, jusqu'à la délivrance qui aurait lieu par césarienne à nouveau. Puisque Julie en avait déjà subi deux, il n'y avait plus le choix, elle devrait en passer par là, ce qui était une raison supplémentaire pour elle de ne pas vouloir d'autre enfant : elle avait mis longtemps à se remettre de la précédente.

— Je suis content pour toi qu'au moins tu ne sois pas malade.

La conversation était poussive, mais il y avait beaucoup de distance à combler depuis leur dernière conversation d'avant Londres.

— Hier, j'ai fini de monter la maison de poupée avec Hélène. Elle était très silencieuse. Tu crois qu'elle nous a entendus l'autre nuit ?

Hélène était une enfant naturellement calme, mais Max l'avait trouvée trop calme.

— J'espère que non, dit Julie, inquiète. On devrait sans doute faire plus attention. Elle me regarde toujours comme un faucon sa proie quand elle trouve que quelque chose ne va pas.

Hélène était très mature pour son âge et préférait la compagnie des adultes, quand Kendra appréciait celle de quiconque discutait avec elle. Quant à Daisy, elle était trop petite pour se rendre compte de quoi que ce soit.

— J'imagine qu'elles seront contentes d'avoir un petit frère ou une petite sœur, dit Julie d'une voix déprimée.

Max ressentit un soupçon de culpabilité. Le bébé était prévu pour juin, et si le moral de Julie ne s'améliorait pas, ce serait une longue attente pour tous les deux.

— Y a-t-il quelque chose que je puisse faire pour rendre tout cela plus facile pour toi ? demanda-t-il gentiment.

Les larmes aux yeux, elle secoua la tête.

— Maman entre dans une phase difficile, mais ça ne va plus durer longtemps. Les infirmières sont arrivées hier. Maman veut mourir à la maison.

— Je suis désolé, dit-il, sincère et frappé de la distance qui s'était installée entre eux.

— Moi aussi. Avec mes sœurs à Los Angeles et Santa Barbara, il n'y a pas beaucoup de relais. Mais à ce stade-là, il n'y a pas grand-chose que je puisse faire, sauf lui rendre visite tous les jours. Sachant que, maintenant, elle dort la plupart du temps.

Le sujet n'était pas franchement joyeux pour un réveillon de nouvel an, mais il était à l'image de leur relation et il n'y avait pas grand-chose qu'il puisse faire là non plus. Elle avait clairement fait passer le message qu'elle ne voulait pas être proche de lui. Quand elle eut fini son assiette, elle alla la rincer et la mettre dans le lave-vaisselle. Il s'apprêtait à lui proposer une coupe de champagne quand il se souvint qu'elle ne pouvait pas en boire. Elle quitta la pièce sans un mot pour aller se mettre au lit avec un livre. Max se réfugia dans son bureau et se versa un verre. La maison n'était que silence. Il s'installa confortablement dans un fauteuil et se repassa tous les événements de l'année écoulée. Il repensa à ses parents. Qu'est-ce que sa mère lui aurait conseillé ? Probablement de laisser Julie tranquille jusqu'à ce qu'elle revienne à lui, si elle le faisait jamais.

Minuit n'avait pas sonné quand il alla se coucher. Il lui souhaita une bonne année et se retourna de son côté pour essayer de dormir. Le sommeil le fuit jusqu'à ce que Julie éteigne sans lui avoir adressé la parole. Les six prochains mois allaient être longs jusqu'à l'arrivée du bébé.

Dans le mois qui suivit, ils communiquèrent à peine. Max voyageait toujours, mais moins que d'habitude, et il mettait un point d'honneur à être là les week-ends. Julie se rendait à New York plusieurs fois par semaine, et tous les jours chez sa mère, qui déclinait lentement. Quelques semaines plus tard, rentrant de New York, Julie lui tendit une enveloppe. Comme elle ne souriait pas, il eut, l'espace d'un instant, peur de l'ouvrir, craignant que ce ne soit des papiers de divorce. Tout était possible. Elle ne s'était pas départie de sa froideur depuis décembre.

— Qu'est-ce que c'est ?

— Des clichés pour toi. La deuxième écho était aujourd'hui.

Il sourit à ces mots et commença à déchirer l'enveloppe.

— Ton vœu est exaucé : c'est un garçon.

De saisissement, il suspendit son geste, se leva et la prit dans ses bras. Peu importait qu'elle soit folle de colère, sa gratitude était encore plus forte qu'avant. Cela avait tellement d'importance à ses yeux, que son nom se perpétue. Il était le dernier Stein, et il aurait désormais un fils. Il sortit les photos et les contempla. On voyait les traits du bébé. Alors qu'elle le regardait en train d'observer l'échographie, Julie sourit pour la première fois depuis une éternité.

— J'espère qu'il te ressemble, et à ton père aussi. C'est dommage qu'il ne soit pas là pour le voir, il aurait été content.

— Oh oui ! Et ma mère aussi. Merci, dit-il en lui souriant en retour.

Elle hocha la tête.

— J'imagine qu'on va devoir l'annoncer aux filles assez vite maintenant.

Cela commençait à se voir et elle avait l'impression qu'Hélène l'avait remarqué. Kendra ne tarderait pas non plus.

— Elles ne seront probablement pas contentes que ce soit un garçon.

— Elles s'y feront. Un peu plus de petits gars dans notre équipe ne ferait pas de mal, dit-il, l'air ravi et plus détendu.

Cette fois, Julie éclata de rire.

— Eh bien, ne compte pas sur moi pour en avoir deux de plus, histoire de rééquilibrer les forces, parce que j'en ai fini.

— Oh ! tu as été très claire sur ce point. Je te suis juste reconnaissant de ne pas m'avoir tué dans mon sommeil, la taquina-t-il.

Elle rit à nouveau, et ils quittèrent le bureau détendus comme rarement ces derniers temps.

Ce soir-là, ils annoncèrent la nouvelle aux filles pendant qu'elles dînaient avec les nounous – Julie n'aimait pas prendre ses repas avec les enfants, trop bruyants à son goût. Max et Julie s'assirent donc avec elles le temps de leur dire qu'elles allaient avoir un petit frère. Hélène eut l'air soulagée. Depuis qu'elle avait surpris leur conversation et entendu son père dire que sa mère allait tuer le bébé, elle s'était posé la question, en priant tous les soirs pour que sa mère ne le fasse pas. Ses prières avaient été entendues.

— Un garçon ? C'est dommage, disait Kendra. Est-ce que je pourrai l'amener à l'école pour la journée « montrez-expliquez » ? L'autre jour, une fille de ma classe a apporté un cochon d'Inde, mais un bébé, c'est mieux, non ?

Max éclata de rire. Finalement, la journée ne se terminait pas si mal. Julie ne lui avait peut-être pas pardonné, mais au moins, ils se parlaient à nouveau. Après cela, l'atmosphère s'allégea dans la maison. Avant de se retendre quand il dut repartir, en avril, afin de boucler un contrat.

Il essaya de lui expliquer, mais pour elle, c'était la même vieille ritournelle qui reprenait. Pendant trois mois, il avait fait de réels efforts, et voilà qu'il retombait dans les travers d'antan. À la différence près que Max avait acheté un avion afin de ne plus dépendre des vols commerciaux. La dépense était énorme, mais il aurait ainsi plus de souplesse dans ses horaires et pourrait revenir facilement de n'importe où.

Il lui demanda si elle l'accompagnerait à un grand dîner politique à New York. L'un des promoteurs avec qui il faisait affaire l'avait invité, et il aurait voulu qu'elle vienne. Il ne lui cacha pas que ça risquait d'être ennuyeux, mais il ne voulait pas y aller seul. La réception, censée être somptueuse, avait lieu deux semaines plus tard à Gracie Mansion. Beaucoup d'hommes politiques importants viendraient de Washington, ainsi que des donateurs politiques de premier plan. Julie était excellente dans ce genre d'occasions et elle charmait tout le monde.

— Je n'ai rien à me mettre, dit-elle.

Elle en était à sept mois et avait pris plus de poids que lors de ses grossesses précédentes.

— Achète-toi quelque chose, lui répondit-il en souriant.

Il espérait vraiment qu'elle accepterait. La trêve entre eux était encore fragile, mais elle tenait pour l'instant. Julie avait été impressionnée qu'il achète un avion. À condition que ce soit pour revenir plus vite et plus facilement. Mais peut-être n'était-ce que pour repartir plus souvent. Elle ne lui faisait plus confiance, et l'avait fait savoir.

— Je vais voir ce que je peux trouver, dit-elle d'un ton hésitant.

Elle fut elle-même surprise de trouver une robe qui lui plaisait et confirma sa présence à la réception. Faite dans un tissu de sari bleu ciel, la tenue tombait admirablement bien et lui allait à ravir. À la voir dedans, jamais on n'aurait soupçonné sa grossesse.

Le grand soir arriva et Julie éclipsa toutes les autres quand elle franchit le seuil de Gracie Mansion au bras de Max, lequel rayonnait de fierté. Il la laissa discuter avec la femme du maire et se dirigea vers le groupe de promoteurs qui l'avait invité. Il retrouva Julie juste avant que l'assemblée soit invitée à se diriger vers la salle du dîner. Il l'amena à leur table et s'éloigna à nouveau pour discuter avec un sénateur, laissant son épouse faire connaissance avec son voisin de table. Ce dernier se présenta : Richard Randall. Son nom évoqua quelque chose à Julie, sans qu'elle réussisse à mettre le doigt dessus. Il était grand et mince, avec une opulente chevelure blanche coupée court, très élégant dans son smoking. Il avait un léger accent du Sud. Soudain, cela lui revint : Richard Randall, magnat texan du pétrole, qui avait été un moment dans la finance aussi, qui vivait en partie à New York et possédait des maisons partout dans le monde. Il avait fait la couverture de *Time* et de *Fortune*.

— Votre mari est très pris, ce soir, dit-il avec un sourire ironique.

— Vous le connaissez ?

— Non, mais je l'observe depuis que vous êtes arrivés, c'est un homme entreprenant. J'espérais en tirer parti pour vous parler, mais le destin est particulièrement clément avec moi ce soir, ou peut-être que c'est simplement notre hôtesse, puisque me voilà assis à côté de vous. Votre robe est splendide, dit-il, notant après une inspection plus approfondie qu'elle était du même bleu que ses yeux.

Julie se demanda un instant s'il avait remarqué qu'elle était enceinte, espérant secrètement que non, avant de s'en vouloir de cette pensée. En quoi était-ce important ? Elle le remercia pour le compliment et en resta là. C'était quelqu'un de charmant, très bel homme, la petite soixantaine, athlétique et dynamique.

— Vous vous intéressez à la politique ? lui demanda-t-il assez bas pour qu'elle seule l'entende.

— Parfois, mais pas toujours.

— Pareil pour moi. À un moment, l'idée m'avait traversé de me présenter à des élections, mais aujourd'hui je ne le ferais pas, même pour tout l'or du monde.

Il parlait avec la confiance de l'expérience et enchaîna sur Londres et Hong Kong, où il vivait une partie de l'année. Son récit donna à Julie l'impression de mener une existence morne : elle n'était qu'une femme au foyer de Greenwich, mère de trois jeunes enfants, avec un quatrième en route. Cela lui faisait regretter l'époque où elle sortait tout le temps. Son voisin l'avait déjà certainement cataloguée avec justesse dans la catégorie « épouse négligée d'un homme ambitieux ».

— J'ai lu des articles sur votre mari. Moi aussi, je travaillais dur comme ça. Mais c'est fini.

Randall flirtait subtilement avec elle, juste ce qu'il fallait pour éviter d'attirer l'attention de quelqu'un ou que son mari en prenne ombrage s'il jetait un œil à leur table. La sensation était aussi exquise que de la soie.

— Qu'est-ce qui vous a guéri ? demanda-t-elle.

— Les trois femmes qui m'ont quitté.

— Je le signalerai à mon mari, dit-elle en riant.

— C'est inutile, les hommes comme lui ne comprennent pas jusqu'à ce que quelqu'un leur tape sur le museau. Moi, j'ai mis du temps à saisir. J'ai été exécrable envers mes trois épouses, et j'ai mérité leur départ. Aujourd'hui, elles sont toutes les trois heureuses en ménage avec d'autres maris, expliqua-t-il avec un large sourire.

— Vous avez des enfants ?

Julie était curieuse. Cet homme l'intriguait. Il dégageait quelque chose de puissamment sophistiqué et mûr.

— Cinq, tous plus âgés que vous. J'étais jeune quand j'ai commencé. Ce sont des personnes sympathiques, mais je ne les vois pas beaucoup : je n'étais pas un très bon père non plus. Par contre, je suis maintenant en bons termes avec mes ex-femmes. Il est difficile de faire carrière et de passer du temps avec sa famille : les deux ne sont pas compatibles, vous en avez sans doute déjà fait l'expérience.

Elle hocha la tête avec un vague sentiment de trahison envers Max. Mais Richard Randall semblait parfaitement comprendre la situation dans laquelle elle se trouvait. À ce moment-là, l'orchestre commença à jouer et son voisin l'invita à danser. Surprise, elle accepta néanmoins et ils dansèrent jusqu'à ce que le dîner soit servi. Randall la ramena à sa place trois minutes avant que Max les rejoigne, s'excusant plus qu'il ne fallait de l'avoir laissée seule si longtemps.

— Je lui ai tenu la jambe sans scrupules pendant qu'elle vous attendait, dit Richard, qui se présenta par la même occasion.

Julie remarqua que Max était impressionné. Il savait qui était son voisin. Lorsque Richard se leva pour aller parler à une connaissance, Max souffla à sa femme :

— Tu sais qui c'est ? Il a failli se porter candidat à la présidence, mais il s'est retiré avant d'être choisi comme présidentiable. C'est un maître en affaires. De quoi avez-vous parlé ?

Il lui demandait ça comme s'il n'y avait aucune chance qu'elle puisse soutenir une conversation avec lui. Elle répondit donc avec franchise :

— De ses femmes et de ses enfants.

— Je crois bien qu'il a été marié plusieurs fois. L'une d'elles était une actrice célèbre. On devrait essayer de faire plus ample connaissance. J'adorerais déjeuner avec lui un de ces jours.

— Je vais tenter de t'arranger ça, dit-elle avec une pointe de sarcasme que Max ne perçut pas.

À côtoyer les principales figures politiques du pays ce soir-là, Max avait attrapé la grosse tête. Or, jusqu'à nouvel ordre, Richard Randall n'était pas la conquête de Max, mais la sienne. Julie constata que Randall ne quittait presque pas son siège et que l'on venait plutôt à lui. C'était intéressant de se dire qu'il avait failli faire campagne pour la Maison-Blanche. Elle se sentait flattée d'être assise à côté de lui. Entre les plats, Max ne cessait de se lever pour aller parler à des gens qu'il pensait importants. Cela donna à Julie l'occasion d'échanger avec Richard sur l'art, la vie, le mariage et les voyages.

— J'entretiens un yacht en Méditerranée, que j'utiliserai certainement cet été. Et vous, quels sont vos plans pour cette période ?

La question la déprima. Elle ne voulait pas lui dire qu'à cette date elle accoucherait d'un bébé qu'elle n'avait absolument pas voulu. Mais comme ils avaient dansé plusieurs fois, elle était du moins sûre qu'il avait décelé sa grossesse.

— Nous n'avons aucun plan précis pour l'instant.

Elle serait en train de récupérer de sa troisième césarienne. Rien que d'y penser, son moral était en berne. Randall le vit dans son regard et il lui tapota gentiment la main.

— Il y a un temps pour tout. Nous avons tous des

hauts et des bas. Mais on ne sait jamais ce que la vie nous réserve. Regardez, je suis assis à côté de vous ce soir. Et vous avez enchanté ma soirée, Julie.

Ces mots la touchèrent infiniment et elle lui sourit pendant que Max revenait s'asseoir. Sitôt le dessert avalé, celui-ci repartit vers d'autres tables pour une ultime conversation.

Richard Randall la regarda droit dans les yeux tout en sortant un stylo qu'il posa à côté du carton de table de Julie.

— Ce que je m'apprête à vous demander manque à toutes les règles de bienséance et me vaudrait l'expulsion des meilleurs clubs privés, mais si vous écriviez votre numéro de téléphone sur ce carton, j'aimerais beaucoup pouvoir vous appeler de temps à autre. Peut-être pourrions-nous même déjeuner ensemble.

D'abord stupéfaite, Julie lui sourit.

— Maintenant, c'est vous qui enchantez ma soirée. J'adorerais ça.

Peut-être deviendraient-ils amis ? C'était probablement présomptueux de penser ça, mais en tout cas, l'idée de le revoir lui plaisait. Elle inscrivit son numéro en un éclair et il glissa discrètement le carton dans la poche de son smoking. Lorsque Max les rejoignit, Richard se leva, leur serra la main à tous les deux, remercia Julie pour cette très agréable soirée, et se retira.

Max avait l'air déçu. Il n'avait pas eu l'occasion de lui parler.

— Voilà quelqu'un qui a du pouvoir, dit-il, visiblement impressionné par l'individu.

— Tu as été bien occupé ce soir, dit Julie de manière évasive.

— Il y avait beaucoup de gens que je voulais voir. C'était une occasion en or. Voilà pourquoi je voulais que tu m'accompagnes. Randall ne t'a pas donné sa carte par hasard ?

— Non.

Et c'était vrai. Elle ne précisa simplement pas que Richard avait dressé un portrait psychologique très juste de Max et qu'il avait terminé en lui demandant son numéro de téléphone, qu'elle lui avait donné. C'était le parfait antidote pour qui se sentait grosse, ennuyeuse et banlieusarde au foyer. Grâce à Richard, elle s'était sentie à nouveau glamour, fascinante et séduisante, ce qu'elle ne pensait pas être dans l'instant, même si elle aimait sa nouvelle robe qui parvenait à cacher ses rondeurs de grosse vache, ou du moins à les atténuer assez pour que la première question qu'on lui posât ne soit pas « C'est pour quand ? ». Il n'y avait rien de tel pour vous donner l'impression d'être cantonnée à votre faculté d'enfanter.

— Tu étais très en beauté ce soir, la complimenta Max alors que leur taxi les ramenait à leur appartement.

Julie avait remarqué que Richard était parti quelques minutes avant eux dans une limousine. Contrairement à Max, ce n'étaient ni son succès ni sa fortune qui la fascinaient, mais l'homme lui-même, celui qui avait flirté avec elle et avait eu assez de culot pour lui demander son numéro de téléphone même s'il la savait mariée. Pour la première fois depuis son mariage, elle eut l'impression d'avoir un secret. Elle n'entendrait probablement jamais reparler de lui, mais l'espace d'un instant, ç'avait été amusant de jouer les femmes fatales, avant de finir une fois de plus en salle d'accouchement. Elle détestait cette image d'elle-même, or c'était ainsi que Max la voyait désormais, comme une bonne pondeuse. Elle avait la sensation de s'être perdue en route. Mais Richard Randall l'avait trouvée.

Quand elle ôta sa robe, elle eut l'impression d'être Cendrillon. Elle avait adoré danser avec Richard et elle repensa à lui tandis que Max dormait à côté d'elle sans se douter de rien. Julie ressentit juste un léger pincement de culpabilité.

Le lendemain matin, ils se levèrent tôt tous les deux. Max alla à son bureau pour appeler l'Europe et elle reprit le chemin de Greenwich. En route, elle s'arrêta chez sa mère, sous forte sédation ce jour-là. Julie rentra à la maison, où elle discuta des menus avec la cuisinière pendant que Barbara, la plus jeune des nounous, emmenait Daisy faire une promenade dans sa poussette avant sa sieste de la matinée.

Julie était en train de déplier sa robe de la veille quand le téléphone sonna. C'était une voix familière, à l'accent traînant du Sud. Richard. Son cœur fit un bond.

— Je craignais de vous avoir imaginée hier soir, dit-il. Que faites-vous pour le déjeuner ?

— Malheureusement, je suis de retour à Greenwich.

— Ça reste la planète Terre. Que diriez-vous de nous retrouver à Terra, à moins que vous n'ayez peur d'être vue en compagnie d'un homme à la réputation douteuse ? Encore que je me sois plutôt bien tenu ces derniers temps. Mon âge me rattrape.

Il n'en donnait pas l'impression : il était vraiment attirant et elle avait très envie de déjeuner avec lui.

— Je peux gérer ça, dit-elle d'un ton bravache, incertaine des intentions de cet homme.

Elle n'était pas en état d'avoir une aventure avec lui, donc il ne pouvait songer à ça. Une amitié, peut-être ? Un flirt innocent ? Les deux lui allaient.

— À une heure ? Je remonte dans mon char et on se retrouve là-bas. Ça pourrait paraître un peu direct si je me présentais à votre porte pour vous emmener.

— J'y serai, promit-elle.

Elle raccrocha et se précipita dans son dressing. Impossible de porter une quelconque robe informe qui gâcherait l'image de sophistication de la veille. Le hic, c'est qu'elle n'avait pas beaucoup de robes de maternité. Être enceinte lui déplaisait tellement qu'elle n'allait nulle part et qu'elle n'avait rien acheté, se contentant de ce qu'elle avait déjà. Notamment un haut bleu marine qu'elle pourrait porter par-dessus un jean, avec des hauts talons. Cela conviendrait parfaitement pour Greenwich.

Julie se présenta à l'heure dite, bien habillée, soigneusement maquillée et les cheveux brillants. Quelques secondes après, il arriva dans une Ferrari noire, dont il tendit les clés au voiturier. Quand il leva les yeux, il la repéra immédiatement et eut l'air enchanté. L'ambiance promettait d'être autant au flirt que la veille. Cette fois, il était impossible d'ignorer son ventre proéminent, mais il n'y fit aucune allusion. Il avait réservé une table tranquille. Sitôt la commande passée, il lui dit tout le plaisir qu'il avait à la revoir.

— J'ai pensé à vous toute la nuit, Julie. Je sais que c'est une mauvaise tirade, mais c'est vrai. Hier soir, il y avait de la magie dans l'air, et je la ressens toujours aujourd'hui.

Il la regardait droit dans les yeux et elle eut soudain peur d'avoir affaire à une sorte de pervers obnubilé par les femmes enceintes. Pourtant, il n'en avait pas l'apparence. Elle décida d'être honnête avec lui, même si cela pouvait paraître déloyal envers son mari. Encore que… la loyauté entre eux se justifiait-elle encore ? La situation dans laquelle il l'avait mise était-elle gentille ou même charitable ?

— Moi aussi, je la ressens, dit-elle d'une voix douce. Ça doit vous paraître fou.

Elle jeta un regard à son ventre puis à Richard, qui comprit.

— Ce ne sera pas ainsi pour l'éternité. Sauf si c'est une nouvelle forme de croissance encore inconnue à ce jour. Certaines choses arrivent pour des raisons qui nous sont incompréhensibles, à des moments étonnants et de façon inattendue.

Cette petite sentence énoncée, il enchaîna sur une question directe :

— Êtes-vous heureuse d'attendre ce bébé ?

— Non, dit-elle en secouant la tête sans hésiter. Non, j'étais anéantie en l'apprenant. J'ai voulu avorter, mais je n'ai pas pu.

— C'est ce que je me disais hier soir. Vous en auriez parlé si cela vous avait comblée. La robe était splendide, mais j'ai découvert le pot aux roses quand j'ai dansé avec vous deux, dit-il, lui arrachant un rire.

— On peut difficilement ne pas le voir, confirma-t-elle.

— Autre question directe – je ne suis pas connu pour tourner autour du pot : aimez-vous votre mari ? Il a l'air d'un type bien, mais je sais comment les hommes comme lui traitent leurs épouses, jusqu'à ce que quelqu'un leur donne une bonne leçon. Il m'en a fallu trois pour que je comprenne. Vous avez de la chance, je suis à la retraite. Plus ou moins. Les hommes comme nous n'arrêtent jamais complètement. Nous sommes difficiles à aimer quand nous vous négligeons. Je suis moi aussi coupable de l'avoir fait.

— Vous l'avez très bien cerné. Pour répondre à votre question, je ne sais pas si je l'aime encore. Cela fait dix ans que nous sommes mariés et il s'est montré bon pour moi. C'est un homme généreux. Il a bon cœur et il est honnête. Je pense qu'il veut bien faire, mais c'est un père de merde et un mari nul, ce dont je suis en partie responsable. Je l'ai laissé me transformer en mère pondeuse parce qu'il était attaché à l'illusion d'une grande famille heureuse, seulement pour m'apercevoir après trois enfants que je n'étais pas faite pour la maternité. Je ne sais pas ce qui cloche, mais je n'ai pas ça en moi. J'ai toujours l'impression que ce sont les enfants d'une autre. Et voilà que celui-là arrive. Pour le deuxième, je m'étais sentie obligée, et le dernier n'était pas prévu. C'est ma faute si c'est arrivé. Je ne peux même pas me souvenir de quand nous l'avons fait, ni pourquoi – pour ce que ça change. Et il ne vaut pas mieux que moi pour ce qui est d'être parent. Nous ne passons jamais de temps avec nos enfants. Pour eux, leurs mamans sont les nounous. Et franchement, elles devraient l'être. Elles sont meilleures que nous dans le rôle. Nous en avons quatre à demeure.

— Elles sont seulement meilleures parce qu'elles sont payées pour l'être. Alors, qu'allez-vous faire maintenant ? demanda-t-il avec intérêt.

— Je n'ai pas encore décidé. Je sais que je suis censée avoir des étoiles dans les yeux à cause du bébé et que l'instinct maternel devrait m'envahir à un moment donné, mais ça ne se produit jamais. C'est comme d'être dépossédée de soi par un autre être humain. Et après la naissance, je suis complètement dépassée. Je n'ai aucune idée de la façon dont on élève quatre enfants, surtout avec un mari qui n'est jamais là, et ne le sera jamais.

— Il le sera peut-être un jour, pour une autre série d'enfants avec une nouvelle femme. Ou peut-être pas. J'ai 62 ans et je ne suis toujours pas paternel. Je n'ai jamais eu ça dans mes gènes, moi non plus. Mes enfants le savent. Certains me l'ont pardonné et trouvent que je suis amusant à inviter pour un dîner, deux d'entre eux me détestent cordialement et je ne les en blâme pas. Je n'étais jamais là et je ne le souhaitais pas. Mes petits-enfants ne m'intéressent pas plus, ajouta-t-il avec franchise.

Il était totalement honnête et elle aussi. Avec lui, elle sentait qu'elle pouvait tout dire et être vraiment elle-même.

— C'est ce que je ressens. Ils sont mignons. Mon aînée

a 9 ans. Elle est sensible et attentionnée, comme son père avant. Ma deuxième est du vif-argent, brillante, drôle et indépendante. Quant à la troisième, elle est encore en couches. Mais ça ne me donne pas plus l'impression que ce sont les miennes. Quand j'ai eu la dernière, j'ai fait une dépression. Je ne cours pas après ça, ni derrière un autre bébé. Les enfants me donnent juste mauvaise conscience.

— Cela risque d'être pire cette fois, dit-il, faisant écho à ce qu'elle songeait. On dirait bien que vous non plus n'avez pas le gène de la parentalité, poursuivait-il d'une voix pensive. Il est beaucoup trop tôt pour le dire, mais avec tout le respect dû à votre jeune et ambitieux époux, vous et moi avons l'air d'être faits pour nous entendre. Je dois dire que je ne me sens pas désolé pour lui, et moi aussi, je suis passé par là. Les seuls pour lesquels je suis désolé sont vos enfants. Ils vont devoir se trouver un parent quelque part en chemin qui voudra vraiment être avec eux, ce que vous ne voulez pas et lui non plus. Les miens ont tous eu de la chance avec leurs beaux-parents, heureusement, c'est ce qui les a probablement sauvés. Alors, que va-t-on faire de tout ça ? Nous avons le temps d'y penser. Mais à moins que vous ne me disiez que vous êtes follement éprise de votre mari et que vous voulez dix enfants avec lui, je ne vous laisserai pas facilement partir. Ça m'a pris trop longtemps pour vous trouver.

Pétrifiée, Julie ne savait que dire. Mais quand il tendit le bras pour lui prendre la main, elle en eut les larmes aux yeux. Il la sauvait. C'était vraiment le prince charmant, ou son chevalier blanc en armure étincelante. Trop beau pour être vrai.

— Ne pleurez pas, je ne vais nulle part. On va gérer ça ensemble.

Julie avait l'impression de rêver. Elle vivait l'antithèse de son cauchemar quotidien.

— Je suggère que nous prenions notre temps et qu'on voie où ça nous mène afin de décider au fur et à mesure de notre cheminement. Qu'en dites-vous ?

— Très bien, dit-elle pendant que deux larmes roulaient le long de ses joues.

Il les sécha avec douceur du bout des doigts.

— Cela doit être un choc pour vous. Je crois que je suis peut-être en train de tomber amoureuse de vous, alors que je porte l'enfant d'un autre.

— Rien ne me choque plus vraiment aujourd'hui. Un de mes amis a vécu une situation semblable il y a des années. La femme a quitté son mari pour lui après avoir accouché et ils vivent un mariage heureux depuis trente ans.

Cela la laissa songeuse.

— Je ne suis pas non plus un fétichiste de la grossesse, sans y être allergique pour autant. Tant qu'on ne me demande pas d'élever l'enfant. Vous ne voudriez pas d'ailleurs. Je ne suis pas doué pour ça. Mais on dirait que vous non plus, reprit-il.

Elle hocha la tête pour confirmer.

— Je devrai abandonner mes enfants, n'est-ce pas ?

Pendant tout le repas, Julie avait été sur la même longueur d'onde que lui.

— Avec moi, oui. J'ai été nul pour les miens. Je ne veux pas reproduire le scénario avec les vôtres. Si notre élan mutuel nous mène quelque part, dit-il avec un sourire, ce sera vers une vie d'adultes entre deux personnes qui s'aiment, en totale liberté, dans différentes villes à travers le monde. Ça ne me posera aucun problème que vous partiez voir vos enfants quand vous le voulez, je ne veux simplement pas vivre avec eux. Je ne supporte pas le désordre et le bruit, les chicaneries, les disputes à propos de ce qu'ils peuvent faire ou non, les mauvaises fréquentations et les petits amis indésirables, l'alcool et la drogue qu'ils veulent tester quand vous êtes contre. C'est un cauchemar. Je ne pourrai pas revivre ça. Et vous n'en êtes même pas encore là, entre une fille qui sait à peine marcher et un bébé à venir.

— À vous entendre, c'est pire que ce que je traverse en ce moment.

— Croyez-moi, certaines personnes adorent ça. Moi pas. Cela m'a pris longtemps pour le comprendre. Vous avez une large avance sur la question. Et vous êtes honnête vis-à-vis de vous-même, ce que j'apprécie. Je ne supporte pas les gens qui jouent les parents idéaux sans l'être réellement. C'est ça qui fiche les enfants en l'air.

— Je ne suis pas sûre qu'une mère qui les abandonne leur fasse grand bien non plus, dit-elle, inquiète, surtout en pensant à Hélène.

Celle-ci ne manquerait pas de se sentir coupable. C'était une enfant si responsable, toujours prête à porter le fardeau des autres, dont celui de sa mère.

— En effet, convint Richard, mais cela laisse le champ libre à quelqu'un d'autre, qui fera peut-être du meilleur boulot et qui les aimera vraiment. Parce que je ne suis pas sûr que des gens comme nous puissent vraiment aimer leurs enfants. Ce n'est pas que nous soyons mauvais, mais il nous manque quelque chose.

Julie hocha la tête. C'était exactement ce qu'elle ressentait à propos d'elle-même, et elle adorait qu'il soit si franc sur le sujet. Éprouver ces fameuses émotions qu'elle ne pouvait juguler ne la faisait plus culpabiliser ni se sentir indigne du genre humain.

— Je vois que je vous ai donné matière à réflexion, dit-il d'une voix posée.

— Oui, confirma-t-elle.

C'était le déjeuner le plus surprenant de sa vie. Très vite, Richard avait énoncé des conclusions dont la plupart sonnaient juste.

— Quand pourrai-je vous revoir ?

Il ne voulait pas la quitter. Maintenant qu'il l'avait trouvée, il la voulait près de lui.

— Demain, je dois aller à New York, dit-elle lentement.

Elle avait rendez-vous pour un examen de routine chez son médecin.

— Parfait. Je nous dénicherai un endroit tranquille pour le déjeuner et je vous appellerai dans la matinée. Si nous devons nous lasser l'un de l'autre, autant le savoir dès maintenant, dit-il alors qu'ils sortaient de table. Et au cas où vous vous poseriez la question : je suis tombé amoureux de vous. Il faut que vous le sachiez. Je vous enlèverais dès aujourd'hui si c'était possible.

Sa voix était douce et il lui effleura la main pendant qu'ils se dirigeaient vers la sortie. Elle le connaissait à peine, mais elle avait la sensation de lui appartenir. Elle aussi était amoureuse. Ça ne servait à rien de se voiler la face et elle n'en avait pas l'intention.

Il la raccompagna à son véhicule, devant lequel ils s'attardèrent côte à côte le temps d'une minute. L'attirance était si forte que Julie en avait le souffle coupé. C'était l'homme le plus magnétique, le plus résolu et excitant qu'elle ait jamais rencontré. Il la regarda monter en voiture avant de se pencher à la portière pour lui déposer un léger baiser sur les lèvres.

— À demain, dit-il d'une voix de velours. Et pour le reste de notre vie, j'espère.

Il recula et retourna à sa Ferrari, non sans lui faire signe de la main quand elle s'éloigna. Tous deux souriaient. Un sourire qui ne quitta pas Julie quand elle rentra chez elle. Cette parenthèse enchantée lui donnait une irrépressible envie de danser. Elle mit de la musique et pensa à lui. Que réservait l'avenir et qu'en sortirait-il ? Elle l'ignorait, mais pour l'instant, c'était simplement le plus beau jour de sa vie. Elle était sauve.

# 17

Comme promis, Richard l'appela le lendemain matin, heureusement juste après le départ de Max pour Albuquerque, au Nouveau-Mexique, où il avait un déjeuner d'affaires. Au volant de sa voiture qui filait vers New York, Julie savourait la liberté. Son rendez-vous médical était à trois heures. Elle retrouvait Richard à midi dans un restaurant italien de Tribeca, où elle ne risquait pas de croiser de tête connue. Encore que cela lui importât peu. Ils ne faisaient rien d'illégal ni d'immoral, ils allaient déjeuner ensemble. C'est du moins ce qu'elle se disait tout en conduisant. Elle avait enfilé pour l'occasion une robe noire chic, dans laquelle elle se sentait à son avantage malgré ses formes incongrues et tout à fait inappropriées pour un rendez-vous galant. La robe, courte, dévoilait ses jambes, elle avait mis des hauts talons, et avec son manteau noir, ses longs cheveux blonds lâchés n'en ressortiraient que mieux.

Il l'attendait déjà et l'embrassa dès qu'elle arriva. Julie lui offrit son sourire le plus éclatant. En une nuit, il était devenu son refuge, son échappatoire à une vie qu'elle en était venue à détester et à un homme dont elle commençait à se dire qu'elle ne l'aimait plus. Richard personnifiait l'excitation, l'amour et l'espoir. Il était le changement bienvenu par rapport à un mari négligent et à trois enfants à qui elle avait si peu à donner.

Ils parlèrent de mille choses différentes, sauf de l'avenir. Ils avaient posé les règles la veille et voulaient d'abord savourer le présent. Inutile d'en savoir plus pour l'instant, sauf sur eux-mêmes et comment c'était d'être ensemble. Il la faisait rire comme elle ne l'avait pas fait depuis longtemps. Elle ne se souvenait plus jusqu'où il fallait remonter pour retrouver pareils moments avec Max, s'ils en avaient jamais eu. Elle vivait pour la première fois une relation mature, celle de deux adultes désireux d'être ensemble et sachant pourquoi. C'était en partie de l'attirance sexuelle, malgré son état, et en partie émotionnel, un besoin de combler un vide dans leur vie. Richard avoua qu'il n'était pas tombé amoureux depuis un bout de temps. Pour Julie, il représentait une étrange combinaison de meilleur ami et d'homme qu'elle voulait – et pouvait – aimer. Il était tout ce que Max n'était pas : toute sa vie, il avait été financièrement à l'abri du besoin, quand Max fuyait une vie de pauvreté, profondément marqué par les craintes de ses parents quand il était petit. Elle savait qu'il ne s'arrêterait jamais de courir, à essayer de consolider son édifice, pendant que son mariage se mourait sous ses yeux, ou était déjà mort.

— J'ai un appartement à deux pas d'ici, dit Richard. Je vous le montrerais bien, mais je ne voudrais pas que vous vous mépreniez sur mes intentions pour un second rendez-vous.

Il la respectait et voulait lui donner le temps de réfléchir. Il était libre, elle non, et sa situation était bien plus compliquée. Comme il précisait que son appartement avait vue sur le fleuve Hudson, cela aiguisa la curiosité de Julie. Elle se sentait assez à l'aise pour y faire un saut avant de se rendre à son rendez-vous dans les quartiers résidentiels.

— Je promets de bien me tenir, dit-il.

Son pied-à-terre était à deux blocs de là. Ils s'y rendirent à pied sous le soleil d'avril, elle à son bras, s'esclaffant des histoires qu'il lui racontait sur son enfance. C'était bon de rire comme ça. Il était drôle et d'un abord facile. À aucun moment le fait qu'il braconne ouvertement sur les terres d'un autre n'avait interpellé Julie. C'était si bon d'être avec lui, et ils le voulaient tous les deux. Ils se sentaient tellement faits l'un pour l'autre et tellement semblables. Ils se découvraient une foule de points communs, dans l'art, dans leurs lectures. Car au fil de sa vie solitaire avec Max, elle avait découvert l'art et la littérature. Richard et elle aimaient aussi les mêmes villes d'Europe. Il lui promit de l'emmener un jour à Venise sur son bateau, qui mouillait d'habitude dans le sud de la France.

Il habitait dans un ancien entrepôt réhabilité en lofts, un par étage. Le bâtiment conservait une allure industrielle plutôt chic, typique de Tribeca. Le quartier se boboïsait progressivement, sans encore avoir atteint son pic. Ceux de Meatpacking District et SoHo étaient à deux pas. Ils montèrent au dernier étage par le monte-charge, qui s'ouvrait directement dans les appartements. Julie entra dans ce qui ressemblait à une galerie d'art contemporain, agrémentée de profonds et confortables canapés, de sculptures signées par des artistes de renom, et d'un mobile de Calder accroché au plafond. Un escalier en colimaçon menait à la chambre avec balcon, et d'immenses baies ouvraient sur le fleuve. Un célèbre décorateur avait œuvré là : des livres rares occupaient un mur entier de la pièce. La cuisine était en granit noir, et l'ensemble dégageait quelque chose d'à la fois détendu et en même temps très masculin. C'était soyeux et sophistiqué, comme lui. L'appartement le définissait bien. C'était un monde où des enfants ne se sentiraient pas mal ni bienvenus. Ils n'en faisaient simplement pas partie. C'était exactement l'endroit où elle voulait être et l'homme avec qui elle voulait être, se dit-elle en découvrant les deux.

— Bienvenue dans mon humble demeure, plaisanta-t-il en posant les clés sur le comptoir de granit.

Le marbre, le verre et les surfaces chromées formaient un contraste aigu avec le confort des canapés qui vous enveloppaient sitôt assis. Il l'invita à essayer.

— Il va falloir une grue pour me sortir de là, dit-elle en riant depuis le divan où elle s'était enfoncée.

Il se laissa tomber à ses côtés et posa doucement une main sur son genou. Il commença à lentement remonter sa robe avec un regard interrogatif, demandant s'il devait arrêter. Mais elle ne fit aucun geste en ce sens, elle ne le souhaitait pas.

— J'ai l'impression que nous allons droit vers les ennuis, souffla-t-elle, ses derniers mots à moitié engloutis par le baiser de Richard.

— Pas si c'est ce que nous voulons tous les deux, répondit-il, tout en laissant sa main vagabonder vers son ventre et plus bas.

Il s'arrêta pour la regarder, plein de tendresse mais avec une question implicite.

— Je ne veux rien faire que tu ne souhaites, Julie.

Elle ne voulait pas qu'il arrête, et quelques instants plus tard, ni l'un ni l'autre ne le pouvaient plus.

Il lui ôta son manteau et retira doucement sa robe par le haut, révélant des seins et un ventre épanouis sur une silhouette restée fine et tonique.

— Tu es l'incarnation parfaite de la femme, murmura-t-il.

Ils s'embrassèrent à pleine bouche pendant qu'elle lui enlevait ses vêtements un à un. Ils finirent nus dans le creux accueillant du divan. Avec d'infinies précautions, il lui fit l'amour et ils surent trouver des positions ingénieuses, qui procurèrent à Julie un plaisir qu'elle n'avait jamais connu. Cela sembla durer des heures. Ensuite, il resta longtemps en elle avant de lui refaire l'amour encore une fois. À la fin, il la regarda, fugitivement inquiet, et il se retira doucement.

— Je ne veux pas que tu accouches ici. Peut-être devrions-nous nous calmer un peu.

Comblée, elle reposait entre ses bras, ayant totalement oublié son rendez-vous et s'en fichant. Ils montèrent à l'étage, dans la chambre de Richard, pour se glisser dans le lit, d'où ils contemplèrent le fleuve. Elle ne voulait pas partir.

— Tu es addictif, dit-elle d'une voix rauque.

Elle avait l'impression d'appartenir à cet endroit. Ils finirent par redescendre dans le séjour, dans toute la gloire de leur nudité, pour résister à la tentation de recommencer à faire l'amour. Comme la cabine était immense, ils prirent leur douche ensemble, laissant l'eau couler sur leurs corps pendant qu'ils s'embrassaient encore.

— Comment vais-je pouvoir vivre sans toi cet été ? dit-il en la dévorant du regard tandis qu'elle se rhabillait.

Il retrouvait des amis en Europe sur son bateau. Pendant ce temps-là, elle accoucherait. Il n'y avait aucune possibilité qu'elle le rejoigne.

— Je ne veux pas être dans les parages à ce moment-là, pour ne pas interférer, dit-il simplement. C'est toi qui dois démêler l'écheveau toute seule.

Avec tout ce qui se passait dans sa vie, ce n'était pas plus mal que Richard parte en juin. Elle savait qu'elle devait sérieusement réfléchir. Quitter ou non un mari et quatre enfants pour un homme qu'elle connaissait à peine, juste parce que son instinct lui dictait qu'ils étaient faits l'un pour l'autre, n'était pas une décision anodine. En revanche, elle ne se trompait pas sur ce qu'elle ressentait. Tout cela sonnait juste, et pour lui aussi.

À partir de là, ils se retrouvèrent presque tous les jours à son appartement pour déjeuner et passer l'après-midi ensemble. Ils vivaient une existence secrète, allaient au musée, au cinéma, dans des galeries ou voir des expositions qu'il voulait lui montrer. Un soir où Max était absent, ils allèrent même au théâtre et elle passa la nuit chez lui. Elle commençait à se sentir chez elle là-bas. En avril et mai, ils passèrent le maximum de temps ensemble, et Julie finit par s'inquiéter du prochain départ de Richard.

— Ça va être terrible sans toi, lui dit-elle d'une petite voix.

— Ce sera pire pour moi : tu vas avoir le bébé d'un autre, avec la possibilité que tu retombes amoureuse de Max dans l'intervalle et m'annonces que tu restes avec lui et tes enfants, dit-il, très sérieux.

Ces mots n'avaient pas pour but de la convaincre de tout quitter. Il voulait qu'elle vienne à lui en toute liberté.

— Aucun risque, assura-t-elle en faisant allusion à Max. Je t'aime, Richard. Je veux juste être sûre de faire le bon choix.

Il hocha la tête. C'était ce qu'il voulait aussi pour elle et il le lui redit, en précisant que ce qu'il souhaitait, c'était qu'elle le rejoigne et partage sa vie. Il avait un appartement à Hong Kong et un autre à Londres, ainsi qu'une suite réservée en permanence au Ritz, à Paris. Une vie très appréciable qu'il voulait partager avec elle.

— Et si tu te lasses de moi un jour ?

— À mon tour de dire « aucun risque ». C'est l'inverse qui est beaucoup plus probable. Un jour, tu pourrais me trouver trop vieux.

Ils avaient presque trente ans d'écart, mais elle ne s'imaginait pas ne plus l'aimer.

— Tu envisagerais de te remarier ? demanda-t-elle, curieuse plus qu'autre chose.

— Si c'est ce que tu veux, oui. Tout me va. Quatre est peut-être un chiffre porte-bonheur, dit-il en lui souriant.

Avec lui, rien n'était jamais un problème et il désirait seulement lui faire plaisir. Ils faisaient l'amour tous les jours, même s'il y mettait mille précautions. Le terme était prévu dans quatre semaines et il ne voulait pas provoquer un accouchement prématuré, car ensuite il ne la verrait plus pendant un certain temps, jusqu'à ce qu'elle ait pris sa décision. Ils en étaient convenus ainsi. Il ne voulait pas lui mettre de pression, et il était prêt à attendre aussi longtemps qu'il le faudrait.

— Dans la limite du raisonnable, bien sûr, ajouta-t-il quand même. Je ne compte pas attendre jusqu'à ce que celui-ci entre à l'université, dit-il en montrant son ventre.

Il lui avait déjà dit qu'il ne voulait pas d'une relation extraconjugale de longue durée. Pour l'instant, le contexte était exceptionnel et ils venaient de se rencontrer, mais une fois le bébé arrivé, elle devrait se décider. Sinon ce serait injuste pour tous les deux, ce dont elle convenait elle-même. Mais ce qu'elle vivait avec lui n'était pas une aventure, c'était l'avenir, et elle le lui dit.

— Je l'espère, répondit-il.

Julie avait craint qu'avec son nouvel avion, Max soit plus présent à la maison et qu'elle ait donc moins d'occasions de voir Richard, mais il était vite retombé dans ses travers habituels. En mai, il enchaîna les déplacements. Ses promesses oubliées, il allait de ville en ville sans plus revenir entre chacune. Il appelait pour prendre des nouvelles, prévenir que ses plans changeaient à nouveau, mais elle ne se plaignait plus. Et quand il rentrait, il la trouvait plus apaisée, voire heureuse. Il se dit qu'elle s'était faite à sa grossesse et baignait dans le bien-être de la maternité. C'était un soulagement de la voir de si bonne humeur. Elle était même agréable vis-à-vis de lui, même s'ils ne faisaient plus l'amour. Elle en était incapable. Son corps appartenait à Richard désormais, et son ventre à son mari. Pour l'instant du moins. Mais ce serait bientôt terminé. Richard s'extasiait constamment sur le fait qu'aucune de ses grossesses n'avait marqué son corps. On aurait dit celui d'une jeune fille. Et même si le bébé n'était pas de lui, il s'inquiétait pour elle. Il avait bien constaté combien son ventre s'était arrondi depuis qu'ils étaient ensemble.

— Est-ce qu'il n'est pas trop gros ? Que disent les médecins ?

— Que c'est un beau bébé, dit-elle avec un sourire, touchée par son inquiétude. Mais les autres l'étaient aussi, quoique pas autant. C'est peut-être parce que c'est un garçon.

— Tu m'appelleras après, pour que je sache si tu vas bien, d'accord ? Quelle que soit ta décision.

— Bien sûr.

Elle redoutait son départ, tout comme lui. Mais il fallait en passer par là et c'était aussi bien. Elle serait devenue folle à le savoir tout proche sans pouvoir le voir.

Un portrait de lui parut dans le *New Yorker*, qu'elle trouva à la maison sur son bureau, un jour où Max était là. Il le lui montra. L'espace d'un instant, elle paniqua, se demandant s'il l'avait fait suivre.

— Je ne sais pas si tu te souviens de lui, dit Max. C'était ton voisin de table au dîner à Gracie Mansion. Un type intéressant.

— Je me souviens, dit-elle d'une voix faible, retrouvant son souffle.

Elle raconta l'anecdote à Richard et ils en rirent tous les deux.

— Le pauvre, il n'a aucune idée de ce qui va lui tomber dessus. Du moins, j'espère que ça va lui tomber dessus. Il le mérite, pour t'avoir délaissée sans le moindre scrupule, mais il ne l'admettra sans doute pas avant un bon moment. La plupart des hommes refusent de le reconnaître. Moi le premier. C'est l'ego qui en prend un sacré coup.

Elle pressentait que c'était vrai. Max croyait la posséder et avait organisé leur vie pour qu'elle lui convienne à lui, se persuadant qu'elle lui convenait à elle aussi.

Juin arriva. Richard et Julie n'avaient plus que quelques jours devant eux et leur désespoir allait grandissant. Elle venait le voir tous les jours mais comme elle était fatiguée, ils ne sortaient que très rarement, sauf parfois pour déjeuner. Le plus souvent, ils restaient chez lui puis elle retournait directement à Greenwich, s'arrêtant embrasser sa mère au passage avant de retrouver ses enfants. Ils étaient trop exubérants, trop bruyants à présent, ils la fatiguaient.

Dieu merci, Max était en déplacement lors de la dernière nuit avant le départ de Richard pour la France, et Julie put la passer avec lui. Ils ne quittèrent pas le lit, s'embrassant jusqu'à perdre le souffle. Au matin, elle l'accompagna à l'aéroport, pour ne pas rater une minute de sa présence. Devant la porte d'embarquement, il la serra fort contre lui et ferma les yeux pour mieux la respirer et l'aimer. Ils ne se demandèrent même pas si on les voyait.

— Reviens-moi, murmura-t-il. Ne me quitte pas, Julie.

— Je t'aime. Prends bien soin de toi. Moi aussi, je m'inquiète. Fais attention sur le bateau.

Ses recommandations le firent sourire.

— Je ne monte pas dans une barque de pêcheur.

Elle rit. En effet, les photos dans l'appartement montraient un yacht long de soixante mètres, avec un équipage de dix-huit personnes.

— Tu pourrais tout même te blesser ou tomber.

— Je serai vigilant. De ton côté, détends-toi maintenant. N'en fais pas trop et repose-toi.

La césarienne était dans deux semaines, soit quelques jours avant le terme.

— Et n'oublie pas combien je t'aime.

Il était temps de partir s'il voulait attraper son avion. Il l'embrassa une dernière fois et se détourna. Julie lui fit signe lorsqu'il embarqua. Elle resta là encore quelques minutes, jusqu'à ce que l'appareil disparaisse, puis elle reprit sa voiture pour rentrer à Greenwich. À sa grande surprise, Max se trouvait dans la cuisine, mort d'inquiétude.

— Où étais-tu ? J'ai atterri ce matin et je suis venu voir comment tu allais au lieu d'aller directement au bureau.

En d'autres temps, cet accueil l'aurait fait bondir, venant de quelqu'un qui était parti depuis une bonne semaine et presque toujours absent depuis deux mois. Sauf que cela ne comptait plus pour elle et que ses voyages les avaient parfaitement arrangés, Richard et elle.

— J'avais un examen de routine chez mon médecin. Ils vérifient des tas de choses sur la fin.

— Ce ne sera plus très long, dit-il, rayonnant. J'ai hâte qu'il arrive.

Et il posa une main possessive sur son ventre, ce qui la fit tressaillir.

— Moi aussi, dit-elle avant de monter s'allonger dans leur chambre.

Elle voulait rester seule pour pouvoir penser à Richard. Il partait pour deux mois, mais Julie prévoyait d'annoncer sa décision à Max bien avant la fin de ce délai, une fois l'accouchement passé et après qu'elle aurait un peu récupéré, afin d'avoir les idées claires.

Max monta prendre une douche et se changer : il retournait travailler et avait un dîner d'affaires.

— Je rentrerai tard ce soir, voire je dormirai en ville.

Elle ne répondit pas.

— Ça va ? Tu es bien silencieuse.

Elle qui avait été si gaie ces derniers temps. Elle semblait plus en retrait.

— Je réfléchis.

— Tu t'inquiètes pour la naissance ?

— Pas encore, mais ça viendra. Heureusement qu'il y aura une césarienne, il est énorme.

Max l'avait remarqué lui aussi.

— Et ta maman ? s'enquit-il gentiment.

— Rien à signaler. Elle s'accroche toujours, mais ils lui donnent beaucoup de sédatifs. C'est mieux pour elle. Merci de demander.

Ils étaient comme deux étrangers désormais, habitant à la même adresse et qui avaient un bébé ensemble. Elle se demanda s'il serait là à l'accouchement et pendant une seconde, elle regretta que ce ne soit pas l'enfant de Richard. Mais comme il l'avait dit, ils n'étaient pas doués pour ça, et ce n'était pas ce qu'il voulait.

Après le départ de Max, elle passa une soirée tranquille. Elle vit un peu les filles. Avec la permission de la nounou, Hélène passa l'embrasser dans sa chambre.

— Je voudrais être la marraine du bébé, parce que je prie beaucoup pour lui, dit-elle.

— Quel genre de prières ?

— Oh ! des prières gentilles, tu sais. Comme demander à Dieu de bien s'occuper de lui jusqu'à ce qu'il arrive et qu'on puisse à notre tour s'occuper de lui.

— C'est adorable, ma chérie, merci beaucoup. Mais tu ne peux pas être sa marraine, parce que papa est juif et qu'il n'y a pas de marraine dans sa religion.

Hélène eut l'air déçue.

— Pourquoi est-ce qu'on ne va pas à l'église ou à la synagogue ?

— Parce que papa n'y va pas et que moi, je ne vais plus à l'église, ou du moins pas très souvent.

— Un jour, je serai peut-être juive comme Opa et mamy Emm. Elle disait que c'était important de se souvenir de ce qui s'était passé pendant la guerre, pour que les gens n'oublient pas qu'ils sont juifs. Je crois que j'aimerais bien être juive.

Julie trouva la remarque bizarre, mais c'était une enfant sensible, qui réfléchissait beaucoup et qui avait été très proche de ses grands-parents. Elle ressentit comme un pincement de culpabilité de ne pas avoir emmené de temps en temps les enfants à l'église. Voilà encore une chose qu'elle ne faisait pas avec eux. Il y en avait tant. Mais Max disait toujours que ce serait source de confusion à leur âge.

Ce soir-là, Max resta dormir à New York et Julie se coucha tôt. Le téléphone la réveilla à six heures du matin. Richard ? Il devait rester quelques jours à Paris avant de descendre dans le sud pour embarquer sur son yacht à Monaco. Ce n'était pas lui, mais l'infirmière de sa mère. Celle-ci venait de s'éteindre paisiblement, quelques minutes plus tôt. En l'absence de tout signe précurseur, elle n'avait pas eu le temps de la prévenir pour qu'elle arrive à temps, mais Julie avait déjà fait ses adieux de nombreuses fois à sa mère. Ils étaient tous prêts. L'infirmière dit que ses sœurs étaient prévenues. Julie les appela quand même : toutes les deux seraient là dans l'après-midi. Tout était déjà organisé pour les funérailles et elles connaissaient les dernières volontés de leur mère. Elles avaient eu le temps d'en discuter quand elle était encore lucide. Elle leur avait même indiqué quelle musique passer. Julie était triste, mais cela faisait longtemps que la mort guettait. Elle se sentait presque sereine à présent. Elle prévint Max, qui fut désolé de la nouvelle. Leurs parents étaient tous partis désormais. D'une certaine façon, Julie s'en félicitait. Elle n'aurait pas à gérer les réactions des autres, si ce n'étaient celles de Max, dans le cas où elle le quitterait. L'opinion de leurs parents aurait pesé comme un fardeau supplémentaire.

Plus tard, elle se rendit chez sa mère, déjà emmenée par les pompes funèbres. La nécrologie ayant été rédigée à l'avance, elle n'eut qu'à l'envoyer au *Times* et à la presse locale. Elle appela le fleuriste – sa mère avait demandé des lys blancs – et mit tout le reste en branle, si bien que lorsque ses sœurs arrivèrent ensemble de Californie, tout était déjà finalisé.

— Mon Dieu, regarde-toi ! Tu es énorme, lui dit sa sœur aînée, reprise en stéréo par leur cadette.

Cela lui rappela qu'elles aussi auraient leur idée sur son comportement. Mais ce qu'elles pensaient n'avait pas d'importance. Personne ne vivait sa vie à sa place. Ses sœurs avaient chacune deux enfants, ce qui leur convenait très bien, et comme ils étaient encore petits, elles les avaient laissés sur la côte ouest. Avant de partir ce matin-là, Julie avait prévenu Hélène et Kendra.

« Bonne-maman est montée au paradis rejoindre bon-papa.

— Est-ce qu'ils vont voir Opa et mamy Emm, ou bien ils ne sont pas dans le même paradis parce que ce sont des juifs ? avait demandé Hélène, qui posait des questions religieuses compliquées ces derniers temps.

— Je ne sais pas. Il faudra demander à ton père », avait-elle répondu à sa fille, sans avoir aucune idée de ce qu'il répondrait.

Le jour de l'enterrement, Richard envoya une immense gerbe d'orchidées blanches chez eux, avec une carte disant simplement : « Je t'aime, Richard ». Elle la glissa dans sa poche. Les funérailles se déroulèrent exactement comme leur mère l'avait demandé. Ses sœurs couchaient aux Vergers, et elles discutèrent toutes les trois de mettre en vente la maison de leurs parents, puisque aucune d'elles n'en voulait. Tout leur revenait, divisé en trois parts égales, si bien qu'il n'y aurait pas de dispute sur la propriété, Dieu merci. Entre les liquidités, les antiquités, les bijoux et l'art, cela faisait une jolie somme pour chacune.

Elles avaient déjà passé en revue les meubles de leur mère, ses bijoux et toutes ses possessions afin de se partager en bonne intelligence ce qu'elles préféraient. Toutes les trois étaient riches, et ce depuis la mort de leur père.

Lorsque ses sœurs repartirent pour la Californie, elles lui souhaitèrent bonne chance pour la césarienne et exigèrent d'être averties dès l'accouchement terminé.

Richard avait téléphoné plusieurs fois de France. Il était déjà sur son bateau et la communication par satellite passait parfois difficilement, mais il avait dit qu'il appellerait chaque fois qu'ils mouilleraient dans un port, d'où c'était plus facile. Lui aussi voulait être informé de l'arrivée du bébé. Il s'inquiétait pour elle.

« Je demanderai à Max de t'appeler, l'avait-elle taquiné.

— Très drôle.

— Désolée. C'est que je risque d'être un peu déphasée pendant un jour ou deux après l'intervention.

— Si seulement quelqu'un pouvait m'appeler... »

Mais tous deux savaient que c'était impossible. Pour rien au monde elle n'en toucherait un mot à ses sœurs, de vraies concierges, qui voudraient alors tout savoir et tiendraient à donner leur opinion. Or, une partie d'elle-même hésitait toujours. Elle aimait Richard sans réserve, mais elle doutait encore de la meilleure chose à faire pour ses enfants. Elle essayait de déterminer si elle avait une obligation à vie envers eux, qu'ils soient proches ou non. Car si elle partait, elle leur léguerait un problème qui avait été exclusivement le sien. Cela les affecterait en profondeur, elle ne pouvait se le cacher. Qu'est-ce que cela disait de vous si votre mère vous quittait ? Julie hésitait. Elle y pensait constamment, en espérant que la réponse lui apparaîtrait dans toute sa clarté à un moment donné. Elle ne voulait pas sacrifier Richard à ses enfants. C'était trop demander. Mais elle avait cru que ce serait plus facile de les quitter pour lui.

Deux jours avant la césarienne, Max se comporta comme elle s'y attendait : il lui annonça qu'il avait une grosse réunion à Houston, une autre à Phoenix et une troisième à Albuquerque. Il ne pouvait pas les rater, mais il promit d'être rentré à temps pour l'intervention. Il jouait avec le feu, comme toujours.

— De toute façon, elle a lieu avant le terme prévu, donc le bébé ne risque pas de débarquer plus tôt.

— Qui essaies-tu de convaincre ? Moi ou toi ? dit-elle d'un ton cassant. Dois-je te rappeler que Daisy avait deux semaines d'avance et que j'ai perdu les eaux avant la césarienne ? Mais peut-être qu'il vaut mieux rester dans le monde enchanté, pour que tu n'aies pas mauvaise conscience de partir aussi près du terme ?

— J'étais là à temps la dernière fois, et il en sera de même, vu que j'ai mon jet, dit-il, têtu.

— Tu étais là deux minutes avant, lui rappela-t-elle.

Il eut l'air gêné, mais il l'embrassa néanmoins sur le haut du crâne et partit. Cela faisait des mois qu'il ne l'avait pas embrassée et Julie ne courait pas après. Elle ne ressentait plus la même chose envers lui. Ce serait fatalement arrivé, mais Richard avait accéléré les choses.

Cette fois, elle n'alla pas au cours d'aérobic ni à la piscine dans les jours précédant la césarienne. Elle voulait faire les choses bien. Cela ne l'empêcha pas de perdre les eaux quarante-huit heures avant l'opération, par une nuit de pleine lune. Quelques minutes plus tard, le travail commençait. Le bébé était pressé. Barbara, la nounou, la conduisit en urgence à la maternité. Vu l'heure, il n'y avait personne sur la route, et elles parvinrent rapidement à destination. Julie avait déjà des contractions toutes les deux minutes. Elle savait à quoi s'attendre : serrer les dents le temps d'arriver, puis césarienne avec péridurale, voire anesthésie générale, ce qu'elle préférerait. Cette fois, elle n'appela pas Max. Tout allait trop vite et il n'y avait aucune chance qu'il revienne à temps de Houston ou d'Albuquerque. Avant de partir, elle avait prévenu son médecin, et une fois sur place elle envoya Barbara chercher sur-le-champ une infirmière.

— Je suis prête à pousser, dit-elle entre ses dents à celle qui se présenta.

Elle essayait de se retenir. Daisy était née en moins de temps qu'il en fallait pour le dire. Heureusement que celui-là était plus lent.

— Mais il ne devait pas y avoir une césarienne ? dit l'infirmière.

Après trois accouchements dans leur service, beaucoup d'entre elles connaissaient Julie maintenant. Celle-ci avait l'impression d'être une vache qui mettrait bas les veaux à la chaîne.

— Apparemment, personne n'en a informé mon fils.

Julie s'agrippait aux accoudoirs du fauteuil roulant, regrettant que Richard ne soit pas à ses côtés. Richard, pas Max. Il aurait pris les choses en main en un claquement de doigts.

— La salle d'accouchement est prête, la rassura l'infirmière.

Ils l'aidèrent à se hisser sur un lit à roulettes et ils la poussèrent au bloc, où le médecin l'examina. Le col était totalement dilaté et le bébé énorme. On lui posa sur le ventre un capteur, qui signala une détresse cardiaque du bébé à chaque contraction supplémentaire.

— On y va, dit le médecin à l'anesthésiste posté juste derrière Julie, avant de lancer à l'adresse de l'équipe médicale : Problème de cordon.

Julie sombrait déjà dans l'inconscience. Quelques secondes plus tard, ils pratiquaient l'incision et sortaient le bébé aussi vite que possible. Ce dernier avait le visage bleui et aucun cri ne retentit malgré le massage entrepris par le médecin. L'infirmière s'empressa de couper le cordon enroulé autour du petit cou, resserré davantage par chaque contraction. Quelques-unes de plus et il aurait été étranglé. Comme le cordon se relâchait, un vagissement puissant jaillit enfin de la bouche du nourrisson. L'équipe respira.

— Bravo, fit le médecin en souriant. Le cordon faisait combien de tours ?

— Six, répondit l'infirmière.

Le bébé continuait de crier, son visage passant du violacé au rouge brique. Jamais sa mère ne sut combien elle avait été près de le perdre. Ils le pesèrent : quatre kilos sept.

— Un beau petit gars, commenta le médecin qui recousait Julie. C'est son quatrième. On la reverra dans un an ou deux. On adore prendre les mêmes et recommencer, ajouta-t-il.

Éclat de rire général. Maintenant que le bébé était sauf, ils pouvaient se détendre. Le pédiatre plaça le nourrisson dans un incubateur – c'était la procédure pour les gros bébés. Ils l'envoyèrent ensuite à la nursery afin qu'il soit lavé, habillé et qu'ils vérifient à nouveau ses constantes. De son côté, Julie était dans sa chambre une demi-heure plus tard, après avoir été lavée. Quand elle se réveilla, elle tremblait violemment et vomit du fait de l'anesthésie.

— Je me sens vraiment mal, dit-elle avec l'impression d'être un soldat qu'on aurait envoyé trop souvent au front.

— Pas étonnant, répondit l'infirmière, qui lui fit une piqûre de Demerol contre la douleur. Ça va agir dans une minute.

De fait, Julie ne tarda pas à retomber dans le sommeil. Lorsqu'elle émergea, ils lui racontèrent l'accouchement et le problème du cordon qui avait failli coûter la vie au bébé. Une chance qu'elle ait été à l'hôpital, ils avaient pu réagir vite. Julie se demanda ce qu'elle aurait ressenti s'il lui était arrivé quelque chose. Un déchirement, sans doute. Et de la culpabilité. Mais il allait bien.

— Aimeriez-vous tenir votre beau garçon ? lui demanda l'infirmière.

— Non, j'ai trop mal, dit-elle.

— Où est le papa ? Il attend en bas ?

— Non, il est à Chicago ou à Houston. Enfin, quelque part. Je ne me souviens plus où. Il va finir par rentrer.

L'infirmière ne fit aucun commentaire et Julie replongea dans le sommeil. Elle se réveilla dans une chambre particulière. Ce n'est que là qu'elle se souvint avoir dans son sac le numéro de Richard. Elle demanda à l'aide-soignante de le lui apporter. Elle voulait lui parler. Ne lui avait-elle pas promis qu'elle l'appellerait ? Elle essaya de composer correctement le numéro, mais ça ne passait pas. L'opérateur lui dit qu'elle ne pouvait passer d'appels internationaux depuis le téléphone de la chambre. Elle ne pourrait pas lui parler. À la place, elle appela Max. Il répondit aussitôt.

— Du nouveau ? dit-il d'une voix à la fois excitée et pleine d'espoir.

— Il est arrivé il y a quelques heures. Quatre kilos sept. Le cordon avait fait six fois le tour de son cou, mais il va bien. Simon Jacob Stein attend de faire ta connaissance.

Elle essayait d'y mettre un peu de joie, sans y parvenir. Elle ne la ressentait pas. Elle n'aimait plus le père, et ce pauvre petit être n'était qu'un nœud coulant de plus autour de son propre cou.

— Je serai de retour d'ici quelques heures ! Et, bébé, tu es fantastique. Je t'aime, ajouta-t-il.

— Moi aussi, répondit-elle.

Elle raccrocha, les joues baignées de larmes. Elle était à nouveau prisonnière.

## 18

Max entra dans l'hôpital comme s'il lui appartenait et que sa femme venait d'accoucher du Christ. Comme Julie dormait profondément, il fila à la nursery voir le bébé. Une infirmière le soutint pour lui et il indiqua qu'il voulait l'emmener dans la chambre de sa femme. Père et fils réveillèrent donc Julie de concert. L'infirmière lui proposa de prendre le bébé, mais elle ne put se redresser, la cicatrice faisait encore trop mal. Ce fut Max qui berça leur fils. Il rayonnait littéralement de joie.

— On dirait un sumo, dit Julie.

— Si mes parents avaient été là, dit-il, en pleurant d'émotion. Mon père désirait tellement un petit-fils. Mais il adorait aussi les filles.

Il s'assit, son fils dans les bras. Le bébé regardait autour de lui et, apparemment satisfait de son environnement, il ne tarda pas à se rendormir contre son père. Julie l'observait en se demandant comment un bébé de cette taille avait pu tenir dans son ventre. Heureusement qu'elle n'avait pas accouché par voie naturelle. Elle n'avait jamais vu de nouveau-né aussi gros. Il était d'ailleurs le plus imposant de la nursery pour le moment.

Max le reposa doucement dans son berceau, sans le réveiller. Il sortit une petite boîte cubique de sa poche et aida Julie à l'ouvrir. Encore groggy du fait des antidouleurs, elle le regarda lui passer au doigt une énorme émeraude.

— Je ne le mérite pas, dit-elle avec une once de culpabilité.

— Bien sûr que si !

Quand il l'embrassa, elle détourna la tête et ferma les yeux. Elle ne pouvait penser qu'à Richard.

Quatre jours plus tard, on les laissa rentrer chez eux. Julie avait toujours du mal à marcher ou à se tenir droite, mais elle voulait retrouver son lit et surtout pouvoir parler à Richard. Cela faisait cinq jours qu'ils ne s'étaient pas appelés.

À la maison, les nounous l'aidèrent à se déshabiller et à se coucher. La cicatrice mettait cette fois plus longtemps à se refermer. Max se chargea de présenter Simon à ses sœurs. Elles furent heureuses de le rencontrer. Hélène en particulier s'émerveilla comme une petite mère. Elle avait tout l'instinct qui manquait à la sienne. Mais Julie avait trop mal pour s'occuper du nourrisson, qui pleurait beaucoup. Il avait faim et avalait goulûment son biberon toutes les deux heures.

Cet après-midi-là, Max emmena les filles prendre une glace, et Julie en profita pour appeler Richard. Elle avait pris un antalgique, mais demeurait assez consciente pour avoir une conversation cohérente. Il mit du temps à prendre la communication : il était en train de dîner sur le pont du navire avec des amis, mais quand il sut qui était en ligne, il se précipita.

— Julie ? Tout va bien ?

— Non, je suis dans un état de merde et tu me manques. Le bébé est là. Je voulais juste te dire que tout allait bien.

— Oh ! ma chérie. Je suis désolé. Tout s'est bien passé ?

Elle n'avait pas une bonne voix, mais c'était derrière elle.

— Quatre kilos sept.

— C'est bien ce que je me disais. Mon fils était de cette taille. Je crois que c'est pour ça qu'elle m'a quitté, mis à part le fait que j'étais un mari et un père nul.

— Ne me fais pas rire, gémit-elle. Cette cicatrice fait un mal de chien. Tu me manques terriblement.

— Toi aussi. Maintenant, repose-toi et reprends des forces. Donne-moi de bonnes nouvelles quand tu ne seras plus sous analgésiques.

— Je t'aime, dit-elle faiblement.

— Moi aussi. Appelle-moi quand tu veux. Je suis si content que tu ailles bien. Ça ira mieux encore dans quelques jours.

Elle éclata en sanglots à ces mots, prise dans un maelström d'émotions. Entre les hormones, les antidouleurs, le résidu d'anesthésie, elle était en vrac. Il l'entendait à sa voix et imaginait ce qu'elle traversait.

— Tout va bien, ma chérie. Bientôt, tu auras rebondi. C'est fini, maintenant. Tu vas pouvoir reprendre le cours de ta vie, et de la mienne, j'espère.

Elle sourit à travers ses larmes.

— Merci.

— Repose-toi.

Il retourna à son dîner, sans pouvoir dire avec qui il venait de parler : la femme qu'il aimait, qui venait d'accoucher et dont il espérait qu'elle abandonnerait son mari et ses enfants pour lui. C'était trop sordide, ou du moins ça en avait l'apparence. Et plus que décadent.

À Greenwich, Julie pleurait à chaudes larmes dans son lit, sans trop savoir pourquoi. Tout ce dont elle était sûre, c'était qu'elle aimait Richard et ne savait pas quoi faire. Le bébé rendait Max tellement heureux qu'elle ne voulait pas lui gâcher ce moment. Tout ça était trop confus. Et Hélène, qui passait à tout bout de champ voir si elle allait bien et lui apporter des petites douceurs. Elle s'inquiétait pour tout le monde : son père, sa mère, le bébé. Simon avait une grande valeur à ses yeux puisqu'elle était convaincue qu'il était en vie grâce à ses prières. Elle était heureuse qu'ils l'aient gardé. Elle ne cessait de le prendre dans ses bras, de le contempler et de l'embrasser. C'était aussi son bébé maintenant.

Max resta à la maison pendant la semaine qui suivit le retour de la maternité. Il fit venir un mohel et un rabbin pour la circoncision. Hélène eut une longue conversation avec le rabbin, qui les félicita d'avoir une enfant si brillante, avec un intérêt si marqué pour le judaïsme. Il suggéra à Max qu'elle prenne des cours d'hébreu pour préparer un jour sa bat-mitsva. Max hocha la tête, le remercia et lui donna une enveloppe à partager avec le mohel. Il n'allait pas envoyer ses filles à des cours d'hébreu sous prétexte qu'il avait fait circoncire son fils. Tout comme ses parents, son lien avec la religion était plutôt culturel et limité au strict minimum. Il avait été élevé ainsi. Si Hélène ressentait vraiment l'appel de la religion, elle pourrait toujours creuser ça plus tard, mais pas à 9 ans. Lui ne se considérait comme juif que de nom. Il était fier de l'être et honorait les souffrances endurées par ses parents, mais la synagogue et ce qui s'y passait ne l'intéressaient pas. Il n'aurait d'ailleurs pas su dire en quoi il croyait.

Quand Max montait voir comment allait sa femme, il la trouvait en général endormie. Même lui remarquait que, cette fois, elle avait l'air plus mal en point. Les douleurs de la césarienne ne passaient pas et elle prenait des médicaments assez forts. Cinq jours après leur retour, la dépression s'installa. Julie pleurait tout le temps. Max devait déjà repartir, pour deux semaines cette fois-ci, et même s'il ne voulait pas le reconnaître, il était soulagé. Le bébé était magnifique, mais tout le tapage qu'il générait, plus les nounous, Julie et leurs filles… c'était plus qu'il ne voulait gérer. Bien calé dans son jet, il était ravi de laisser tout cela derrière lui pour retourner aux affaires, le monde dans lequel il se sentait le plus à l'aise.

Pour Julie, le pire était à venir. Sa dépression s'éternisait. Les filles venaient dans sa chambre, ce qui la dérangeait. Kendra sautait sur le lit et Daisy, qui voulait aller dans ses bras, pleurait chaque fois que son désir était contrarié. Simon avait tantôt faim, tantôt la colique, ou tout à la fois, et hurlait constamment. Elle l'entendait à travers toute la maison. Quant à Hélène, elle semblait préoccupée et inquiète dès que son père partait en voyage. Quand elles le pouvaient, les nounous sortaient les filles de sa chambre, mais jamais assez vite au goût de Julie : il y avait toujours de la casse ou du désordre, ça ne ratait jamais, et Hélène qui s'attardait avec une expression anxieuse…

Retenue au lit par les suites de la césarienne, Julie se sentait prise au piège dans sa chambre. Comme en prison, enfermée avec les nounous, les enfants, et Max absent, qui ne se donnait même pas la peine de téléphoner. Il prétexta le décalage horaire, mais c'était du pipeau. Elle avait l'impression que son existence se limiterait pour toujours à ce même carrousel infernal. Elle étouffait comme une noyée. Partir lui paraissait pourtant égoïste et cruel. Rester, une torture. Quand Richard appela, elle lui dit qu'elle essayait d'y voir clair et de se montrer juste envers les enfants. Peut-être que son rôle de mère était de sacrifier sa vie pour leur bien-être.

— Ça ne fera de bien à personne, dans l'état où tu te trouves, dit-il avec sagesse. Tu leur en voudras de tout ce que tu auras abandonné pour eux. Mais attends d'abord que tes hormones se calment un peu. Donne-toi du temps. L'offre tient toujours, et tiendra pendant un bon moment. On en reparlera quand tu iras mieux. On dirait bien que tu as besoin de sortir de chez toi.

— Je me sens en prison.

Elle éclata en sanglots. Au bout du fil, Richard remerciait le ciel d'en avoir fini avec les bébés. Il avait oublié combien ça brassait d'émotions, et combien c'était pénible.

Julie se sentit encore plus mal quand Max rentra de déplacement. Elle s'écartait chaque fois qu'il l'approchait. Elle voyait combien le bébé le rendait heureux, mais elle ne ressentait rien, ni pour l'un ni pour l'autre. Comme s'il lui manquait quelque chose, depuis toujours. Intérieurement, elle était un vrai méli-mélo d'émotions. À chaque fois qu'une de ses filles criait « Maman ! » et courait dans le couloir pour la voir, elle grimaçait et avait envie de fermer la porte de sa chambre à clé. On aurait dit que quelque chose ne tournait pas rond au plus profond d'elle-même, et elle le savait.

Quand Max revint, elle avait recommencé à se lever et s'habiller. Elle ne conduisait pas encore et dépendait des uns et des autres pour aller là où elle le souhaitait, mais tous les prétextes étaient bons pour sortir, quitter la maison et s'enfuir loin d'eux pendant un moment. Elle avait arrêté d'appeler Richard, car ça lui minait le moral. Elle essayait par ailleurs de raviver une émotion quelconque pour Max et les enfants, afin de savoir s'il y avait quelque chose de ce côté-là, mais c'était le désert, un vide géant là où auraient dû se trouver les sentiments. Tout le monde s'extasiait sans cesse sur le bébé, mais chaque fois qu'elle voulait le prendre, il lui vomissait dessus et ils finissaient par empester tous les deux.

Rien ne venait compenser son mal-être, sauf peut-être l'exceptionnelle émeraude offerte par Max, qu'elle avait de toute façon trop mauvaise conscience pour porter. Elle aimait un autre homme et ne pouvait pas accepter un énorme joyau de la part de son mari sous prétexte qu'elle avait porté son bébé. Le pire était qu'il lui réservait le solitaire de sa mère, elle le savait, mais elle n'en voulait pas non plus. Elle ne voulait rien de lui. Elle désirait seulement qu'on la laisse tranquille. Et les pleurs reprenaient de plus belle dès qu'elle se disait qu'elle devrait supporter Max et leurs enfants pour l'éternité. Tout cela ne faisait qu'exacerber ses envies d'évasion.

— Comment ça va, toi ? lui demanda Max un soir, alors qu'ils étaient couchés.

Il voyait bien qu'elle était à nouveau déprimée, et ce depuis l'hôpital. Il ignorait si c'étaient les hormones ou autre chose, en plus du baby-blues.

— Je ne sais pas trop. Tout ça est tellement bouleversant. Nous avons tant d'enfants maintenant, qui exigent tellement d'attention...

Dont deux encore en couches, qui pleuraient en permanence, tandis que les deux autres étaient de vraies pipelettes. Sans compter que les nounous requéraient aussi son attention. Elle avait l'impression qu'on lui pompait jusqu'à la dernière goutte de son énergie.

— On ne peut pas les congédier. Tu t'y feras, dit Max sans compassion aucune.

Lorsqu'il la regarda, des paroles de sa mère lui revinrent en mémoire : Julie n'avait pas l'air d'être le genre de fille à vouloir beaucoup d'enfants, ni même d'être une femme sérieuse pour lui. Pour la première fois de sa vie, il se demanda s'il avait épousé la bonne personne.

Quand il repensait à la force que ses parents s'étaient donnée mutuellement, la sagesse qu'ils avaient partagée, la foi qu'ils avaient dans les capacités de l'autre, les encouragements et le soutien qu'ils s'apportaient... Dans les camps, ils s'étaient apporté de l'espoir, et voilà que

Julie ne s'en sortait pas avec quatre enfants malgré l'aide de quatre nounous. Elle se noyait dans un verre d'eau, comme aurait dit Emmanuelle. Il avait besoin d'une épouse avec des tripes, comme sa mère. Mais il était tellement amoureux de Julie quand ils s'étaient rencontrés qu'il n'avait pas voulu le voir. Julie était une femme avec laquelle on s'amusait bien, elle était décorative, mais pas solide. Exactement telle que sa mère l'avait résumée : pas faite pour être mère de famille nombreuse ni pour appuyer son mari pendant qu'il construit un empire pour elle. C'était une pensée terrible. Il se détourna pour que Julie ne voie pas les larmes dans ses yeux. De son côté du lit, elle pleurait aussi, il le savait. Et il n'avait même pas envie de tendre le bras pour la réconforter. Ils n'avaient plus guère de compassion l'un pour l'autre. Ils étaient deux personnes totalement différentes, deux pièces de puzzle qui ne s'imbriquaient plus et ne s'étaient jamais vraiment imbriquées. Il se tourna vers elle.

— J'ai oublié de te dire : je pars demain à Seattle. Il y a des occasions à saisir là-bas. Et ensuite, je descends dans le sud de la Californie pour des réunions.

Elle finit par hocher la tête et lui souhaita bon voyage. Était-elle sarcastique ou sincère ? Il n'était plus sûr que cela ait de l'importance. Il détestait devoir l'admettre, mais il n'éprouvait plus rien pour elle.

Six semaines après son départ et un mois après la naissance du bébé, Richard l'appela depuis son bateau qui rentrait tout juste de Sardaigne et mouillait maintenant à Monte-Carlo. Il avait un ton grave.

— Julie, je n'en peux plus. Je sais que je t'avais dit de prendre tout ton temps, mais je deviens fou. Tu me manques. Je ne veux pas te mettre la pression, mais j'ai besoin de te voir. Je m'envole de Nice ce soir pour

New York. J'arriverai vers minuit. Je veux te voir demain. Je veux juste te toucher, te tenir dans mes bras et voir ton visage.

Il avait l'air désespéré et elle en fut touchée. Elle ressentait la même chose, mais hésitait à le revoir tout de suite. Elle n'avait toujours pas arrêté de décision et se sentait plus mal chaque jour.

— Je ne suis pas belle à voir, dit-elle d'une voix hésitante.

Elle avait le teint terreux et n'avait pas encore perdu les kilos de sa grossesse, sans compter qu'elle était dans un état dépressif morbide.

— Ce n'est pas grave. Je t'aime. Cela fait six semaines que je ne t'ai pas vue. Je ne te demande qu'une heure ou deux, et ensuite je te laisse tranquille jusqu'à ce que tu y voies clair. Tu m'es aussi nécessaire que l'air, j'ai besoin de toi.

— Moi aussi, dit-elle avec tristesse.

Ce dont elle n'avait pas besoin, c'était Max et les enfants. En revanche, eux avaient besoin d'elle.

— Tu viens juste pour moi ?

— Oui. Je repars demain soir, après t'avoir vue.

Richard était effrayé de se mettre ainsi à nu, surtout pour une femme mariée qui pouvait décider de rester avec mari et enfants. Il savait bien qu'il lui demandait beaucoup, mais jamais il ne pourrait supporter quatre enfants, dont deux bébés, en garde partagée, avec dans le package une nuée de nounous et un mari potentiellement furieux. Il se connaissait assez pour savoir qu'il ne pourrait pas gérer et qu'ils finiraient par se détester. Il la voulait toute à lui, et il voulait qu'elle vienne de son plein gré. Elle le savait, il le lui avait dit.

— Tu viens vingt-quatre heures seulement pour me voir ?

— Je resterai deux jours, si c'est ce que tu veux, ou

pour toujours. C'est toi qui décides. J'avais des invités demain, mais je viens de les décommander. Je veux te voir. Alors on est d'accord ? Dix heures du matin chez moi ? Max est à New York, au fait ?

— Non. Il est à Seattle, et ensuite j'ai oublié où. Je crois qu'il est parti pour une bonne semaine.

— Ça facilite les choses.

Il aurait bien aimé lui demander de le retrouver dès son arrivée, dans la nuit, mais il ne voulait pas l'effaroucher. Surtout pas.

— Je viendrai demain, dit-elle d'une voix douce.

Une fois le téléphone raccroché, elle resta sur son lit, à penser à lui. Rien que le fait de savoir qu'il arrivait lui redonnait des forces. Elle se leva, se lava les cheveux et se fit les ongles. Elle inspecta ses placards pour trouver quelque chose à se mettre et eut la bonne surprise de constater qu'elle entrait plus facilement que prévu dans ses habits. Sa déprime lui coupant l'appétit, elle avait perdu presque tout le poids gagné pendant la grossesse. Il en restait un peu sur les hanches, c'était tout. En n'allaitant pas, on perdait plus vite.

Elle erra dans la maison pendant le reste de la journée et la soirée. À minuit, elle était en pensée à l'aéroport où son avion avait dû atterrir. Impossible de trouver le sommeil. Elle somnola par intermittence quelques heures et était levée dès six heures. Elle prit une douche, s'habilla et descendit avaler un café à la cuisine. Barbara prenait une tasse de thé après avoir donné son biberon à Simon. Elle portait son uniforme – Max aimait que les nounous s'habillent de manière correcte pour s'occuper des bébés, pas en jean et tee-shirt. Son père aussi avait été du genre formel, toujours impeccablement habillé en toute circonstance.

— Je vais à New York, dit-elle avant de partir. Je ne sais pas quand je reviendrai.

Elle ignorait quand repartait l'avion de Richard pour la France. Si tout se passait bien, elle le raccompagnerait à l'aéroport puis reviendrait à Greenwich, mais tard.

— Bonne journée, répondit Barbara.

La porte de la cuisine s'était déjà refermée. Julie pouvait entendre les pleurs du bébé à l'étage. Elle courut à sa voiture et se regarda dans le rétroviseur. Sachant qu'elle allait revoir Richard, elle se sentait soudain elle-même. Elle s'était maquillée et portait des talons, ses cheveux étaient beaux. Elle avait enfilé une robe dont elle avait presque oublié l'existence et qui lui allait à ravir, en soie bleu ciel – de la même couleur que le sari qu'elle portait le soir où ils s'étaient rencontrés. Elle se sentait à nouveau femme et pas seulement une bête de somme qu'on laissait derrière soi, comme avec Max.

À neuf heures cinquante, elle était devant son immeuble de Tribeca. Poliment, elle laissa passer les dix minutes nécessaires avant de se présenter au portier :

— Mme Stein pour M. Randall.

L'homme l'annonça et lui indiqua l'ascenseur, dans lequel elle monta. Quand les portes s'ouvrirent, il était là, tout bronzé, en jean blanc, tee-shirt et espadrilles noirs, avec sa crinière immaculée. Sans un mot, il l'attira à lui et l'embrassa. Quand ils reprirent leur souffle, elle le contempla. Ils partageaient le même sourire heureux. À cet instant, la réponse s'imposa d'elle-même. Inchangée et évidente depuis le dîner à Gracie Mansion.

— C'est oui, souffla-t-elle.

Il la serra contre lui et la fit tournoyer avant de la reposer délicatement pour ne pas lui faire mal. Une urgence commune les fit se hâter à l'étage, vers le lit, où Julie célébra sa liberté retrouvée.

# 19

Une fois rentrée à Greenwich, Julie s'arrangea pour que les nounous sortent les enfants pendant deux jours. Elles les emmenèrent donc au parc aquatique faire des glissades dans les toboggans, puis à une fête foraine avec plein d'attractions, manger de la barbe à papa, du popcorn et des glaces. Julie eut ainsi la possibilité de faire ses bagages en toute tranquillité. Elle emportait ce dont elle avait besoin pour plusieurs mois et tous les contextes : ville, bateau et plage. Elle se ferait envoyer le reste plus tard. Elle passa en revue ses bijoux et en prit certains, mais elle laissa l'émeraude, dont elle posa la boîte sur le bureau de Max avec un mot disant qu'elle avait apprécié le cadeau mais ne pouvait l'accepter. En tout, cela faisait six valises, qu'elle fit livrer chez Richard par un service de voitures. Il l'appela quand les bagages arrivèrent.

— Je vais avoir une hernie à porter tout ça !

Mais il était aussi excité qu'elle. La vue de ces bagages dans l'ascenseur lui avait procuré la plus grande joie de sa vie.

Julie attendit le jour de la fête foraine, à laquelle elle envoya aussi le petit dernier, tartiné de crème solaire par les nounous, car Max rentrait ce soir-là. Il pourrait ainsi expliquer la situation aux filles comme il le voudrait. Elle avait laissé des lettres sur son bureau, une pour lui et une pour chacun des enfants. Rien de ce qu'elle pouvait exprimer de son ressenti ne serait compréhensible pour lui, ils étaient si différents. Trop différents, et ce depuis toujours. Il ne voulait simplement pas le voir. Elle n'avait plus à prétendre être ce qu'il voulait qu'elle soit. Elle avait 35 ans et devait être elle-même désormais, même si ce n'était pas ce qu'il fallait à Max ni ce qu'il désirait. Elle devait se libérer.

Elle fit le tour de la maison pour la dernière fois et prit avec elle des photos des enfants. Rien d'ici ne lui manquerait. Sa vie dans cette maison tenait de l'enfer. Max et elle n'avaient jamais voulu les mêmes choses. Elle referma la porte principale et ne regarda pas derrière elle.

Elle partit en taxi et non pas avec sa voiture, car elle ne voulait rien qui vienne de Max. Elle n'en avait pas besoin, elle avait l'argent hérité de ses parents. Pendant le trajet vers New York, elle savoura un sentiment de légèreté : l'absence d'entraves. Elle entra chez Richard avec la clé qu'il lui avait donnée. Elle portait un jean, un blazer bleu marine et des ballerines pour le vol. Une voiture passait les prendre dans une heure pour les emmener à l'aéroport.

— Prête ? lui demanda-t-il.

Elle lui sourit et il l'embrassa sans attendre sa réponse.

— Oui, finit-elle par articuler, à bout de souffle.

Au moment de partir, il lui tint la porte. En bas, le portier les aida avec les six valises.

— Nous partons en voyage, dit Richard en lui glissant un pourboire substantiel.

Elle n'utiliserait plus le nom de Max. Elle avait essayé de s'en montrer digne, mais il ne lui allait pas, depuis le début. Elle avait donc décidé de reprendre son nom de jeune fille et serait dorénavant Julie Morgan, ce qui correspondait à la personne qu'elle voulait être.

Ils montèrent dans le SUV que la société de limousines leur avait envoyé et filèrent vers l'aéroport.

Max savait qu'il aurait dû appeler Julie depuis Wichita, mais il ne l'avait pas fait. Il avait enchaîné avec l'Arkansas, puis un saut rapide à La Nouvelle-Orléans. Il rentrait avec trois jours de retard, sans avoir eu une minute à lui. Elle le lui reprocherait sans doute, mais il ne pouvait pas l'appeler à chaque étape quand il y en avait autant. À l'aéroport, il prit une voiture avec chauffeur pour rentrer chez lui. Il était minuit tout juste passé quand il poussa la porte. Toute la maisonnée dormait, même Simon – ce n'était pas encore l'heure de son biberon. De la lumière filtrait cependant de l'une des chambres des nounous, l'une d'elles attendant le réveil du bébé pour le nourrir. Tout était normal, pourtant Max sentit que quelque chose clochait. Il en eut la confirmation l'instant d'après : Julie n'était pas dans leur chambre.

Sur sa propre table de nuit, le réveil égrenait les secondes, mais on avait touché à certains objets : la pile de livres du côté de Julie avait disparu, tout comme son réveil, et il n'y avait plus rien sur son bureau. Plus il observait la pièce, plus le sentiment d'irréalité se renforçait. Il alla dans le dressing : des pans entiers d'habits manquaient, et beaucoup de chaussures. Étrange. Où pouvait-elle bien être ? Chez ses sœurs, en Californie, pour se remettre un peu de l'accouchement ? À New York, à l'appartement ? Elle ne lui avait rien dit. Ces derniers temps, elle lui en voulait constamment, pour tout et pour rien. Ce bébé ne passait pas, mais elle finirait par oublier. Simon n'avait que cinq semaines.

Entrant dans son bureau, il aperçut cinq lettres bien en évidence. Une pour chacun des enfants et une pour lui.

Il l'ouvrit et commença à la lire debout, mais il dut s'asseoir. Il crut que son cœur allait cesser de battre. Elle était devenue folle ! Elle n'avait pas pu écrire ça. C'était la dépression, ou un syndrome postnatal. Les mots se mirent à tanguer devant ses yeux. Il était au bord de l'évanouissement.

*Cher Max,*

*Voici une lettre difficile à écrire, et pour toi à lire, je le sais. Pour faire court, je n'en peux plus. Je n'aurais jamais dû me lancer dans ceci. Et toi non plus, j'en suis sûre. Je ne suis pas la femme que tu as épousée, ou pensais avoir épousée, ou souhaitais épouser. Tu mérites cette personne, mais ce n'est pas moi. Tu rêvais de remplir cette maison de bébés, et que je sois l'épouse et la mère de l'année. Je ne suis pas faite pour être mère. J'aurais dû m'en rendre compte plus tôt, ça n'a pas été le cas. Nous avons de beaux enfants, mais entre eux et moi, le lien n'existe pas, nous sommes comme des étrangers et nous le resterons sans doute toujours. Je n'ai pas le gène de la maternité. Cela ne fait pas partie de mon ADN. Tu seras meilleur mère et père pour eux, je l'espère, que je le serai jamais. Il va falloir passer plus de temps à la maison, pour eux, pour les guider. C'est ce que tu voulais que je fasse. Désormais, ce rôle t'incombe.*

*Je ne veux plus être ta femme ni leur mère. Je ne reviendrai pas. Je ne mentirai pas aux enfants. J'aimerais bien les voir de temps en temps si tu m'y autorises. Mais je ne peux pas être une mère pour eux. Je ne peux pas leur donner ça. Et je ne peux pas être le genre de femme que tu souhaiterais et dont tu aurais besoin. J'espère que tu rencontreras cette personne un jour.*

*Tu as bâti un empire. Ta famille est à l'abri du besoin. Maintenant, tu peux profiter de ce que tu as construit et le partager avec quelqu'un. Il te faut plus dans la vie que des contrats, et à moi aussi. Je ne peux pas être mariée à quelqu'un qui n'est jamais là.*

*Je vais passer quelque temps en Europe. Je te ferai savoir où je me trouve. Tu peux contacter mon avocat, c'est celui de mon père.*

*Je te laisse la garde des enfants. Prends bien soin d'eux. Je sais que tu le feras. Et plus que tout, prends bien soin de toi.*

*Je suis sincèrement désolée que cela n'ait pas marché et de ne pas être la personne que tu voudrais que je sois.*

*Affectueusement,*

*Julie*

Assommé, Max relut la lettre quatre fois. Il ne comprenait pas. Ce n'était pas possible. Les gens honnêtes ne faisaient pas ça. Ou peut-être que si ? Peut-être que, justement, l'honnêteté consistait à lui dire qu'elle ne pouvait pas, au lieu de prétendre. Elle voulait se libérer. De lui, de leurs enfants. Il ne savait pas comment leur présenter cela, même si elle avait su le formuler très simplement. Elle ne voulait pas être mère. Elle était partie. Il ignorait où et avec qui. Demain, il appellerait ses sœurs pour le leur demander. Quelqu'un devait bien savoir. Il voulait qu'elle revienne. C'était sa femme et la mère des enfants. Elle ne pouvait pas simplement démissionner comme ça. Pourtant, c'était ce qu'elle avait fait.

Il n'en dormit pas de la nuit, lisant encore et encore la lettre. Ses enfants n'avaient plus de mère. Tout reposait sur lui désormais. Il réalisait soudain combien il avait eu tort de la pousser à faire ce que lui voulait. Il avait espéré quelqu'un comme sa mère, fidèle jusqu'à la fin. Mais Julie n'était pas sa mère. Et elle n'avait eu Simon que pour lui complaire, le lui rendant cinq semaines après sa naissance. Ça lui rappelait les femmes qui abandonnaient leur bébé sur le pas des portes avec un mot épinglé à leurs langes. Mais elles avaient une putain de bonne raison ! Julie aussi : elle ne pouvait pas être celle qu'il l'avait forcée à devenir.

Il était tout à la fois furieux, terrifié et triste. Suffoqué aussi par la responsabilité qu'elle lui avait laissée, celle d'être tout pour leurs enfants, aussi bien père que mère. Elle était sortie du cercle, avait tourné le dos au feu de camp. Retour à l'expéditeur. Elle ne voulait rien de lui. Et elle n'avait pas besoin de lui, ses parents lui avaient laissé assez d'argent. Il aperçut alors sur son bureau l'écrin de la bague. Ses larmes coulèrent à la lecture du mot. Il mesurait à cet instant combien il n'aurait pas dû la pousser à avoir leur petit dernier. Peut-être que ç'avait été le déclencheur, l'enfant de trop. Mais ce genre d'accident arrivait aussi aux autres femmes, et elles faisaient face. Julie, elle, lui retournait tout en bloc : leur vie, leur mariage et leurs enfants. Il voulait la faire revenir, mais ne savait pas comment. Elle lui avait glissé entre les doigts et s'était envolée. Comme un prisonnier creuse son tunnel vers la liberté. Il ne s'était rendu compte de rien tandis qu'elle organisait tout ça, et n'avait aucune idée de l'endroit où elle était – quelque chose lui disait qu'elle ne voulait pas qu'on la trouve, et surtout pas ses enfants.

Le soleil se levait quand il parcourut les lettres qu'elle leur avait laissées. Il en pleura de nouveau. Trois d'entre elles étaient à remettre aux plus jeunes quand ils auraient grandi. Celle destinée à Hélène disait la même chose que la sienne, mais en termes plus simples.

*Hélène chérie,*

*Je sais que cela n'aura pas beaucoup de sens pour toi aujourd'hui. Un jour, peut-être. Tu es quelqu'un de fantastique et une fille absolument merveilleuse pour ton père et moi. Rien de ce qui arrive n'est ta faute. Tu n'as rien fait de mal.*

*Quelquefois, nous faisons des erreurs, parce que nous aimons quelqu'un ou que nous ne sommes pas honnêtes vis-à-vis de nous-mêmes. Or, je veux être honnête avec toi et vis-à-vis de moi-même. Je ne peux pas être une bonne épouse pour ton papa, le genre de femme qu'il aimerait. Et je ne suis pas une bonne mère pour toi, ni pour tes frère et sœurs. Je ne sais pas comment être une maman et je ne veux pas l'être. Certaines personnes ne sont pas faites pour être maman, et je suis désolée de l'avoir découvert si tard.*

*Je m'en vais. C'est maintenant ton papa qui va bien prendre soin de vous. S'il te plaît, occupe-toi bien de lui aussi. J'aimerais vous revoir, mais sans doute pas tout de suite. Peut-être un jour pourrons-nous être amies et comprendras-tu pourquoi je ne pouvais pas être une épouse pour ton papa et une mère pour vous tous.*

*Je t'aime,*

*Maman*

Comment allait-il aborder le sujet avec ses filles ? Surtout Hélène. Comment dit-on à un enfant que sa mère s'est levée, a rendu son tablier et est partie ? Être rejetés par leur mère allait les marquer à vie. Il allait devoir trouver un moyen de les garder unis et de les aider à grandir sans elle. S'il pouvait la convaincre de revenir, il le ferait. Mais il ne savait même pas où la chercher.

Un immense sentiment d'échec l'envahit tandis qu'il attendait le réveil de ses filles. Il reconnaissait sa part de responsabilité, pour avoir forcé Julie à être ce qu'elle n'était pas. Ses parents étaient restés mariés quarante-cinq ans et voilà que sa femme le quittait après une dizaine d'années de mariage ! Il lui avait imposé une vie qu'elle ne voulait pas et il avait manqué de discernement : il n'avait pas compris qui elle était. Résultat, il avait quatre enfants à élever tout seul, et aucune idée de la façon dont procéder. C'était comme si elle était morte. Et il avait le sentiment de l'être aussi.

Il était assis dans la cuisine, les yeux bouffis, quand Barbara entra avec les enfants. Simon dormait dans son couffin et Daisy réclamait des « popcakes » pour le petit-déjeuner, c'est-à-dire des pancakes.

— Tu en as déjà eu hier. C'étaient même des « popcakes » Mickey, lui rappela Barbara.

Max demanda à la nounou de lui donner quelque chose à manger et de l'emmener à l'étage : il voulait parler à Hélène et à Kendra. La jeune femme comprit immédiatement que quelque chose n'allait pas. Il avait l'air anéanti et il sentait le brandy à plein nez. La nuit avait été longue pour lui et cela se voyait.

Elle rassembla les céréales, du lait, une banane, un bol et prit Daisy dans ses bras. Celle-ci envoya un baiser à son père quand elles franchirent le seuil de la cuisine. Max dut lutter contre les larmes. Comment Julie pouvait-elle faire ça ? Ce n'était pas bien. Sauf pour elle.

Ses deux aînées lui jetaient des regards apeurés.

— Il est arrivé quelque chose à maman ? demanda Hélène d'une voix étranglée, soudain livide.

— Maman est morte, comme bonne-maman et mamy Emm ? enchaîna Kendra, qui éclata en sanglots avant même qu'il puisse lui répondre.

Il la prit sur ses genoux et passa un bras autour d'Hélène.

— Non, maman n'est pas morte. Elle va bien. Mais elle a fait quelque chose d'inhabituel et d'un peu fou.

— Maman est folle ? demanda Kendra, dont les pleurs s'arrêtèrent instantanément, la curiosité prenant le dessus.

— Pas vraiment folle. Mais parfois, les adultes font des choses difficiles à comprendre. Maman a décidé qu'elle ne voulait plus être mariée avec moi. Elle pense aussi qu'elle ne veut pas de la responsabilité d'être une maman. C'est trop dur pour elle. Elle est partie pour un moment, peut-être un long moment. Je ne pense pas qu'elle reviendra vivre avec nous. Elle dit qu'elle viendra nous voir, mais elle n'habitera plus avec nous. On dirait bien que nous allons nous débrouiller tout seuls.

Il ne savait pas quoi dire d'autre.

Kendra poussa un cri strident et recommença à pleurer, ses bras autour du cou de son père.

— Je veux que maman revienne. Elle ne peut pas être partie pour toujours. Je veux qu'elle revienne tout de suite !

Max était pris aux tripes.

— Moi aussi. Mais ça n'arrivera pas. Nous devons être courageux, répondit-il, les larmes aux yeux.

Il ne se sentait pas du tout courageux et aurait bien voulu savoir comment ses parents auraient géré pareille situation. Il n'avait pas la moindre idée de ce qu'il pouvait dire qui ne ferait pas empirer les choses.

— Vous allez divorcer ? demanda Hélène d'une voix émue.

— Je ne sais pas. On dirait bien. C'est ce qu'elle veut, dit-il avec franchise.

— Est-ce qu'elle t'en voulait beaucoup quand elle est partie ?

— Pas que je sache. Je ne sais même pas quand elle est partie. Elle nous a laissé à tous des lettres. Quand je suis rentré hier soir, elle n'était plus là.

— Ses vêtements ont disparu ?

Hélène se montrait très méthodique.

— Certains.

— Elle pleurait beaucoup ces dernières semaines. Et aussi avant Simon. Je crois qu'elle était triste depuis longtemps.

— Tu as raison, reconnut-il. J'ai été idiot : je n'ai pas vu, ou du moins pas mesuré jusqu'à quel point. Je pensais qu'elle triompherait de sa tristesse. Au lieu de quoi, elle s'est enfuie. Je ne crois pas que la fuite soit une bonne solution. D'après moi, il faut rester et affronter les problèmes, pour voir comment les régler. Mais maman n'a pas fait ça. Elle s'est enfuie.

Il voulait que ses filles retirent de cet épisode des leçons de vie sur ce qui se fait et ne se fait pas.

— Les adultes divorcent parfois quand ils ne s'entendent pas. Mais ils ne devraient jamais laisser leurs enfants.

— Tu vas divorcer avec nous, papa ? lui demanda Kendra du haut de ses 5 ans.

— Jamais, au grand jamais, je ne divorcerai d'avec vous. Je ne fuirai pas non plus et je ne vous laisserai pas. Je vous le promets solennellement, dit-il en levant une main à la façon d'un serment. Cela vous engage en retour, les filles. Pas de fuite en avant. Si jamais vous avez un problème, on peut toujours en parler et essayer de le régler. On ne se carapate pas.

Les deux filles hochèrent la tête. Ce discours n'était pas à l'avantage de leur mère, mais il ne voulait pas qu'elle devienne un exemple pour elles. Ce qu'elle venait de faire à ses enfants n'était pas seulement cruel et méprisable, c'était désaxé. Une mère ne devrait jamais abandonner ses enfants.

— J'aurais dû l'aider plus, dit Hélène. Peut-être qu'elle aurait été plus heureuse.

— Cela n'a rien à voir avec toi, ma chérie, ni avec aucun d'entre vous. Il est très important que vous compreniez cela. Vous avez fait tout ce que vous avez pu, vous êtes super. C'est juste que certains papas ou mamans ne font pas ce qu'ils sont censés faire, et c'est ce qui est arrivé. Maman n'était pas censée s'enfuir, mais ça n'a rien à voir avec vous.

— En tout cas elle l'a fait, résuma Kendra. Tu lui en veux, papa ?

— Un peu, reconnut-il. Mais je suis surtout triste, pour moi et pour vous tous.

— Ça va aller ?

— Absolument, et même très bien. Nous allons nous entraider. Je vais faire de mon mieux, et je serai à la fois votre papa et votre maman à vous tous.

— Tu vas porter les habits de maman ? s'étonna Kendra avec un froncement de sourcils.

— Non. Mais je vais devoir apprendre les choses qu'elle faisait pour vous.

— C'est les nounous qui font tout avec nous, corrigea Kendra.

Ils savaient tous les trois que c'était vrai.

— Alors c'est très bien, voilà une chose qui ne changera pas.

Ils discutèrent encore un petit moment, puis Max demanda à Kendra de monter voir comment allaient Daisy et le bébé. Quand elle fut partie, il tendit sa lettre à Hélène. Ses larmes coulèrent en silence tandis qu'elle lisait, brisant le cœur de Max. Une fois sa lettre finie, Hélène leva les yeux vers son père. Elle était secouée de sanglots. Il la serra fort contre lui.

— On dirait qu'on ne la reverra jamais plus. Pourquoi elle nous a quittés, papa ? hoqueta-t-elle, tout en essayant d'être courageuse.

— Je ne sais pas.

Lui aussi pleurait, mais pour elle. Il ne supportait pas de voir la peine de sa fille. Le départ de Julie allait la marquer à jamais.

— Il se peut que j'aie tout gâché pour nous tous en voyageant trop. Elle était seule. Mais nous la reverrons, ne t'inquiète pas. On ne sait simplement pas quand. Sans doute pas tout de suite.

Hélène hocha la tête et essuya ses larmes.

— Il faut être courageux, reprit-il. Je sais que c'est dur, mais on ne peut rien faire d'autre.

C'était comme pour un décès, mais il n'employa pas le mot. Ils avaient perdu leur mère, la seule personne qui ne devrait jamais abandonner un enfant.

Il avait tenté de l'appeler sur son portable toute la nuit, lui avait laissé des millions de messages. Elle n'avait pas rappelé. Il doutait d'ailleurs qu'elle le fasse. Elle avait coupé le cordon avec eux.

Il prépara le petit-déjeuner avec Hélène. Il appela ensuite les sœurs de Julie, qui tombèrent des nues. Ce qui les choquait, ce n'était pas qu'elle l'ait quitté – cela arrivait dans les couples –, mais qu'elle ait abandonné ses enfants. Qu'elle ne veuille plus être leur mère était impensable même pour ses sœurs.

— Pauvres petits, dit Belinda, la plus jeune. Elle n'était pas heureuse à l'idée d'avoir le dernier, mais c'était sa faute autant que la tienne. Si vraiment elle n'en voulait plus, elle aurait dû se faire ligaturer les trompes. On ne laisse pas quatre enfants comme ça.

Elle était furieuse. Autant que son aînée. Mais cela ne changeait rien à l'affaire. C'étaient les enfants qui en paieraient le prix. Max se demanda un instant s'il s'agissait d'une vengeance, une façon de le punir à travers leurs enfants. Si c'était le cas, Julie était vraiment malade. Mais il ne croyait pas à ce scénario. Ce n'était pas une mauvaise personne, elle voulait juste retrouver sa liberté. Ce qu'elle avait fait en rendant son tablier d'épouse et de mère avant de partir. Jamais il ne lui pardonnerait d'avoir brisé le cœur de leurs enfants. Elle avait aussi blessé le sien.

Pendant que Max expliquait la situation aux enfants, puis aux nounous, Richard et Julie se tenaient dans le vieux port d'Antibes, devant le yacht qui scintillait sous le soleil matinal. Le bateau de Richard était impeccablement entretenu. L'équipage porta les bagages de Julie dans l'une des cabines-invités, à présent son dressing. Avec Richard, ils dormiraient dans la cabine principale. À midi, ils appareillaient pour l'Italie. Richard voulait lui montrer Portofino, puis la Corse et la Sardaigne. Pour le petit-déjeuner, on leur servit du café et des croissants. Quand les moteurs ronflèrent, Richard l'enlaça et, debout sur le pont, ils regardèrent ensemble la manœuvre de sortie du port, oublieux des petits bateaux autour d'eux.

La mer était d'huile et la brise agréablement fraîche tandis qu'ils prenaient de la vitesse. Richard la contempla avec un regard plein d'amour et de gratitude.

— Pas de regrets ? dit-il, soudain inquiet.

À tout moment, Julie aurait pu changer d'avis, mais elle ne l'avait pas fait jusqu'à présent. Elle était sûre d'elle.

— Aucun, dit-elle.

Il l'embrassa. Autour d'eux, les flots étincelaient. Julie avait purgé sa peine. Elle était libre.

# 20

Une semaine plus tard, l'avocat de Julie envoya à Max une demande de divorce déjà remplie, afin de lancer la procédure. Sa cliente lui avait demandé de le faire par courrier et non par voie d'huissier, afin d'épargner cette humiliation à son mari. Il n'y avait pas d'hostilité de la part de Julie. Elle avait même signé un document lui abandonnant la garde intégrale de leurs quatre enfants. Incrédule, Max contemplait les papiers. Elle était sérieuse.

Le premier mois fut difficile pour eux tous. Max avait annulé le plus de rendez-vous possible, mais il devait tout de même en honorer certains et donc voyager. Il était stupéfait du nombre de choses qu'il devait désormais prendre en compte : assister au spectacle de ballet, aller aux kermesses, commander les uniformes de Kendra et d'Hélène, ce qu'il délégua aux nounous. En essayant de répartir les tâches, il prit conscience que, tout comme sa mère l'avait signalé, Julie ne faisait pas grand-chose avec ou pour les enfants et qu'elle n'était pas souvent à la maison. Logistiquement parlant, avec quatre nounous, il était paré, et l'aide supplémentaire ne manquait pas dans la maison. Il y avait cependant une fillette de 2 ans qui ne comprenait pas que sa mère était partie et qui la cherchait partout, la réclamant la nuit. Kendra avait recommencé à mouiller son lit et Hélène cauchemardait. Quant à son fils de deux mois, c'était un bébé qui avait besoin de plus que de nounous : il lui fallait une mère et un père qui l'aiment, ou au moins l'un d'eux. Max lui donnait donc le biberon et le prenait dans ses bras dès qu'il le pouvait. Il le promenait autour de la maison en porte-bébé, soit contre sa poitrine, soit sur son dos.

Au début, Max trouva qu'il se débrouillait comme un manche, et il buvait trop. Il lui arrivait de descendre une demi-bouteille de scotch le soir, une fois les enfants couchés. Quand Hélène se faufilait sur la pointe des pieds dans son bureau, elle le trouvait toutes lumières allumées, endormi sur le canapé, avec une bouteille de Johnnie Walker à côté de lui. Elle tirait sur lui la couverture en cachemire et éteignait la lampe. Elle fit cela de nombreux mois, jusqu'à ce que finalement il recommence à dormir dans sa chambre, en pyjama et sans bouteille à portée de main. L'adaptation était difficile pour tous, d'autant que l'incompréhension était toujours présente, aussi bien pour les enfants que pour lui. Il avait mis les lettres destinées aux plus jeunes au coffre, en se promettant de les leur remettre quand ils seraient grands. Peu importait sa colère contre elle.

Il lui laissait toujours des messages sur son portable, et soupçonnait Hélène d'en faire autant, mais Julie ne rappelait jamais. Son avocat finit d'ailleurs par le contacter pour lui dire que Mlle Morgan ne souhaitait pas recevoir de messages de sa part ni de celle des enfants et que, quand elle le contacterait, ce serait par son intermédiaire. Si Max n'eut pas le cœur de transmettre la consigne à Hélène, lui la respecta à la lettre. Il en voulut à Julie pendant de nombreuses années et eut beaucoup de mal à refaire confiance à une femme. Trop de colère et d'amertume.

Le jour où Steve MacMillan l'appela de Londres pour lui demander d'être son témoin pour son second mariage, Max refusa tout net. Il lui expliqua ce qui s'était passé avec Julie et lui conseilla même de ne pas se remarier, de ne pas avoir d'enfants avec celle qu'il voulait épouser et de prendre ses jambes à son cou. Ce que Julie semblait avoir détruit à jamais chez lui, c'était sa foi en l'institution du mariage. Ses parents avaient été l'exception qui confirmait la règle, mais en ce qui le concernait, il n'y croyait plus et n'encouragerait personne dans cette voie. La seule chose en laquelle Max Stein croyait depuis le départ de Julie, c'étaient ses enfants.

Remis de son étonnement, Steve lui présenta ses excuses pour cet appel. Il était triste pour son vieil ami. Ce n'était plus le même homme, et il ne le redeviendrait sans doute jamais.

# 21

Sept ans plus tard, Hélène entamait son avant-dernière année de lycée. Dans l'intervalle, Max avait plutôt bien géré sa vie, son travail, la maison, les enfants, et il menait tout cela de main de maître.

Depuis tout ce temps, les mêmes nounous vivaient avec eux. La scolarité des enfants, dans des écoles voisines, se passait bien. Leur vie n'avait pas volé en éclats, comme on aurait pu le craindre au début, mais les deux premières années n'avaient pas été de tout repos, surtout pour Max. Il n'avait pas sombré dans l'alcool, et s'il voyageait presque autant qu'avant pour ses affaires, ses déplacements duraient moins longtemps et il restait en contact permanent avec les enfants. En cas de problème sérieux, que ce soit une forte fièvre ou une prise de bec avec un professeur, il rentrait aussitôt à la maison. Il n'était plus le père qu'il avait été durant son mariage avec Julie, il était vingt fois mieux, et dix fois mieux en tant qu'homme. Il avait appris de ses erreurs.

Julie avait tenu parole et n'avait vu les enfants que six fois en sept ans. La première fois avait été terrible pour les petits. Kendra et Hélène l'avaient suppliée de revenir. Daisy l'avait fixée d'un air perdu, et Simon ne la connaissait pas. Julie elle-même était mal à l'aise. Elle les avait regardés comme s'ils étaient des étrangers et ne s'était pas attardée. Elle avait laissé passer une année entière avant de les revoir. Max l'avait haïe pour cela.

Mais la deuxième fois avait été plus facile. Les enfants avaient de moins en moins d'attentes. Julie les appelait de temps à autre, en plus de son coup de fil à Noël. Ils avaient tous été choqués d'apprendre son remariage par le *New York Times*, sitôt le divorce prononcé, soit un an après son départ. Ils n'en avaient pas eu vent jusque-là.

L'événement avait fait la une de presque tous les journaux : Richard Randall épousait une inconnue du nom de Julie Morgan. Max était devenu livide en lisant la nouvelle. Il aurait bien aimé savoir si leur rencontre était récente ou si elle le trompait déjà avant de partir. Mais il n'avait aucun moyen de vérifier. L'article racontait qu'ils avaient des maisons à Londres et à Hong Kong, un appartement à New York et une suite au Ritz, à Paris. Ils se faisaient construire une villa en Sardaigne et ils possédaient également un yacht de soixante mètres sur lequel ils passaient leurs étés, principalement dans les eaux italiennes et grecques.

Ainsi, elle avait sacrifié sa famille pour Richard ? De toute façon, l'essentiel était que dans les faits elle gardât ses distances et eût peu de contacts avec eux. Quand elle leur rendait visite, Max était présent pour soutenir et protéger les enfants. Il était trop en colère pour échanger plus que quelques mots avec elle. Elle menait une vie glamour de jet-setteuse avec un bel homme plus âgé qu'elle, et elle n'assistait pas aux matchs de foot ni aux ballets et ne les emmenait pas chez le dentiste. Elle n'avait aucune intention de reprendre son rôle de mère, ainsi qu'elle l'avait clairement dit. Elle avait été honnête avec eux et avec elle-même. Max en avait conçu une grande amertume, qui avait commencé à s'apaiser après cinq ans. Désormais, il était presque heureux. Presque.

Ses enfants le réprimandaient dès que l'amertume pointait le bout de son nez. Il faut dire qu'il ne pouvait voir un couple heureux dans la rue, des personnes s'embrasser ou se tenir par la main ni encore entendre parler d'un mariage ou d'un rendez-vous galant sans que lui échappe une remarque acerbe sur la bêtise de ces gens, à qui il prédisait le pire des avenirs. Il en avait fait son cheval de bataille.

— Papa, arrête ! lui criait Hélène quand il commençait. Les gens vont finir par croire que tu es bizarre. On dirait un syndrome de Gilles de La Tourette mais focalisé sur l'amour, ou alors tu es parano.

— Ni l'un ni l'autre. Chat échaudé craint l'eau froide.

— Il faut que tu laisses filer maintenant. Ça fait sept ans.

— Je peux m'y accrocher aussi longtemps que je veux parce que je suis officiellement un vieil homme aigri. Cela fait partie de mon identité.

— Primo, à 50 ans, on n'est pas vieux, et deuzio, tu es toujours attirant. Sauf que tu ne séduiras personne si tu continues à parler comme ça.

— J'ai beaucoup de succès.

— C'est ça, intervint ce jour-là Kendra, 12 ans. Peut-être pour une première sortie. Mais à quand remonte ton deuxième rendez-vous avec la même amie ? Personne ne sortira à nouveau avec toi, papa. Tu portes ta colère comme un drapeau.

— Peut-être que c'est une bonne chose.

— Ben voyons, dit Kendra en s'éloignant.

Si elles étaient habituées à ses tirades sur les relations amoureuses, et indirectement sur leur mère, les femmes qu'il invitait parfois pour un dîner au restaurant l'étaient moins. Non pas qu'il s'en souciât.

— J'aime bien les premiers rendez-vous, argua-t-il auprès d'Hélène.

Celle-ci venait d'avoir 16 ans et veillait sur ses sœurs et son frère en tant que senior de la bande. Il ne restait plus que deux nounous, une pour Daisy, 9 ans, et une autre pour Simon, qui en avait 7. Daisy s'était autoproclamée l'excentrique de la famille et appréciait ce rôle. Elle avait hâte d'être assez grande pour se teindre les cheveux en rose, avoir un piercing au nombril et un tatouage. De son côté, Simon aimait toutes les personnes qu'il rencontrait. C'était l'enfant le plus facile de la planète et ses sœurs l'adoraient. Ils prenaient tous soin les uns des autres. Simon commençait l'école primaire et Daisy avait des cours de soutien car on venait de lui diagnostiquer une forte dyslexie, ce dont elle semblait peu se soucier. Elle avait appris toute seule à jouer du piano à l'oreille et elle adorait tout ce qui était en lien avec la musique, en particulier le rap. Elle imitait à la perfection Snoop Dog, argot y compris, ce qui rendait son père fou.

Les enfants grandissaient, chacun avec ses particularités et sa propre personnalité. Hélène, profonde et calme, rappelait beaucoup Emmanuelle à Max. Elle s'intéressait de près au judaïsme et se rendait chaque semaine, de son propre chef, dans une synagogue libérale. Elle lisait tout ce qui lui tombait sous la main sur l'Holocauste, pour en apprendre plus sur ce que ses grands-parents et leurs contemporains avaient traversé. Elle était incollable sur Buchenwald, et elle savait où et comment ses grands-parents s'étaient rencontrés. Plus tard, elle voulait travailler pour des musées sur l'art judaïque ou l'Holocauste. Par essence, elle aspirait à être comme sa grand-mère paternelle. Mamy Emm était son modèle dans la vie. Pour Kendra, c'était leur père. Elle voulait l'aider à diriger son empire et adorait tout ce qui impliquait les chiffres et les affaires. Daisy se destinait à la musique, de préférence afro-américaine, et au rap. Quant à Simon, il voulait juste être heureux. Il hésitait entre policier et pompier, ou peut-être joueur de base-ball. Quoique, vétérinaire… Cela changeait selon les jours.

Même si Max était certain que l'abandon les marquerait à jamais, aucun ne semblait porter de blessures psychologiques inguérissables. La situation était loin d'être parfaite mais étonnamment, ils avaient plutôt bien traversé la tempête, en grande partie grâce à lui, qui avait saisi le problème à bras-le-corps, avec l'aide précieuse d'Hélène.

Puisque leurs grands-parents étaient tous morts, il était la seule famille qui leur restait. Il y avait bien leurs tantes maternelles, mais elles n'étaient pas très présentes puisqu'elles habitaient en Californie. Elles envoyaient parfois des cartes de vœux pour la nouvelle année. Julie avait coupé tout lien avec elles, comme elle l'avait fait avec eux, si l'on exceptait sa visite annuelle. Pour Max, il n'y avait pire crime que d'abandonner des enfants, surtout si c'était pour s'enfuir avec un homme encore plus riche. Cela faisait six ans qu'elle était mariée à Richard, et chacune de ses visites la leur montrait heureuse de son sort.

Le seul indice révélant une blessure chez les filles était qu'aucune ne semblait croire au mariage. Hélène disait que les mariages ne tenaient jamais et qu'on finissait toujours par avoir le cœur brisé. Kendra, la pétillante future analyste financière, trouvait le mariage stupide et cher – il fallait payer une pension alimentaire. Et puis, de toute façon, qui se mariait encore de nos jours ? Pour Daisy, le programme était de se marier, bien sûr, parce qu'elle voulait avoir une quinzaine de demoiselles d'honneur habillées en arc-en-ciel avec tatouages assortis – vu le nombre de demoiselles d'honneur prévu, elle avait apparemment hérité de certains gènes maternels –, ou bien elle voulait beaucoup de bébés, mais pas de mari. Simon, lui, se voyait bien épouser une de ses sœurs – l'heureuse élue variait selon les jours –, à quoi toutes faisaient invariablement la grimace en lançant un « Beurk ! » de dégoût. Les deux aînées n'avaient pas encore de petit ami, au grand soulagement de Max. Mais l'un dans l'autre, tous se débrouillaient bien et, sauf Daisy qui bataillait avec sa dyslexie, ils avaient de bons résultats à l'école.

Ses enfants allaient dans trois établissements différents : Hélène au lycée, Kendra au collège et les deux derniers à l'école primaire, même si Daisy aurait bien voulu qu'on l'inscrive dans une école de musique. Cela signifiait qu'il y avait beaucoup de trajets à faire, d'autant que s'ajoutaient les activités extrascolaires. Max les accompagnait quand il était là, sinon cela occupait les nounous à plein temps.

Le fait de ne plus avoir de relation sérieuse depuis des années simplifiait grandement la vie à Max. Ses remarques – qui faisaient dire à Kendra : « On l'adore, mais personne ne va jamais s'intéresser à lui s'il continue à critiquer les femmes à cause de maman. Elles doivent le trouver complètement à l'ouest » – relevaient cependant moins du rejet pur que d'une profonde blessure intime. Il n'était même plus certain d'avoir aimé Julie et craignait de s'être juste attaché à l'image illusoire qu'il s'en faisait. Ce qui ne changeait rien au résultat final : elle était partie. Il sortait parfois avec des femmes, mais sans jamais que cela devienne sérieux, et il n'avait pas l'air de rechercher quoi que ce soit. Il disait être trop occupé avec les enfants.

Tous les soirs, ils dînaient ensemble, à moins d'un événement à l'école, d'une fête d'anniversaire le week-end ou bien d'une réunion de travail de leur père. Le dîner était leur moment sacré, établi comme une règle d'or par Max dès le départ de Julie. Il s'était dit que cela aiderait à la cohésion par la suite, quand ils ne voudraient plus manger à la maison ou avec lui. Ainsi, il profitait de leur présence tant qu'il le pouvait.

Ils étaient justement en train de partager un dîner mexicain, fait de *tamales*, d'*enchiladas* et de *chili relleno*, quand Kendra rappela à son père qu'il avait accepté de venir à la journée des parcours professionnels le lendemain, dans sa classe de cinquième.

— Zut, j'ai complètement oublié !

— Et ne me dis pas que tu vas à New York, sinon je te tue ! Tout le monde meurt d'envie de t'écouter.

— Désolé, ma chérie, ça m'est sorti de la tête. J'ai une réunion, mais je vais la repousser. Merci de me l'avoir rappelé. Qu'est-ce que je suis censé raconter ?

— Dis-leur combien tu gagnes. Je plaisante, corrigea Kendra devant le froncement de sourcils paternel. Je ne sais pas, moi, dis-leur comment tu fais pour acheter des terrains pourris et les transformer en centres commerciaux.

— Ce n'est pas vraiment le type de carrière qui intéresse le plus grand nombre.

— Ça ira. On a une inspectrice de police, une entraîneuse de chevaux, un auteur de romans policiers, un dentiste, une styliste textile, et toi.

— Tout ça fait un drôle de mélange, dit-il, sceptique.

— C'est tous des parents d'élèves ou des amis de parents. Écrivain, ça a l'air assez cool. Dentiste, par contre… mais c'est un parent. L'inspectrice aussi. La styliste est une amie de notre prof d'art plastique, et l'entraîneuse de chevaux, je ne sais pas. Toi, on t'appelle le magnat des affaires ou de la promotion immobilière.

— Je devrais plutôt leur raconter comment mon père a commencé comme coursier chez les diamantaires pour finir par posséder lui-même un commerce de diamants. Ce serait bien plus intéressant.

— Ils préféreront entendre des choses sur toi.

— Mais c'est intimidant de se tenir debout devant une classe entière de gamins. Et s'ils me huent ?

Il plaisantait à moitié et elle éclata de rire.

— Je leur ficherai une raclée s'ils osent, dit Kendra, qui faisait du karaté deux fois par semaine et se débrouillait plutôt bien. Au fait, l'inspectrice est du genre sexy. Elle travaille sous couverture à la brigade des mœurs et elle est divorcée.

— Elle me tirera sans doute dessus si je deviens grognon.

Peu après, ils se levèrent de table, et Kendra lui rappela qu'il était attendu à dix heures tapantes dans sa classe le lendemain. Il promit d'y être. Les dernières années avaient été gratifiantes pour lui : il était devenu bien plus proche de ses enfants. Julie lui avait finalement peut-être fait un cadeau, bien qu'il ne voie jamais les choses sous cet angle. Il s'inquiétait encore de l'impact que cela pouvait avoir à long terme sur leurs enfants. Mais jusqu'à présent, tout se passait bien.

Le lendemain matin, il était comme promis au collège de Kendra, et même légèrement en avance. Son exposé le rendait un peu nerveux. Il avait les grandes lignes, mais il ne voulait pas faire honte à Kendra, qui le portait aux nues – il aurait bien voulu que ça dure encore jusqu'à son adolescence, l'âge où les parents deviennent de vrais crétins aux yeux de leur progéniture. Par chance, Hélène lui avait épargné cette étape. Elle était charitable, douce et protectrice. Elle prenait toujours sa défense. Son adolescence ne faisait pas de vagues, ce qui était rare, il en avait conscience. Elle essayait de remplacer Julie dans son rôle de mère.

Il profitait de ses quelques minutes d'avance pour passer quelques appels quand il aperçut une séduisante rousse en train de fumer devant l'école. Comme il passait, elle lui sourit. Il remarqua qu'elle avait une silhouette élancée et portait une minijupe noire avec des hauts talons. Sa tenue mise à part, ce qu'elle dégageait lui rappela soudain sa mère. Il entra dans l'école et trouva la classe de Kendra, où des rangées d'élèves faisaient face à un groupe d'adultes à l'air vaguement angoissé. La fumeuse qu'il avait croisée dehors fut la dernière à entrer et elle lui sourit à nouveau. Comme Kendra le regardait, il feignit d'ignorer l'arrivante. Ce devait être l'inspectrice des Mœurs, puisque la minijupe était très courte. Elle avait des jambes magnifiques.

Le professeur rappela sa classe à l'ordre et présenta les invités. Les élèves applaudirent et les exposés commencèrent sans tarder afin que tous aient assez de temps pour parler de leur métier. Max découvrit que la fumeuse était en réalité la styliste.

Ce fut l'entraîneuse qui ouvrit le bal. Une présentation très intéressante au cours de laquelle elle donna quelques astuces pour le débourrage des chevaux. Les enfants l'apprécièrent vraiment. Vint ensuite le tour du dentiste, qui n'enthousiasma évidemment pas les foules, mais distribua à la fin de son allocution des brosses à dents gratuites. Un bon point pour lui. La styliste lui succéda. Elle sortit devant eux un morceau de tissu et une petite boîte de couleurs afin de leur montrer en situation comment elle testait les motifs et les teintes sur le textile. Ce faisant, elle leur exposa son parcours.

— À l'origine, je suis artiste peintre, mais un jour, les éclaboussures de peinture sur ma blouse ont attiré mon attention et, aujourd'hui, elles me rapportent finalement plus que mes toiles, résuma-t-elle avec humour, faisant rire tout le monde.

Dès qu'elle avait pris la parcle, Max avait remarqué son accent français. Cela expliquait sans doute la cigarette et la jupe sexy. Elle reçut des applaudissements nourris, qui firent craindre à Max d'être le raseur de service, car il passait juste après. Il remplit cependant sa part du contrat en leur expliquant que si l'on achetait des terrains impropres à la culture pour les mettre en valeur en construisant d'immenses centres commerciaux dont ces zones agricoles avaient terriblement besoin, on pouvait dégager d'énormes profits. Il parla de certains endroits où il avait investi, en leur montrant des photos des sites avant et après. Les centres commerciaux avaient l'air séduisants.

— Ensuite, vous les vendez pour en faire d'autres.

Les élèves étaient impressionnés, surtout quand il leur dit que l'on pouvait parfois multiplier par quatre cents l'investissement de départ.

— Mais le plus excitant, c'est de transformer des terres incultes et mornes en des endroits sympas où les gens ont plaisir à venir, conclut-il.

Au bout du compte, toutes les présentations furent bien accueillies et tout le monde passa un bon moment, Max y compris. Le professeur remercia les intervenants d'être venus et il fit passer beignets et gâteaux. Kendra s'approcha et passa ses bras autour de son père.

— Tu as été génial, papa.

— En toute objectivité, bien sûr, s'amusa-t-il, la serrant à son tour contre lui.

— Moi aussi, j'ai trouvé ça très intéressant, dit une voix à l'accent français.

Instinctivement, et à la surprise de l'intéressée, Max lui répondit en français.

— Ma mère était parisienne.

— Votre français est parfait, répondit-elle dans cette langue.

— Merci. J'ai appris quand j'étais enfant. Je n'ai plus trop l'occasion de le parler aujourd'hui.

— Votre père aussi était français ?

— Autrichien. De Vienne.

— Alors vous parlez aussi allemand ?

— Quelques mots seulement.

L'arrivée d'autres personnes interrompit ce bref échange, que Kendra avait eu le plus grand mal à suivre. Max discuta avec les nouveaux venus jusqu'à ce qu'il soit l'heure pour eux de partir, puis il souhaita une bonne journée à sa fille, qu'il ne reverrait que le soir. Dehors, il croisa la styliste, qui retournait comme lui à sa voiture. Ils bavardèrent en chemin.

— Votre fille est très jolie, lui dit-elle. Et elle semble très fière de vous.

— Comme moi d'elle. Mais d'ici deux ans, elle me haïra, donc je profite de cet état de grâce pour l'instant.

Ce constat la fit rire.

— C'est votre seul enfant ? demanda-t-elle.

Elle avait envie de mieux le connaître, et c'était réciproque, sans qu'il puisse dire pourquoi. Il y avait chez elle quelque chose de très familier. Peut-être parce qu'elle était française. C'était un style qu'il reconnaissait, une façon de bouger la tête ou de se coiffer. Les Françaises étaient différentes.

— Non, j'en ai quatre, répondit-il.

— Oh ! Impressionnant.

— Et vous ?

— Pas d'enfants.

Ils avaient atteint la voiture de Max. Elle le regarda avec une expression étrange, fouilla dans son sac et lui tendit sa carte.

— Si jamais vous cherchez un designer textile, dit-elle avec un sourire.

Elle avait des yeux verts magnifiques et une chevelure rousse splendide. Max sortit à son tour une carte.

— Si jamais vous cherchez un promoteur immobilier dans l'Oklahoma ou au Nouveau-Mexique.

Son rire lui confirma qu'il lui plaisait.

— Nous aurions dû demander sa carte au dentiste. C'est plus utile.

Elle le quitta sur un sourire et lui fit un petit signe de la main avant de traverser pour rejoindre son véhicule, une minuscule Fiat tout usée. Max jeta un coup d'œil à sa carte de visite. Elle indiquait deux adresses : une à Greenwich et l'autre à New York. Une fois à son bureau, il lança une recherche sur Yahoo et trouva un curriculum vitae impressionnant : elle avait enseigné à la Sorbonne et aux Beaux-Arts de Paris, ainsi qu'au département des beaux-arts de Yale. Elle savait à l'évidence de quoi elle parlait et avait du talent. Il glissa la carte dans son portefeuille.

Ce soir-là, au dîner, Kendra revint sur elle.

— Elle était sexy, papa.

— Je dirais sympathique plus que sexy. Nous avons discuté en sortant et elle t'a trouvée très jolie.

— C'était du cirage de pompes. Elle jouait la comédie. Tu vas l'inviter à sortir ?

— Ne dis pas de bêtises. Bien sûr que non.

Sauf que plus tard dans la soirée, en y repensant, Max ressortit la carte de visite et vit qu'il y avait une adresse e-mail. Il lui écrivit en français un court message :

« Ravi de vous avoir rencontrée aujourd'hui. Super exposé. À bientôt ! »

Il signa et envoya. Cela fait, il se sentit idiot, comme un écolier qui vivrait une amourette de primaire. Il en était là de ses réflexions quand une réponse arriva, en français elle aussi.

« Plaisir partagé. Vous pouvez passer à mon atelier quand vous voulez. »

« Au déjeuner ? » répondit-il aussi sec, se sentant encore plus idiot et audacieux.

« Parfait. »

Il eut un large sourire. Depuis combien de temps ne s'était-il pas ridiculisé comme ça ? Il continua.

« Greenwich ou New York ? »

« NY demain ? J'y suis les lundi, mercredi et vendredi. Les mardi et jeudi à Greenwich. Venez à l'atelier à 12 h 30. »

Le lendemain, il n'en toucha pas un mot au petit-déjeuner, mais il partit travailler avec une certaine excitation. Cela faisait un bout de temps qu'il n'avait pas eu de rendez-vous galant, et c'était une femme très séduisante, qui avait « du chien », comme disaient les Français.

Son atelier était fascinant. Il y avait des tissus et des dessins partout, des graphiques et des choses en train de sécher. Elle travaillait parfois pour l'industrie mais principalement pour la mode, et dirigeait en fait une véritable entreprise. Quatre jeunes assistants la secondaient, notamment avec les peintures, les couleurs et des écrans de soie. Elle lui fit visiter, puis il l'emmena au Bernardin, un restaurant français de poisson, très chic, réputé pour être le meilleur en ville. Ses parents avaient adoré cette adresse et il les y avait souvent invités. Le service était excellent.

— Voici un déjeuner très élégant pour une simple artiste, dit-elle en flirtant légèrement du regard avec lui.

À la française, se dit-il, ce qui le fit sourire.

— Mes parents venaient souvent ici, même si mon père préférait plutôt l'escalope viennoise. Ma mère raffolait de cette adresse.

— Ils ne sont plus de ce monde ?

— Malheureusement, non. Ils sont morts trop tôt, dans la soixantaine. Et c'était en plus de ces couples où celui qui reste ne survit pas longtemps sans l'autre. Ma mère est partie quelques mois après mon père. Ils étaient mariés depuis quarante-cinq ans.

— C'est impressionnant. Et quel exemple pour vous !

— Dont je n'ai pas tiré parti, dit-il, s'interrompant une seconde. Mon mariage n'a même pas duré onze ans. Je suis divorcé.

— Oh ! Désolée, dit-elle sur un ton de sincère compassion.

— Et vous ?

— Je ne me suis jamais mariée. Mes parents étaient moins romantiques que les vôtres. Ils sont restés ensemble, mais mon père se conduisait très mal : il avait un milliard de maîtresses et ma mère en souffrait beaucoup. Cela ne m'a pas trop donné envie d'essayer. J'ai eu deux longues relations, mais pas de mariage. Je ne voyais pas l'intérêt de signer pour une torture légale. Des parents comme les vôtres sont une bénédiction, ajouta-t-elle en souriant.

— Ils étaient exceptionnels à bien des égards.

— Ils sont arrivés après la guerre ?

Max hésita l'espace d'un instant, car cela faisait beaucoup de révélations pour un premier rendez-vous, si c'en était même un.

— Ils se sont rencontrés à Buchenwald, où ils ont tous les deux perdu leur famille. Après ça, ils ont émigré aux États-Unis.

Cette information arracha une légère grimace à la styliste, qui lui toucha instinctivement la main. En la regardant dans les yeux, il eut soudain l'impression de croiser le regard de sa mère. C'était à cause de ses yeux verts. D'où cette sensation de familiarité. Par ailleurs, la sympathie qu'elle exprimait le touchait.

— Ce devait être des gens incroyables.

— En effet.

— J'ai grandi à Paris dans les années soixante. Il y avait plein de gens comme eux, mais tant ne sont pas revenus.

— L'une de mes filles, l'aînée, veut travailler dans un

musée consacré à l'Holocauste après l'université. C'est émouvant.

— Je comprends. Mes parents n'étaient pas juifs, mais ils ont perdu tellement d'amis... Ça reste inconcevable qu'une chose pareille puisse arriver dans des sociétés civilisées.

— Ma mère a craint sa vie durant que ça se reproduise.

— Beaucoup pensent comme elle.

Elle remarqua soudain l'heure et sursauta.

— Mon Dieu, j'ai rendez-vous dans vingt minutes !

Lui aussi avait rendez-vous, mais il passait un bien meilleur moment avec elle.

— Je suis content qu'on ait pu déjeuner ensemble. Je me suis senti idiot en vous écrivant hier soir, confessa-t-il.

— Je suis heureuse que vous l'ayez fait, dit-elle avec chaleur.

— Voudriez-vous passer un week-end dîner avec nous à Greenwich ?

— J'aimerais beaucoup.

Comme il réglait l'addition, elle le remercia encore de ce moment. Ils avaient parlé français pendant tout le repas et apprécié tous les deux de pouvoir le faire. Il la raccompagna jusqu'à un taxi et retourna à pied au bureau.

Ce déjeuner lui faisait chaud au cœur, comme après avoir vu un vieil ami. Elle s'appelait Pascale Boyer, et Max pressentait que sa mère l'aurait adorée. Elle dégageait quelque chose de très authentique.

Pascale lui envoya ce soir-là un e-mail pour le remercier à nouveau, et il en profita pour l'inviter à dîner chez eux le dimanche soir. Il n'avait aucune idée de ce que ses enfants diraient, mais elle était si chaleureuse et si amicale qu'il les imaginait mal protester. Il ne leur dit rien avant le dimanche. Ce matin-là, il leur prépara un petit-déjeuner avec au menu des œufs, du bacon et des pancakes, et même des pancakes Mickey spécialement pour Simon et Daisy. Il aborda le sujet à la fin du repas. Kendra lui lança un regard étonné.

— Ce n'est pas celle qui avait fait la présentation à l'école, papa ?

Vaguement gêné, il hocha la tête. Il n'avait pas de secrets pour ses enfants.

— C'est elle. Elle m'a donné sa carte et je l'ai invitée à déjeuner. Elle est très sympathique.

— Ouah ! Pa-pa ! s'exclama Kendra pour le taquiner, ce qui fit rire la fratrie. Alors, raconte ! Tu lui as fait ton numéro sur « les femmes, toutes des menteuses, des tricheuses et des lâcheuses » ? Celui-là, c'est ton meilleur. Généralement, ça les fait courir vers la sortie dès l'apéritif.

— Je me suis amélioré. Nous avons parlé de vos grands-parents.

— Elle s'intéresse à l'Holocauste ? intervint Hélène, brûlant de curiosité.

— On dirait bien.

— Elle est juive ? s'enquit Kendra.

— Et nous ? voulut savoir Simon.

— Mais non, idiot. Nous, les trois filles, on est épiscopaliennes, et toi, t'es rien, l'informa Kendra.

Julie n'était pas restée assez longtemps après sa naissance pour le faire baptiser, d'autant qu'avec la mort de ses parents l'obligation était moins pressante.

— Mais pourquoi je suis rien ? fit-il en commençant à pleurer. Je veux être quelque chose !

— Et moi, je suis juive, enchaîna Hélène.

— Culturellement, nous le sommes tous, sauf Hélène, qui veut devenir religieusement juive et aller à la synagogue. Vos grands-parents maternels voulaient que leurs petites-filles soient baptisées dans l'église épiscopalienne parce que votre maman était de cette religion. Quant à toi, Simon, tu peux être tout ce que tu veux.

— Alors je veux être juif, comme Hélène. Toi, tu es quoi, papa ?

— Juif, mais pas pratiquant. Je ne vais pas à la synagogue.

— Peut-être que je serai tout, réfléchit Simon.

— Voilà qui est très bien, lui dit son père avec un sourire, avant de lancer un regard circulaire. Donc ça vous va si Pascale vient dîner ce soir ?

— Bien sûr, dit Kendra.

— Parfait, acquiesça Hélène en écho.

Ce qui arrangeait Max, puisque Pascale était déjà invitée.

La cuisinière leur avait laissé des lasagnes mais le dimanche soir, Max aimait bien faire un barbecue. Très ponctuelle, Pascale arriva à sept heures avec un gâteau au chocolat. Max la présenta aux enfants, qui se mirent tous à parler en même temps. Ils s'installèrent dans le jardin pendant que leur père œuvrait au barbecue. La styliste semblait apprécier leur compagnie. Hélène lui parla de l'Holocauste, et la conversation bascula ensuite sur les universités. L'adolescente ne savait pas encore auxquelles postuler. Pascale lui dit qu'elle avait enseigné à Yale et adoré l'endroit, ainsi qu'à Brown, et à Paris, aux Beaux-Arts.

— Moi, j'irai étudier à Paris, c'est plus cool, intervint Daisy.

Le dîner fut joyeux et Pascale savoura la grande diversité des personnalités. Quand les enfants allèrent se coucher, elle interrogea Max sur leur mère.

— Vous vous partagez la garde ?

Elle n'en avait pas eu l'impression, car aucun des enfants n'avait mentionné leur mère pendant le repas, ce qui l'avait frappée. Le sujet semblait délicat.

— Non. J'en ai la garde à plein temps, dit-il en soupirant. Et c'est bien la raison pour laquelle il m'arrive de péter les plombs, d'après mes enfants. Mais j'essaierai de me tenir. Pour revenir à mon ex-femme, disons qu'il y avait eu quelques signaux avant la naissance de Simon...

Il ne voulait pas entrer dans les détails ni dire que Julie ne les avait pas désirés.

—... et qu'un soir, en rentrant de voyage quand il avait à peu près un mois, j'ai découvert qu'elle nous avait à chacun laissé une lettre disant qu'elle jetait l'éponge. Elle ne voulait plus être ni épouse ni mère. Elle me laissait la garde pleine et entière. Depuis, elle ne les a vus qu'une fois par an. Ça fait sept ans, maintenant. Elle a dit qu'elle ne voulait pas être mère, mais l'a découvert après en avoir eu quatre. C'est assez rude pour des enfants, d'être rejetés comme ça par leur mère. J'attends toujours la réaction en chaîne et que l'un, ou tous, devienne tueur en série, mais jusqu'à présent ça ne s'est pas produit. Je tiens à être franc avec vous et à vous épargner la litanie de reproches, mais sachez que je ne lui pardonnerai jamais. Elle pouvait me jeter, mais on ne fait pas ça à des enfants. Elle s'est remariée un an plus tard à un homme important qu'elle avait rencontré avant de partir. Je ne sais pas si c'est entré en ligne de compte dans sa décision, s'ils avaient déjà une liaison ou si ça a commencé après. Ce que je sais, c'est que je suis rentré à la maison et qu'elle était partie.

— Ç'a dû être terrible à vivre pour vous et les enfants, dit Pascale d'une voix vibrante de compassion.

— Oui, au début, ça n'a pas été facile. Mais on s'en est plutôt bien sortis. J'ai vraiment dû merder pour qu'elle fasse ça à nos enfants, ajouta-t-il d'un air sombre qui révélait une blessure toujours présente.

— Non ! objecta-t-elle avec force, très française dans sa réaction. Ce n'est pas vous ! C'est une femme qui avait un terrible problème, un « vide », pour faire ça à ses petits. Parce que ça ne se fait pas.

— Je ne sais pas pourquoi, mais vous me faites beaucoup penser à ma mère.

— Sans doute parce que je suis française, dit-elle en souriant.

— Quoi qu'il en soit, j'ai en conservé pendant longtemps une grosse amertume. Dans une certaine mesure, elle est encore là. Il m'est difficile de faire confiance. J'ai dressé beaucoup de barrières. Mais j'ai ma part de responsabilités aussi. Un mari absent la plupart du temps... Je la négligeais, ainsi que les enfants. Bizarrement, mes parents s'étaient toujours dit que ce n'était pas une femme pour moi. J'imagine que ce n'était pas la bonne. J'étais tellement borné qu'il m'a fallu onze ans pour m'en rendre compte. Avec le recul, j'ai l'air d'un parfait abruti.

— Ou de quelqu'un de très aimant et qui avait confiance, corrigea-t-elle avec délicatesse.

— Nous étions jeunes et elle était très belle. Mais il en faut plus pour élever des enfants. Bref, aujourd'hui, tout le monde va bien, moi y compris.

Pascale percevait néanmoins une certaine appréhension, comme une blessure à peine cicatrisée, chez cet homme à l'impressionnante carrière. Car elle aussi avait regardé sur Internet. Elle y avait appris qu'il avait bâti un empire à partir de rien.

Ils restèrent papoter dehors, profitant de cette douce soirée d'octobre. Vers neuf heures et demie cependant, la fraîcheur commença à tomber. Comme elle ne voulait pas abuser de leur hospitalité, Pascale finit par se lever.

— Vous avez une famille étonnante et vos enfants sont fantastiques, lui dit-elle.

— Qu'auriez-vous dit de mes parents ! J'aurais bien aimé que vous puissiez faire leur connaissance.

À cet instant lui revint en mémoire une expression que sa mère utilisait pour définir son couple avec Jacob.

— C'étaient des âmes sœurs. Mon père racontait qu'il l'avait su du moment où elle avait volé une pomme de terre pour lui alors qu'elle travaillait au potager du camp. Et il fallait du courage pour faire ça, parce que c'était puni de mort.

— Je suis désolée de ne pas les avoir rencontrés.

Il hocha la tête et la raccompagna jusqu'à sa voiture. Comme elle montait dedans, il songea à l'histoire de ses parents avec la pomme de terre.

— On dîne ensemble cette semaine ? trouva-t-il le courage de demander.

Elle acquiesça de la tête.

— Je préfère vous prévenir : je vis un peu comme un ours depuis sept ans.

— Et ça n'a rien d'étonnant, répondit-elle simplement.

Elle fit démarrer la voiture, lui adressa un petit signe de la main et s'éloigna. Max retourna lentement à la maison.

— Elle est sympa, dit Kendra dès qu'il eut franchi le seuil. Tu n'as pas tout fait rater, hein, papa ?

— Je ne l'ai insultée que deux fois.

— On progresse, alors.

Sur ce, elle grimpa à l'étage pendant qu'il allait s'installer dans son bureau pour penser à Pascale. Il se sentait une connexion avec elle, en lien de près ou de loin avec la pomme de terre justement. Et puis son regard avait l'air si familier, comme s'ils venaient du même monde.

# 22

Cette semaine-là, Max emmena Pascale dîner chez Jean-Louis, un petit restaurant français de Greenwich, et encore deux autres fois ailleurs la semaine suivante. Puis ce fut au tour de Pascale de l'inviter dans son petit appartement, très cosy, rempli d'objets français. Pour l'occasion, elle lui cuisina un coq au vin, un plat qu'Emmanuelle lui préparait souvent autrefois. Max ressentait un certain bien-être à côtoyer quelqu'un d'européen qui partageait la même culture que lui – Pascale n'était pas juive, mais il s'en fichait. Julie ne l'était pas non plus.

Ils prirent ainsi l'habitude de dîner une ou deux fois par semaine ensemble. Quand le froid hivernal s'installa, il l'invita à aller faire du patin à glace avec les enfants. Ces derniers s'amusèrent beaucoup avec elle. Une autre fois, ils allèrent tous ensemble à New York. Pascale devint progressivement une habituée des dîners du week-end. Max appréciait sa compagnie et se sentait bien avec elle. Mais il était comme coincé. Il s'était tellement brûlé les ailes avec Julie qu'il avait du mal à franchir l'obstacle. Rien chez Pascale ne lui déplaisait ni ne lui inspirait de défiance, mais il savait que s'il se laissait aller à éprouver des sentiments, son cœur serait à nouveau vulnérable et susceptible d'être réduit en miettes. Heureusement, Pascale comprenait la situation. Il se tenait au bord du précipice et craignait de sauter. Elle n'était pas pressée, et elle aussi appréciait sa compagnie et celle de ses enfants.

Max l'invita à célébrer Hanoukka avec eux. Hélène alluma les bougies et chanta les prières, puis ce fut le dîner de fête. Hélène reparla à Pascale de ses choix d'université. Ils se portaient plus vers Princeton désormais, et ses résultats le lui permettaient. Kendra, toujours en adoration devant son père, annonça qu'elle irait à Harvard, comme lui. À la suite de quoi Max lui rappela qu'il fallait des notes en conséquence. Pascale leur avait apporté des petits cadeaux de Hanoukka. Sur certains, elle avait peint des motifs. À Max, elle offrit une cravate, ce qui amena un sourire sur ses lèvres.

— Ma mère faisait toutes celles de mon père. C'était une couturière hors pair. À mon grand dam, elle a aussi confectionné tous mes vêtements jusqu'à mes 13 ans ! Ils étaient bien plus beaux que ceux de mes amis, mais je les détestais parce que je ne rêvais que d'une chose : porter des habits miteux comme les autres, et pas des costumes bleu marine. C'est amusant de voir comment des choses qui nous embarrassaient terriblement étant enfant deviennent finalement de bons souvenirs.

Ce week-end-là, il proposa à Pascale un cinéma. Lorsqu'il la raccompagna chez elle, elle l'invita à monter prendre un verre. Ils firent du feu dans la cheminée et elle sortit du champagne. Confortablement installés devant la flambée, ils discutèrent de l'enfance de Pascale à Paris. Sa mère enseignait l'histoire de l'art à la Sorbonne et son père tenait un restaurant, lieu de toutes les infidélités, car il couchait avec toutes les serveuses et draguait les clientes et plus si affinités.

— Je l'ai détesté : ma mère était une femme tellement bien. C'est pour ça que je ne me suis jamais mariée. Je ne voulais pas de quelqu'un comme lui.

Max hocha la tête, repensant à Julie et aux cicatrices qu'elle lui avait laissées en partant. Comme des marques de pneus imprimées sur son cœur. Il reconnaissait sa culpabilité, pour avoir essayé de la faire entrer dans un moule qui ne lui correspondait pas. Ses parents avaient vu venir la chose, mais lui n'avait pas voulu et avait même refusé de le voir jusqu'à ce qu'elle s'enfuie.

— J'ai toujours souhaité avoir une relation comme celle qu'avaient mes parents, avoua-t-il. Mais peut-être faut-il traverser ensemble des choses terribles pour que se crée un lien comme le leur. On comprend alors ce qui est important. Je n'ai jamais rencontré de personnes aussi proches qu'eux. C'étaient vraiment deux âmes sœurs.

Une expression qu'il avait déjà employée auparavant. Il contempla les flammes avant de se tourner vers Pascale.

— Je ressens parfois ça avec toi, dit-il soudain.

— Moi aussi.

Il se pencha sur elle et l'embrassa. Il lui avait fallu deux mois pour oser prendre ce risque. Mais une fois lancé, il ne put s'arrêter. Il l'embrassait, et comme elle était aussi passionnée que lui, aucun ne rompit l'étreinte. Les digues étaient ouvertes. Max la souleva et la porta jusque dans la chambre, où il la déposa délicatement sur le lit. Il la contemplait, interrogatif, lui laissant la possibilité de l'arrêter dans son élan, même si ce n'était pas ce qu'il souhaitait. Il ressentait un lien profond avec elle et il voulait tout : son cœur, son âme, son esprit, son corps, tout, tout ce qu'il aimait en elle. Ils firent l'amour pendant des heures, avant de reprendre lentement leurs esprits dans les bras l'un de l'autre, à l'abri de cette chambre à coucher aussi douillette qu'un cocon. Max était toujours incapable de dire ce qui lui avait paru si familier quand il l'avait vue à l'école. Mais quelque chose les reliait bel et bien. Il n'avait jamais ressenti ça avec Julie. Alors qu'il tenait Pascale dans ses bras, il avait l'intime conviction qu'il pouvait lui faire confiance, qu'elle n'allait pas le blesser, et réciproquement. Il voulait la protéger de tout mal. Avec elle, il se sentait meilleur.

— Je t'aime, Pascale.

— Moi aussi, je t'aime, Max.

Tout avait été bouclé en une nuit : leur premier baiser, la découverte de leurs corps et l'aveu de leurs sentiments. Max resta très tard ; il avait du mal à la quitter maintenant qu'il l'avait trouvée. Jamais il n'avait rencontré de femme comme elle, son intuition le lui soufflait depuis le début.

— Ma mère disait toujours que quand on rencontre la bonne personne, on le sait. Je n'avais jamais compris, jusqu'à aujourd'hui.

Toutes les pièces du puzzle s'étaient tranquillement imbriquées sans accrocs.

Tout au long de l'hiver, Max et Pascale continuèrent à se voir en toute discrétion. Ils sortaient ensemble le week-end, quand les deux aînées étaient prises ailleurs et que les nounous occupaient les plus petits. Ils restaient parfois la nuit dans l'appartement new-yorkais de Max, demeuré inoccupé pendant des années. Au final, Max menait une vie plutôt douillette, dans laquelle Pascale s'intégrait parfaitement. Chacun faisait ressortir le meilleur de l'autre.

Pour les vacances de printemps, Max emmenait les enfants à Aspen. Il lui proposa de se joindre à eux. Les enfants ne protestèrent pas à l'annonce de la nouvelle et il réserva une chambre séparée à Pascale, de manière à respecter les convenances. Sauf qu'il y dormit toutes les nuits. S'il avait appris à bien skier au fil des années, elle était une skieuse née et elle dévalait les pentes avec les grandes – Daisy et Simon fréquentaient encore l'école des neiges. Ensemble, ils formaient une tribu sympathique si bien que, l'été approchant, la question s'imposa d'elle-même. Max demanda Pascale en mariage en juin. Cette fois, ce fut elle qui fut confrontée à un défi personnel.

— Tu sais, j'ai bien peur de ne pas croire au mariage. Ça ne marche jamais comme les gens le voudraient et je ne veux pas gâcher ce que nous avons.

— Il arrive que ça fonctionne. Regarde mes parents.

— Oui, mais regarde par quoi ils sont passés pour en arriver là.

— Nous aussi, nous avons eu notre lot de coups et de bosses : toi, avec deux relations qui n'ont pas duré, et moi, avec un mariage écourté.

— C'est vrai... Laisse-moi y réfléchir un peu.

Max était déçu de la trouver si hésitante, mais il respecta sa demande. Plus jamais il n'irait à l'encontre de ce qu'une personne voulait être ou faire.

Pendant l'été, ils louèrent une maison dans le Maine, où Pascale les rejoignit. Hélène s'apprêtait à entrer en dernière année de lycée et Kendra en quatrième. Pascale aida Daisy avec ses devoirs, qui prenaient plus de temps à cause de la dyslexie. Quant à Simon, il avait perdu son air poupin. C'était dans ces périodes-là que Max comprenait le moins Julie : comment pouvait-elle vivre sans voir ses enfants, la façon dont ils grandissaient, ce qu'ils faisaient, bref, être avec eux au quotidien ? Ça le dépassait.

— Il y a en elle une pièce manquante, dit simplement Pascale quand ils en reparlèrent.

— Oui, ses enfants.

— Non, plutôt le fait qu'il n'y ait pas de place pour eux. C'est comme un défaut de fabrication, insista la Française, pour qui c'était une évidence.

Ils virent tous arriver la fin des vacances avec regret. Pascale semblait faire partie du groupe désormais. Elle y avait tout naturellement sa place. Son absence allait faire un vide à la rentrée.

Le soir de leur retour à Greenwich, elle aidait Max à préparer le barbecue et ils s'amusaient d'un petit rien quand, soudain, elle se tourna vers lui.

— C'est idiot. Je ne veux pas rentrer chez moi. Je veux rester ici avec vous tous, pour toujours. Si tu veux toujours de moi.

— J'ai bien cru que tu n'accepterais jamais, lui dit-il avec soulagement. On se marie au plus vite !

Il avait 51 ans et elle en avait 44. Inutile de perdre davantage de temps.

— Tu supporteras quatre enfants ?

— Ils sont notre plus beau cadeau, répondit-elle avec un large sourire.

Ils annoncèrent la nouvelle le soir même aux enfants. C'était la suite logique des choses. Elle appartenait à leur cercle depuis un certain temps, maintenant.

— Je pourrai jeter des roses quand tu vas te marier avec papa ? voulut savoir Daisy.

— Absolument, et Simon pourra porter les alliances, s'il promet de ne pas les perdre, dit Pascale. Kendra et Hélène seront nos demoiselles d'honneur.

— Mais par contre, elles n'ont pas l'âge d'être témoins. Il nous en faudra de plus vieux, rappela Max. On doit aussi se préoccuper d'un rabbin ou d'un pasteur pour la cérémonie, ainsi que de quelqu'un pour conduire la mariée à l'autel.

— Je peux me conduire toute seule. Et rabbin ou pasteur – si le rabbin a des réticences parce que je ne suis pas juive –, tout conviendra. On trouvera facilement. Les témoins aussi.

Il n'y avait donc plus que les détails mineurs à régler. Les points les plus essentiels étaient acquis.

Trois semaines plus tard, ils se mariaient aux Vergers par une magnifique journée d'automne. Pascale portait un tailleur blanc Chanel. Elle avait emmené les filles choisir leurs robes pour l'occasion, pendant que Max achetait un pantalon et un blazer à Simon. Le marié était splendide dans son nouveau costume bleu foncé. Un pasteur officia et un rabbin leur donna la bénédiction finale. Max contempla les siens. Ils formaient à nouveau une famille. Cette fois, il avait trouvé la bonne épouse. Tout ce qu'elle avait demandé, c'était une alliance en or toute simple. Pas de solitaire, pas de bague de fiançailles. Elle avait déclaré ne pas en avoir besoin. Ce jour-là, Daisy vit aussi son souhait exaucé : elle put leur jeter des pétales de rose à l'issue de la cérémonie. La journée parfaite. Cela lui avait pris sept ans pour la trouver, ou plutôt toute une vie, mais l'attente en valait la peine. Max savait avec une certitude absolue que Pascale était là pour rester et, cette fois, ses parents auraient approuvé son choix. Il pouvait sentir leur sourire et leur joie là où ils étaient.

# Épilogue

— Seigneur ! Vous êtes sûres qu'on aura assez ? dit Max dans un rire depuis le seuil de la cuisine, où s'activaient Hélène et Pascale, chargées du dîner.

Ce soir-là, ils fêtaient à la fois Hanoukka et son anniversaire. Il allait souffler ses 63 bougies. Les filles étaient venues accompagnées de leurs petits amis, et la maison affichait complet. Sa femme et sa fille avaient prévu pour un régiment. Mais il ne s'en mêlerait pas. Il fit donc demi-tour, d'autant que Kendra et son ami Charlie venaient d'arriver de Californie. Ils avaient le projet de monter une start-up là-bas. À 25 ans, Kendra était sortie en juin diplômée de l'école de commerce de Harvard. Elle comptait toujours travailler avec Max, son rêve depuis l'enfance, mais avant, elle voulait se faire la main et lancer cette start-up. C'était la première fois que Charlie venait à la maison, et Max le trouvait plutôt brillant. Kendra en était folle. Il avait un an de plus qu'elle et ils s'étaient rencontrés au MBA de Harvard. Ils étaient mignons, tous les deux. Pascale aussi avait l'air d'apprécier le garçon.

Hélène était arrivée la veille de Washington, où elle avait décroché le travail de ses rêves, le poste d'assistant-conservateur au musée de l'Holocauste, après avoir fait un an de stage au mémorial de l'Holocauste de Berlin. Elle adorait son boulot et la capitale fédérale. Elle faisait ce qu'elle avait promis à sa grand-mère paternelle de faire un jour : conserver les souvenirs vivaces de façon que personne n'oublie. David, son petit ami juif, avait 33 ans et était interne à l'hôpital universitaire de Georgetown. D'après Pascale, ces deux-là n'allaient probablement pas tarder à convoler. Hélène avait 29 ans. En revanche, aucun risque du côté de Kendra, elle était encore beaucoup trop jeune et concentrée sur sa carrière pour se fixer maintenant.

Daisy, 21 ans, habitait Paris, où elle terminait cette année le Conservatoire. Son petit ami, un Français de 29 ans, affichait une couleur de cheveux – bleu – aussi choquante qu'elle – rose, bien sûr. Tous deux jouaient, les week-ends, dans un groupe et ils venaient de signer un CD, avec Daisy à la guitare et Sylvain à la batterie. Elle étudiait la composition musicale. Sylvain l'aimait telle qu'elle était, et elle envisageait de rester à Paris pendant encore un an pour continuer dans sa voie.

Quant à Simon, à 19 ans et en deuxième année à Harvard, il avait l'intention de faire du droit. C'était le plus classique de la fratrie. Il sortait avec une jeune fille de Greenwich qui étudiait à l'université de Boston, si bien qu'ils n'étaient pas loin l'un de l'autre. Chaque fois que Max le regardait, il avait l'impression de voir son père : son fils était le portrait craché de Jacob.

Tout ce petit monde descendit avant le dîner, dans ses plus beaux atours. En chacun de ses enfants, Max distinguait le lien de famille : Hélène ressemblait à Emmanuelle, Simon à Jacob et Kendra voulait marcher sur les traces de son père afin d'apprendre du maître, comme elle le disait. Plus concrètement, Hélène avait tenu la promesse faite à sa grand-mère en obtenant la permission de monter une exposition temporaire sur Buchenwald, pour laquelle elle allait réunir des survivants. Comme son père, Simon étudiait à Harvard, et Daisy se sentait une attirance irrépressible pour Paris, tout en caressant l'idée d'aller aussi étudier à un moment donné la musique à Vienne. D'une manière ou d'une autre, chacun suivait les traces de ceux qui l'avaient précédé et ils avaient rencontré en chemin des gens bien pour les accompagner. Tout comme lui-même avait enfin trouvé le bonheur avec Pascale. Voilà onze ans qu'ils étaient mariés, aussi longtemps que pour son mariage avec Julie, mais on ne pouvait pas comparer l'incomparable.

Comme chaque année, Hélène alluma les bougies de Hanoukka et ils chantèrent tous ensemble les prières, leurs voix s'élevant de conserve en mémoire de ceux qui n'étaient plus là, qui avaient souffert, qui avaient appris, qui étaient partis, laissant joie, sagesse et souvenirs à ceux qui restaient. Max sourit à ses enfants. Toujours bel homme et dans une forme éclatante, il était plus que jamais amoureux de Pascale et c'était réciproque. Tous ensemble, ils formaient une famille.

Max avait suivi les traces de son père à sa façon et ses enfants marcheraient dans les siennes, chacun traçant néanmoins sa propre voie, en l'honneur du passé et dans l'espoir du futur, en laissant ses propres empreintes sur le chemin de la vie.

ŒUVRES DE DANIELLE STEEL
AUX PRESSES DE LA CITÉ *(Suite)*

En héritage
Disparu
Joyeux anniversaire
Hôtel Vendôme
Trahie
Zoya
Des amis proches
Le Pardon
Jusqu'à la fin des temps
Un pur bonheur
Victoire
Coup de foudre
Ambition
Une vie parfaite
Bravoure
Le Fils prodigue
Un parfait inconnu
Musique
Cadeaux inestimables
Agent secret
L'Enfant aux yeux bleus
Collection privée
Magique
La Médaille
Prisonnière
Mise en scène
Plus que parfait
La Duchesse
Jeux dangereux
Quoi qu'il arrive
Coup de grâce

---

Imprimé en France par CPI
en octobre 2020

*Composition et mise en pages*
*Nord Compo à Villeneuve-d'Ascq*

MIXTE
Papier
FSC FSC® C003309

L'éditeur de cet ouvrage s'engage dans une démarche
de certification FSC® qui contribue à la préservation
des forêts pour les générations futures.

Pour en savoir plus :
www.editis.com/engagement-rse/

N° d'impression : 3039128